www.b-books.co.kr

www.b-books.co.kr

Mellow,
Mellow

멜로우, 멜로우

Mellow,
Mellow

멜로우, 멜로우

초판 1쇄 찍음 2018년 2월 6일
초판 1쇄 펴냄 2018년 2월 13일

지은이 | 여 래
펴낸이 | 정 필
펴낸곳 | **(주)뿔미디어**

기획 · 편집 | 김수정
표지 디자인 | 박현진

출판등록 | 2002년 9월 11일 (제1081-1-132호)
주소 | 경기도 부천시 원미구 소향로 17, 303(두성프라자)
전화 | 032)651-6513 / 팩스 | 032)651-6094
E-mail | dahyangs@naver.com
블로그 | http://blog.naver.com/dahyangs
비북스 | http://b-books.co.kr

값 9,000원

ISBN 979-11-315-8407-1 03810

여래 장편 소설

멜로우, 멜로우

Mellow,
Mellow

DAHYANG ROMANCE STORY

Contents

Prologue

채아는 대학에 붙었다는 생각에 마음을 놓고 있었다. 입학식이 될 때까지, 자신이 그 대학교 학생이라는 생각만 하고 있었다.

그러나 막상 입학식 날이 되자, 그 학교가 어디에 있는지 알 수 없었다. 분명 이 역이 맞는 것 같은데 학교는 보이지 않았다. 채아의 얼굴은 금방 울상이 되었다.

"……대체 학교는 어디야?"

지독한 길치인 채아는 그저 발만 동동 굴렸다. 더군다나 내성적인 성격이라 주변 사람에게 물어보고 가면 될 것을 말도 쉽게 꺼내지 못했다. 벌써 지나가는 사람을 놓친 것만 해도 6명이나 되었다.

시계를 바라보던 채아는 결국 두 손으로 얼굴을 덮어 버렸다. 입학식이 시작되기까지 10분밖에 남지 않았다. 게으름을 피운 건 아니었다. 약속 시간에는 늘 아슬아슬하게 시간을 맞췄지만, 이제 대학생이 되었으니 조금 부지런을 떨어 볼까 해서 오히려 여유롭게 나왔었다. 하지만 그 시간을 전부 길을 찾는 데 소비해 버렸다.

"아, 어떻게 해. 진짜 미치겠네."

그저 발만 동동 구르고 있던 채아의 앞에 있던 버스 정류장에서 버스가 멈췄다. 안에서 몇 명이 내리며 각자 갈 길을 가기 위해 흩어졌다. 그러나 한 남자만이 그런 채아를 바라보는 것 같더니, 점점 그녀의 앞으로 다가와서 멈췄다.

남자의 존재를 느꼈는지 고개를 숙이고 있던 그녀가 고개를 들었다. 걱정하는 표정을 짓는 한 남자와 눈이 마주쳤다.

"어라. 안 우네요."

"⋯⋯네?"

"우는 것 같아서, 울지 말라 하려고 했거든요."

그는 평범하게 청바지에 후드티를 걸치고 있었다. 하지만 외모는 절대 평범하게 보이지 않았다. 키는 컸고, 얼굴은 한 주먹이나 될 법한데 그 안에는 눈, 코, 입이 잘 자리 잡고 있었다. 자연스럽게 눈썹을 살짝 가린 앞머리 아래의 이목구비는 뚜렷한 데다가 미소까지 완벽했다.

그런 남자가 제 앞에 서서 말을 걸어오자, 채아는 멍한 얼굴로 그를 바라보다 겨우 정신을 차리곤 대답했다.

"⋯⋯아, 안 울어요."

"다행이네요."

장난스러운 목소리로 대답을 하는 남자에게 물어보려고 입을 열었다. 하지만 다시 눈이 마주치자 채아는 저도 모르게 고개를 푹 숙였다. 내성적인 자신의 이런 성격이 지금은 너무 싫어지는 순간이다.

그런 채아를 알아차렸는지 그의 목소리가 다시 들렸다.

"혹시, 제서대 학생?"

자신이 입학을 할 학교 이름이 들리자, 고개를 숙이며 침울해 있던 채아가 고개를 냉큼 들었다. 여전히 웃고 있는 남자가 보였다. 그 미소에 안도한 채아는 저도 모르게 목소리를 높였다.

"마, 맞아요!"

채아는 뛸 듯이 기뻐서 남자의 손을 하마터면 붙잡고 감격한 제 감정을 표현할 뻔했다. 그런 그녀를 보며 피식 웃는 남자의 목소리가 이어졌다.

"나도 제서대에 가는데. 같이 갈래요?"

"네…… 네!"

'제발 같이 가요!'

그러나 채아는 그 말을 목구멍 뒤로 삼켰다. 초면인 남자 앞에서 너무 친한 척 말을 걸 수가 없었다. 얼마나 허둥지둥 대는 모습을 보였는지 깨달았기 때문이다. 거기다가 잘생긴 남자 앞에서 추태라니!

말없이 남자를 따라 걷기 시작했다. 걷는 동안 남자를 향해 슬쩍 고개를 들어 보았다. 옆모습도 끝내주게 잘생겼네. 아쉬운 마음이 들었다. 한 명이라도 좋으니 이렇게 잘생긴 선배와 친하게 지내면 좋을 텐데.

어차피 저런 잘생긴 남자가 자신의 남자가 아니라는 것은, 이미 알고 있었다. 저는 자신의 분수를 아는 여자였기에.

"저기."

그때, 눈물이 날 정도로 반가운 광경을 배경으로 남자의 목소리가 들렸다. 네? 크게 되물으며 뒤를 돌자, 벚꽃이 팔랑이며 떨어지는 동시에 남자가 부드럽게 웃는 것이 보였다. 순간 채아의 심장이 두근거렸다.

"과가 어떻게 돼요?"

"과…… 아, 경영학과요."

"진짜? 나도 경영인데. 근데 같은 수업 들을지는 모르겠네요."

하긴, 경영이 사람이 많긴 하다. 같은 과인게 어디인가 싶지만 채아는 아쉬운 마음이 들었다. 그와 동시에 남자의 표정에서도 아쉬움이 보이는 것 같아 의아했다. 또다시 심장이 고장 난 것처럼 불규칙적으로 뛰는 것이 느껴졌다. 슬쩍, 채아는 주먹을 말아 쥐었다.

"여기가 제서대예요. 신입생?"

"아, 아아. 네. 그쪽은……."

"난 복학생이에요."

멋쩍다는 듯이 뒷머리를 긁적이며 웃는 모습도 참 잘 어울렸다. 거기다가 벚꽃이 휘날리는 배경까지 더해지니 금상첨화라는 생각이 들었다. 그러나 그것도 잠시, 시계를 보던 채아는 늦었다는 생각이 들어 꾸벅, 남자에게 인사를 했다.

"저, 저기! 감사했어요! 늦어서 이만……!"

남자가 분명 입을 열려고 들썩이는 것을 보았지만 3분밖에 남지 않아서 채아는 서둘러 뛰기 시작했다. 어디로 가는지 학교 약도는 미리 봐서 다행이라는 생각과 함께.

남자는 채아가 뛰어가는 모습을 바라보다 피식 웃었다. 그는, 제 시야에서 채아가 사라져서 보이지 않아도 계속해서 그 자리에 서 있었다.

따르르릉—

멋없고 단조로운 소리에 미간을 찌푸리던 채아가 침대 위에서 꿈틀대다 벌떡 일어났다. 몽롱한 표정을 짓다 고개를 휙휙, 강아지가 물을 털듯이 고개를 젓고서 눈을 번쩍 떴다.

"……꿈을 꾼 것 같은데."

무언가 하늘하늘했던 것도 같은데.

하품을 하던 채아는 기지개를 펴고서 화장실로 향했다. 오늘 아주 중요한 약속이 있다며 꼭 예쁘게 하고 나오라던 친구 영은의 말이 떠올랐다. 뭐냐고 물어보아도 대답을 하지 않고 그저 씩 웃는 것으로 봐서는 분명 무언가 저에게는 켕기는 일이 틀림없었다. 하지만 저에게 해가 될 일은 하지 않을 것을 믿기에 채아는 그저 더 이상 말을 하지 않고 준비를 하기로 했다. 우선 그녀는 어제 들어온 문자를 확인했다.

"12시, 레스토랑 Shangri—La."

설마, 밥을 사 주려고 하나?

"……아니, 그럴 리가 없어. 스크루지 영감의 후예가?"

고개를 가로로 저으며 일단 영은을 믿고서 채아는 준비를 하기로 했다. 씻고 나와서 머리를 말리며 멍하니 화장대 거울을 바라보다 간단히 화장을 하기 시작했다. 원래 화장을 하지 않지만 예쁘게 하고 오라는 그 말에 연하게라도 뭔가 발라야 할 것 같았다.

옷장 앞에 선 채아는 무엇을 입을까, 바라보다 단아한 원피스 하나를 골랐다. 편하다고 청바지만 자주 입고 다녀서 그런지 치마 종류는 불편했지만 어쩔 수가 없었다. 모두 다 영은의 말 때문이었다.

"쓸데없는 거면 다시는 말 안 들을 거야."

중얼거리던 채아는 옷을 갈아입고서 구석에 세워 놓은 전신 거울을 바라보았다. 늘씬한 몸매는 단아한 원피스가 잘 어울렸다.

"마침 오늘 쉬는 날이기에 망정이지."

좋은 학교, 좋은 과를 나왔지만 그저 성적에 맞춰서 가장 좋은 곳을 들어갔던 것뿐이다. 당연히 흥미가 있을 리 없었다. 그래도 다니다 보면 생기겠지, 했지만 전혀, 그렇지 않았다.

그래도 명문 학교라 불리는 제서대에, 더군다나 경쟁률 높기로 유명한 과 중 하나인 경영학과에 당당히 합격을 했으니 공부는 잘하는 편이었지만 흥미가 없으니 문제였다. 그래도 다시 해 볼 생각은 들지 않았다. 엄두도 나지 않을뿐더러, 다시 해서 가고 싶은 과는 없었다. 채아는 딱히 하고 싶은 일이 없었던 것이다.

사실 어릴 적 티브이에 나온 대기업 회장 비서의 우아하고 프로페셔널한 모습에 반해 그렇게 되고 싶다는 꿈을 가지긴 했다. 하지만 사람을 대하는 일이기에 성격상 업무 외의 부분에서 잘할 수 있을지 확신이 서지 않았다. 결국 입시를 준비할 즈음 비서의 꿈을 묻어 두었지만 다른 데에 흥미가 갈 리 없었다.

흥미가 없어도 일단 들어갔고, 다시 하고 싶지는 않았기에 열심히 하기는 했다. 좋은 성적으로 졸업을 했으니 서류 전형은 충분히 잘할 수 있지만 문제는 면접이었다. 그녀는 너무나도 내성적이었다.

몇 번의 고배를 마시고 의기소침했을 때 운명처럼 채용 정보가 들려왔다. 제서대의 재단을 운영하는 제서 그룹이었다. 운 좋게도 이력서 위주로 본 데다, 그날은 어쩐 일인지 떨면서도 준비한 대답을 마쳐 채아는 당당하게 회계팀에 들어갈 수 있었다.

"음, 이 정도면 되겠지?"

채아는 전신 거울 앞에서 이리저리 둘러보다 집을 나섰다. 여유롭게 집을 나선 채아는 약속 시간 15분 전에 영은이 말을 해 주었던 레스토랑 Shangri—La에 도착할 수 있었다. 가게 간판을 바라보며 영은에게 전화를 걸었다. 그녀는 얼마 있지 않아 금방 전화를 받았다.

— 어, 채아야! 벌써 도착했어?

"아, 응. 너 어디야?"

— 일단 안으로 들어와. 내 이름 대면 알아서 안내해 줄 거야.

"……오고 있는 중이구나?"

— 뭐…… 그렇지.

키득거리며 대답을 해 오는 영은이 조금 이상했지만 대수롭지 않게 안으로 들어가 핸드폰을 귀에서 떨어뜨리며 영은의 이름을 댔다. 그러자 웨이터가 안내를 해 주었다. 고급스러운 분위기로 봐서는 굉장히 비싼 것 같은데. 역시 비싼 점심 식사를 하려는 모양이다.

"박영은. 네가 무슨 일로 이런 비싼 곳을 사려고 해?"

— 채아야.

"진지하게 부르니까 무섭네. 알았어. 반씩……."

그러나 채아는 말을 끝까지 잇지 못했다. 웨이터가 안내를 해 준 자리에 한 남자가 이미 앉아 있었기 때문이다. 커튼 사이로 비치는 햇살에 빛나는 갈색빛 머리카락이 보였다. 그 남자는 턱을 괸 채, 창밖을 바라보고 있었다.

그 자리에 멈춰 눈을 깜빡이던 채아가 조심스럽게 웨이터에게 물었다.

"저…… 여기가 아닌 것 같은데요."

"박영은 씨 이름으로 예약된 자리는 저곳이 맞습니다, 손님."

낮게 한숨을 쉰 채아는 통화가 이어져 있는지 확인하고서 다시 귀에 가져다 대었다. 그때, 남자가 천천히 고개를 돌리는 것이 느껴졌다.

13

"박영은. 뭐야, 이건……?"

― 스물여덟 살이나 되어서 홀로 늙어 가는 네가 너무 불쌍해서 내가 주는 선물.

"뭐, 뭐야?"

마침 고개를 돌린 남자와 눈을 마주쳤다. 딱, 눈이 마주치자마자 낯설지 않은 그 얼굴에, 채아는 자기도 모르게 입을 살짝 벌렸다.

― 너도 알 거야. 우리 학교 다니던 시절에 유명했던 사람이니까.

"……."

― 아무튼 잘해 봐! 굿 럭!

뚝―

전화는 그대로 끊겼다. 허탈한 기분이 들어 채아는 핸드폰을 가방 안에 집어넣고서 어색하게 웃으며 남자가 앉은 테이블로 다가갔다. 그리고 여전히, 변함없이 웃고 있는 남자에게 먼저 인사를 했다.

"오랜만이네요."

말을 마치자마자 채아가 다시 웃었다. 이번에는 어색한 웃음이 아니었다.

"……선배."

그는 오랜만에 만나는 채아의 동아리 선배였다.

Chapter 01

채아는 처음 보는 사람과 쉽게 친해질 수 없는 타입이었다. 그러다 보니 친해지고 싶은 사람이 있는데도 먼저 말을 걸지 못해서 놓치기 일쑤였다. 막상 친해지고 나면 말도 재미있게 하고, 먼저 말을 걸기도 하며 어떻게 보면 수다쟁이가 되니 첫인상과 다르다는 이야기를 듣곤 했다.

이런 자신의 성격을 열다섯 살 때 깨달아서 고치려고 해 봤지만, 원래 고치기 힘든 것이 타고난 성격이다. 이미 오랫동안 굳어 왔기에 바꾸기는 쉽지 않았다. 그래서 대학교에 가기 전에 많이 걱정을 했었다. 대학교는 전국에서 모이지 않던가? 거기다 나이도 다양하고.

그래도 다행인 것은, 신입생 환영회 때 잠깐 이야기를 나누었던 두 사람과 입학식 때부터 친해지게 되었다는 점이다. 영은과, 영은의 고등학교 친구라던 소라.

그렇게 입학한 지 얼마 되지 않았을 때였다. 복도를 지나다니다 동아리 홍보 게시판 앞에서 세 사람은 멈췄다. 친구들이 열심히 홍보지를 살펴보았기에 채아도 들고 싶은 동아리가 있는지 확인해 보았다.

"나는 이거 할래! 영화 감상 동아리!"

"고등학교 때 했으면 충분하지, 뭘 더 한다고 그래? 채아야, 너는?"

채아가 한참 동안 시선을 떼지 못하기에 소라에게 타박을 주던 영은이 물었다. 채아는 정신을 차리며 손을 쭉 뻗어 한 동아리 홍보물을 가리켰다. 영은과 소라는 채아를 따라가 손가락이 가리키는 것을 보았다. 채아가 가리킨 동아리는 천문학 동아리였다.

"저거…… 정말로?"

"응! 나, 저기 들고 싶어."

홍보물을 보는 순간 늘 갖고 있던 작은 바람이 하나 떠올랐다. 시골에 내려갔을 때, 맑은 밤공기와 더불어 문득 고개를 들었을 때, 머리 위에서 총총히 빛나는 별을 보며 마음이 편안해지는 것을 느꼈다. 또한 자주 보고 싶다는 생각도 들었다.

하고 싶은 것도 없고 그저 지나가는 세월에만 몸을 맡겼다. 꿈도 없었다. 사소하게 해 보고 싶은 것도 없었다. 그렇게 살아오기를 벌써 스무 살. 채아는 드디어 하고 싶은 일을 찾았다! 마치 산삼을 캐러 들어갔다가 산삼 무더기를 발견한 기분이 들었다.

"음, 더 재미있어 보이는 동아리가 많은데?"

소라의 목소리에 채아는 고개를 가로로 젓고서 홍보물에 적힌 연락처로 문자를 보내기 시작했다. 즉흥적으로 결정하긴 했지만 채아는 심마니의 기분을 맛보며 가슴이 들끓는 것을 느꼈다.

'그래! 이게 바로 대학 생활이구나!'

그리고 곧장 날아온 답장을 바라보았다. 오늘 당장 면접을 보러 와도 된다는 말.

"우와……. 은채아, 추진력 빠르네."

"그러니까. 아주 스피드야. 저거, 선배들 번호겠지? 답장 왔지? 뭐래?"

궁금한 게 많은 영은의 질문에, 채아가 씩 웃으며 답장을 보여 주었다.

"오오! 면접 보러 같이 가 줄까?"

"응, 응! 떨린다, 막!"

그렇게 채아는 친구들과 함께 천문학 동아리 면접을 보러 가게 되었다. 공고를 올린 지 일주일이 지난 후라 들어갈 자리가 없을 것도 같아 긴장이 되기도 했다.

"아, 여기다."

어느새 면접을 볼 동아리실 앞에 도착했다. 영은과 소라는 채아에게 파이팅을 외쳐 주었다. 채아는 밝게 웃으며 손을 흔들었다. 노크를 하고, 들어오라는 소리에 안으로 들어갔다. 남들 앞에 서기 전에는 잘할 수 있다, 생각을 하면서 막상 차례가 되면 목소리가 덜덜 떨려 왔다. 그래도 용기를 내서 오늘은 잘하리라, 평소보다 더 굳게 다짐했다.

안으로 들어가자마자 자유롭게 앉아 있는, 선배로 추정되는 사람들이 보였다.

"아, 혹시 아까 전에……."

"네, 맞아요!"

고개를 꾸벅 숙여 인사를 한 채아가 안으로 들어오라는 소리에 번뜩 고개를 들었다. 실례라는 생각이 들었지만, 호기심에 채아는 걸음을 옮기며 슬쩍 안을 살펴보려고 했다. 그러다 한 남자와 시선이 마주쳤다.

"어……?"

"아!"

남자가 놀라자 옆에 있던 다른 남자가 그의 옆구리를 쿡 찌르며 물었다.

"뭐야. 형, 아는 사람이에요?"

"아니, 뭐……."

남자가 말끝을 흐리며 채아와 다시 눈을 마주쳐 왔다. 그 순간 분명 기억 속에 있는 얼굴이었다. 쉽게 잊을 수 없는 외모이기도 했다.

그 남자는 대략 일주일 전에 학교 앞에서 마주쳤던, 채아를 학교 앞까지 안내해 주었던 친절한 귀공자였다.

채아는 그에게 고개를 숙여 다시 한번 고마움을 표시한 뒤, 여자 선배의 안내에 따라 자리에 앉았다. 그런 채아를 바라보는 남자의 입가에 슬며시 미소 한 자락이 걸려 있었다.

"여기서 선배를 볼 줄은 몰랐어요."

주문을 한 음식이 나오기를 기다리는 동안, 채아는 그에게 다시 먼저 말을 걸었다. 그러자 남자가 고개를 끄덕이며 부드럽게 웃었다.

"그러게. 내 이름은 기억해?"

"그럼요! 조한새! 그럼, 선배는요? 제 이름 기억하세요?"

"은채아."

한새의 입에서 나온 제 이름에, 어쩐지 조금은 가슴이 떨렸다. 이건 전부 부드러운 목소리를 가진 그의 탓이라 생각하며 채아가 다시 입을 열었다.

"그런데 어떻게 된 거예요?"

영은과 한새가 아는 사이였나. 채아는 그의 대답을 기다렸다. 그때 마침 주문했던 스테이크가 나왔고, 잠시 두 사람의 대화는 멈췄다. 한새가 웨이터에게 인사를 하기에 채아도 덩달아 인사를 했다. 일단 먹고 대화를 할 생각인지 한새는 스테이크를 썰기 시작했다.

원래부터 영은과 한새가 아는 사이였는지에 대해서 여전히 고민을 하며 채아는 나이프를 집었다. 어디서부터 자를지 대어 보다가 콩콩 소리에 고개를 들었다. 한새가 테이블을 가볍게 두드리고 있었다. 여전히 빛나는 그의 외모에, 저런 잘생긴 사람과 아는 사이여서 이제는 뿌듯한 마음까지 들었다.

"어라, 왜……."

"이런 거, 잘 못했잖아."

"아, 아우. 그런 걸 기억하다니."

민망하다는 듯이 웃으며 한새가 접시를 바꾸는 것을 바라보다, 채아는 그가 썰어 준 스테이크를 물끄러미 바라보았다. 제 입에 쏙 들어가게 알맞은 크기로 조각을 내 주었다.

예전, 대학에 다닐 때 한새와 레스토랑에 딱 한 번 왔었고, 그 밖에는 돈가스를 먹었었다. 매번 힘겹게 조각을 내서 언제부터인지 한새가 꼭 제 것을 썰어 주었었다. 벌써 4년도 더 지난 일인데, 그걸 기억하고 있다니.

"잘 먹겠습니다. 참, 이거 영은이가 사는 건가요?"

한새는 아니라며 고개를 가로로 저었다. 그럼 역시 반반씩 내는 거구나 싶어 고개를 끄덕이며 다시 한번 맛있겠다고 말을 하려던 찰나, 그에게서 뜻밖의 말이 들려왔다.

"내가 내는 건데."

당연하다는 듯이 해 오는 대답에, 채아는 그대로 굳어 버렸다. 그 모습에 짧게 소리를 내서 웃은 한새가 채아의 입에 스테이크 한 조각을 넣었다.

"입에 파리 들어가겠다. 얼른 먹자."

"아…… 제가 귀가 좀 안 좋아져서. 늙은 것 같아요."

암. 스물여덟 살이면 늙었지. 늙어도 한참 늙었지. 고개를 끄덕이며 우물거리는데 이어서 들려오는 말에 결국 씹던 것을 멈추고 한새를 바라보았다.

"아니, 맞게 들었어. 그나저나, 은채아. 네가 늙었으면 계란 한 판 진작 완성한 나는 뭐가 돼?"

"어, 그게…… 아, 아하하."

오랜만에 만난 선배가 왜 밥을 사 주는지 마음 한쪽에서 의문이 들었다. 그저 얻어먹기는 미안했다. 채아는 그저 웃음으로 마무리를 했다.

잠시 조용한 가운데 식사가 이어졌다. 말없이 한새가 썰어 준 스테이크를 입으로 집어넣던 채아는 테이블 아래에서 제 허벅지를 꼬집어 보았다. 찌르르 아픈 것을 보니 현실인 모양이다. 분명 약속은 친구 영은과 했는데 약속 장소에서 마주한 것은 5년 만에 보는 선배의 얼굴이었다. 그러니 당연히 현실인지 꿈인지 구별을 해야만 했다.

지금 당장이라도 자세한 전말을 영은에게 물어보고 싶지만, 왠지 핸드폰을 만지는 것은 예의가 아니란 생각이 들었다. 차라리 식사가 끝난 뒤에 물으면 실컷 물을 수 있을 것 같아 얼른 먹기로 했다. 조금 먹는 속도를 붙이는 채아를, 한새는 가만히 바라보다 피식 웃었다.

그렇게 묘한 분위기 속에 식사가 끝나자마자 채아는 고개를 바로 하고 한새를 바라보았다. 채아보다 조금 먼저 접시를 비운 한새가 기다렸다는 듯 눈을 마주해 왔다.

"이제 대답해 주세요."

"무엇을?"

"전 분명 제 친구랑 약속했는데 선배가 여기에 있는 이유요."

"저런. 채아는 내가 안 반가운 것 같네."

"네? 아니, 그게 아니라……."

저렇게 말하니 할 말을 잃은 채아가 한새를 바라보다 고개를 가로로 저었다.

"그게 아니라…… 그게…….."

그러나 특별한 이유가 딱히 없었을뿐더러 즉석으로 대답을 만들어 내는 능력이 약한 채아는 대답을 할 수가 없었다. 결국 꿀 먹은 벙어리처럼 입을 다물어 버렸다. 그때, 한새의 웃음소리가 들렸다.

"하하!"

밝고 명쾌한 웃음소리에, 고개를 든 채아가 그를 멍하니 바라보았다.

"미안, 미안. 이제 그만 놀릴게."

"……오랜만에 만났는데도 놀리기예요?"

"오랜만인데도 여전히 귀엽네, 은채아."

한새는 습관적으로 내뱉는 말들이 있었다. 그것은 사람마다 다르기도 했다. 채아에게는 귀엽다, 라는 말을 자주 했다. 처음에는 채아도 가슴이 두근거렸다. 이 사람이 나에게 관심이 있나? 하고 착각할 정도로.

그러나 한새와 지내다 보니 알게 되었다. 아, 이 사람은 귀엽다는 말을 습관적으로 입에 달고 사는구나. 그래도 다른 사람에게 하지 않는 것을 보니, 그것은 은채아 전용이라는 것도 알았다.

그런데 오랜만에 듣는다고 다시 심장이 두근거렸다. 난리 법석을 피우는 심장을 모른 척하며 채아가 말을 이었다.

"선배는 여전히 빛나네요."

"응? 내가?"

"네. 선배 외모가."

처음에만 어색했지만, 농담을 주고받으면서 분위기가 풀리자 다시 대학교 시절로 돌아간 것만 같았다.

동아리에 처음 들어갔을 때, 선후배 관계를 돈독히 다지기 위해 했던 마니또가 생각났다. 선배들은 후배들 이름을, 후배들은 선배들 이름을 뽑았다. 상대방에게 들키지 않으며 도와주는 것이 마니또의 법칙 같은 것이었다. 그때 채아가 뽑은 선배는 한새였다. 그리고 훗날 알고 보니 한새가 뽑은 마니또도 채아였다.

"오늘, 일 쉬는 날이라던데…… 맞니?"

"아, 맞아요."

"그럼 일단 나가자."

그래서 두 사람은 동아리 안에서 커플로 불렸다. 운명의 만남이니 뭐니, 그런 농담도 걸려 왔다. 하지만 결국 두 사람이 사귄 적은 없었다. 그것이 동아리 내 불가사의였다.

"근데 진짜 선배가 점심 사는 거예요?"

"은채아, 의심하는 버릇 또 나왔네."

"아니, 그게 아니라……."

오랜만에 본 선배라서 그런지 얻어먹기가 미안했다. 점점 미안해지는 채아의 표정을 본 한새가 피식 웃으며 계산대 앞에 선 채아를 뒤로 밀어 냈다.

"사람 무안하게 하지 말고."

"네? 아, 네에……."

채아는 말끝을 늘이며 뒤로 물러섰다. 계산을 하는 한새의 뒷모습을 멍하니 바라보던 채아가 조용히 웃었다. 변함이 없는 그의 모습에 그저 웃음이 나왔다. 가끔 바쁠 때마다 떠올랐던 것이 한새였다. 그렇기에 변함이 없는 그의 모습에 더욱더 반가운 것일지도 모르겠다.

채아는 한새가 계산을 하는 사이, 재빨리 핸드폰을 꺼내서 영은에게 카톡 메시지 하나를 보냈다. 그러자 영은은 그저 답장으로 키읔만 가득 써서 보내 왔다. 빨리 이게 어떻게 된 일이냐고 몇 번을 보내도 영은이 보내는 답장은 같았다.

"줘 봐."

"어떤 거…… 아, 핸드폰이요?"

어느새 다가온 한새가 손을 내밀었다. 일단 달라고 했으니 한새의 손에 핸드폰을 올려놓은 채아가 물었다.

"그런데 왜요?"

"여전하네, 은채아. 주고 나서 물어보면 어떻게 해."

민망해진 채아는 고개를 푹 숙였다. 정말 저도 변한 것이 없나 보다.

"이거, 내 번호다."

"아. 얼른 저장할게요."

대학 시절, 두 사람은 서로의 번호를 알고 있었다. 그러나 자주 만나는 날이 많다 보니 핸드폰으로 연락을 하는 일은 거의 없었다. 자취방이 한 다리 건너였기 때문에 연락하지 않아도 금세 만나곤 했다.

"뭐로 저장했어?"

한새가 묻기에, 왠지 모르게 보여 주고 싶지 않아 핸드폰을 뒤로 숨기려고 했지만 그가 더 빨랐다. 왠지 민망해 채아는 또다시 고개를 숙였다. 이미 얼굴이 빨갛게 익었을 것이다. 두 뺨을 매만져 보기도 했다.

채아가 저장한 이름은 '선배'였다.

"재미 없는 은채아."

투덜거리듯이 말하는 한새를 향해 고개를 획 든 채아가 그의 핸드폰을 낚아챘다.

"어디, 선배는 뭐라고 저장을 했는지 보죠!"

그리고 확인을 하자마자 채아는 가던 걸음을 뚝 멈췄다. 그가 저를 저장한 이름은 '우리 채아'였으니까.

잠시 눈을 깜빡이던 채아의 얼굴이 이내 붉게 확 타올랐다. 그런 채아의 모습이 귀엽다 생각한 한새는 키득거리며 웃다가 채아의 핸드폰을 돌려주었다. 멍하니 액정을 바라보니, 선배 앞에 '우리'란 단어가 붙어 있었다.

"어디 가고 싶은 곳 있어?"

"……."

"채아야?"

"……어, 아! 카페, 카페요."

"식후엔 카라멜 마끼아또, 이거지?"

"그것도 기억하시네요."

애써 핸드폰 이름 사건을 기억하지 않기 위해 고개를 휙휙 저으며 핸드폰을 집어넣었다. 그런 그녀의 질문에, 한새가 고개를 끄덕이며 대답을 해 주었다.

"잊을 리가."

묘하게 가슴을 두근거리게 하는 말이었다. 마치 문장 앞에 수식어가 떨어진 것만 같은 느낌이 들었다. '그걸 내가'라는 달콤한 수식어가.

이번에도 채아는 애써 모른 척, 구석으로 두근거림을 밀어 넣으며 그의 옆에 섰다.

"근데, 선배. 끝까지 말 안 해 주실 거예요?"

"뭐가?"

"원래부터 영은이 알고 있었어요?"

그러자 의외로 한새의 대답은 간단하게 떨어졌다.

"아니."

아주 단호한 그 말에, 눈을 깜빡이던 채아가 고개를 확 돌렸다. 그러나 한새는 여전히 기분 좋게 웃고 있었다. 그의 옆모습을 바라보던 채아는 다시 정면으로 고개를 돌렸다.

"그럼요?"

"채아야."

"네."

"그거 말고 다른 건 안 궁금하니?"

오로지 그것만 궁금했기에 채아는 그의 질문에 난감했지만 다른

25

것도 궁금하다 대답을 했다. 그런데 거짓말이 티가 났는지 한새는 그저 즐겁다는 듯이 그녀를 바라보았다. 그는 처음부터 끝까지 웃음을 잃지 않고 있었다.

"그럼, 다른 거 뭐?"

또다시 이어지는 질문에, 채아는 머리를 굴리다 마침 카페를 발견해서 한새의 옷깃을 잡아끌었다.

"카페다! 얼른 들어가요. 아, 커피 마시고 싶네?"

안으로 들어가자마자 자리를 잡아 한새를 앉히고서 채아는 가방을 급히 뒤적였다. 지갑을 꺼낸 채아가 곧장 커피를 주문하러 갔다. 그녀의 뻣뻣한 뒷모습에, 화제를 돌리려는 것을 충분히 알 수 있었다. 키득거리며 웃던 한새는 채아가 앉으려던 자리와 제 자리를 바꿨다.

커피를 주문하러 간 채아는 잠시 메뉴판 앞에서 고민을 했다. 선배가 무엇을 마시더라. 아, 단것을 싫어하지. 그래서 아메리카노만 고집했던 것이 떠올랐다. 혹은, 가끔은 에스프레소. 에스프레소는 기분이 좋지 않을 때 마셨으므로 오늘은 아메리카노였다.

"카라멜 마끼아또 한 잔하고 아메리카노 한 잔이요. 아, 둘 다 차가운 걸로 주세요."

저와는 입맛이 정반대라는 생각이 들었다. 그녀는 단것을 좋아했으니까.

주문을 한 후, 진동벨을 받아 자리로 돌아오자마자 자리가 바뀐 것을 발견했다. 한새가 비켜 준 등받이 있는 쪽으로 가서 앉으며 채아는 웃어 버렸다.

"못 살아. 여전히 젠틀맨이네요."

"원래 레이디는 등받이 의자에 앉혀야 된다고 했어."

"누가요?"

"……강지호가."

"아. 바람둥이 지호 선배."

지호는 한새와 가장 친하다고 소문이 난 선배였다. 불쑥 동아리 면접 때, 그에게 질문을 받았던 일이 떠올랐다. 지호가 능글맞은 말 몇 마디로 긴장을 풀어 주어 채아는 무사히 면접을 볼 수 있었다.

"다른 건 안 궁금해?"

갑자기 물어 오는 질문에, 잠깐 말문이 막혔지만 그녀는 재빨리 입을 열었다.

"선배, 여자 친구! 그래, 맞아요. 애인 없어요? 애인."

그러자 한새의 표정이 묘하게 일그러진 것처럼 보였다가 금방 웃는 얼굴로 바뀌었다. 순간적으로 자신이 무엇을 잘못 봤나 싶었던 채아는 두 눈을 비비려다 애써 한 화장이 번질까 싶어서 눈만 깜빡였다. 그러다 다시 입을 열었다.

"왠지, 그 잘생긴 얼굴에 없다고 하면 외모가 울 것 같아서요. 아하하!"

"너는. 없어?"

"에이. 제가 먼저 질문했잖아요. 그러니까 선배가 먼저 대답해 주셔야 해요."

맞게 본 것 같은데. 아닌가? 속으로 여러 번 질문을 하던 채아는 한새의 대답을 기다렸다. 그때, 한새의 입이 열렸다.

"애인은 없는데……."

잠시 말끝을 흐리던 그가 입을 열어 말을 이었다. 마치 달콤하게 속삭이는 것만 같았다.

"좋아하는 사람은 있어."

드르륵. 그의 말이 끝나자마자 눈만 깜빡이던 채아가 벌떡 일어났다. 진동벨이 울리자 반사적으로 일어난 것이었다. 그에, 한새가 키득거리며 채아의 어깨를 아프지 않게 눌러 도로 앉혔다.

"내가 갔다 올게."

"아, 제가……."

"네가 샀잖아?"

길쭉한 상체가 점점 멀어졌다. 커피를 받아 오는 그의 모습을 바라보며 채아는 낮게 한숨을 쉬었다. 저런 잘생긴 사람에게 애인이 없으면 안 되는 일이지. 왠지 아쉬운 마음과 함께 가슴이 따끔거리는 것이 느껴졌다.

깊게 숨겨 두었던 무언가가 들썩이며 제자리를 찾으려고 하는 것만 같았다.

"여전하네. 단거 좋아하는 식성."

"선배는 아직도 안 좋아하죠?"

"물론. 그런데 나중에 먹어 보고 싶은 건 있어."

"달콤한 거요?"

"응."

그가 눈꼬리를 휘며 환하게 웃었다. 아찔하게만 느껴지는 그 미소에, 심장이 쿵쾅거리는 듯했다. 채아는 아무렇지도 않은 척 커피를 마시다 물었다.

"어떤 건데요?"

그러자 그는 그저 조용히 미소만 지었다. 갑자기 쑥 입을 다무는 그가 수상해 보였지만 별다른 것은 묻지 않았다. 개인의 취향이니 묻지 않기로 했다.

잠시 커피를 빨대로 휘젓던 채아는 고개를 들어 제 눈앞에 있는 한새를 바라보았다. 한 학년 위였던 한새는 채아보다 1년 일찍 졸업을 했다. 그 이후로는 한 번도 본 적 없고 연락을 한 적도 없었다. 그러니 따지자면 5년 만이었다.

5년 만에 보는 조한새는 그대로였다. 부드럽고 유한 분위기에, 젠틀맨이었다. 그의 별명은 젠틀한 조 선배였다. 누구에게나 친절하고 인기도 많은 사람. 축제 때, 장난삼아 모든 과를 통틀어서 인기투표를 한 적이 있었는데 독보적으로 한새가 1등을 거머쥐었다. 그때 상금이 20만 원이었던가. 한새가 그 돈으로 자신을 데리고 레스토랑에 갔기에 기억하고 있었다. 두 사람이 처음 함께 간 레스토랑이었다.

"채아는, 애인 있어?"

그가 물어 왔다. 잠시 옛날 회상을 하던 채아는 다시 정신을 차리고 고개를 가로로 저으려다 놀려 주고 싶은 마음에 고개를 끄덕였다. 그러자 한새의 미간이 잠시 꿈틀거렸다.

"······있다고?"

"네! 당연히 있죠."

당연히, 라는 단어에 다시 한번 그의 눈썹이 꿈틀거렸지만 채아는 알아차리지 못했다.

애인이라기보다는 그 관계가 될까 말까 한 사람이 있었다. 같은 회사에 다니는, 동갑인 남자였다. 채아에게 고백을 했지만 그녀는 그 고백을 거절했다.

"······그래?"

스물여덟 살이나 되었는데 제대로 남자를 사귀어 본 적이 없기에 늦어도 한참 늦었다. 그렇기에 굴러들어 온 복을 차면 안 되지만, 채아는 제 스스로 발로 차 버렸다.

왜냐고?

"선배도…… 좋은 사람 만나야죠."

한새를 좋아한다. 부정하고 싶지만, 참 우습게도 첫사랑을 잊지 못하고 아직도 진행 중이었다. 그래서 레스토랑 안에서 영은이 아니라 한새가 있는 것을 보고 숨이 멎어 버리는 줄 알았다. 또한 다른 곳으로 피하고 싶었었다. 애써 잊으려던 것이 튀어나올 것 같았다. 그것은 누군가를 좋아하는 마음이었다.

그와 서로 마니또라는 것을 알고 난 후로 두 사람은 부쩍 가까워졌었다. 처음 본 날부터 한새를 좋아했다는 것을 깨달은 채아는 가까워진 사이에 기대하며 고백하려 했지만, 생각을 해 보니 그는 그녀에게만 특별한 남자가 아니었다. 누구에게나 친절하니까.

그래서 마음을 접으려 해도 채아는 무언가 하나에 빠지면 푹 빠지는 경향이 있기에 포기할 수가 없었다. 동경이 아닐까, 생각을 했지만 시도 때도 없이 그를 보며 가슴이 두근거리는 것은 동경일 리 없다고 결론을 내렸다.

"……채아, 넌 어디서 일해?"

"아, 저요? 제서 그룹 본사에서…… 일해요. 하하!"

"혹시 비서실에서 일하니?"

"아니요, 회계팀이에요. 그런데…… 기억하시네요."

부끄럽다는 듯이 괜히 커피를 마시는 그녀의 모습에, 한새가 쓰게 웃었다.

"참. 선배는요?"

갑자기 고개를 드는 채아였지만 능숙하게 부드럽게 웃는 모습으로 바꾼 한새가 입을 열었다.

"그냥, 일해."

"에이. 재미없게."

쭉, 남은 커피까지 다 마신 채아는 컵을 내려놓으며 다시 말을 꺼냈다.

"우리 이제 어디 가요?"

오랜만에 만나서 그런 말을 꺼내기에는 어울리지 않다는 생각이 들었지만 어쩔 수 없었다. 점점 침묵에 잠겨 가는 분위기를 깨고 싶었을 뿐이었다. 무안해진 채아는 그저 웃었고, 마지막 한 모금의 커피를 마신 한새가 그녀를 응시하다 피식 웃었다.

"글쎄다. 어디 갈까?"

"음……."

근처에 뭐가 있지, 채아는 생각했다. 이대로 한새와 헤어지는 것이 조금, 아니…… 많이 아쉬워서 저녁까지는 같이 먹고 싶었다. 현재 1시 30분. 빨라야 저녁을 5시 30분에 먹는다고 하면 네 시간이라는 시간이 있었다. 그사이에 무언가라도 하고 싶어서 갈 곳이 없나 아무리 생각해 봐도 떠오르지 않았다.

결국 테이블 위에 고개를 기댄 채아는 그대로 시선만 올려 한새를 바라보았다. 계속해서 저를 바라보고 있었는지, 바로 한새와 눈이 마주쳤다. 순간 쿵— 하고 심장이 가라앉는 것만 같은 느낌이 들었다.

"갈…… 곳이 없네요. 하하!"

자연스럽게 시선을 피하며 몸을 일으켜 앉았다. 그러곤 핸드폰으로 근처 장소를 검색해 보았다. 그때, 갑자기 한새의 큰 손이 핸드폰 액정을 가렸다. 고개를 들자, 코앞에 있는 그의 얼굴이 보였다. 너무 가깝다. 그러나 그대로 굳은 채아는 뒤로 물러서지 못했다.

"영화 볼까?"

"……."

"네가 좋아하는 액션."

"……서, 선배는 그거 싫어하잖아요."

"그럼, 공포 봐?"

"아니, 그것도 좀……."

말끝을 흐리며 채아는 슬그머니 몸을 뒤로 빼 의자에 붙어 앉았다. 한새의 얼굴이 멀어지자 마음이 조금 편해졌다. 방금 전 일로 인해 등에 식은땀이 한 줄기 흘러내리는 것만 같았다. 아, 큰일 날 뻔했네. 안도의 한숨을 속으로 내쉬며 채아가 먼저 일어났다.

"일단 지금 볼 수 있는 게 뭐 있는지 보고 결정해요. 아, 오랜만에 영화네."

쟁반을 들고 가는 채아의 뒷모습을 바라보며 한새는 연하게, 그러나 계속해서 미소를 짓고 있었다. 쟁반을 두고 돌아온 채아가 제 팔을 잡아당기며 얼른 가자며 재촉하는 모습에도 여전히 웃어 주었다.

"우리, 배는 부르니까 팝콘은 먹지 마요."

"그럼 오징어는 먹고?"

"네!"

하여튼. 그렇게 중얼거리는 한새는 즐거워 보이는 표정이다.

Chapter 02

"박영은, 너……!"

기어코 한새와 저녁까지 먹고, 데려다준다는 것을 말리지 못해 같이 집 앞까지 왔다. 한새가 시야에서 사라질 때까지 인사하던 채아가 집 안으로 들어가 영은을 향해 냅다 소리를 질렀다. 영은은 채아의 룸메이트였다.

"헤에. 왔어?"

"헤에? 우, 웃어? 너, 너……!"

너무 황당해서 말도 제대로 나오지 않았다. 마치 자신이 바보처럼 느껴졌지만 채아는 아무렇지도 않게 대답을 하는 영은이 얄미워 그녀가 보던 TV를 꺼 버렸다. 그러자 집에 적막이 찾아왔고, 영은의 미간이 저절로 찌푸려지는 것이 보였다.

"무…… 뭐!"

괜히 무서워진 채아가 소리를 질렀다. 그래도 겁이 났다. 한번 화가 나면 한 달 가까이 말도 섞지 않는 것이 바로 박영은이었기에.

영은은 가만히 채아를 바라보았다. 살이 덜덜 떨리는 것이 보여서 결국 피식 웃어 버렸다. 그러자 어깨에 들어간 힘을 뺀 채아가 그녀의 앞에 털썩 앉았다. 이내 다시 중얼거리듯이 입을 열었다.

"진짜…… 왜 네가 안 나오고 선배가 나온 거야?"

"선배랑 많이 얘기했어?"

"아, 뭐…… 오랜만에 봤으니까. 그러고 보니, 선배…… 왜 이렇게 오랜만이지?"

"……뭐? 안 물어봤어?"

이처럼 바보 같은 일이 다 있나? 영은의 미간이 다시 꿈틀거렸다. 그러나 채아는 자신의 생각에 집중을 해서 그런지 영은을 보지 않고 다시 중얼거렸다. 이번에는 완벽한 혼잣말이었다.

"그러고 보니…… 무슨 일 하는지도 안 물어봤네."

결국 영은은 길게 한숨을 내쉬었다. 뭐 저런 게 다 있담? 공부는 잘하는데 공부 외에는 둔하고 눈치도 없는 채아였다.

혼자서 생각을 하는 제 친구를 바라보던 영은은, 일주일 전을 떠올렸다.

천문학 동아리 '별 보다'에 가입을 한 것은 채아만이 아니었다. 결국 마땅히 들어갈 곳을 찾지 못한 영은이, 친구가 가입을 했으니 저도 가입을 해도 되겠다 싶어서 들었던 것이다. 소라는 고민하다가 봉사 동아리에 가입했다.

채아의 마니또가 한새였다면, 영은의 마니또는 한새의 친구인 지호였다. 한새는 졸업을 하고 나서 외국에 갔네, 어쩌네, 그런 소문만 들리고 채아와 연락이 끊겼었다. 그러나 영은은 지호와 계속 연락이 되었고, 자주는 아니지만 그래도 한때 같은 동아리였고 마니또였던지라 만날 때도 있었다.

근 세 달 만에 지호에게서 연락이 왔기에 영은은 그와 만나러 약속 장소로 향했다. 고등학교 선생님인 지호는 이제 누가 봐도 선생님 티가 제법 났다.

"바쁜데 어쩐 일이세요?"

"어허. 바빠도 후배 밥 한 끼 사 줄 여유는 있다!"

"아, 그러셔요."

"후배. 왜 이렇게 시큰둥해? 아, 오랜만에 연락했다고 삐쳤구나?"

"삐치기는. 용건 있을 때만 연락하는 주제에."

정곡을 찔린 지호는 그저 웃어 버리고 말았다. 시크하고 쿨하게 대답을 해 주는 영은은 대학 시절 참 재미있는 후배였다. 선배가 무서워서 말도 제대로 걸지 못하는 신입생이 많은데 영은은 그렇지 않았다. 그렇다고 건방진 것도 아니었다. 적당히 물러설 줄도 알고 적당히 장난이나 농담을 할 줄도 알았다.

오늘 지호가 그녀를 불러낸 것은, 그녀의 말대로 용건이 있기 때문이지만 그건 50%였다. 나머지 50%는 오랜만에 이 흔치 않은 후배를 보고 싶기도 했다. 같이 있으면 심심하지 않은 상대였다.

"그래서. 용건이 뭔데요?"

단도직입적으로 들어가는 영은으로 인해 지호는 호탕하게 웃었다. 영은의 눈초리가 매서워지려 하기에 입을 열려다, 마침 음식이 나와서 잠시 멈췄다.

음식을 훑어본 영은이 시선을 들어 지호를 뚫어져라 쳐다보았다. 오늘은 대체 무슨 일로 불렀을까? 쓸데없는 것만 아니면 괜찮은데.

그녀의 노골적인 시선에, 결국 졌다는 듯이 웃으며 지호가 대답을
했다.

"한새. 기억하지? 조한새."

"물론 기억하죠."

제서대 최고 인기인이었던 조한새를 어떻게 잊으랴. 거기다 친
한 친구에다가 룸메이트인 은채아가 아직도 잊지 못하고 있는 상
대가 아니던가?

귀공자처럼 생겼는데, 예의도 바르고 하는 태도가 전부 부잣집 도
련님인 것 같아 그의 배경에 대해 추측이 난무했었다. 끝내 정확히
알려진 바가 없음에도 분명 그럴 거라고 다들 의심을 하지 않았다.

그런 한새는 채아의 마니또였고, 채아도 한새의 마니또였다. 그
사실이 알려지고 나서부터 두 사람은 부쩍 친해졌다. 채아의 성격
을 생각하면 이미 처음부터 한새와 친했다고 할 수 있겠지만. 그렇
게 채아는 웬만한 동기보다도 동아리 선배인 한새와 더 친하게 지
냈다. 어느새 교양 과목을 최대한 겹치게 하려고 하지를 않나, 시
간표도 맞추려고 하지 않나. 두 사람은 실과 바늘 같은 존재였다.

"내가 오늘 널 부른 건, 조한새 때문이야."

둘은 이상하게 사귀는 사이는 아니었다. 확실히 채아는 그를 좋
아했지만, 그의 태도가 모호했다. 누구에게나 친절한, 그런 젠틀
맨. 그래도 후배들 중에서 채아와 가장 친하긴 했다.

"한새…… 선배요?"

대학 시절 내내 떼어 낼 수 없던 그 이름에 영은이 의아함을 가
진 것은, 한새가 졸업을 하자마자 갑자기 종적을 감췄기 때문이었
다. 가장 크게 떠도는 소문은, 외국으로 유학이나 이민을 갔다는
것이었다. 아마 그때, 한 일주일 동안 채아는 계속해서 울었다.

밥도 제대로 먹지 못했었다.

"그 인간이 왜요!"

저도 모르게 영은은 거칠게 대답을 했다. 지호의 눈이 크게 떠졌다. 그의 반응으로 인해 영은은 제 입을 가리고 어색하게 웃었다.

당시 채아는 그가 어차피 연예인과 같은 존재였다고 애써 자신을 위로한 뒤에야 극복할 수 있었다. 그러나 그를 잊은 것은 아니었다. 아직도 그리워하는 게 영은의 눈에는 보였다.

그래서 영은은 제 친구를 울린 한새를 생각하면 용서를 할 수가 없었다. 어디에서 무엇을 하고 사는지 5년 동안 연락도 없는, 괘씸한 놈으로 입력이 되어 있었다.

"하하. 많이 화가 났구나."

"그럼요. 어휴. 아무튼, 한새 선배가 왜요. 어디, 뭐, 잘 먹고 잘 산대요?"

"나한테 전해 달라고 하는 말이 있어서."

비싼 스테이크를 갈기갈기 썰어 놓던 영은은 이를 부득부득 갈며 한 조각을 콱 찍어 입에 넣었다. 이내 영은이 계속 말을 해 보라는 듯이 지호를 바라보았다. 조용하던 사람이 화가 나면 정말 무섭다더니, 그 짝이었다. 웃고 있지만 눈가에서는 불씨가 피어나는 것만 같았다.

움찔거리던 지호는 괜히 저에게 부탁을 한 제 친구를 원망하며 겨우 입을 열었다. 언제 다 먹었는지 스테이크를 삼키는 영은의 입에 조각 하나를 다시 넣어 주면서.

"아직 한새가 뭐라고 한 말이 없어서 너에게 자세한 것을 설명 못 해 주겠는데…… 한새가, 채아 옆에 서려고 진짜 열심히 했어."

"그게 무슨 말인데요."

"어…… 그건 나중에 설명해 줄게. 한세가 말해도 된다는 말을 안 해서. 아무튼 결론만 말을 하자면, 한세는 채아를 예전부터 마음에 두고 있었어."

"에잇! 그게 지금 와서 무슨 소용…… 읍!"

이번에는 조각 두 개를 영은의 입으로 집어넣으며 지호는 어색하게 웃어 보였다.

"나도 그게 답답해서 그놈한테 물었어. 차라리 일찍 말을 하는 것이 더 낫지 않았겠냐. 그러니까 걔가 뭐라 했는지 알아?"

"뭐라 했는데요."

두 조각을 아주 빠른 속도로 분리시켜서 삼킨 영은이 입을 열었다. 참 무서운 영은의 모습에, 지호는 등골이 오싹함을 느꼈다. 잘못 건드렸다간 죽을 것 같았다.

"하하! 여왕님처럼 모시기 위해선 어쩔 수 없었다 하네."

"……우웩."

"아무튼, 그래서 이제 준비가 끝났으니 만나고 싶은데 저를 쉽게 만나 줄지가 의문이라서 너한테 부탁을 하는 거래."

"그럼 직접 저한테 말하지, 왜 선배 시키고 그런대요?"

지호는 그저 어깨만 으쓱였다. 그러나 내심 왜 그런지 알 것 같았다. 본인을 직접 보면 뺨이 아니라 복부를 향해 주먹을 꽂아 넣을 사람이었다. 그러고서 정작 쉽게 만나게 해 주지는 않겠지. 괜히 웃기만 하던 지호는 다시 한번 말을 했다.

"그렇게 해 줄 거지?"

"근데요, 지호 선배. 만약 채아한테 지금 애인이라도 있으면 어쩌려고요?"

"있어?"

"당연히 없지만요."

그렇게 한 사람만 애타게 찾는 사람에게 다른 사람이 눈에 들어올 리가. 안 그래도 회사에서 동갑내기가 고백을 했다던데, 그걸 차 버렸다는 소리를 들었다.

"골키퍼 있다고 골 못 넣을 리가 있냐고 하던데."

"……아, 그 자신감. 한새 선배답네요."

그리고 영은은 다시 한번 미간을 팍 찌푸리며 지호에게 못을 박았다.

"만약 만나게 했는데 채아 눈에 눈물 한 방울이라도 흘리게 했다간, 제가 한새 선배 때려 준다고 전해 주세요. 일단 내 친구 살리고 봐야 하니까."

"응?"

"아, 선배는 몰라도 돼요."

괘씸한 조한새라 생각이 되지만, 제 친구는 죽어도 조한새가 아니면 안 된다고 하니까 이제 마음 좀 놓고 행복하라고 하고 싶었다.

그리고 이틀 뒤, 영은은 한새를 직접 만나 그 이유를 들었고, 마침내 완전히 허락을 한 것이었다.

"은채아."

"……응?"

"그래서. 조한새하고는 이제 어떻게 할 건데?"

"그걸 모르겠어."

짧게 한숨을 쉰 채아는 영은에게 털어놓기로 했다.

"아까, 대화했을 때, 선배에게 좋아하는 사람이 있다던데. 어떻게 하지?"

그건 너잖아. 하고 싶은 말을 잔뜩 삼킨 영은은 고개를 끄덕이며 계속 말을 해 보라는 듯이 그녀를 바라보았다. 용케 눈빛을 알아차린 채아가 말을 이었다.

"그래서…… 괜히 짜증도 나고, 윤정호 생각이 나서 애인 있다고 했어."

"……뭐?"

"정호한테는 미안하지만. 아하하!"

윤정호. 바로 채아에게 고백을 했다던 같은 회사 동갑내기였다. 아무리 그래도 그렇지, 애인이 있다고 거짓말을 하다니. 하지만 영은은 들은 것도 있으니, 이렇게 채아가 거짓말을 해도 조한새가 물러날 리는 없다는 생각이 들었다. 골키퍼 있다고 골 못 넣냐고 하던 조한새.

채아는 한새가 마냥 친절했다고 기억하지만, 그도 사실 다른 사람들에게 선을 긋기는 했었다. 자신의 주변에 선을 하나 긋고서 그 안으로는 절대로 침범하지 못하게 한 발자국 거리를 떨어뜨려 놓고 지냈다. 그러나 채아만큼은 그 선 안으로 들게 했다. 그게 전부 채아를 좋아해서였구나. 당시에도 어쩐지 뭔가 조금 이상하다는 생각이 들었었다. 단 한 사람만을 특별하게 생각하니까 그랬던 것이다.

하지만 채아의 입장에서 생각을 해 보면, 한새가 저를 좋아해서 그런 것인지 헷갈리고도 남았다. 직접 말을 하지 않으니까. 거기다 인기 많고 젠틀하기로 소문난 한새였으니까 더욱더 그랬을 것이다.

"고백 안 해?"

"음. 근데 오랜만에 만나서 그런지 조금 서먹하기도 했어."

40

"……그러냐."

"그래서 고백했다간 아예 연락이 끊길 것 같아서 겁나기도 해. 다시 나를 찾은 것을 보니…… 어라. 그런데 너, 어떻게 선배랑 연락을 해서 부른 거야?"

이제야 묻다니. 한심한 것. 속으로 혀를 차던 영은은 그냥 넘기기로 했다. 구렁이 담 넘듯이. 어차피 지금 생각을 하느라 머릿속이 복잡해 자신이 한 말을 제대로 못 들을 것이다. 한 귀로 넘길 것을 알기에 음흉하게 웃던 영은이 입을 열었다.

"그냥, 어쩌다 연락이 닿아서. 네 번호를 모른다기에. 너 깜짝 놀라게 해 주려고 미리 짜고 친 거야. 알겠지?"

"으흠. 그렇구나."

거봐. 씩 웃은 영은이 이내 채아의 어깨를 토닥여 주었다. 생각해 보니, 애인이 있다고 한 것도 잘했다는 생각이 들었다. 사정이 있어도 그렇지, 아무런 연락도 없이 5년간 잠수를 탄 것은 그쪽 잘못이니까 애 좀 타 보라고 하고 싶었다. 그런 마음을 채아를 위해 삭였더니만 눈치도 없는 은채아가 알아서 애타라고 그렇게 상큼한 거짓말을 하고 왔다.

"아무튼. 잘해 봐, 채아야."

"하지만…… 좋아하는 사람이 있다고 하잖아."

"좋아하는 사람이지, 애인이 아니잖아? 그리고 자기 혼자 좋아하는 거잖아. 네 매력으로 유혹해 봐!"

"유, 유혹은 무슨."

뺨이 불그스레하게 물든 채아의 모습에 귀엽다 생각을 한 영은은 두 뺨을 꼬집어 주고서 손을 번쩍 들었다.

"치킨 앤 맥주! 어때?"

"오오! 영은 님! 최고이십니다!"

"좋아. 오늘은 내가 쏜다!"

그렇다면 주문은 자신이 한다며 채아는 재빨리 자주 시키는 치킨집 번호를 찾았다. 전화를 거는 채아를 응시하던 영은이 씩 웃으며 돈을 가지러 방으로 향했다.

"어디, 한번 애 좀 태워 보셔."

친구 눈에 눈물 흘리게 한 놈은 그 배로 눈물 좀 흘려 봐야 한다.

키득거리며 지갑을 뒤지는 영은의 모습을 아마 지호가 봤더라면 두 번 이상은 그녀가 꿈속에 나타날 거라고 말을 할 법했다.

"누가 거짓말하래."

갑자기 자신이 사는 오피스텔로 긴급 호출을 하더니, 대뜸 하는 말이라고는 고작 저런 거였다. 어이가 없어진 지호는 흉흉한 얼굴을 한 제 친구를 바라보다 낮게 한숨을 쉬었다. 자려고 누운 찰나에 온 전화에 얼마나 급한 일인가 싶었는데, 하나도 급한 일이 아니었다.

"뭐. 내가 뭐."

"애인 없다며."

"나 애인 없는데."

"누가 너 말해?"

찬바람이 쌩 부는 사이, 드디어 잠이 깬 지호는 눈을 깜빡이다 고개를 갸웃거렸다. 지금 말하는 상대가 누군지 알아차렸기 때문이다. 바로 은채아겠지.

한새의 차가운 눈빛을 받은 지호는 억울해졌다. 분명 영은이 없다고 했다. 그녀는 거짓말하는 사람을 용서하지 못하는 성격이기에 당연히 거짓말일 리가 없었다. 그런데 지금 하는 말은 뭐지? 잠시 고개를 갸웃거리던 지호가 입술을 움직였다.

"누가 그래? 채아, 애인 있다고?"

"본인이 그랬다."

"……어? 뭐라고?"

그렇게 물으며 지호는 재빨리 문자 하나를 영은에게 넣었다. 너, 누가 거짓말하래! 그러나 자는지 답장은 오지 않았다. 핸드폰을 쑥 집어넣고 고개를 들어 바라본 한새의 표정은, 당장이라도 저를 살인할 것 같았다.

'이게 무슨 날벼락이야. 나는 전해 준 일밖에 없는데!'

영은이 저에게 거짓말을 했는지, 아니면 채아가 한새에게 거짓말을 했는지. 둘 중 하나였지만 영은의 성격을 생각하면 채아가 거짓말한 것이라는 결론이 나왔다. 그렇다면 왜? 의문이 들었지만 지호는 자신이 생각한 것을 입 밖으로 내뱉으면 안 된다는 느낌을 무의식중에 받았다.

"채아가?"

괜히 바보처럼 되물었다. 그런 지호의 모습에 답답함을 느낀 한새는 손짓으로 가라고 표시를 했다. 내가 무슨 시종인 줄 아나! 화를 내고 싶어도 화를 냈다가 도리어 당할 사람은 자신이기에 지호는 조용히 한새의 오피스텔에서 나왔다.

오도카니 서서 생각에 잠겨 있던 한새가 소파에 털썩 소리가 나도록 앉았다. 이내 깊게 한숨을 내뱉으며 천천히 눈을 감았다.

"내가 잘못하긴 했지만……."

대학 시절, 그녀에게 다가가지 못했던 것은 너무나도 순수하게 웃는 그녀를 망가뜨릴 것 같았기 때문이었다. 저는 욕심도 질투도 소유욕도 많은 남자였다. 사람들 모두 저를 바라보며 친절하다, 젠틀맨이다 해도 한 남자로서는 전혀 그렇지 않았다. 오히려 이기적인 남자였다.

제가 해야만 할 일이 있었다. 그렇기에 그 일이 끝난 후에 그녀를 데리러 가려고 했다. 그동안 해 주지 못했던 것들을 전부 해 주기 위하여. 그러나 그것은 저만의 생각이었나 보다.

"하긴."

그렇게 사랑스러운데, 어떻게 다른 남자들이 안 보고 배겨?

"그렇다면, 이제 어떻게 할까."

눈을 뜬 한새는 허공을 바라보다 피식 웃으며 다시 눈을 감았다. 그러게. 어떻게 할까. 애인이 있다고 하잖아. 조한새. 어쩔 거야? 속으로 중얼거리던 한새가 눈을 번쩍 뜨며 일어났다.

"가만히 있을 수는 없지."

그 애인이 누군지, 날이 밝자마자 찾아봐야 할 것 같다. 그렇지 않으면 저는 죽을 것만 같았다.

회사에 가기 전, 현관문에 삐딱하게 기대선 영은의 시선이 느껴져 고개를 살그머니 들었다. 영은과 딱 눈이 마주치자 채아가 어색하게 웃었다. 왜 저렇게 서 있지? 그러자 영은의 미간이 일그러졌다.

"너. 오늘 선배랑 약속은?"

"선배? 아, 한새 선배?"

"응. 있어, 없어?"

"몰라. 근데 왜 이렇게 집착해?"

"누가 집착을 했다고! 아직도 좋아한다며. 궁상맞게 스물여덟 살이나 되어서 남자도 안 만나고 있는 너 때문에 내 속이 터져서 그런다, 왜!"

"어휴. 잔소리."

두 귀를 막으며 고개를 절레절레 저은 채아는 영은의 욕이 쏟아지자 재빨리 집을 나와 빠른 걸음을 걸었다. 잔소리쟁이 같으니라고. 속으로 중얼거리며 두 귀에 얹은 손을 뗀 채아가 버스 정류장으로 향했다. 그런데 큰길가로 들어서자마자 익숙한 차 한 대가 채아의 앞에 섰다. 그 차는 어제 본 차였다. 그러니까, 한새의 차.

"선배 차랑 닮았네?"

바로 그 차라고는 생각하지 못한 채아는 고개를 갸웃거리다 그냥 지나치려고 했다. 그때, 창문이 내려가고 안에서 익숙한 목소리가 들렸다.

"채아야. 은채아."

속삭이는 것만 같이 달콤한 목소리. 또다시 심장이 두근거리는 것을 느끼며 휙 돌았다. 그러자 차 안에서 상체를 밖으로 뺀 한새가 빙긋 웃으며 손을 흔드는 것이 보였다. 아침부터 기분이 좋아진 채아는 재빨리 한새의 차 앞으로 향했다.

"선배! 어쩐 일이세요?"

"출근하지. 얼른 타."

"네? 어, 하지만……."

"일단 타고 말하자."

한새의 말에 고개를 끄덕이며 그의 옆자리에 올라탔다. 채아가 타자마자 한새는 차를 출발시켰다.

"제서 그룹 본사라 했지?"

"아. 기억하시네요. 그나저나, 선배도 출근하신다면서요. 어제 못 물어서 그런데, 어디서 일하세요?"

"너랑 같은 곳."

"아, 나랑 같은…… 네?"

채아의 눈이 동그랗게 커졌다. 그 모습이 귀여워 낮게 웃음을 흘리던 한새는 신호가 걸리자 차를 세웠다. 여전히 놀란 눈으로 저를 바라보는 채아를 바라보다 습관적으로 그녀의 머리를 쓰다듬은 그가 더 눈이 커지는 그녀를 바라보고서 손을 거두었다.

"나도 제서 그룹 본사에서 일해."

"어…… 어라. 저, 한 번도 못, 못 봤는데……."

"부서가 틀리나 보지."

"아…… 그렇구나. 선배는 어디서 일하세요? 얼마나 되셨어요?"

"비밀."

그러자 채아는 미간을 찌푸리며 퉁명스럽게 그런 게 어디 있냐고 대꾸했다. 그녀의 모든 것이 다 좋고 마음에 든 한새는 그저 기분 좋게 웃고 있었다.

잠시 차 안에 정적이 내려앉자, 채아는 힐끔 한새를 돌아보다 앞을 바라보았다. 여전히 그는 멋있었고, 제 가슴을 두근거리게 만들었다. 애인은 아니고 좋아하는 사람이 있다고 한 사람이지만 그래도 포기할 수 없다니. 저는 정말로 미친 게 틀림없었다. 아니면 포기를 할 줄 모르는 사람이든가.

5년이라는 세월은 사람을 변하게 할 수 있는 시간이었다. 그러나 조한새란 남자를 향한 마음은 결코 변하지 않았다. 영은은 그런 저를 보며 답답하다고 했다. 저 자신도 답답한데 남이 보면 오죽할까. 저는 아직까지도 첫사랑과 짝사랑을 진행시키고 있었다. 한새는 채아의 첫사랑이자 짝사랑 상대였다.

"저…… 선배."

"음. 그래."

"회사……에서…… 말이에요."

"응?"

"마주치면…… 인사해도 되나요?"

무엇을 말을 하려고 그리 뜸을 들이나 했더니 엉뚱한 질문이었다. 크게 웃음을 터트린 한새는 당연하다는 답변을 내놓았다. 이에 크게 안심을 하는 채아가 보였다. 한새는 다시 정면을 바라보며 즐겁게 웃었다. 가만히 있기만 해도 저를 웃게 만드는데, 놓칠 리가 없었다. 곧, 조만간 그녀에게 제 마음을 알리리라. 한새는 그렇게 생각했다.

어느새 회사에 도착했고, 채아가 앞에서 내려 달라고 해야 할지 고민하는 사이에 한새는 지하 주차장으로 향했다. 알아서 찾아가는 것을 보니 정말 그도 같은 회사에 일을 하고 있음을 확신할 수 있었다. 내리자마자 그가 그녀에게 바로 말을 걸었다.

"오늘 저녁에 약속 있니?"

"아마…… 없을 거예요."

"그럼 저녁 같이 먹자."

"좋아요! 아, 선배. 그럼 제가 살게요. 지난번 레스토랑, 선배가 샀으니까 이번에는 제가 사고 싶어요."

그래도 제발 비싼 건 피해 주세요, 라는 말은 하지 않았다. 저번에 한새가 낸 것을 생각하니 저도 그만큼 내야 할 것 같았다. 또한 오랜만에 만났으니 그만큼 써도 괜찮지 않을까 싶었다.

오늘, 저녁이 되면 반드시 물어봐야 할 것이 두 가지 있었다.

첫 번째, 5년 동안 무엇을 하다가 이제야 연락이 된 것인지. 물론 저는 반가웠지만.

두 번째, 좋아하는 사람이 있는데 그 사람이 애인이 아닌 게 확실한지. 만약 애인이라면…… 그렇다면, 제 마음을 고백하고 차라리 사이가 어색해지는 게 낫지 않을까 싶기도 했다. 눈앞에 자꾸만 보이니까 희망고문이라도 당하는 것처럼 자꾸만 기대를 하게 된다.

그러나 문제는, 그녀는 고백하는 방법을 모르고 있었다. 고백을 할 타이밍도, 꺼내야 하는 말도 전혀 모르겠다는 것이 문제였다. 아무래도 영은의 도움을 받아야만 할 것 같았다.

"그럼 뭘 먹을까?"

"퇴근하기 전까지 생각해 놓으세요. 아, 전 여기서 내려야 해요. 선배는…… 좀 더 위?"

"그래. 난 조금 더 위야. 채아야. 나중에 보자."

"네. 퇴근하고 봐요!"

엘리베이터 문이 닫힐 때까지 한새에게 손을 흔들어 준 채아는, 문이 닫히자마자 한숨과 함께 힘없이 뒤를 돌아섰다. 사실 원망의 심정이 들지 않는 것은 아니었다. 그렇게나 친했으면서, 졸업을 하자마자 연락이 끊겼다. 외국에 갔다, 라는 무성한 소문만 돌 뿐, 정작 소문의 주인공은 절대로 모습을 보이지 않았다.

1년에 두 번 정도 동아리 모임이 있었다. 졸업을 하고 나서도 계속해서 만나고, 후배들도 알게 되고 그런 자리가 두 번 정도 매년 있는데 그때마다 한새는 절대로 모습을 드러내지 않았다.

"……오늘은 꼭 물어봐야지."

48

대답을 안 해 주면 울까?

"어휴. 무슨 어린애 같은 소리야."

우스운 생각에 채아가 고개를 저었다. 그때, 채아의 뒤로 살그머니 소리를 죽여 다가온 한 남자가 채아의 어깨를 탁 잡았다. 그러자 화들짝 놀란 채아가 휙 돌았다.

"까, 깜짝이야!"

"뭘 그리 혼자 중얼거리시나, 은채아 씨?"

"정호, 너……!"

"어허. 여기는 회사 안. 얼른 존대를 쓰세요, 은채아 씨."

"네, 네. 윤정호 선배 '님'."

"어째…… 님 자에 힘이 들어갔다?"

내가? 언제? 그런 눈초리로 어깨만 으쓱이던 채아는 자신의 자리로 걸어가 노트북을 꺼낸 후, 전원을 켰다. 그런 채아의 모습을 바라보던 정호는 재빨리 채아의 옆으로 다가가 물었다.

"커피 줄까, 커피?"

고백에 차였지만 정호는 그래도 친하게 지내면서 그 틈을 노리려고 했다. 그런데 채아에게 미움을 받아서는 안 되는 걸 잠시 잊어버렸다.

채아가 삐친 것을 본 그는 재빨리 커피를 물었다. 커피를 좋아하는 그녀였기 때문이다. 아직 다 풀리지는 않았지만 채아가 고개를 끄덕이는 것을 보자, 정호는 재빨리 커피를 타러 탕비실로 향했다.

그리고 몇 분 후, 커피가 식지 않게 재빨리 나오는 정호의 모습을 보며 같은 팀 사람들은 모두 측은한 눈길을 보냈다. 굳세어라, 윤정호. 속으로 그들은 정호에게 힘을 불어 넣고 있었다.

"참. 채아야. 너, 그거 들었어?"

"뭘?"

"곧 인사이동 있다고 하잖아."

"정말? 갑자기, 왜?"

"내가 듣기로는…… 이번에 이사님 있잖아. 이사님 아들이 있는데 이사 자리 물려주려고 아들을 우리 회사에서 일을 하게 했대. 물론 그게 누군지는 아무도 모르고. 그리고 이제 때가 되었으니까, 이사 자리를 준다며 그 김에 인사이동도 한대."

"아, 정말? 근데 어떻게 아무도 모르지."

잠시 채아는 온화한 분위기를 가진 이사를 떠올렸다. 개인적으로 마주친 것은 딱 한 번, 원래 다른 사람이 가져다주어야 할 서류를 채아가 대신 전달했을 때였다. 보통은 이사 앞에서 실수를 해선 안 된다고 막내는 절대로 시키지 않았다. 막내의 잘못은 곧 팀 하나의 잘못으로 통했기 때문이다.

"거기다가 새로운 이사의 비서를 새로 뽑는데, 그게 회사 안에서 뽑는대."

"어? 정말? 왜? 면접은?"

"그러니까 스파이처럼 잠입해서 비서가 될 사람을 몰래 물색하고 다녔나 봐."

만약 비서를 새로 뽑는다면, 어차피 안 되겠지만 그래도 도전을 해 볼 참이었다. 그런데 이미 뽑았다니. 조금은 실망이었다. 저 같은 사람은 도전을 할 기회도 없는 것이라는 것을 보여 주고 있었으니까.

모르겠다. 평생 막내나 해야지. 그런 생각을 한 채아는 힘없이 고개를 끄덕이며 정호를 좇아냈다. 새로운 이사고, 새로운 비서고 뭐고, 저에게 지금 목표는 조한새에게 고백하는 것이었다. 고백이 문제지 새로운 이사나 이미 내정된 비서가 문제인가.

"그나저나, 고민 있어?"

은근슬쩍 돌아온 정호의 질문에 채아는 귀찮다는 듯이 이번에는 손만 휘저어 그를 다시 쫓아냈다. 그리고 어제 처리하지 못한 일을 마저 하려고 노트북에 엑셀 화면을 띄웠다. 그러나 결국 집중하지 못한 채아는 낮게 한숨을 쉬며 의자에 기대어 앉아 멍하니 화면을 바라보았다.

"새로운 이사와, 그리고 그 이사가 직접 뽑은 비서라."

그래도 누가 새로운 이사로 올지, 간택받은 잘난 사람이 누구일지, 궁금하기는 했다. 비록 제가 아닐지라도.

Chapter 03

새로운 이사와 새 비서가 누구인지 회사에 알려지는 날이었다. 취임식은 그로부터 이틀 후라고 했다. 일단 새로운 이사는 이틀 동안 회사에 저를 알리고, 이사란 자리에 적응을 하려고 이틀 후에 취임식을 한다고 했다. 더불어 새로운 회장까지. 사내에 도는 소문에 따르면, 현 이사가 회장의 아들이니, 회장이 물러나면 그가 새로운 회장이 될 거라 했다.

딱 한 번 본 적 있는 현 회장은 유쾌한 분이었다. 이웃집에 살고 계신 할아버지와 같은 느낌이었다. 그때 그분이 직접 하는 말을 들었는데, 자신은 늙어서 더 이상 머리 쓰는 일은 안 하고 싶다고 했었다. 그걸 전해 들은 영은은 코웃음을 쳤다.

'그런 영감탱이는 속에 능구렁이 몇 마리는 잡아먹었을걸? 분명 실질적 권세는 그 영감탱이가 가졌을 거야.'

어쨌든 새 회장은 현 이사가 한다는 것은 확실한데, 그 빈자리를 채울 새로운 이사는 누구인지 몰랐다. 또한 그런 새 이사가 뽑은 비서가 누구인지, 면상 하나는 궁금했다.

"아무튼, 누구인지 확실하게 보고서 내게 당장 보고해!"

동거까지 하면서 영은과는 마치 유치원 친구처럼 친해져 있었다. 서로의 직장에 대한 일을 잘 알고 있을 정도였다. 그렇기에 그녀도 새로운 이사와 비서가 누군지 궁금해했다.

"특급 승진이 될 사람이 누군지 참 궁금해. 그치?"

"그러니까. 아무튼, 갔다 올게! 소식 들으면 바로 메시지 보낼게!"

영은에게 손을 흔들어 주며 서로 각자의 회사로 향했다. 그런 제 친구의 뒷모습을 잠깐 바라보던 영은은, 그 비서가 부디 채아가 되기를 바랐다. 충분히 비서 자격이 있으면서 처음 본 사람에게는 낯가림이 심해서 포기한 척 미련이 뚝뚝 떨어지는 것을 보면 참 한숨이 나왔다.

그런 제 친구의 걱정을 아는지 모르는지, 채아는 씩씩한 걸음으로 버스를 타러 향했다. 그때, 또다시 낯익은 차 한 대가 보였다. 눈을 깜빡이다 씩 웃으며 그 차 앞으로 향했다. 거의 도착했을 무렵, 창문이 스르륵 내려갔다.

"안녕, 채아야."

"안녕하세요, 선배!"

한새의 차였다. 오늘은 꼭 물어보고 싶었다. 그는 대체 회사에서 무슨 일을 하는지. 한 번도 마주친 적이 없었다. 얼른 그의 옆좌석에 앉으며 채아는 재빨리 입을 열었다.

"선배. 저 하나만 질문해도 되나요?"

"그럼. 뭔데?"

"선배는 회사에서 어느 부서예요?"

"비밀이라고 했는데."

장난스럽게 웃는 모습을 보니 약이 올라 계속해서 묻고 싶지만 채아는 입을 다물었다. 어차피 아무리 물어도 같은 대답만 줄 것 같았다. 조한새는 그런 사람이었다. 계속해서 물으면 마지못해 입을 열어 주는 사람이 아니라, 어떻게든 끝까지 입을 닫고 있을 사람.

그래도 같이 출근을 하니 그것만큼은 기분이 좋기에 그냥 넘어가기로 했다.

"참. 그러고 보니 선배, 슈트 참 잘 어울려요."

"그래? 어색하지는 않고?"

"그거 기억나요? 선배, 학교 다닐 때 어느 날 슈트 입고 왔을 때, 진짜 부잣집 도련님 같았어요."

대학 시절, 한새는 늘 간단한 차림새였다. 외모로 인해 그저 빛나는 사람이라는 생각만 들었지만, 옷차림 자체는 늘 가벼웠다. 청바지를 자주 입었고, 후드 티나 티셔츠를 즐겨 입었다.

그런 한새가 어느 날 갑자기 슈트를 딱 빼입고 왔었다. 슬림한 체형에, 긴 다리와 팔에 딱 어울리는 블랙 슈트. 남자의 멋의 끝은 바로 슈트구나, 싶었다. 그날, 채아는 여자들의 노려보는 시선에 죽는 줄로만 알았다. 그 옆에 있는 여자가 누군지, 다른 여자들의 눈총이 고스란히 느껴졌었다.

"……아아. 김지호 생일날."

"맞아요! 지호 선배 생일날. 그것도 기억나요? 그날 지호 선배, 선배한테 엄청 화냈었잖아요. 아하하! 뭐라고 했더라."

그날을 생각하는지 아득히 먼 곳을 응시하는 채아는 입가에 희

54

미한 미소를 걸치고 있었다. 그 모습에 저절로 한새의 입꼬리가 올라갔다. 문득 그녀의 머리를 쓰다듬고 싶어졌다. 그것은 그녀를 알게 된 순간부터 그녀에게 행한 습관과도 같은 행동이었는데, 지금은 그럴 수가 없다.

예전에는 제 마음을 억누르기 위해 썼던 수법이지만, 이제는 그것마저 통하지 않게 되어 버렸다. 머리를 쓰다듬다 보면 갑자기 얼굴 전체를 매만지고 싶어진다. 거기다 꽉 끌어안고 귓가에 달콤한 밀어들을 속삭이고 싶어진다. 그러니 이제는 그럴 수가 없게 되었다.

5년 동안 억눌렸던 마음은 그녀를 더 원하고 있었다.

"네놈이 그러고 오면 내 생일이 아니라 네놈 생일 같잖아! ……였었나. 아무튼 이런 비슷한 말 같았어요."

지호를 흉내 내는 채아의 목소리에 피식 웃은 한새는 마침 신호가 걸리자 그녀의 옆모습을 바라보았다. 그의 시선을 느낀 채아도 고개를 돌렸다. 눈이 마주치자마자 씩 웃어 보이는 그 모습이 참 예뻐 보였다.

'갈증이 나는 것 같군.'

문득, 그런 생각이 들었다.

"참. 선배도 알죠? 오늘 새로운 이사님하고 그 비서가 누군지 알려지는 거."

"아아. 알지. 궁금해?"

"그럼요. 누구는 비서 못 해서 이러고 있는데."

"응?"

혼자서 중얼거리는 말이었는데 그걸 알아들은 한새가 되물어 왔다. 잠시 당황하던 채아는 결국 소리를 내서 웃음을 터트렸다.

"사실 제가…… 이건 묻어 두려고 했는데요. 비서의 꿈을 못 버렸어요."

채아가 잠깐 한새를 바라보다 다시 앞을 향하며 입을 열었다. 그녀의 목소리는 한새의 귓가에 노랫소리처럼 들렸다.

"사실 면접도 몇 번 봤었어요. 면접 전에, 이렇게 대답을 해야지! 생각을 해요. 근데 막상 면접이 시작되면 목소리도 덜덜 떨리고, 생각했던 것의 절반도 떠오르지 않아요. 그러니 자연스럽게 말문도 막히고……."

"……."

"뭐…… 그랬어요."

어느새 회사 주차장에 도착했다. 차가 멈추자마자 채아는 안전 벨트를 풀고 한새를 돌아보았다. 이내 장난스러운 표정으로 손가락을 입술 위에 올리고서 한새에게 말을 걸었다.

"지금 거 비밀이에요. 민망하잖아요."

귀여운데, 라고 대답을 하려던 한새는 알겠다고 대답을 했다. 그리고 자연스럽게 그녀의 머리를 쓰다듬었다. 오래된 습관 같은 거여서 어쩔 수 없었다. 머리를 쓰다듬고 난 후, 한새는 당황했지만 그런 티는 전혀 내지 않고 동그랗게 눈을 뜬 채아에게 피식 웃어 보였다.

"점심은 역시 팀 사람들하고?"

"……어, 아마도 그럴 것 같아요."

"그럼 저녁은 같이 먹을 수 있겠네."

채아는 속으로 끙, 앓는 소리를 삼켰다. 요즘 통 영은과 같이 밥을 먹지 못해서 그녀가 삐쳐 있는 상태였다. 어쩔 수 없이 친구와 함께 먹어야만 할 것 같았다. 한새와 다시 만난 이후, 같은 회사를 다닌다는 것을 알게 되면서 하루도 빠짐없이 한새와 저녁을 먹었던 터였다.

같은 회사는 아니지만 그래도 일단 같은 직장인이기에 서로 이야기를 할 부분이 많은 데다가 영은은 직장 상사에 대한 스트레스가 어마어마해서 룸메이트인 채아와 함께 소주 한 잔을 기울이며 푸는 경향이 있었다. 최근 그런 걸 못 하니 스트레스가 더 늘었다며 채아를 달달 볶았다.

채아는 어색하게 웃다가 미안하다는 표정을 이내 지어 보였다.

"선배도 기억하죠? 제 친구 영은이. 룸메이트인데, 요즘 같이 저녁 못 먹었다고 삐친 상태여서요. 저, 이러다가 집에서 쫓겨날 것 같아요. 계약은 영은이 이름으로 해서…… 아하하."

"갈 데 없어지면 내 오피스텔로 오면 되지."

"……네?"

어느 정도 진심을 담은 말이었다. 너무 놀란 그녀의 모습이 귀엽다가도 왜 그런 반응인가 싶어 가슴 한구석이 알싸해지는 기분이 들었다. 짧게 웃던 한새는 그녀의 어깨를 토닥이며 고개를 저었다.

"당연히 농담이지."

그의 말이 진짜인 줄 알고, 저에게 고백이라도 하는 줄 알고 채아는 순간 심장이 덜컥 내려앉았다.

문이 열리자마자 채아는 재빨리 엘리베이터 안으로 구겨 들어갔다. 엘리베이터가 멈출 때마다 사람들이 하나둘 올라타면서 둘의 거리는 다시 가까워졌다. 입가에 미소를 계속해서 걸어 두며 한새는 제 옆에 선 채아를 바라보았다. 얼굴이 살짝 붉어진 것을 보니, 뺨을 매만지고 싶어졌다.

'미치겠군.'

아마 엘리베이터에 채아와 단둘이 있으면 분명 뺨을 이리저리 매만졌을지도 모르겠다. 부드럽게 쓰다듬다가도 한 번씩 꼬집고.

이 생각까지 하게 된 한새는 제가 미친놈처럼 느껴졌다.

"저, 저는 이만 가 볼게요."

마침내 채아의 사무실이 있는 층에 도착했다. 엘리베이터에서 단 한 마디도 하지 않던 채아가 한새에게 고개를 꾸벅 숙이고선 그가 말을 붙이기도 전에 금방 사라졌다. 멍하니 그녀가 사라진 모습을 바라보던 한새는 낮게 웃음을 흘렸다.

엘리베이터에서 내린 채아는 문이 닫히자마자 중얼거렸다.

"무슨 농담도 그렇게 해? 가슴 떨리게."

그때, 살금살금 발걸음을 죽이던 정호가 채아의 어깨를 두 손으로 꽉 잡았다.

"엄마야!"

혼잣말에 열을 올리던 채아는 화들짝 놀라며 뒤를 돌다 비틀거렸다. 중심을 잃으려고 하는 그녀의 모습에 재빨리 손을 뻗은 정호는 저도 모르게 급해서 그런지 그녀의 허리에 손을 둘렀다. 다행히도 채아의 뒤통수와 바닥이 마주치는 일은 없었지만, 그녀가 다시 중심을 잡고 설 수 있게 잡아당기다 보니 얼굴을 가까이 마주하게 되었다.

정호는 채아를 가만히 응시했다. 회사에는 정호보다 채아가 늦게 들어왔다. 처음, 입사했을 당시에는 지금보다 굉장히 조용한 성격이었다. 그래서 원래 성격이 그런 줄 알았다.

그때 두 사람은 어색한 사이였다. 동갑이라는 것을 알고 나서는 친구로 잘 지내보려고 했지만 말을 걸어도 단답형으로 끝나는 채아의 대답에, 저를 싫어하나 싶었다.

"유, 윤정호, 너……!"

"어허. 여기는 회사입니다, 은채아 씨."

"씨……. 매일 회사 안이래!"

그러나 회식 날, 주량이 약한 채아가 술이 들어가자마자 얼굴이 풀어져서 헤실헤실 웃는데, 그 모습이 너무 예뻐 보였다. 순간 심장이 두근거리는 것을 느끼는데 채아가 먼저 말을 걸어왔다. 사실은 친해지고 싶은데 먼저 말도 못 걸었다고. 그렇게 말을 하면서 밝게 웃는 모습에 정호는 그녀에게 반하게 되었다.

알고 보니 처음에만 낯가림이 심하지, 조금씩 지내다가 친해지고 가까워지면 굉장히 밝고 명랑한 성격이었던 것이다. 농담도 할 줄 알고, 장난도 걸 줄 알고.

"후배님. 모닝커피 한잔 어떻습니까?"

"됐거든요? 전 선배님이랑은 커피 안 마셔요. 흥!"

그런 그녀에게 고백을 했을 때, 채아는 그럴 줄 몰랐다는 듯이 눈을 크게 뜬 채 그대로 굳은 모습이었다. 왠지 미안해서 뭐라도 말을 하려던 찰나, 채아가 입을 열었었다. 굉장히 미안하다는 말과 동시에 누군가를 떠올리는 표정으로.

'미안해. 나…… 좋아하는 사람 있어.'

저를 거절하기 위해 지어낸 것이 아니었다. 정말로 좋아하는 사람이 있다는 얼굴. 문득 그 사람이 누구인지 궁금했지만 물어 봤자 아는 사람이 아니니 대답을 들어도 쓸데없는 일이었다.

차라리 그럼 친구로라도 지내자, 싶었다. 그것이 미련이라는 걸 알지만 그렇게라도 곁에 있고 싶었다.

"참. 은채아. 비서 발표가 8시 정각에 나는데, 보러 갈래? 5분 남았다."

"아, 그럴까? 누군지 참! 궁금해서."

그래도 욕심이 나지 않는다는 것은 거짓말이고, 포기했다는 것도 거짓말이다. 먼저 일어서서 걸어가는 그녀의 뒷모습을 바라보는 정호의 얼굴에는 쓸쓸한 웃음이 맺혀 있었다.

"은채아 씨, 선배보다 먼저 갑니까?"

"이럴 때만 선배래! 내 선배는 따로 있거든!"

"……응?"

정호의 반문에 채아는 대답을 하지 않고 빠른 걸음으로 사라졌다. 어쩐지 무언가 놓친 기분이 들었지만, 정호는 재빨리 채아의 뒤를 따랐다.

새로운 비서의 이름이 적힌 발령장이 붙어 있을 게시판 앞은 사람들로 북적였다. 사람들은 대부분 새로운 이사가 누군지 궁금해했지만, 채아는 오로지 비서가 누군지 궁금했다. 새 이사가 암행어사처럼 회사 곳곳을 돌아다니며 비밀리에 뽑았을 그 비서가 대체 누군지. 채아는 사람들 사이를 파고들어 게시판 제일 앞쪽에 도착했다.

"응? 은채아? 누구야?"

그런데 왜 여기저기서 제 이름이 들려오는 것일까.

"채아 씨, 저거 자기 아니야?"

같은 팀원인 상희의 말도 들려오고.

"채아야. 너…… 너라는데?"

더듬거리며 말을 하는 정호의 목소리도 들려왔다. 게시판에는 정식 발령장이 붙어 있었다.

"……정호야."

약에 취한 사람처럼 흐물거리는 목소리로 정호를 불렀다. 정호도 믿기지 않는지 눈을 깜빡이며 겨우 짜내는 것 같은 목소리로 응, 대답을 했다. 다만 정호가 충격을 받은 이유는 조금 달랐다. 같은 팀이라 매일 보던 곳에서 더 이상 채아를 보지 못한다는 것. 그것이 충격이었다.

"저거…… 내 이름이……. 아니, 그 전에…… 이거 꿈인가."

채아는 게시판 앞의 그 누구보다도 얼떨떨한 얼굴이 되었다.

사무실로 돌아와 자리에 앉은 뒤에도 멍한 기분은 가시지 않았다. 갑자기 왜 자신이 이렇게 발령이 난 건지 모르겠다. 팀원들도 모두 어리둥절한 얼굴이다. 몇 명은 축하를 해 주긴 했지만 대부분은 의아해 보였다. 게다가 새로운 이사의 정체도 여전히 알려지지 않았고.

"그나저나, 새 이사님은 언제 오시지?"

채아의 옆자리에 앉은 상희가 중얼거렸다. 그러게요. 그녀의 중얼거림에 대답을 한 채아는 턱을 괴고서 멍하니 천장을 바라보다 씩 웃었다. 주변에서 채아의 그런 모습에, 이제 막내를 보려면 어디로 가야 하냐는 소리가 들려왔다. 채아는 그 말이 귓가에 들리지 않았다. 그저 귓가에 팡파르만 울려 퍼지고 있었다.

그렇게나 노력했던 꿈이라서 그런지 아직도 얼떨떨했다. 이 기쁨을 나누고 싶어서 재빨리 영은에게 문자를 보냈다. 또한 오랜만에 소라에게도 문자를 보냈다.

그때였다. 새 이사님이 인사를 오신다는 메시지를 사내 메신저를 통해 받았다. 메시지를 확인하자마자 채아는 고개를 들었다가 벌떡 일어났다. 팀장님도 일어난 것을 보니 지금 당장 오고 있는 모양이었다. 팀원 모두가 직급순으로 문앞에 정렬했다. 그리고 문이 열리자마자 채아는 또다시 굳어야만 했다.

먼저 팀장이 인사를 했다. 그러자 새로운 이사의 목소리가 들렸다.

"안녕하세요. 이번에 새롭게 이사에 취임하게 된 조한새라 합니다."

채아는 멍하니 한새를 바라보다 제 볼을 꽉 잡고 쫙 늘여 보았다. 눈물이 맺힐 정도로 세게 잡아당겨서 눈가에 눈물이 글썽였다.

'맙소사! 이게 꿈이 아니라고?'

모두가 한새에게 고개를 숙여 인사를 하는데 채아는 그대로 굳어 버렸다. 석고상이 되어 버린 채아를 멀리서 지켜보던 한새가 천천히 돌아다니며 일일이 악수를 하고 인사를 했다.

이내 채아의 차례가 되었다. 옆에서 인사를 하지도 않는 채아를 조마조마하게 바라보던 상희는 채아의 팔을 툭툭 건드렸다. 그러나 여전히 채아는 넋이 나간 모습이었다. 마지못해 상희가 귓속말을 하려고 몸을 기울이는 찰나, 한새의 입이 열렸다.

"은채아 씨."

"……."

"은채아 씨?"

그의 부드러운 목소리에 고개를 확 든 채아는 다시 고개를 확 숙이며 입을 열었다.

"네, 네! 제가 은채아입니다!"

군대에 온 것도 아니고. 방금 전 제 입에서 튀어나온 목소리로 인해 괜히 민망해진 채아는 고개를 푹 숙였다. 그런 채아의 모습에 짧게 웃은 한새가 고개를 숙여 그녀의 귓가에 속삭였다.

"고개 좀 들지? 채아야."

채아야. 마지막 그의 말만이 메아리처럼 맴돌았다. 그제야 고개를 든 채아는 한새와 눈을 마주하자마자 멍하니 그를 바라보다 입을 열었다.

"저……."

모두가 채아의 행동에 숨을 죽였다. 새로운 이사에게 잘 보여도 모자랄 판에, 어수룩한 모습을 보이니 걱정이 되었다. 무슨 기준으로 채아를 뽑은 것인지 의아하기도 했다. 앞으로 같이 따라다니는 비서가 되어야 할 텐데, 저래서야 제대로 업무를 수행할 수 있을지 불안해졌다. 모두의 걱정 어린 시선을 받던 채아가 드디어 다시 입을 열었다.

"잘 부탁드립니다, 이사님."

그녀가 내민 손을 살며시 잡은 한새는 조심스럽게 그녀의 손을 흔들었다.

"저야말로 잘 부탁합니다, 은 비서."

악수를 하며, 한새는 채아를 바라보다 그녀와 같은 팀 사람들을 눈으로 재빨리 훑었다. 그녀와 친한 사람들은 남녀 구별하지 않고 전부 저의 적이기에.

모르는 사이로 시작을 했기 때문에 채아는 회사에서는 더 이상 선배라고 부르지 않기로 했다. 그래도 습관이 무서운지라 무의식 중에 종종 나왔지만 재빨리 숨겼다.

새로 한 식구가 된 비서실 사람들과 인사를 하게 되었다. 이제 그의 비서로서 지내야 하니까 앞으로 할 일을 배워야만 했다.

정식으로 비서가 되는 것은 이틀 후, 취임식 때가 지난 다음이지만 그래도 이틀 사이 배워야 할 것이 산더미처럼 쌓였으니 더 이상 다른 일을 할 수 없었다. 처음 배우는 일이라 참 힘들고 어지러웠지만 그래도 즐거웠다. 그토록 원하던 일이었으니까.

끝나자마자 회사 앞에서 기다리라 하는 한새로 인해 로비 앞에서 영은과 문자를 나누던 채아는, 자신의 앞에 누군가가 다가오는 것이 느껴져서 고개를 들었다. 부드럽게 미소를 짓고 있는 한새였다.

"아, 선……! 아니, 아니지. 이사님."

습관인지라 자꾸만 선배란 단어가 입에 달라붙었다. 혹시라도 누가 들었을까 싶어서 재빨리 주변을 두리번거렸다.

"아직 이사 취임도 안 했어. 편안하게 대해."

"그래도 회사인데……. 아, 선배에게 물어볼 것이 많아요."

그저 웃는 채아와 함께 기분 좋게 엘리베이터를 타며 물었다. 질문이 뭔데? 그러자 채아가 곧장 질문을 했다.

"선배 능력 좋은 걸 새삼 알았거든요. 그런데 왜 한 번도 선배 이름을 회사에서 들을 수 없었을까요?"

이렇게 튀는 사람인데 왜, 단 한 번도 조한새라는 이름을 회사에서 들을 수 없었던 것일까? 거기다 이사 정도가 되려면 어느 정도 일을 했을 텐데. 왜 단 한 번도 회사에서 마주치지 못했던 것일까? 그는 언제부터 여기에 있었지?

물어볼 것이 참 많았지만 채아는 머릿속으로 정리하며 한 가지씩 묻기로 했다. 여러 질문을 하면 분명 친절하게 대답을 해 줄 테지만 미안하기도 했기 때문이다.

"음. 이야기하자면 복잡한데. 밥 먹으러 가서 대답해 줄게. 뭐 먹을까?"

"닭갈비가 먹고 싶습니다!"

손을 번쩍 들고 기다렸다는 듯이 대답을 하는 채아로 인해 풉, 웃음을 터트린 한새는 고개를 끄덕이며 그러자고 대답을 했다. 채아는 맛집으로 안내를 하겠다며 차에 올라타자마자 내비게이션에 장소를 입력했다.

차는 얼마 지나지 않아 닭갈빗집에 도착했다. 주문을 한 후, 채아는 재빨리 입을 열었다.

"얼른 대답해 주세요."

"음. 할아버지가 회장이고, 아버지가 이사거든. 아니, 이젠 아버지가 회장님이지."

역시 사람들 보는 눈은 틀림없었다. 비록 평소 검소하게 다녔지만 분위기와 귀티 나는 외모가 예사롭지 않다 했다. 눈을 깜빡이던 채아는 고개를 끄덕이며 다시 한새를 조용히 바라보았다. 대답을 기다리는 채아의 모습은 마치 먹이를 기다리는 작은 동물 같아 저절로 웃음을 짓게 만들었다.

"내가 갑자기 나타나 봐. 그럼 사람들은 나를 낙하산이라고 칭하겠지?"

"아…… 그렇죠."

"그래서 졸업하고 나서 유학도 가고 열심히 배워서 회사에 입사했어. 회장님 덕분에 가명으로 본사가 아닌 계열사에 들어갔지. 그렇지 않으면 비밀은 반드시 새어 나가서, 내가 회장님 손자라는 것이 알려질 게 뻔했거든."

설마, 그래서 연락이 끊겼던 것일까. 어느새 채아의 표정은 멍해졌다. 무의식적으로 고개를 끄덕였다. 그런 그녀의 모습에 안타까움이 스쳐 지나갔다. 한새는 쓰게 웃다가 다시 입을 열었다.

"그래서 연락 못 했어. 미안해, 채아야."

"……아, 아니에요."

한때 원망도 했었다. 그렇게 친하게 지냈는데, 제 마음에 사랑을 싹트게 해 놓았는데, 정작 본인은 대학 다닐 때만 친하다는 듯이 졸업을 하고 나서자마자 곧바로 연락을 끊다니. 그래도 결국 그에게도 다른 사정이 있겠지, 그런 식으로 생각을 하며 용서를 하고 언젠가 연락을 하겠지, 기다렸었다. 다시 한번 채아야, 하고 제 이름을 불러 줄 거라고. 그리고 그는 정말로 다시 나타났다.

"그런데…… 빨리해야 할 이유가 있었나 봐요?"

가끔씩 예리한 질문을 던지는 그녀였다. 한새는 그저 웃기만 했고, 조용히 웃는 그의 모습에 무언가 있다는 것을 느꼈지만 채아는 깊게 파고들지 않기로 했다. 남이 얘기하지 않으려고 하는데 계속해서 캐물으면 그것은 민폐였기에.

이야기를 하는 동안 닭갈비가 다 익었는지, 종업원의 먹어도 된다는 말에 인사를 하고서 젓가락을 들었다.

"참. 선배. 그럼 이제 어디 안 나가는 거죠?"

"출장 외에는 없을 거야."

"아……."

다행이다. 마음 한구석으로 그렇게 생각을 하며 채아는 잘 먹겠습니다, 외치고서 먹기 시작했다. 그녀의 얼굴에는 환한 미소가 자리 잡고 있었다. 별것 아닌 일에도 기뻐하며 웃는 모습이 참 보기 좋다는 생각을 하던 한새는, 닭갈비를 집어 채아의 접시에 놓아 주었다. 젓가락질을 멈춘 채아가 고개를 들어 그를 바라보다 물었다.

"선배…… 닭갈비 안 좋아해요?"

"아니."

"근데 왜……."

보는 것만으로도 배부르다는 소리는 도저히 못 하겠다. 생각만 해도 닭살이 스물스물 기어 올라오는 것만 같았다. 그러나 진짜였다. 한새는 씩 웃으며 대답을 했다.

"너 좋아하는 것 같아서. 많이 먹어, 채아야."

"아. 고마워요, 선배! 그래도 선배도 얼른 먹어요. 식으면 맛없어요."

문득, 선배라는 단어가 거슬리기 시작했다. 예전부터 거슬렸지만 다른 호칭으로 불러 달라는 직접적인 말을 꺼낼 수 없어서 누르고 또 눌렀는데, 지금 들으니 다시 거슬리기 시작했다. 다른 것도 있는데 왜 선배지?

"채아야."

"네?"

콜라를 마시던 채아가 얼른 대답을 했다. 손을 뻗어 그녀의 콧등을 쓸고 싶은 충동이 일어났다.

'정말 미쳤구나.'

잠시 쓰게 웃던 한새가 다시 말을 꺼냈다.

"앞으로 선배란 호칭, 다시 생각해 보자."

"어…… 이게 습관이라……."

"학교도 졸업했는데 다른 걸로 불러."

5년 전, 그가 졸업할 때, 그리고 그 전부터 도합 8년 동안 선배, 선배, 했던 호칭이다. 그걸 지금 와서 바꾸기에는 너무 늦지 않았나? 그래도 한새의 말에 착실하게 생각을 하던 채아가 갑자기 어색하게 웃었다.

한새는 그녀가 왜 그런 표정을 짓는지 짐작했다. 부를 말은, 그리고 그가 듣고 싶은 말은 단 하나였으니까.

"아, 그럼……."

젓가락으로 그릇에 놓인 양배추를 뒤적이며 뜸을 들이던 채아가 시선을 들어 한새를 바라보았다. 두 눈이 마주치자 한새의 가슴에 파문이 일어났다. 둥— 둥— 북이 울리는 것처럼 심장 소리가 들려왔다.

"한새…… 씨?"

마음에 들지 않는지 한새의 미간이 곧바로 일그러졌다. 그 변화를 알아차린 채아가 냅다 다른 말로 바꿨다.

"그럼…… 한새 오빠?"

내내 불리던 선배 대신 오빠라는 호칭을 처음 그녀에게서 들으니 특별하게 느껴졌다. 이번에는 쿵쾅거리는 소리가 심장에서 들려오는 것만 같았다.

"그거참……."

"……."

"좋네."

"하지만 어색하네요."

"그럼 계속 불러 봐. 그럼 익숙해질 거야."

채아는 그의 말에 속으로 여러 번 중얼거려 보았다. 한새 오빠, 한새 오빠, 한새 오…… 선배. 그래. 한새 선배. 이게 정석인데. 속으로 입맛을 다시던 채아가 그에게 다시 말을 걸었다.

"그래도 한번 선배는 평생 선배니까요! 졸업했다고 선후배 사이가 끝난 건 아니잖아요?"

"난……."

"맞죠?"

그 선후배 사이를 깨고 싶다고 당장이라도 소리를 지르고 싶은 마음을 숨기고 한새는 신사답게 웃었다. 이내 그가 다른 말을 꺼냈다.

"어쨌든, 앞으로 선배라 하면 대답 안 한다."

"네? 그런 게 어디 있어요!"

선전 포고 하는 한새에게 항의를 했지만 그는 들은 척도 하지 않았다. 갑자기 왜 호칭을 바꾸라는 것인지 이해가 가지 않았으나 어쩔 수 없다는 생각이 들었다. 정말로 지금의 한새는 제가 선배라 하면 절대 대답을 하지 않을 것처럼 보였다. 결국 낮게 한숨을 쉰 채아는 입을 열었다. 아주 작게 중얼거리듯이.

"나빴다, 정말. 나쁜 조한새."

학교 다닐 때에 이렇게 중얼거리면 한새는 늘 이렇게 대답을 했었다. 선배 이름을 함부로 부르다니. 그러나 이번만큼은 아무런 말도 없었다. 채아는 그제야 그가 진심임을 알았다. 결국 시선을 들어 여전히 저를 뚫어져라 내려다보는 한새와 눈을 마주하다 낮게 한숨을 쉬었다.

"오빠."

"……."

"됐죠? 어휴. 한새 오빠. 어때요. 어색하죠?"

"아니. 난 너무 좋은데."

환하게 웃는 그를 바라보니, 그가 정말로 만족하고 좋아한다는 것이 보였다. 그래서 채아는 아무런 말도 할 수가 없었다. 저렇게 좋아하는데, 고작 어색해서 부르기 싫다고 할 수는 없었다.

Chapter 04

　멍하니 있던 채아는 제 앞에서 갑자기 짝 소리가 나자, 그제야 정신을 차리고 앞에 앉은 두 사람을 바라보았다. 늘, 매일같이 보던 영은과, 오랜만에 보는 소라에게서 몰린 시선에 어색하게 웃었다.

　"오늘 파티의 주인공이 누군데 왜 이렇게 멍 때리고 그래?"

　결코 파티라고는 할 수 없다고 외치고 싶지만 채아는 꾹 참았다. 축하의 의미로 가져온 게 고작 누구를 위하는 건지 모를 소주 한 박스였다. 영은은 행복하다는 듯이 소주 한 박스를 바라보았다. 매일은 아니지만 그래도 회사에서 받은 스트레스를 가끔 소주 한 잔씩 기울이며 푸는 그녀가 소주가 떨어지자 이때다 싶어서 축하 파티를 한답시고 가서 사 온 것이다.

　거기다 둘이서만 파티를 할 순 없다며 소라에게 이 사실을 전했다. 그렇게 오랫동안 보지 못한 친구가 당장 뛰어온 건 좋았다. 여기서 문제가 되는 것은, 소주 한 박스였다. 아, 오늘은 죽었구나. 내일이 취임식이라 꼭 제정신으로 참여를 해야 한다고 애원했지만

그 말은 금방 묵살당했다. 조금 알딸딸한 상태여야지만 실수도 안
한다는 그런 개똥철학을 내밀었기 때문이다.

"참. 뭔가 부족하다."

"그러게. 셋이니까. 거기다 셋 다 여자고! 남자가 없어, 남자가."

소라가 중얼거린 말에, 갑자기 영은이 벌떡 일어나 방에서 핸드
폰을 들고나왔다.

"부르자!"

누구를? 채아가 입을 들썩이며 묻기도 전에 영은은 번호 하나를
누르고 스피커 모드로 바꾼 후, 들려오는 목소리에 냅다 대답을 했다.

— 여보세요?

"선배!"

상대방은 지호였다. 부를 남자가 동아리 선배뿐이라는 것이 서
글펐지만, 그래도 남자는 남자지 않은가. 아, 남자 사람. 그래도
여자 셋이서 파티를 즐기는 것보단 나을 것 같아 영은은 냉큼 지
호에게 용건을 꺼냈다.

"안 바쁘면 저희 파티 하는데 오실래요?"

— 오, 나야 좋지! 술, 술이다!

"하여튼 술꾼. 오기나 하세요. 저랑 채아 사는 곳인데, 알죠?"

— 그럼. 지금 바로 간다! 대기하고 있거라. 근데 너랑 채아 말
고 또 누구 있어?

"소라요! 셋이서 너무 우울해서……."

기분 좋게 웃던 지호는 바로 가겠다며 대답을 다시 해 왔고, 알
겠다며 영은이 전화를 끊었다. 그녀는 소라와 채아를 번갈아 보다
씩 웃으며 둘에게도 물었다.

"너네도 선배 소환."

"어, 하지만……."

망설이는 채아와 달리 소라는 고개를 끄덕이며 자신의 마니또였던 정시운에게 전화를 걸었다. 시운도 지호처럼 금방 전화를 받았다.

영은의 날카롭고 따가운 시선에 채아는 결국 하는 수 없이 핸드폰을 켜서 언젠가 외워 버릴 정도로 바라보았던, 이제는 외워 버린 열한 자리 번호를 눌렀다. 오늘 분명 영은으로 인해 죽어날 텐데, 그렇다면 실수를 할지도 모른다. 그런 자리에 한새를 부를 수는 없는데…….

망설이는 사이, 어느새 전화를 끝낸 소라가 냉큼 채아의 핸드폰을 가져가 통화 버튼을 눌렀다.

"아앗! 김소라, 너……!"

— 채아니?

달아나는 소라를 겨우 붙잡았는데 그새 전화 연결이 되었는지 한새의 목소리가 흘러나왔다. 소라와 영은이 서로 하이파이브를 하는 동안 울상이 된 채아는 소라에게서 건네받은 핸드폰을 귓가에 가져가며 낮게 한숨을 쉬었다.

"네, 선배. 저예요."

— …….

"선배?"

그러나 한새는 통화 연결 중임에도 불구하고 아무런 대답이 없었다. 왜 대답을 하지 않지? 바쁜가? 바쁜 것치고 주변에는 고요함만이 흘렀다. 그러다 문득 채아는 집으로 오기 전, 그가 데려다 주며 했던 말이 떠올랐다.

'어쨌든, 앞으로 선배라 하면 대답 안 한다.'

설마, 그것 때문일까? 왜 말을 안 하냐며 소라와 영은이 바라보는 시선이 느껴져서 어색하게 웃던 채아는 속으로 아직도 어색하기 짝이 없는 그 호칭을 중얼거리다 입 밖으로 말을 꺼내 보았다.

"저…… 오빠?"

주변이 경악에 물들어 가는 것이 느껴졌지만 채아는 오로지 한새의 반응만 기다리느라 주변을 둘러보지 못했다. 그리고 채아의 귓가에 한새의 낮게 웃는 소리와 함께 그의 대답이 들려왔다.

— 하하. 그래. 이 늦은 밤에 어쩐 일이야?

"그게……."

이제는 자기들끼리 숨을 죽여 웃는 두 여자를 바라보며 채아는 결국 아무것도 아니라며 전화를 끊으려고 했지만 소라가 적극적으로 옆에서 소리를 냈다.

"은채아. 나중에 선배 들으면 섭섭해한다? 그러기 전에 얼른 말 꺼내!"

이젠 영은까지 맞장구를 치며 채아를 부추기고 있었다.

"맞아. 지호 선배에 시운 선배까지 오는데, 한새 선배 귀엔 안 들어갈 거 같아?"

두 사람의 목소리를 들었는지 전화 건너편에서 한새가 무슨 일이냐고 묻기까지 했다. 머리가 아파 오는 것 같아 이마를 짚은 채아는 체념의 목소리를 냈다.

"비서 취직 축하한다고…… 파티를 한다는데, 아! 바쁘면 안 오셔도 괜찮아요."

— 설마. 집에서 놀고 있는 중이야. 장소는 어디야?

"그게…… 저…… 집이요."

— 조금만 기다려. 금방 갈게.

"네……."

통화가 완전히 끊어진 것을 확인한 채아는 핸드폰을 바닥에 내려 두며 두 사람을 노려보았다. 그러나 둘은 뭐가 그렇게 웃긴지 키득거리기 바빴다. 결국 다시 울상이 된 채아는 두 사람에게 신신당부를 했다.

"만약 내가 실수할 거 같으면 꼭 말려 줘야 해? 세게 내리쳐도 좋아!"

"그건 폭행죄로 신고당할 것 같아."

"절대 안 그래. 본인이 부탁했잖아. 아니, 그리고 무슨 폭행죄야!"

그와 동시에 벨이 울렸다. 벌떡 일어나 누군지 먼저 확인을 한 채아는 가슴을 쓸어내렸다. 하긴, 벌써 올 리 없었다. 누구냐 묻는 친구들의 말에 문을 열며 시운 선배라 대답을 했다.

그야말로 오랜만에 보는 얼굴에 보자마자 반갑게 인사를 표시했다. 처음에는 한새 외에는 어색한 사이였지만, 점차 한새의 친구인 지호와 친하게 되고, 지호와 친한 시운과도 알게 되었다.

"오랜만이에요, 선배! 잘 지내셨어요?"

"그럼. 그나저나, 비서라 했지? 드디어 원하는 일을 하게 되었구나."

"그렇게…… 되었어요."

그러자 뒤에서 소라가 빽 소리를 질렀다.

"소원 성취!"

소라의 목소리에 안으로 들어가 소라에게 반갑게 인사를 한 시운은 이내 옆에 앉은 영은에게도 인사를 했다. 이상하게 두 사람은 사이가 서먹했다. 현관문 앞에서 두 사람을 가만히 바라보던 채아는 고개를 갸웃거리다 이어서 등장한 지호의 방문에 문을 열어 주었다.

"은 후배! 오랜만!"

다른 사람들은 죄다 이름을 부르건만, 지호는 유일하게 채아만 이름이 아닌, 본인에게는 애칭이라던 은 후배라는 호칭으로 불렀다. 한새와 채아를 엮어서 놀리던 사람들 중 한 사람인 지호는 채아와 한새를 엮을 때도 조 선배와 은 후배라 불렀었다. 덕분에 신입생들까지 조 선배와 은 후배가 누구냐고 수군거리곤 했다.

"지호 선배, 오랜만이에요."

"어라. 정시운도 있었네! 야아. 오랜만이다? 비싼 얼굴 씨."

"형은 뭐, 안 비싼 얼굴이야?"

"아니지. 가장 비싼 얼굴이 있지."

지호의 목소리에 채아가 움찔거렸다. 지호와 시운의 시선이 저절로 채아에게로 향했고, 채아는 어색하게 웃기만 했다. 그 모습을 금방 집어낸 지호가 음흉하게 웃고서 그녀의 앞으로 다가갔다.

"은 후배. 은 후배의 조 선배는?"

"……모, 몰라요!"

그러나 다시 들려오는 벨 울림에 결국 채아는 낮게 한숨을 쉬며 문을 열었다. 열자마자 손에 무언가를 들고 온 한새의 모습이 보였다. 부드럽게 웃는 모습에, 언제 심통 맞은 얼굴을 하고 있었냐는 듯이 채아의 표정이 금방 풀어졌다. 다른 사람들 앞에서는 아닌 척해도 역시 이 사람을 보면 가슴이 두근거리고 마음이 편안해진다. 아, 정말 나는 이 사람을 좋아하나 봐.

"받아. 선물이야."

"이건……."

한새가 내민 것은 케이크와 와인이었다.

"아, 뭘 이런 것까지……."

채아가 감동을 받아 고맙다고 말을 꺼내려던 찰나, 뒤에서 그런 감동을 깨는 지호의 목소리가 들려왔다.

"원조 비싼 얼굴이 나왔다!"

곧바로 미간을 일그러뜨린 한새가 안으로 들어가 지호와, 정말 오랜만에 보는 시운을 보았다. 시운은 소라와 영은, 채아보다 나이가 많지만 한새와 지호보다는 나이가 어렸다.

"오랜만이에요, 형."

시운과 지호에게 간단히 인사를 한 한새는, 영은이 앉으라 하는 곳에 앉았다. 현관문을 잠근 채아는 영은과 소라 사이에 앉으려 했지만 어느새 저 몰래 짜 놓기라도 했다는 듯이 자리는 당연히 한새의 옆이 되었다.

"선배. 채아랑 같이 일한다면서요?"

영은이 확인 사살을 하고 싶다는 듯이 말을 꺼냈고, 사람 좋은 미소를 지어 보인 한새가 고개를 끄덕였다. 민망한 채아는 가운데에 놓인 술병을 옆으로 밀고서 케이크를 꺼냈다. 그리고 보니 술병이 정확히 여섯 병이다. 서로 한 병씩 들고 마시라는 건가. 왠지 그럴 거 같다는 생각에 채아는 고개를 가로로 저었다.

"그렇지. 그러니까 오늘은 살살 좀 부탁해."

그러나 영은은 씩 웃으며 채아를 바라보다 고개를 세차게 저었다.

"각오해요. 여기 발 들인 이상, 못 벗어나요."

그리고 말이 끝나자마자 채아가 생각했던 대로 술을 각자 앞에 한 병씩 내밀었다. 이미 예상을 한 채아는 체념의 표정을 지었다. 소라나 지호는 무덤덤한 표정이었고, 한새는 미소를 띠기까지 했다. 그나마 시운이 잠시 당황한 듯했으나 이내 다시 원래 표정을 보이며 먼저 병을 흔들었다. 여기서 당장 벗어나고 싶은 사람은 오로지 저뿐인가 싶어 채아는 입술을 깨물다 병을 열었다.

"채아야. 주량이 어떻게 돼?"

"아, 저…… 반병이요."

"적당히 마셔."

"어허. 안 돼요. 기어코 한 병 마실 때까지 계속 줄 거예요. 소주, 여기 많거든요."

자랑스럽게 영은은 자신이 사 온 소주 한 박스를 보여 주었다. 영은의 습관을 익히 알고 있는 지호가 고개를 내저으며 혀를 찼다. 그러면 영은은 뿌듯한 표정을 지어 보였다.

채아는 제 잔에 술을 채워 주는 한새의 잔에도 술을 따라 주며 두 사람을 가만히 바라보았다. 이상하게 두 사람은 사귄다는 소문이 났다가도 금방 사라졌다. 그러니까 둘은 연인 사이라기보다는 가족처럼 보였다. 친남매처럼 보인다 해야 하나. 실제로 지호는 여자가 자주 바뀌었고, 영은도 자주 미팅을 나갔었다. 반면 저와 한새는…….

거기까지 생각을 한 채아는 민망해진 기분에 쭉, 먼저 마셨다. 그러자 곧바로 한새가 물을 내밀었다.

"오, 은채아. 기분이 좋다 이거지? 좋아, 다시 한 잔!"

소라가 채아의 병을 기울여 그녀의 잔을 채워 주었다. 옆에서 채아를 걱정스러운 표정으로 바라보느라 한새는 술이 코로 들어가는지 입으로 들어가는지 모를 정도였다. 그때, 불쑥 채아가 안주라고 만든 어묵탕에서 어묵을 골라 그의 입에 집어넣었다.

"서…… 아니, 오빠야말로 내일 저보다 더 바쁠 텐데 괜찮겠어요?"

이제는 알아서 오빠라 불러 주는 것에, 기분이 좋아진 한새가 평소보다 즐겁게 웃으며 고개를 끄덕였다.

"상관없지. 그리고 의외로 술이 센 편이거든."

"그런가요……. 취한 거 보고 싶은데."

그렇게 대답을 한 채아는, 문득 주위가 너무 조용한 걸 깨닫고 정면을 바라보았다. 모두의 시선이 저에게로 몰려 있었다. 당황한 채아가 더듬으며 대꾸를 했다.

"왜, 왜요?"

"아니. 언제부터 선배 호칭 탈출한 거야?"

지호가 음흉한 얼굴로 가까이 다가오자, 손을 쭉 뻗어 지호의 얼굴을 밀친 채아가 대답했다.

"안 그러면 대답 안 한다고 해서요. 아, 가까이 오지 좀 마요!"

그렇게 소리친 채아가 그의 잔에 술을 채워 주었다. 지호가 취한 건 자주 봐서 많이 주고 싶지도 않지만 어쩔 수 없었다. 입을 막기 위해서였다.

그런 식으로 술잔을 주거니 받거니 하다 보니 서로 앞에 있던 병이 섞이고, 여섯 병이 순식간에 사라졌다. 이제는 서로 그냥 아무 병이나 잡고 따라 주고 있었다. 그리고 이미 채아는 자신의 주량을 넘긴 지 오래였다.

"오빠."

한 병하고도 정확히 두 잔째인 채아가 술잔을 만지작거리며 한새를 불렀다. 그의 시선이 저절로 그녀에게로 향했다.

사실 아무 호칭으로나 불러도 상관은 없겠지만, 다른 사람과 같은 것으로 저를 부르는 게 마음에 들지 않았다. 결국 치졸한 질투였다. 아무에게도 쓰지 않은, 특별한 호칭으로 불리고 싶어졌다. 그래서 고집 한번 부려 보았는데 그녀는 의외로 금방 져 주었다. 한새는 고맙기도 하고, 미안하기도 했다. 어색해서 여러 번 연습을 하면서 불렀을 것이다.

"응, 채아야."

술에 취하니 이제 평소에도 잘 들리던 그의 목소리가 아예 바로 귓가에 대고 말을 하는 것처럼 똑바로 들려왔다. 온몸의 감각이 전부 곤두세워지는 것만 같았다.

분위기는 한창 고조되어 둘이, 혹은 셋이, 아니면 넷이 붙어서 이야기를 하고 있었고 채아와 한새는 이미 다른 세상에 온 것처럼 둘만 떨어져 있었다. 그것이 지호와 영은이 세운 다른 계획이라는 것도 모른 채.

"졸업하고 나서……."

"……."

"저한테 연락 한 번 못 할 만큼, 많이…… 바빴어요?"

채아는 술이 들어가면 솔직해져서 가슴에 담아 두었던 말을 내뱉는 경향이 있었다. 그러나 본인은 그다음 날, 무슨 말을 했는지 까마득히 몰랐다.

채아의 말을 들은 한새는 그녀에게 미안해졌다. 그 마음이 드러났는지 그의 얼굴을 가만히 바라보던 채아가 싱긋 웃었다. 조용히 웃는 얼굴이 한새의 마음을 잡고 흔들어 댔다.

송두리째 흔들리기 직전에야 정신을 차린 한새는 채아의 손을 살며시 잡았다. 제 손 안에 쏙 들어오는 손에, 입가가 살며시 올라갔다.

"미안해. 그래도 이제는 그런 일 없을 거야. 나…… 많이 미워했어?"

"응. 미워했어."

미간을 팍 찌푸리며 고개를 세차게 흔드는 채아는 확실히 삐친 모습이었다. 아, 귀여워. 만약 정말로 둘만 있다면 채아를 확 세게 껴안았을지도 모르겠다. 한새는 자꾸만 웃음이 터지려는 것을 겨우 참으며 그녀의 머리를 부드럽게 쓰다듬었다.

아, 예전 선배다. 대학 다니던 시절이 떠올랐는지 작게 중얼거린 채아가 부드럽게 표정을 풀었다. 그로 인해 한새는 심장이 자꾸만 뛰어 얼른 입을 열었다.

"그만큼 잘할게."

"에이. 그럼 뭐 해. 이미 지나갔는데."

채아는 한새의 손에서 제 손을 빼 오며 술을 단숨에 마셨다.

영은은 술이 센 편인 데다가 술잔이 채워지기가 무섭게 그 잔을 비우는 경향이 있었다. 한 번도 나눠 마신 적이 없었다. 그걸 몇 년 동안 보고 배웠기에 채아도 그렇게 물들어 갔다. 문제는 채아는 술이 약하다는 것이었다.

지금도 역시 어지러운지 채아는 상에 팔을 괴고서 머리를 잡았다. 제 손에 들어오던 따뜻한 온기가 사라지자 허무하다는 표정을 지은 한새는 금방 그녀를 살며시 제 어깨에 기대게 했다. 다행히도 채아는 거부하지 않았다.

"선배."

그는 대답을 하지 않았다. 오빠란 말을 하지 않아서가 아니었다. 어느새 울먹이는 목소리가 들려서 그대로 몸도, 마음도, 뇌도, 그리고 입도, 모두가 굳어 버린 탓이었다.

"졸업하고 나서…… 한 번도 연락 안 와서, 먼저 전화했는데. 없는 번호래."

"……."

"그때……."

채아가 말을 잇지 못하자, 어느새 취한 영은이 지호가 말릴 틈도 없이 그대로 한새를 향해 손가락질을 하며 소리를 질렀다.

"맞아! 얼마나 울었는데요!"

지호가 그녀의 손가락을 내리며 한새에게 미안하다는 눈짓을 보냈다. 그러나 한새는 그저 많이 울었다는 말에 굳어서 채아를 바라보며 아무런 말도 할 수가 없었다. 울었을 거라고는 생각도 못 했는데. 늘 웃기만 해서 몰랐나 보다.

"일주일간 울었는데!"

이어지는 소라의 말에, 채아는 결국 눈가를 문지르다 한새를 아프지 않게 툭, 때렸다.

"나쁜 조한새."

"……"

"그래 놓고선 나타나서 오랜만이래."

"야. 그럼 오랜만인데 오랜만이라 하지 뭐야?"

영은의 꼬인 발음을 용캐 알아들은 채아가 영은을 향해 고개를 들었다.

"에이 씨! 너는 누구 편이야? 응?"

"너, 실수할 거 같으면 나보고 단속하라며!"

"지금 내가 뭐, 실수하니? 나, 선배한테 할 말 있어!"

그렇게 말해 놓고서 한새를 향해 아예 몸을 튼 채아가 그를 바라보았다.

"잘 들어."

한새는 고개를 끄덕였다. 그는 마음속으로 그녀에게 미안해졌다. 그런 마음을 담아 다정한 손길로 그녀의 앞머리를 정리해 주었다. 앞으로는 채아가 하는 말은 뭐든 들을 생각이었다. 그것이 자신이 채아에게 해 줄 수 있는 보답이라 생각했다.

머리를 쓰다듬었다. 그 따듯한 느낌에 바보처럼 웃던 채아는 다시 심각한 표정으로 들어와 입을 열었다. 여전히 한새의 손은 가만히 놔둔 상태였다.

"부잣집 도련님이라는 것도 숨기고! 나랑 같은 회사인 것도 숨기고!"

고개를 끄덕이는 한새는 이제 대놓고 뺨을 만지고 있었다. 필시 필름이 끊길 게 틀림없으니까 하는 행동이었다.

"그러니까 지금 다 말해."

"뭘?"

채아가 정말 취한다면 여왕님처럼 모시고 데려갈 예정이었다. 그는 채아에게 뭔들 다 해 주고 싶은 욕구로 가득 차 있었다.

"나한테 숨기는 거."

"없어."

"……정말?"

미심쩍다는 듯이 눈을 가늘게 뜨는 모습은 한새에게, 그녀에게 당장 키스를 하라고 명령을 하고 있는 것만 같았다. 갈증이 났다. 그것이 채아를 향한 갈증임을 모르는 것도 아니지만 괜히 물만 벌컥 들이마셨다. 그러나 되는대로 잡고 마셨더니 물이 아니라 채아가 물컵에 따른 소주였다. 미간을 찌푸리는 한새를 바라보던 채아가 그의 입에 안주를 넣어 주었다.

'오늘따라 참 호강하네.'

소주의 쓴맛이 느껴졌다. 쓴웃음을 지은 한새는 계속해서 넣어 주려는 채아를 잠깐 거절하고서 말을 이었다.

"응. 정말로 없어."

"결백해?"

"그럼. 그러는, 너는? 은채아, 넌 나한테 속이는 거 없어?"

채아는 평소라면 당당히 고개를 끄덕였겠지만, 술에 취해 사고가 제대로 돌아가지 않아서 그런지 고개를 끄덕일 수가 없었다. 채아의 머릿속에 문득 한새가 좋아한다는 사람이 생각났고, 거기에 제가 응수했던 말이 떠올랐기 때문이다.

"하암……."

"졸려?"

술에 취했어도 위기를 알아차린 채아는 본능적으로 피해야겠다 싶어 하품을 했다. 신기하게도 하품을 하고 나니 정말 졸린 것만 같았다.

"응…… 나, 자고 싶어."

한새는 눈을 비비는 그녀의 모습에 소리를 내서 웃어 버리며 낮은 목소리로 물었다.

"일어날 수는 있어?"

"응…… 아니."

맞다는 건지 아니라는 건지 모르겠다. 결국 일어나서 비틀거리는 채아로 인해 한새는 그녀를 가볍게 안아 들었다. 처음에는 놀란 채아의 눈이 동그랗게 커졌지만 이내 사르륵 눈웃음을 지어 보였고, 그로 인해 그녀를 안은 팔에 힘이 들어갔다. 오늘 참 많이 인내심을 키운다 싶었다.

쓰게 웃은 한새는 그녀를 방 안으로 들어가 침대 위에 눕혔다. 이내 눈을 깜빡이는 채아를 바라보다 눈을 살며시 감게 만들었다.

"졸리면 그냥 자."

"더 보고 싶은데……."

"누구를?"

그녀는 대답을 하지 않았다. 듣지 못한 대답으로 인해 마음이 간질거렸지만 한새는 내일을 기약하며 일어나려고 했다. 그러나 채아가 곧바로 그의 팔을 잡아당겼다.

"왜 그래, 채아야?"

"잘 때까지 가지 마."

눈에는 졸음이 가득인데 억지로 뜨려는 모습에, 한새는 얼른 재우는 게 낫겠다 싶어 고개를 끄덕였다. 그러자 옆자리를 팡팡 두들기는 채아로 인해 졌다는 듯이 푸스스 웃어 버리고선 옆으로 가서 앉았다. 하지만 여전히 채아는 눈을 감지 않았다. 원하는 게 더 있는 모양이다. 물어보려던 찰나 그녀가 먼저 입을 열었다.

"팔베개해 줘."

"······뭐?"

이 여자가 오늘 저를 마르게 하려는 모양이다. 아무래도 안 되겠다 싶어 한새가 나가려는데 벌떡 일어난 채아가 그를 끌어당겼다. 어디서 그런 힘이 났는지 채아는 굳어 버린 한새를 제대로 눕혀 그의 오른쪽 팔에 머리를 대고 누웠다. 그러고선 다짜고짜 물었다.

"좋아하는 사람 누구야?"

꽤나 날이 선 것 같은 목소리에, 의아한 한새는 고개를 살며시 돌려 채아를 바라보았다. 잠이 가득한 눈은 억지로 뜨여 있었다. 고백은 근사한 곳에서 해 주고 싶었다. 이런 곳에서 하려던 것은 아니었다. 그러나 그렇게 물어 오는 채아에게 아무런 말도 하지 않을 수가 없었다. 당장이라도 꽉 안아 버리고 싶은 충동을 참으며 시선을 천장으로 돌렸다.

"그게 궁금해?"

"응."

"왜?"

"빨리. 빨리이."

말끝을 늘이기에 낮게 소리를 내서 웃던 한새는 천장을 바라보았다. 그러다 조용히, 낮은 목소리로 입을 열었다.

"내가 좋아하는 사람은……."

이 말을 하기까지 8년이 걸렸다.

복학하여 처음 학교를 나간 건 신입생들 입학식이 있는 날이었다. 많은 학생들 앞에서 아버지가 보내 준 차를 타 괜한 관심을 끌고 싶지는 않았다. 고등학교 때도 제집이 제서 그룹이라는 소리를 듣지 않기 위해 검소한 생활을 한 한새였다. 대학교 때라고 다를 리가 없었다. 당연히 듣고 싶지 않았다.

그래서 택한 것이 버스였다. 아버지는 버스가 싫다고 하지만 그는 제법 익숙해진 터라 버스를 탔다. 그러나 오랜만에 탄 버스여서 그런지 방향을 잘못 잡아 다른 엉뚱한 곳에서 멈추었다. 어차피 대학교에 가는 버스였지만 방향이 조금 달랐다. 그래서 내리려는데, 전철역 앞에서 두 손으로 얼굴을 가린, 가녀린 여자 한 명이 보였다.

"은채야."

울고 있는 여자나, 울려고 하는 여자는 많이 봐 온 것 같은데, 왜 처음 본 것처럼 심장이 덜컥 내려앉았을까? 그래서 내리자마자 앞으로 가서 말을 걸려는데 그녀가 고개를 들었다. 울지는 않지만 울고 있는 것만 같은 모습. 그 모양이 귀여워서 저절로 장난스럽게 말이 튀어나왔었다.

그날, 헤어진 후에 무척 아쉬웠었다. 신입생인데, 무슨 과인지만 알아내면 어쩌나. 이름이라도 물어볼걸. 그러나 일주일 뒤, 운명처럼 그녀를 만났다. 지호 때문에 심심함 반, 장난 반으로 든 동아리에서였다.

몇 번이고 고백을 하려고 마음을 먹었다. 그녀는 의외로 친해지고 나면 매력이 발산되는 타입이어서, 같은 동아리 남자들의 시선이 몇 번이나 닿았는지 모른다. 그때마다 진저리를 치며 당장이라도 채아에게 고백을 하려 했지만 그게 쉽지는 않았다.

"너야."

저는 의외로 질투도, 소유욕도 많은 편이었다. 그것에 그녀가 놀라 달아날까 두려웠다. 겁을 먹는 것도 싫었다. 또한 집에서 약혼녀를 정해 준다, 어쩐다. 맞선 봐라, 그런 압박도 받았기에 만약 저와 사귀게 되는 걸 알게 된 순간, 그녀가 다칠 것이 두려워서 섣불리 고백을 하지 않았었다.

"너라고."

그래서 모든 것을 이겨 내고 자유로운 지금에야 고백을 하게 되었다. 생각보다 심장이 많이 떨려 왔다. 겨우 용기를 짜내서 한 고백이었다. 만약 이런 사실을 지호가 알게 되면 비웃을지도 모른다.

그러나 불안하게도 채아에게서 대답이 없었다. 조심스럽게 시선을 채아에게로 내리니, 그녀의 눈이 감겨 있었다.

"하."

어이가 없다는 듯이 헛웃음이 저절로 나왔다. 그러나 결국 키득거리는 소리로 바뀌었다. 기껏 고백을 했더니 잠이 들었다.

조용히, 아기처럼 잠든 채아를 바라보던 한새는 손을 뻗어 그녀의 앞머리를 매만지다 이마 위에 쪽, 입을 맞췄다. 조용한 방 안에 부끄러운 소리가 울려 퍼졌다.

"그래. 어차피 조만간 제대로 된 고백을 하려 했었지."

이것은 예행연습으로 치자. 그리고…….

"네 애인을 알아내야겠지."

없어 보이지만.

"만약 거짓말이라면……."

그러면 나에게 더 좋은 일이겠지. 어차피 애인이 있어도 상관없었다. 그 애인에게는 단호하게, 그리고 무섭게 몰아붙여서 헤어지게 하고, 저에게 오도록 채아를 구슬리는 것이다. 오기 힘들면 기다리면 된다. 네가 나를 기다려 줬으니, 이번에는 내가 기다릴 차례지. 그건 참 달콤할 것이다.

그는 다시 한번 고개를 숙여 이번에는 채아의 입술에 가볍게 입을 맞췄다. 이번에도 쪽 소리가 방 안에 흘렀다.

"잘 자, 은채아."

한새는 채아를 품 안에 살며시 안았다. 그녀가 깨지 않게 조심스럽게 품 안에 그녀를 가두었다.

Chapter 05

　한새의 아버지 조우현은 저를 지그시 노려보는 제 아들을 똑같이 노려봐 주었다. 괘씸한 놈. 속으로 중얼거리던 우현은 결국 제 아들보다 먼저 입을 열 수밖에 없었다.

　"뭘 노려봐?"

　다른 직원들이 보면 우현의 모습이 참 무섭다고 할 것이다. 그리고 알아서 허리를 굽힐 테지만, 한새는 달랐다. 아버지의 저런 모습을 허구한 날 봐 왔기 때문에 익숙해져서 이제는 무섭지 않았다. 저는 벌써 서른두 살이나 먹은 성인이었으니까.

　"아버지."

　"오냐."

　그러나 저보다 스무 살이나 더 드신 아버지가 기어코 자신을 이겨야만 한다는 듯이 노려보니, 한새가 져 줄 수밖에 없었다. 결코 저는 진 것이 아니다, 라고 제 아버지와 똑같은 생각을 은연중에 하며.

　"조금 있다가, 절대로 방금처럼 노려보지 마세요."

"누구를?"

"알고 계시지 않습니까."

"싫은데?"

당연하다는 듯이 내놓는 말에, 한새는 어이가 없다는 듯이 우현을 바라보았다. 벌써 연세가 오십 줄이 넘으신 분이 저런 말이라니. 기가 막히기도 했지만 그저 피식 웃은 한새는 언제 당황했냐는 듯이 여유롭게 입을 열었다.

"싫어도 어쩔 수 없을 겁니다."

"……."

"금방 아버지도 사랑스럽다는 듯이 바라보게 될 테니까요."

아주 자신 있게 하는 말에는 제 아들답지 않은 느끼함이 담겨 있었다. 우현은 제 팔에 저절로 소름이 돋았음을 느꼈다. 양팔을 슥슥 문지르다 고개를 확 들어 다시 아들놈을 노려보았다. 그러나 무슨 생각을 했는지 어느새 팔불출처럼 표정이 풀린 것을 보니, 이제는 질린 기분이 들었다.

"쯧. 곧 이사 될 놈 표정이 그따위냐?"

"아버지도 보시면 그렇게 되실 겁니다."

"시끄럽다. 그나저나 며늘애기는 언제 정식으로 소개해 줄 참이냐?"

표정은 근엄하지만 우현의 입에서 나온 단어는 이미 그 역시 그녀를 많이 보고 싶어 하고 기대하고 있다는 것을 의미했다. 또한 인정을 하고 있다는 뜻이어서 한새는 조금 더 입꼬리를 말아 웃었다.

아들을 바라보던 우현은 더욱더 궁금해졌다. 대체 어떤 여자이기에 그 단기간에 이사 자리에 앉을 수 있게 치고 올라왔는지 모르겠다.

어릴 적부터 무엇이 좋다, 싫다 구별을 하지 않고 그저 어른들이 주면 감사합니다, 하고 받았던 사람이 바로 한새였다. 그렇기에 사실 아버지나 어머니조차 한새가 무슨 음식을 좋아하는지, 취미가 무엇인지, 그런 흔한 것조차 모르고 있었다.

워낙 가리는 것도 없고 다 받아들였기에 어느 날 갑자기 은근슬쩍 선 얘기를 꺼냈을 때, 우현은 놀랄 수밖에 없었다. 아들이 저는 좋아하는 사람이 있으니 죽어도 선을 볼 생각은 없다고 으름장을 놓은 것이다.

"곧, 조만간?"

직접 물어봐도 대답을 하지 않기에, 결국 사람을 시켜 학교를 며칠간 지켜보게 한 후 받은 보고는 더더욱 놀라웠다. 사람을 곁에 두지 않으려고 하는 녀석이 한 여학생과 매일 같이 지낸다는 내용이었다.

그리고 며칠 지나지 않아 제가 사람을 시켜 알아보았다는 걸 알고 나타난 한새는 난생처음 보는 표정이었다. 화 한 번 내지 않던 녀석이 화를 내고 있었다. 우현은 제 아들이 그렇게 무서워질 수 있다는 것을 알게 되었다.

'건드리지 마세요. 건드렸다간 어떻게 되는지는, 두고 보시면 알게 됩니다.'

사실 우현은 건드릴 생각이 없었다. 그러나 그 말을 듣고 금방 묘책 하나가 떠올랐다. 그래서 내민 것이 바로 이것이었다. 대학교 졸업을 하자마자 후계자 수업에 들어가 최소 5년 안에 네 실력을 키워 이사 자리까지 앉아라. 그러면 네가 뭘 하든 상관하지 않겠다.

"팔불출 같으니라고."

"과찬입니다."

"허어."

제 아들이 저런 농담도 할 줄 알았나, 기억을 더듬던 우현은 고개를 절레절레 저었다. 확실히 이번에는 진 것 같았다.

"꼴도 보기 싫다. 얼른 내 눈앞에서 사라져서 며늘애기나 보러 가."

손까지 휘젓는 우현의 모습에, 한새는 승리자답게 씩 웃어 보였다.

취임식을 위한 드넓은 공간에 사람이 가득했다. 그 가운데, 평소와는 달리 정장 치마를 곱게 입고서 벽에 기댄 채, 재미없다는 표정을 짓고 있는 채아가 한눈에 들어왔다. 저절로 입꼬리가 올라간 줄도 모르는 한새는 금방 계단을 내려가 채아의 앞으로 다가가려고 했다. 그러나 멈칫할 수밖에 없었다. 그녀에게 접근하는 한 남자를 발견했기 때문이다.

"……뭐야."

한새의 미간이 저절로 찌푸려졌다. 모르는 사이라 생각했는데 채아는 남자가 말을 걸자 고개를 들어 얼굴을 확인한 후 곧바로 밝은 표정을 지어 보였다.

'저 밝은 표정은 내 건데?'

한새는 재빨리 그녀에게 가려 했다. 그런데 문득 채아와 다시 만났던 날 들었던 그녀의 목소리가 떠올랐다.

'네! 당연히 있죠.'

연인이 있다고 했었다. 그러고 보면 저뿐만 아니라 다른 사람에게도 충분히 사랑스럽게 보이는 그녀였는데.

갑자기 한새의 마음이 조급해졌다.

그런 한새의 마음을 모르는 채아는 홀로 심심해하다가 익숙한 얼굴을 보아서 반가운 참이었다. 바로 정호였다. 며칠 전까지만 해도 같은 팀에 속해서 함께 일을 했던 윤정호. 반가운 얼굴에 환한 얼굴로 정호를 맞이했다.

"정호야! 너도 왔구나?"

"당연하지. 나는 회사 사람 아니냐?"

"아하하. 그러게. 혼자였는데, 잘됐다. 다른 사람들은?"

"여자들은 뭉쳐서 이사님 얘기하기. 남자들은 이사님 흉보기."

"에이. 선, 아니, 이사님을 왜 흉봐요?"

저도 모르게 선배라고 말을 할 뻔했다. 이래서 습관이 무서운가 보다. 속으로 흠칫 놀란 채아는 아무도 눈치 못 챘기를 바라며 안도의 한숨을 삼켰다.

"혹시…… 채아야. 이건 혹시나 하는 말인데. 이사님이랑 아는 사이야?"

정호의 물음에 멈칫한 채아가 대답을 하려고 했다. 그때, 정호의 등 뒤로 화사하게 웃으며 다가오는 한 남자를 보았다.

깜짝 놀란 듯했던 채아가 금방 밝은 표정으로 활짝 웃자, 정호는 잠깐 당황했다. 이렇게 밝게 웃는 은채아를 본 적이 있는가, 생각을 하는 중이었다. 그사이, 채아는 남자를 반겼다.

"선, 아니, 오……! 아니다. 이사님!"

아직도 호칭을 제대로 부르지 못하는 그녀였지만, 한새는 괜찮았다. 아직 취임식 전이고, 또한 공식 자리는 아니었기 때문이다. 한새는 사람 좋은 웃음, 늘 짓던 웃음을 짓고서 정호를 한 번 돌아보았다. 눈이 마주치자 정호는 꾸벅 고개를 숙여 정중히 인사를 했다.

"안녕하십니까, 이사님."

"하하. 아직 취임 전이라 그런지 호칭이 많이 어색하군요."

그렇게 대답을 한 한새는 정호를 살펴보았다. 빠르게 정호를 눈으로 훑으면서도 한새는 여전히 신사적인 미소를 짓고 있었다.

"그런데 은 비서와는 무슨 사이인지……?"

한새의 입에서 나오는, 저를 칭하는 '은 비서'라는 호칭이 어색하긴 했지만 기분은 좋았다. 어쨌든 그와 같이 지낼 수 있다는 것이니까. 물론 공과 사는 구별을 할 것이다. 그래도 같이 있는 것에 기분이 좋다는 사실은 부정할 수가 없었다. 아니, 오히려 뛸 듯이 기뻤다.

같이 붙어 다니면서 그가 좋아하는 사람이 누군지 알아봐야지. 그리고 그 얼굴을 똑바로 봐 줄 테다. 여기까지가 채아가 생각한 것이었다.

"같은 팀원이었습니다."

안타깝게도, 한새의 생각대로 채아는 유난히 술을 많이 마셔서 아예 필름이 끊겨 있었다. 기억하는 것은, 자신의 전화로 한새가 와서 같이 마시기 시작한 것, 그뿐이었다.

"흐음. 그랬군요."

여자의 직감은 무시할 것이 못 된다. 그러나 그것은 남자도 마찬가지였다.

'애인이라는 게, 바로 저 녀석인가.'

겉으로는 웃으면서 속으로는 잔뜩 인상을 찌푸린 한새였다. 채아에게 소개해 줄 사람이 많으니 데려가야겠다고 정호에게 말을 꺼내려던 참이었다. 그러나 그때, 타이밍도 딱 알맞게 크흠, 헛기침 소리가 들렸다. 뒤를 돌아서 굳이 누군지 확인을 하지 않아도 되었다. 방금 전에 보고 왔던 아버지였으니까.

"회, 회장님. 안녕하십니까."

먼저 인사를 한 것은 정호였다. 그리고 정호는 알아서 자리를 피해 주었다. 자신의 앞으로 우현이 다가오자, 채아는 그제야 꾸벅 고개를 숙여 보이더니 소리를 내서 다시 인사를 했다. 채아에게 있어서 제서 그룹 회장님이란, 바로 대통령과도 같은 존재였다.

"안녕하세요, 회장님. 이번에, 조…… 조한새 이사님의 비서가 된 은채아라 합니다."

그러고서 슬그머니 악수를 하기 위해 정중히 손을 내밀자, 우현은 사람 좋아 보이는 미소를 지으며 그녀의 손을 잡았다. 가볍게 악수를 한 우현은 빠르게 채아의 손을 놓아 주었다. 잡은 손을 통해 채아가 얼마나 긴장을 했는지 보였기 때문이다.

손을 놓은 우현은 채아를 살폈다. 잔뜩 긴장을 하고 있지만 당당한 모습이 슬쩍 보였다. 또한 정장을 곱게 차려입고 머리를 깔끔하게 올린 모양이 잘 어울렸다. 딱 보면 노려보지 못할 거라 호언장담을 하더니, 그 말이 맞는 모양이다.

우현은 제 아들의 마음을 가져간 여자가 어떤 여자인지 듣기만 했지, 직접 보는 것은 처음이어서 신기하기만 했다. 그래서 계속해서 시선을 떼지 않고, 아무런 말도 하지 않은 채 바라보기만 했다. 그 시선에 괜히 점점 굳어서 그대로 석고상이 되어 가는 것은 채아였다. 채아를 걱정하던 한새가 결국 우현의 옆구리를 살며시 찔렀다.

"회장님."

곁눈질로 아들을 바라보던 우현이 다시 헛기침을 했다. 이에 채아가 화들짝 놀랐다. 자신이 무언가를 잘못했나 싶었다. 그 모습이 귀엽다는 듯 엷게 웃는 한새가 우현의 눈에 들어오자, 우현은 미간을 살짝 찌푸리다 다시 사람 좋은 회장님의 미소를 지으며 입을 열었다.

"반가워요. 얘기 많이 들었습니다."

"아, 아아…… 네, 네에……."

채아는 그저 심장이 점점 쪼그라드는 심정을 맛봐야만 했다. 대체 누구에게서 이야기를 들었다는 거지? 한새에게서? 한새가 저에 대해 뭐라고 이야기를 했을까? 질문은 꼬리에 꼬리를 물어 결국 만리장성을 쌓을 기세가 되었다. 넘치는 생각으로 어지러워질 무렵, 회장님의 목소리가 들려 재빨리 채아는 고개를 들었다.

"내가 어렵나요?"

부드러운 목소리는 마치 교장 선생님의 목소리와도 같았지만, 어쩐지 그 말 사이에는 칼날이 숨겨진 것만 같았다. 흠칫 놀란 채아가 정신을 차리고서 살짝 웃었다. 바보같이, 그렇게 원하던 개인 비서가 되어 놓고서 덜덜 떨어서는 무엇을 할 수 있느냐는 핀잔이 들려오는 듯했다.

어렵냐는 말에 어떻게 대답을 해야 할까? 고민을 하던 채아는 본인의 성격답게 대답을 했다.

"네. 사실은 조금……."

어색하게 웃는 채아의 모습에, 제 아들이 왜 눈앞에 여자에게 빠져서 비서 자리에 강력 추천을 했는지 알 것 같았다. 어떻게 보면 덤벙댈 것 같고, 빈틈이 많을 것 같은 모습이지만 의외로 속은 단단했으며 강단 있는 모습도 보였다. 미워할 수 없는 무언가가 있었다. 실수를 해도 실수한 적 없다는 듯이 넘어갈 것 같은, 그런 것.

결국 우현은 호탕하게 웃어 버렸다. 그리고 궁금증을 잔뜩 보이는 눈동자에 아무래도 대화를 끝내야만 할 것 같아, 마무리 지을 말을 꺼냈다.

"앞으로 잘 부탁드려요."

이내 우현은 곧 있을 취임식을 위해 가운데에 있는 단상으로 향했다. 우현을 향해 예의상 고개를 숙여 인사를 한 한새는, 채아와 드디어 단둘이라는 생각에 방긋 웃었다. 역시나 표면적인 젠틀한 미소와는 달랐다.

"많이 긴장하는 것 같네."

"어휴. 당연하죠. 안 어울리는 차림에, 안 어울리는 자리에…….
지금 너무 부담돼서 죽겠어요."

살짝 혀를 내밀며 귀엽게 말한 채아는 다리가 아픈지 두 번 정도 제자리걸음을 하다 허리를 펴고 똑바로 섰다. 오늘부터 자신은 이사인 한새의 개인 비서다. 그러니 정신을 바짝 차려야만 했다.

"채아야."

"네?"

"아까…… 같은 팀원이라 한 사람."

처음에는 누구를 말하나 했지만 바로 알아차렸다. 밝게 웃던 채아가 곧장 대답을 해 주었다.

"정호요. 윤정호."

"많이 친해?"

"그럼요. 팀 안에서 가장 친했었어요. 동갑이고, 그리고……."

"그리고?"

"아…… 아니에요. 갑자기 딴생각이 나서요."

직감적으로 절대로, 결코 그냥 넘어가서는 안 되는 말이라는 걸 깨달았다. 그러나 한새는 물어볼 수가 없었다. 밝게 웃으며 그냥 넘어가는데, 괜히 다시 물었다가는 왜 물어보냐는 말을 들을 것 같았다. 답답하기 짝이 없지만 일단 저와 채아는 아무런 사이도 아니었기에 깊게 캐물을 수가 없었다.

하지만 생각을 할수록 그냥 넘어갈 수 없다는 생각이 머릿속을 가득 채워 갔다.

'분명 윤정호란 자가 채아를 바라보던 시선이 순수하지 않았어.'

정호의 눈빛을 기억해 낸 한새는 결국 가던 걸음을 저도 모르게 멈추고 말았다.

"선, 아니…… 이사님."

"……."

"이사님?"

애인이란 게, 바로 그 녀석인가? 이 생각으로 사고 회로가 정지되었지만, 순간 타오르는 질투로 인해 한새는 정신을 차릴 수가 있었다.

"채아야."

5년 동안 연락도 끊고 지냈으니까, 정말 자신은 채아의 앞에서 무릎을 꿇을 수도 있을 것 같았다. 아, 제발. 거짓말이라 해 줘. 속으로 중얼거린 한새가 채아를 내려다보았다. 살짝 주먹을 쥔 손에 힘을 주고서 한새가 굳게 다물고 있던 입술을 움직였다.

"애인, 있다고 했었지?"

한새의 질문에 눈을 동그랗게 뜬 채아는 대답을 망설였다. 그러나 아직도 그가 저를 후배로 보고, 이제는 친한 동생으로 보고 있다는 생각만 들었으므로 채아는 애써 밝게 웃으며 고개를 끄덕였다.

"당연하죠!"

채아는 정해진 자신의 자리로 걸어가며 얼른 오라고 한새를 재촉했다. 평소 주변 상황을 냉정하리만치 잘 파악하던 한새였다면, 그녀가 거짓말을 하고 있다는 사실을 알아차렸을 것이다. 지금 채아의 두 손과 두 발이 뻣뻣하게 굳어 같이 나가고, 거기다 웃음도 어딘가 어색하다는 것을 눈치챘을 터였다.

그러나 지금의 한새는 마치 기름칠을 하지 않아 오래전에 멈춰 버린 기계처럼 아무런 사고도 할 수 없었다. 그저 제 시야에서 점점 작아져만 가는 채아의 뒷모습을 바라보다 고개를 휙 돌렸다. 그러자 채아를 바라보고 있는 정호의 모습도 보였다. 애틋함을 담은 그의 눈에, 한새는 잔뜩 정호를 노려보았다.

따끔한 시선이 느껴졌는지 정호가 고개를 휙 돌렸다. 어리둥절한 눈과 마주치자 한새는 재빨리 신사적인 미소를 지었다. 정호는 어색하게 고개를 숙여 인사를 하고서 자리에 앉았다.

"하아."

낮게 한숨을 쉰 한새는 채아를 향해 걷기 시작했다. 그의 발걸음은 한없이 무거웠다.

"내일부터는 우리 막내를 볼 수 없다니. 정말 아쉽다!"

"에이, 팀장님. 제가 뭐, 다른 회사로 가는 것도 아니고! 으하하! 자주 봐요!"

다른 곳으로 가는 것도 아닌데, 송별회라는 타이틀을 붙여서 회식을 하게 되었다. 그만큼 채아와 정이 많이 들었기 때문이다. 이회식은 채아를 제외한 다른 사람들이 사비를 내서 채아를 위해 하는 것이었다. 처음에는 그냥 회식이라기에 기분 좋게 왔는데, 나중에 그 사실을 듣고 채아는 감동을 받아 살짝 눈물을 흘렸다.

덕분에 오늘은 주량을 넘을 것만 같았다. 평소 회식 자리에서는 조절을 하기에 친구들끼리 마실 때가 아니면 필름이 끊긴 적이 절대로 없었지만 오늘은 위험하다는 생각이 들었다. 저를 위해 사비를 털어서 마련한 자리였으니 도저히 거절할 수가 없었다.

"정호, 많이 외롭겠다?"

"아, 제가 왜요."

많이 아쉬운지 퉁명스럽게 대답을 하는 모습에, 어느 정도 술기운이 돌기 시작한 채아가 소리를 내서 또다시 밝게 웃었다. 그런 그녀의 모습에 정호는 눈물이 날 것만 같았다. 아직도 진행 중인 외로운 짝사랑으로 인해서였다.

"참. 참. 새로운 이사님 말이야. 진짜 잘생겼지?"

어느새 화제는 정호와 채아에서 새로운 이사 한새로 넘어갔다. 한새의 이야기가 나오자, 또 다들 채아에게 술잔을 부딪쳐 주었다. 오늘을 마지막으로 이사의 개인 비서가 될 막내에게 냉큼 술을 준 것이다.

그렇게 채아가 주량에서 정확히 두 잔이 넘어간 때였다.

"선배는요!"

기분 좋게 웃던 채아가 입을 열었다. 정호는 채아를 말리려고 손을 뻗었지만 움찔거리다 다시 손을 아래로 내렸다. 그날 저를 경계하는 것이 틀림없던 새로운 이사님과 채아는 분명 아는 사이처럼 보였다. 자세한 것을 듣지 못했기에 채아에게는 미안했지만 말리지 않기로 했다. 술에 취한 채아는 술술 입을 열기 시작했다.

"진짜 신사예요!"

"선배애? 막내, 너어. 이사님하고 아는 사이였어?"

고개를 끄덕인 채아가 밝고 해사하게 웃었다. 유난히 채아를 예뻐하며 친동생처럼 대했던 상희가 재빨리 채아의 옆에 달라붙어 물었다.

"어떻게 아는 사이야? 애인이었어? 아니면, 진행 중?"

그러자 여자들의 소리가 커졌다. 그와 동시에 남자들도 무슨 일이냐고 모두 채아를 바라보았다. 평소 같으면 절대로 입을 열지 않고 그저 웃음만 남겼을 채아는 다시 저에게 주는 술을 깔끔하게 비우고서 고개를 세차게 저었다. 그러다 어지러웠는지 이마를 짚기에 정호가 냉큼 물컵을 내밀었다. 채아는 물을 절반 정도 한 번에 들이마시고서 입을 열었다.

"에이. 애인은 무슨."

그러면 좋지. 그러나 속마음은 내뱉지 않았다.

"대학교 선배예요, 선배!"

"오오! 훈남 선배!"

"인기 짱! 최고였어요! 선배 절정기!"

그와 동시에 채아는 대학 시절, 그와 함께 했던 시절을 떠올렸다. 채아의 눈빛이 그리움에 푹 잠겨 있었다.

마니또 기간이 끝나 갈 무렵, 채아는 바보같이 번호를 숨기지 않고 자신의 번호 그대로 문자를 보냈었다. 발송 취소를 할 수도 없고, 이미 보내고 난 뒤에 깨달아서 머리를 뜯을 기세로 얼마나 울부짖었는지 모른다. 그래서 잠깐 마니또 활동을 하지 않았는데, 자신을 뽑은 이름 모를 마니또에게서도 번호가 바뀌지 않은 채 문자가 왔다.

이틀 뒤가 공개 날이었는데, 한새와 제가 서로를 뽑았다는 것을 먼저 알아 버렸다. 그때 한새에게서 왜 번호를 바꾸지 않고 보냈는지 이유를 들을 수가 있었다. 그는 이미 말투나 주는 선물, 그리고 느껴지는 분위기로 대충 그의 마니또가 채아라는 것을 알아차렸다 했다. 그래서 채아가 실수로 번호를 드러냈을 때, 자신도 그렇게 보내서 서로 뽑았다는 것을 미리 알게 하고 싶었다고 했다.

"우와. 선배? 대박!"

부러워하는 여자들 사이에서 채아는 잠깐 슬픈 미소를 지었다. 정호는 그녀의 슬픈 모습에 제 마음이 아픈 것만 같아 말을 걸려 했지만 때마침 어디선가 들려오는 핸드폰 진동에 두리번거렸다. 얄궂게도 핸드폰의 주인은 채아였다.

"응? 선배다."

씩 웃는 모습에 아직도 가슴은 설레는데, 포기해야 하다니. 이번에는 정호가 슬픈 미소를 지었다.

'설마……'

대학교 선배. 그리고 좋아하는 사람이 있다. 회사 오기 전부터. 모든 키워드를 맞춘 정호는 낮게 한숨을 쉬며 전화를 받으려는 채아에게서 그녀의 핸드폰을 가져갔다. 술에 취해 몸을 제대로 못 가누면서도 왜 가져가냐며 투덜거리는 모습이 귀엽게 느껴져서 피식 웃다가 통화 쪽으로 슬라이드를 움직였다.

— 채아야. 회식은 잘하고 있어?

참으로 다정한 목소리네. 어쩐지 질투가 나서 심통을 부리고 싶었지만 전화를 못 받게 했다고 입이 댓 발 나온 채아의 모습에 결국 졌다는 심정에 입을 열었다.

"안녕하세요, 이사님. 저, 아까 뵀었던 채아 동료입니다."

— ……아. 윤정호 씨?

언제 제가 이름을 알려 준 적 있던가. 정호는 그의 목소리가 방금 전과 조금 달라진 것을 느끼며 입을 다시 열었다.

"예. 이사님, 죄송한데 지금 채아가 많이 취해서요. 그래서 지금 전화를 못 받을 것 같은데……."

— 회식은. 끝났습니까?

"아, 2차로 술집 왔는데……."

— 거기 어딥니까.

"주소는 문자로 보내 드릴게요."

정중히 전화를 끊은 정호는 채아의 핸드폰으로 문자를 보냈다. 문자함을 보다가 한숨을 쉬며 채아에게 핸드폰을 쥐여 주었다. 이제는 어지러운지 벽에 툭 기댄 채, 눈을 감고 있는 채아의 모습이 보였다. 단정했던 머리는 술을 마시다 헝클어져서 귀찮다며 아예 묶은 것을 풀어 버렸다. 계속 말고 있었기에 풀자마자 웨이브가 졌다. 그런 머리 스타일도 잘 어울린다는 생각이 들었다.

가만히 채아를 바라보던 정호가 씁쓸하게 웃었다. 손만 뻗으면 닿는 곳에 있는데 마음은 닿지 않는다니. 처음에는 어떤 남자를 마음에 넣었나 궁금했고 질투도 났다. 그런데 한새라고 생각하니 점점 제가 작아짐을 느꼈다. 상대방은 후계자인 것을 철저히 숨긴 채 평범한 사원으로 들어왔고, 무섭게 자리를 치고 올라와 어느새 이사 자리를 차지했지 않은가.

"채아야."

"으음……?"

"어지러워?"

"응……. 무지 어지럽당. 헤헤."

귀엽게 대답하는 모습에 정호도 저절로 웃음이 나왔다. 다시 고개를 비틀며 툭 기대는 채아의 앞머리가 흘러내렸다. 거슬리는지 채아의 미간이 꿈틀거리며 움직였다. 피식 웃은 정호는 채아의 머리카락을 넘겨 주었다.

"어어, 이사님이다!"

갑자기 등장한, 오늘 취임한 이사의 모습에 모두가 벌떡 일어나 고개를 숙였다. 술에 취해 비틀거리며 인사를 하는 사람들도 있었고, 한새의 등장으로 술이 깬 사람들도 있었다.

한새는 짧게 웃으며 손으로 인사를 해 주며 얼른 앉으라 하고서 채아의 앞으로 다가갔다. 채아가 술에 취하면 어떻게 되는지 알기에 차를 거칠게 몰아 겨우 도착했다. 아마 벌금 딱지를 꽤나 물었을 것이라며, 한새가 씁쓸한 미소를 삼켰다. 그런데 들어오자마자 본 채아와 정호의 모습은 오해하기 딱 좋았다. 이미 한새는 확정을 짓고 있었다. 은채아의 연인은 윤정호라고.

왠지 저를 뜨겁게 노려보는 것 같아 정호는 뜨끔했다. 그러나 저는 잘못을 한 게 없었다. 술에 취한 사람의 수발을 들려고 했을 뿐이었다. 자꾸만 느껴지는 그의 시선에, 불편해진 정호는 오해라고 하고 싶었다. 저는 아무것도 안 했으며……라고 생각을 하던 정호는, 문득 의문점이 들었다.

'둘이…… 사귀는 거 아니었나?'

두 사람 사이에 무언가 다른 분위기가 흐르는데. 그러고 보면 채아에게 고백을 했을 때, 좋아하는 사람이 있다고 했지 애인이 있다고는 하지 않았다. 뭐지? 무언가 이상한 느낌이 들었지만 깊이 생각할 겨를이 없었다. 정호는 갑자기 채아를 혼자서 등에 업고서 일어난 한새를 바라보며 놀랐다.

"은채아 씨가 많이 취해서 그런데, 먼저 가 봐도 되겠습니까?"

저렇게 자연스럽게 데리고 가는 것을 보니 집도 아는 사이인 모양이다. 선후배라더니. 정호는 쓰게 웃었다. 사라지는 두 사람의 뒷모습에, 가슴이 쓰리려 왔다.

악의 소굴이라 생각되는 곳에서 채아를 데리고 나온 한새는 기분이 한결 좋아졌다. 술집 바로 앞에 세워 놓은 차로 가서 먼저 채아를 조수석에 앉혔다. 이내 빙 돌아 운전석에 탄 한새가 그사이 곯아떨어진 채아를 바라보았다.

"……술꾼."

중얼거리며 채아의 뺨을 만지작거렸다. 마음 같아서는 당장이라
도 깨워 고백을 하고 싶지만, 제 눈앞에 있는 주정뱅이는 내일 또
다시 잊어버릴 것이다.

"기억상실증도 아니고."

뺨을 두 손으로 가볍게 잡아당기자, 채아가 막 말을 시작한 아
이처럼 웅얼거리며 미간을 찌푸리다 천천히 눈을 떴다. 앞에 있는
사람이 누군지 확인하려는 듯 눈을 깜빡이던 채아는 곧, 환하게 웃
어 보였다.

"선배다!"

채아는 대학 시절의 추억을 꿈에서 회상하고 있었던 터였다. 그
렇기에 한새가 반가웠고, 사실 지금 꿈인지 현실인지도 살짝 구별
이 가지 않는 상태였다.

"선배. 있잖아요."

"……."

"저 1학년 때, 우리…… 별자리 캠프 갔잖아요?"

"……그래. 갔었지. 그게 왜?"

"그날, 지유한테서 고백받았죠!"

잠시 안 좋은 추억을 떠올리던 한새의 미간이 곱게 일그러졌다.

정지유. 그녀는 순전히 한새를 보기 위해 동아리에 가입을 했었
고, 그로부터 얼마 지나지 않아 별자리 캠프에서 고백을 했다. 그리
고 거절을 당하자 얼굴 보기 민망하다는 이유로 동아리를 탈퇴했다.

"그걸 어떻게 알았어?"

"에이. 여자애들이! 그거 다 알고 고백하는 기 전부 구경했었어요!"

모두가 구경을 했다니. 한새의 표정이 점점 굳어져만 갔다. 그

러나 그걸 보고도 웃던 채아는 어느새 편안하게 시트에 기대서
시무룩한 표정을 지었다. 갑자기 천국과 지옥을 오가는 표정이 된
채아는 한숨과 함께 입을 다시 열었다.

"그때요."

표정이 안 좋아진 채아의 모습에, 어디 속이라도 안 좋은 건가
싶어 걱정이 되었다. 한새가 글러브박스에서 생수 한 병을 꺼내 그
녀의 손에 쥐여 주었다. 냉큼 마신 채아가 다시 말을 이었다. 졸린
지 눈도 깜빡이고 있었다.

"진짜……."

"졸리면 자, 채아야."

"지유 때리고 싶었어요."

갑자기 예상하지 못한 말에, 눈을 크게 뜬 한새는 뛰기 시작한
제 심장을 꾹 눌렀다. 이미 한새의 표정이 조금은 풀어졌다.

"응? 왜?"

"왜긴 왜예요."

퉁명스레 대답을 한 채아의 눈이 천천히 감겼다. 어, 안 되는데?
다급해진 한새가 채아를 부르려는데, 그녀가 작게 입술을 달싹였
다. 그러나 소리가 너무 작아서 그의 귓가에 닿지 않았다.

"질투……."

채아의 대답을 제대로 듣지 못한 한새는 그녀를 깨우고 싶었다.
그러나 생수병을 꼭 쥔 채 아기처럼 잠이 든 채아를 건드릴 수는
없었다. 그래도 그는 한결 나아진 표정이었다. 뒷말은 듣지 못했지
만, 어쨌든 지유가 저에게 고백을 한 장면이 그녀로서는 마음에 들
지 않았다는 뜻이니까.

"채아야."

"응……."

"하하. 은채아."

"으응……."

잠꼬대로 대답을 하는 채아로 인해 크게 웃을 뻔했다. 한새는 겨우 웃음을 참고서 채아의 흘러내리는 머리를 귀 뒤에 꽂아 주었다. 그는 고개를 숙여 그녀의 이마에 입을 맞추고서 조심히 시동을 걸었다.

채아의 집으로 운전하는 조한새의 표정은, 언제 기분이 나빴냐는 듯이 밝은 표정이었다.

Chapter 06

정식으로 한새의 비서가 되어서 일을 하기 시작한 지 일주일 정도가 지났다. 그는 주로 외부 사업자들과 만나고 다녔다. 개인 비서인 채아는 늘 함께였다. 처음에는 마치 대학 시절로 돌아간 것만 같다는 생각이 들었었다. 그때도 늘 함께였으니까.

그러나 일주일째 그와 함께 일을 다니며 채아는 한 가지를 깨달았다. 지금 저는 그 시절로부터 이미 졸업을 했고, 나이가 들었다는 것이다. 시간의 흐름이 이미 많이 지나 있었다. 저도, 그리고 한새도.

함께 대학에 다닐 때도 그는 멋있었다. 다시 만난 날, 오랜만에 보았을 때도 여전히 멋있었다. 같이 일을 하며 본 한새의 모습은 그 어느 때보다도 달랐다.

"그러니까, 어떻게 다르냐고."

가만히 채아의 말을 듣던 영은이 맥주 캔을 내려놓으며 신경질적으로 물었다. 아직도 삽질이나 하고 있으면 어떻게 하나 싶었다. 영은은 후환이 두려웠다.

"그러니까……."

그가 경영학과라는 것은 알았지만, 수업을 같이 듣는 것은 아니었다. 같이 들어도 어쩌다가 교양 과목 한두 과목이 겹쳤을 뿐이다. 물론 수업을 듣는 그는 굉장히 집중해서 듣는 편이었다. 집중하는 모습이 멋있어 자꾸만 눈이 갔다.

그러나 그때와 지금은 확연히 차이가 있었다. 그리고 두 가지를 느꼈다. 하나는, 예전보다 더욱더 진중해진 모습에 가슴이 심하게 두근거리는 것을 보아하니, 전보다 더 '남자'란 느낌이 가슴에 와닿았다는 것. 다른 하나는 5년 전과 지금은 많이 다르다는 것이었다.

세월이 흘러 저는 더 이상 대학생이 아니었고, 사회생활을 하면서 직장 상사로 한새를 마주한다. 그 모든 것이 달랐다.

"영은아."

"왜."

"……나 잘래."

"뭐?"

그 말이 진담인지, 채아는 일어나 방으로 향했다. 친구의 힘없는 뒷모습을 가만히 바라보던 영은은 문이 닫히자마자 낮게 한숨을 쉬었다. 그리곤 남은 맥주를 입 안에 전부 털어 넣었다.

"으아, 미치겠네."

제 친구의 고민을 아는지 모르는지, 먼저 방으로 들어가 침대 위에 엎어져 그대로 머리끝까지 이불을 뒤집어 쓴 채아는 이불 안에서 눈만 깜빡이다 이불을 확 걷었다. 이내 상체도 벌떡 일으켜서 어둠 속에서 여전히 눈만 깜빡이다 문을 열고 거실로 나갔다. 벌컥, 갑자기 문이 열리는 소리에 화들짝 놀라던 영은이, 다 마신 맥주 캔을 들고 있다 그대로 다시 떨어뜨렸다.

"아, 깜짝이야! 소리 좀 내고 와! 너, 맥주 있었으면 큰일 날 뻔했잖아!"

"맥주 이미 다 마셨으니까 됐잖아?"

"허."

퉁명스럽게 말을 내뱉는 제 친구의 모습에 어이가 없어진 영은은 뭐라고 대구를 해 주려고 했다. 그러나 조금은 우울해 보이는 채아의 모습에, 하려던 말은 쏙 들어가서 아무런 생각도 나지 않게 되었다. 가만히 채아를 바라보던 영은은 다시 앉고서 자신의 옆자리를 툭툭 두드렸다.

"앉아."

뭐라고 말을 하려고 입을 들썩이던 채아는 영은이 앉으란 곳보다 조금 뒤에 물러서서 앉았다. 미세하게나마 반항을 보여도 어째 귀엽다는 느낌이 들어 영은이 피식 웃다가 미간이 일그러지는 친구를 보고서 얼른 입을 열었다.

"안 잤어?"

"영은아."

"어, 왜."

무슨 말을 하려고 그러나. 왜 저렇게 비장한 모습인지 모르겠다. 행여나 그녀의 입에서 부정적인 말이 나온다면…….

'안 돼! 절대 안 돼!'

영은이 본 조한새는 늘 신사적인 미소를 짓고 있었지만, 그녀는 그것이 그저 가면뿐이라는 생각을 지울 수가 없었다. 영은은 그가 웃으며 화를 내는 모습을 본 적이 있었다. 남들은 그저 평소처럼 웃는다고 생각을 했을 테지만, 영은은 남들처럼 생각을 할 수가 없었다.

2학년에 올라가면서 다시 별자리 캠프를 갔던 때였다. 남자 후배 한 명이 채아를 좋아해서 동아리에 들어왔는데, 캠프에서 고백을 몰래 했다. 그게 어쩌다 한새의 귀에 들어간 것이다. 그때, 조한새는 그저 신사적인 웃음을 지으며 그 후배에게 이렇게 말을 했다.

'후배님이 먼저 선수를 쳐 버렸네?'

매우 의미심장한 말이라 생각했다. 한새 또한 채아에게 마음이 있다고 굳게 생각했는데 고백도 없이 떠나 버렸다. 그래서 영은은 한새가 싫었다. 고백도 안 하고 연락 두절이 될 거라면 왜 애 마음은 흔들고 갔는지.

"아마 앞으로도 오빠 얼굴을 계속 보겠지?"

너에게 언제 오빠가 있었니. 궁금해진 영은은 살짝 물어보았다.

"오빠……라니?"

"선배가, 오빠라고 안 부르면 대답 안 할 거라고 해서. 익숙해지려고 자주 부르려고 하는데……."

"하는데?"

"어색하기도 하고, 무엇보다도 내가 선배라고 부르는 이유, 알잖아."

"그럼. 아주 잘 알지."

비꼬는 것을 알아차렸는지 채아가 슬쩍 영은을 노려보았지만 그녀는 다른 곳을 바라보았다. 비꼰 것도 사실이고, 원망스럽다는 듯이 저를 노려보는 제 친구를 바라보면 저도 모르게 진실을 내뱉을 것 같아서 시선을 피하는 것도 있었다.

채아도 한새와 가까워지고 싶어서 다른 사람들과 다르게 호칭을 부르고 싶었다. 쉽게 내뱉지 못했던 것이 아니라 오히려 더 하고 싶었던 것이다. 그러나 그렇게 부르면 한새가 제 마음을 알게 될 것 같았다. 그를 좋아하는 다른 여자들과 같은 취급을 하고 같은 마음이라고 치부할 것이라고 생각했다. 적어도 그녀는 제 마음이 그들보다는 더 깊다는 생각을 했었다.

한편으로는 어차피 저를 봐 주지 않을 선배를 알면서도 더욱더 바라게 될 것 같았다. 그래서 그만두기로 한 것이다.

"그래서, 어떻게 할 거야?"

"고백을 했는데 안 받아 주면, 괜히 사이만 어색해지겠지? 내가 회사를 그만두지 않는 한, 오빠하고는 얼굴 계속 볼 테니까."

"아, 뭐…… 그렇지."

그 고백을 하란 말이야! 그러나 영은은 외치지 않고 그저 안면 근육이 굳을 정도로 어색하게 웃어 버렸다.

"그래도 좋으니까 고백을 하고 싶어."

"갑자기, 왜?"

"그냥, 웃으면서 이렇게 하려고. 스쳐 지나가듯이, 저 예전에 선 배 좋아했었어요! 이런 식으로. 근데 지금은 아니에요, 라고 마무 리를 짓고."

그렇게 말을 하는 채아의 얼굴에는 씁쓸한 감정이 맴돌았다. 그 러고선 중얼거리는 소리가 들렸다.

"선배한테…… 좋아하는 사람이 있다고 해."

전에도 들었던 말이다. 그게 계속 걸리겠지. 이제는 제발 그 상대가 누군지 알아줬으면 좋겠는데, 슬그머니 사정도 말하지 않고 그대로 떠 난 한새를 생각하면 채아가 더 삽질을 하길 바라는 마음도 들었다.

아마 지금쯤이면 애가 타고도 또 타고 있겠지. 남은 재마저 태우고 있을 거야. 어쩐지 통쾌한 마음이 들어서 키득거리며 웃던 영은은 채아가 저를 노려보자, 똑같이 노려보다 입을 열었다.

"너는 그 상대가 누구라 생각해?"

"내가 그걸 알면 여기 있어? 돗자리 깔고 있지."

"……답답하다."

"응? 왜? 체했어? 그러니까 내가 맥주 적당히 마시라고 했잖아."

아무것도 모르는 제 친구를 바라보다가 영은이 피식 웃으며 물었다. 조한새를 생각하면 이어 주고 싶지 않은데, 은채아를 보면 이어 주고 싶다.

"원래 축구는, 골키퍼 있는데 골 넣는 거잖아. 너는 골 안 넣을 거야?"

너무 돌렸나? 영은은 채아를 가만히 바라보았다. 진지하게 생각을 하는 모습을 보니, 요즘 같이 함께 일을 하며 더 이상 안 되겠다 싶었던 모양이다.

같은 회사에서 일을 한다 해도 부서가 다르면 마주칠 일이 거의 없을 것이다. 일부러 만나러 가지 않고서야. 그러나 새로운 이사는 조한새였고, 그 새로운 이사님의 개인 비서 자리는 은채아가 꿰찼다고 했다. 거의 하루 일과를 같이하는 거나 다름이 없었다. 자연스럽게 식사도 같이 하게 될 거고, 얘기도 많이 하게 될 거고.

"응. 안 넣어."

그런데 진지하게 고민을 한 결과가 저거라니. 채아의 성격상 이럴 줄은 알았지만 역시 답답했다. 영은은 미간을 찌푸리고서 채아의 이마를 슬쩍 밀며 물었다.

"왜? 아직도 좋아하잖아."

"세상은 좋아하면 다 되는 것도 아니잖아. 그리고……."

"그리고?"

"이젠 학생도 아니고. 적극적으로 하기엔 나와 선배 위치가 그렇잖아."

"왜. 한새 선배, 너만 특별 취급 했었잖아."

"말 그대로 특별 취급일 뿐이지."

학교의 태양 같은 존재를 바라보는 시간이 너무 길었나 보다. 늘 기가 팍 죽은 생각만 하던 친구는 기약 없는 오랜 기다림 때문에 미처 재생할 기회도 없었다. 이제는 가까이에 있는데도 안 좋은 쪽으로 심화가 될 뿐이었다.

"너…… 만약 한새 선배가 너한테 고백하면 어떨 거 같아?"

"뭐?"

심하게 놀라는 것을 보니 전혀 생각하지 않은 모양이었다. 한새의 앞에 고생길이 아주 훤히 드러나 있는 것 같아 속이 시원해진 영은은 조금 편안히 웃으며 말을 이었다.

"아니, 혹시나 해서. 그런 상상, 단 한 번도 안 해 봤어?"

"그걸 말이라고 해? 어떻게 그런…… 말도 안 되는……."

음. 정말로 안 해 봤군. 고개를 끄덕이며 영은은 채아의 어깨를 툭툭 두드렸다.

"가서 잠이나 자는 게 좋을 것 같아."

"음…… 역시, 그렇겠지? 내일은 회장님 모시고 회의 들어간다 해서 많이 긴장이 돼."

"그러니까 얼른 들어가서 자는 것이 좋겠어."

채아를 방으로 다시 돌려보낸 영은은 냉장고에 기대어 있다가 한숨을 폭 쉬었다.

웃으면서 협박을 하는 것처럼 말하는 한새와, 저와 선배는 절대로 이어질 수 없다며 극구 부정을 하는 채아의 사이에 낀 저는 대체 어떻게 하면 좋을지 모르겠다. 누구의 장단에 맞춰 줘야 할지 난감해진 영은은 결국 두 손으로 제 머리를 감싸 안았다.

"나는 제삼자일 뿐이라고……."

중얼거리던 영은의 핸드폰에 불빛이 들어왔다. 한새가 다시 등장한 이후, 영은은 줄곧 핸드폰을 무음으로 바꿔 놓고 있었다. 지호의 전화가 거의 대부분이었지만 그마저도 한새의 말을 전달하기 위해서곤 했다. 채아에게 걸리는 것은 둘째 치고, 연락을 실수로나마 받지 않고 싶어 절대로 진동이나 벨소리로 해 놓지 않았다.

오늘은 무슨 일로 한새가 직접 전화를 했는지 모르겠다. 받을까, 말까. 어차피 정해진 답은 하나였기에 낮게 한숨을 쉰 영은은 전화를 받았다.

"네, 여보세요."

— 영은아.

나는 조한새가 저렇게 부를 때마다 무섭더라, 하고 속으로 중얼거린 영은은 애써 아무렇지도 않게 대답을 했다.

"네. 선배. 말씀하세요."

— 누구야?

"저 박영은인데요."

— 그걸 내가 모를 것 같니?

섬뜩하리만치 웃음기 어린 목소리에 영은은 잠시 미간을 꿈틀거렸다. 아마도 직접 보고 저런 말을 들었더라면 제 안색이 충분히 창백해질 것을 예상했다. 전화 통화라 다행이지.

"어…… 정말 모르겠어요. 무엇을 묻고 계신지……."

— 채아 애인, 없다고 했잖아. 그런데 채아는 있다고 해.

아. 은채아의 가짜 애인. 누구라고 하지. 없다고 하기엔 채아가 거짓말을 했다고 증명하는 것이고. 아니, 그 전에 조한새는 어차피 채아의 말만 믿을 것이었다.

그렇기에 영은은 채아에게 고백을 했다던, 전에 같은 팀이었던 윤정호란 남자를 떠올렸다. 그때, 같은 생각을 했는지 한새에게서도 그의 이름이 흘러나왔다.

— 혹시, 윤정호라는 남자니?

"아, 그게……."

맞다고 대답을 하려다가 그건 너무 이야기가 재미없게 흘러갈 것 같아 잠시 망설였다. 그러자 곧바로 대답이 돌아왔다.

— 맞구나.

"애인이라기보다는……."

흔히들 말하는, 썸 탄다는, 사귀기 전 그 관계라고 말을 해 주고 싶었다. 그러나 영악한 조한새는 금방 알아들은 모양이다.

— 알겠다. 대답 고마워.

전화는 영은이 대꾸를 하기도 전에 끊겼다. 정말 끊겼나 액정을 확인한 영은이 피식 웃으며 핸드폰을 내려놓았다. 이내 조한새 선배, 라고 떠 있던 화면이 사라지는 제 핸드폰을 바라보다 결국 키득거리며 웃어 버렸다.

"아, 이제 이야기가 재미있게 나오겠다."

조한새가 어떻게 질투할지 기대가 된다. 연신 키득거리던 영은은 적당히 거실을 정리하고 일어나 방으로 향했다. 아직 잠들지 않았는지 뒤척이는 채아가 보였다.

"채아야. 자?"

잠시 뒤척임이 멈췄다. 이내 조그맣게 아니라는 대답이 들려왔다.

잘 준비를 하며 영은은 입을 열었다.

"너. 윤정호, 그치랑은 어떻게 지내고 있어?"

"친구지 뭐. 정호한테 미안해. 내가 지금 마음대로 이용하고 있잖아."

"뭘. 본인은 모르잖아?"

"그러니까 그게 더 미안하지."

한숨까지 쉬는 것이 보였다. 오지랖 좀 봐라. 속으로 혀를 끌끌 찬 영은은 그녀의 옆자리에 누워 이불을 덮으며 방금 전 통화를 떠올렸다. 이제 단단히 채아의 연인이 윤정호라 착각했을 조한새를.

"만약 한새 선배가 너 좋다고 하면 어떻게 할 거야?"

"그럴 일……."

"아, 만약이라고, 만약!"

답답한 마음에 말을 자르자 채아의 고개가 영은에게로 돌아갔다.

"아, 소리는 왜 질러!"

"답답하니까 그렇지! 너, 어디 가서 절대 스물여덟 살이나 먹어서 연애 한 번도 못 해 본 것같이 굴지 마라? 어?"

"나이랑 모태 솔로 얘기가 왜 지금 나와!"

채아가 벌떡 일어나 앉아 그녀를 노려보며 외쳤다. 영은은 도리어 당황해 잠시 말을 잃었다.

"……너, 진짜 모태 솔로였어?"

"억!"

제 입을 틀어막는 채아가 연기를 하는 것 같지는 않았다. 아마 밝은 불빛 아래였다면 채아의 붉게 물든 뺨이 다 보였을 것이다. 연신 손부채질만 하는 제 친구를 멍하니 응시하던 영은은 결국 더 이상 누워 있지 못하고 일어나 채아를 마주 보았다. 여전히 영은의 얼굴은 멍한 표정이었다.

결국 채아가 먼저 휙 돌아서 누워 버렸다. 그녀의 등을 바라보던 영은은 웃음을 터트리고 말았다.

"아, 미치겠다. 큭큭. 내가 은채아 때문에 매일 웃고 산다. 으하하!"

"그, 그만 좀 웃어 줄래? 그리고 그게 뭐 대수야?"

"응. 대수. 아주 큰 문제야. 시집은 갈 수 있니?"

"나도 알 거 다 안다, 뭐."

"실전과 경험은 차이가 있단다, 아가야."

"저는 뭐 해 본 줄 아나."

투덜거리며 채아는 억지로 눈을 감았다. 그러나 이쯤 되면 돌아와야 할 영은의 대답이 들려오지 않았다. 슬쩍 궁금해진 채아는 천천히 방향을 틀어 영은이 있는 쪽을 바라보았다. 영은이 살짝 얼굴을 일그러뜨렸고, 채아의 눈에는 그 모습이 어쩐지 슬퍼 보였다. 그와 동시에 문득 한 장면이 떠올랐다.

비서 자리에 오른 걸 축하한다며 집에서 파티를 한 날이었다. 시운과는 어색하게 악수를 하고 말던 영은. 시운과 무슨 일이 있었나? 아닌가?

"……저기, 영은아?"

"아무튼 너보다는 많아."

저를 향한 채아의 고개를 직접 돌려 준 영은은 평소처럼 돌아와 자리에 누웠다. 채아는 영은이 돌려 놓은 그대로 눈만 깜빡이다 목을 움츠렸다. 낮게 들려오는 영은의 한숨에 저도 덩달아 한숨이 쉬고 싶어졌다.

"은채아."

"으, 응? 왜?"

"너는 몸만 자랐지, 마음은 안 자랐어."

"그게 무슨 말이야."

"마음은 여전히 갓 20대 된 때에 머무르고 있는 것 같아."

어느새 제 이야기로 넘어오자, 채아의 고개가 휙 돌아갔다. 그러나 영은의 뒷모습만 보였다. 아쉬운 마음을 뒤로한 채, 아니거든, 대꾸를 하고서 억지로 눈을 감았다.

아니라고 부정을 해도 맞는 것 같아 마음 한구석은 자꾸만 찝찝함으로 물들어 갔다.

오랜만에 외국에서 돌아온 여동생에게 오피스텔을 빼앗긴 지호는 재빨리 대충 몸만 챙겨 한새의 오피스텔로 피신했다. 늘 자신의 주변에 울타리 하나는 기본으로 치고 있는 한새였다. 지호가 한새의 오피스텔에 온 것은 이번이 겨우 두 번째였다.

웃으면서 나가라는 소리를 할 줄 알았는데, 한새는 심각한 표정으로 가만히 지호를 바라보다 뒤를 돌 뿐이었다. 무언가 문제가 있다는 것을 알아차린 지호는, 무사히 하룻밤 신세를 지기 위해 한새에게 친근히 말을 걸었다.

"내 친구 조한새. 무슨 문제가 생겼나 봐? 혹시, 은 후배 문제?"

그러자 한새의 걸음이 뚝, 거실 한가운데서 우뚝 멈췄다. 입꼬리를 말아 웃으며 지호는 재빨리 한새의 곁으로 다가가 그를 바닥에 앉혔다.

"와인 한잔?"

"……네 집이냐."

"어휴. 그런, 무슨 오해를. 나는 자네 고민을 들어 주기 위해 그저 와인 몇 잔과 치즈 몇 조각이 필요할 뿐이야."

"말이면 단 줄 알아?"

"어허. 내가 꺼내 올게. 너는 앉아 있어."

주객전도가 된 상황이었다. 지호는 제가 집주인인 것처럼 익숙하게 부엌으로 갔다. 일단 와인 한 병을 골라 식탁에 올려놓고서 냉장고를 뒤적여 치즈 몇 조각을 비싸 보이는 접시에 담았다. 야무지게 잔도 챙기는 걸 보며 한새의 미간이 점점 일그러졌다.

평소 같으면 당연히 당장 내쫓았을지도 모른다. 그러나 지금만큼은 누군가에게 자신의 고민을 털어놓고 답을 듣고 싶었다. 늘 스스로 해답을 잘도 내렸지만 지금만큼은, 이 경우만큼은 그럴 수가 없었다. 채아에 관련된 거라면 이성이 마비되는 것만 같았다. 도저히 제 마음대로 해답을 내릴 수가 없었다.

"은 후배가 뭐라고 했어? 너 싫대?"

"……죽는다."

"아, 알았어. 워, 워. 진정해."

농담이라도 그딴 말은 절대로 하지 말라는 눈빛이었다. 지호는 잠시 움찔거리다 슬그머니 다른 말을 꺼내 보았다.

"그럼? 뭐라고 하는데?"

"애인이 있다고."

"그건 말했었지."

분명 거짓말인 것 같지만 거짓말이라고 굳이 말은 하지 않았다. 저는 그저 제삼자니까.

"그 애인이 누군지 알아냈다."

"뭐?"

그럴 리가 없는데. 분명 애인이 없다는 것을 채아와 몇 년이나 같이 산 친한 친구인 영은에게 확인받았다. 그건 소라에게서도 들었던 이야기였다. 생각을 해 보니, 대충 둘러댄 채아의 말에 알아서 삽질을 실컷 하며 스스로 한새가 껴 맞춘 것이라는 결론이 내려졌다. 속으로는 재미있겠다는 듯이 웃었지만 겉으로는 안타깝다는 듯이 입을 열었다.

"누군데?"

"같은 팀 동갑내기."

"어, 정말?"

아무리 생각해도 자신은 리액션 하나만큼은 끝내주게 잘했다. 지호는 웃음을 참으며 한새에게 이어서 질문을 했다.

"그래서 앞으로 어떻게 할 거야?"

"뭘 어떻게 하긴."

미간을 찌푸리던 한새가 낮은 목소리를 냈다. 그 목소리를 들은 지호는 당사자도 아닌데 등골이 잠시 오싹거렸다.

"뺏어 와야지."

"너…… 그…… 은 후배 입장은 생각 안 하고?"

"……."

"일단, 어떻게 뺏을 건데?"

마치 눈앞에 먹이를 둔 야생 짐승과 같이 눈빛이 변한 한새로 인해 팔을 몇 번이고 쓰다듬은 지호가 말을 돌렸다. 점점 더 미간의 골이 깊어지던 한새가 마침내 입을 열었다.

"고백."

무척 담백한 대답이었다. 하지만 이미 표정은 먹이를 노리는 짐승의 모습이었기에 하나도 매치가 되지 않았다.

"어…… 그, 그래. 고백. 고백이라. 좋지. 어떻게?"

"잘."

고백은 잘하기만 해선 안 되는 건데.

누굴 좋아하는 것이 채아가 처음인 한새에게 뭐라고 대답을 해 줘야 할까. 그의 잘생긴 얼굴을 뜯어보던 지호가 입을 조심스레 열었다.

"뭐…… 알아서 잘하겠지만, 여자는 꼭 사랑한다, 좋아한다. 이런 거 솔직하게 듣고 싶어 하더라."

"어차피 할 거였다."

"음…… 그러니."

조한새의 입에서 좋아한다는 말이 나온다는 건 상상도 되지 않지만, 그래도 나쁘지는 않을 것 같았다.

"너, 그럼 반지는?"

갑자기 불현듯 반지의 존재가 떠올라 말을 꺼내 보았다. 지호가 알기로, 한새에겐 예전에 준비한 반지가 있었다. 아마 4년은 되었을 것이다.

그때부터 고백을 생각했지만 쉽게 말을 꺼낼 수 없었기에 간직하기만 했다가 이제는 귀중한 보석처럼 모셔 둔, 자주색 케이스 안에 머무르고 있는 다이아몬드 반지. 부담스럽다고 안 받을까 싶어 일부러 작게 다이아몬드를 박은, 오로지 은채아만을 위한 반지. 그 반지의 생각에 한새는 피식 웃다 입을 열었다.

"아직도 잠들어 있다."

"그래서 언제 할 건데?"

"타이밍 봐서."

"뭐…… 그래. 차이지나 말아라."

"……."

"농담."

눈빛이 다시 사나워지려 하기에 얼른 두 손을 들어서 농담이라 말을 해 주었다. 그럼에도 불구하고 지호를 지그시 바라보던 한새가 그의 앞에 손을 휘저었다.

"뭐? 가라고?"

"알아서 방에 들어가라고."

"오. 오늘 신세 져도 되는 거야?"

"마음 바뀌기 전에 얼른 들어가."

지극히 자신의 사생활을 침범당하는 것을 좋아하지 않는 한새였기에 마음이 바뀌기 전에 지호는 후다닥 손님용 방으로 들어갔다. 손님용 방이라기보다는 쓰지 않는 방이었다.

지호가 방에 들어가든지 말든지 상관하지 않고, 한새는 자신의 방으로 들어가 곱게 모셔 놓은 반지를 꺼냈다. 4년이 흘렀지만 반지는 여전히 예쁘게 빛나고 있었다.

"고백이라."

뭐든 다 잘하는 한새에게 어려운 것은 오로지 연애 영역뿐이었다. 어떻게 보면 바람둥이로 보인다는 소리도 몇 번 들어 봤지만 사실 그는 여자를 전혀 몰랐다. 그저 웃으며 늘 적정한 거리에서 거절을 했었으니까. 그렇기에 사실 채아에게 어떤 말을 하며 이 반지를 건네주면 좋을지 고민을 하느라 시간을 보낸 것도 있었다.

빛나는 반지를 가만히 바라보다 조심스럽게 케이스 뚜껑을 덮고서 제자리에 가져다 놓으며 한새는 낮게 한숨을 쉬었다.

"윤정호."

인상을 확 쓰며 이름을 중얼거리던 그가 핸드폰을 가져와 문자 한 통을 보냈다. 채아에게, 내일 집으로 데리러 간다는 말이었다.

처음 며칠은 부담스럽다며 따로 갔지만 설득을 해서 겨우 가끔 같이 차를 타기로 했다. 그리고 이제 매일 타려고 한다.

"자나 보군."

채아는 자는지 답장이 없었다. 채아를 생각하자 한새의 입꼬리가 저절로 말려 올라갔다. 마지막으로 왔던 채아의 문자를 바라보다 핸드폰을 놓고서 침대 위에 올라갔다.

그는 여전히 고백을 어떻게 하면 좋을지 고민 중이었다. 만약 저를 받아 주지 않으면 기다릴 것이다. 기다림 정도는 할 수 있다. 그녀가 저를 돌아봐 줄 때까지.

Chapter 07

점심도 못 먹고 외부 사업자들과 만나야만 했다. 그렇게 해서 점심을 먹게 된 것은 4시 이후였다. 처음, 한새는 채아를 데리고 레스토랑에 가려고 했지만 채아가 간단한 것을 먹고 싶다고 해서 쌀국수 가게에 들렀다.

자리를 잡고 앉아 주문을 한 뒤 두 사람은 어떤 대화도 하지 않았다. 누가 보면 모르는 사이나 어색한 두 사람이 왔다고 생각을 할 수도 있는 분위기였다. 한새는 한새대로, 채아는 채아대로 각자 생각에 빠져 있었다.

채아는 한새를 포기하기 위해 어떻게 해야 하는지, 정말 고백을 해야 하는지 고민하느라 바빴다. 한새는 안쪽 주머니에 넣어 둔 반지를 언제 어떻게 무슨 말로 건네느냐에 대해서 고민을 하고 있었다.

그렇게 각자 고민을 하는 사이, 쌀국수가 나왔고 두 사람은 그제야 서로를 볼 수 있었다.

"맛있게 먹어, 채아야."

"네. 이사님도 맛있게 드세요."

그렇게 대구를 한 채아는 멍한 표정으로 먹기 시작했고, 방금 전 채아가 한 말로 인해 한새는 젓가락을 움직일 수가 없었다. 단둘만 있는데 이사라고 부르는 것이 마음에 들지 않았다. 틈새가 벌어진 것도 같았다. 가만히 채아를 바라보던 한새는, 그녀가 한 번쯤은 고개를 들어 볼 거라고 생각했지만 들지 않자, 결국 헛기침을 두 번 정도 하며 말을 꺼냈다.

"채아야."

"네?"

고개를 들며 눈을 동그랗게 뜬 채아가 젓가락을 그릇 위에 올려놓았다. 생각에 몰두하느라 그가 한 말을 한 귀로 흘려 버렸나 돌이켜 봐도 떠오르는 건 없었다. 왜 불렀지? 고개를 갸웃거리며 이어지는 한새의 말을 들었다.

"둘이서 있을 땐 편안하게 말해도 돼."

채아의 손이 허공에서 멈췄다. 이내 채아가 젓가락을 내려놓으며 빙긋 웃었다. 저는 더 이상 친한 사이만으로는 만족을 못 하겠어요, 라고 하려던 마음을 쑥, 뒤로 겨우 넘긴 채 입을 열었다.

"공과 사는 구별할게요."

아무리 눈치가 빠른 사람이라도 상대방이 말을 하지 않으면 모르는 것도 있기 마련이다. 그래서 좋아한다고 고백을 하려니, 이미 한새는 좋아한다는 사람이 있다고 한다. 그는 마음을 받아 주지 않을 것이고, 그러면 두 사람은 어색한 사이가 될 게 뻔했다. 그것만큼은 싫었다.

"일을 하는데 너무 친해 보이면 안 되잖아요."

오랜 시간이 지나면서 깊고 깊어져서 이제는 어찌할 도리가 없는 마음이었다. 그래도 멈추는 게 맞다는 생각이 들었다.

그러나 채아의 마음을 모르는 한새는, 괜히 안쪽 주머니에 넣어 둔 반지 상자의 무게가 100배는 불어난 것 같아 입을 다물었다. 그가 애써 초조함을 감추고 다시 싱긋 웃으며 물었다.

"갑자기 왜……."

"갑자기가 아니에요. 그냥, 일을 하는데 둘이서 있다고 편안하게 말을 했다가 공적인 자리에서 실수를 할 수도 있잖아요. 그러니까 실수 안 하게 그러는 거죠. 그리고……."

"그리고?"

"……아니에요."

좋아하는 사람이 있다고 했으면서. 괜히 희망 주지 말라고 하려던 건 꿀꺽 삼켰다.

그렇게 선을 그으려는 채아의 모습에, 괜히 한새의 마음이 조급해졌다. 오후에 있을 미팅이고 뭐고 하나도 기억이 나지 않고 머릿속이 새하얗게 변해 가는 것만 같았다.

"이야. 오랜만이다, 은 비서님?"

딱 잘라 채아가 말을 한 뒤, 이틀 동안은 지극히 서먹했다. 한새는 아무런 말도 하지 않았고, 채아는 한새의 눈치를 보며 속으로 한탄을 계속했다. 집에 돌아와서도 왜 그런 말을 했을까 후회를 하다가 영은이 던진 베개에 맞기도 했다.

"근데 표정이 왜 그래? 일이 니무 많아?"

오늘은 회사에서 일을 보다가 잠시 커피를 사러 나온 참이었다.

정호와 오랜만에 마주쳤다. 팀을 옮긴 뒤로는 거의 마주칠 일이 없었기에 가끔 컴퓨터 메신저로나 대화를 나눴다. 그것도 주로 일에 관련된 이야기였다. 모처럼 직접 얼굴을 보니 반가웠지만 이미 속이 타들어 가는 채아로서는 반가움을 표현할 여력이 없었다.

"아니, 뭐…… 일은…… 할 만해."

"그럼 왜? 무슨 일인데 그래?"

오래된 친구처럼 물어 오는 정호에게 채아는 하마터면 지금 심정을 다 폭로할 뻔했다. 그러나 저에게 좋아한다고 고백을 했던 윤정호에게 할 말이 있고 못 할 말이 있다는 것을 알기에 그저 웃기만 했다.

"그럼 어디 가는데? 이건 물어도 되나?"

"이사님이랑 내 커피 사러."

"오. 나도 가는 길인데. 같이 가."

채아는 일단 단호하게 결정을 내려 놓고서 후회를 하는 타입이었다. 다시 말해 일단 물을 엎지르고 나서 괜히 엎질렀다고 후회를 하는, 그런 타입.

그렇기에 지금도 이틀 전에 한새에게 한 말을 후회하고 있었다. 괜히 사이만 어색해지고, 같이 이동을 해도 말을 한마디도 하지 않았다.

한새는 공과 사를 구분해야 한다는 그녀의 말을 철저히 지키고 있었다. 어떻게 보면 삐친 것도 같은데, 그가 삐칠 이유가 없으니 채아는 그저 한새가 자신의 말을 잘 지켜 주고 있다고밖에 생각할 수 없었다. 원래 이동을 하는 차 안에서는 동아리를 함께했던 때처럼 말이 자주 오갔지만, 근 이틀 동안은 침묵에, 침묵에, 질리도록 침묵을 느꼈다.

127

"이사님은 어때? 대학교 선배라 했었지?"

"……아. 아아. 응. 선배였지."

감히 넘볼 수 없는 선배였지. 고개를 끄덕인 채아가 주문을 한 후, 옆으로 비켜서 정호와 나란히 섰다.

"친했어?"

"그럼. 친했지."

이 사실이 사내에 알려지면서 인맥으로 채아가 뽑힌 것이 아닌지 의심을 받았다. 다행히 채아는 인사 고과에서도 좋은 점수를 받았고 회계팀에서도 평판이 좋았으므로 쉽게 넘어갈 수 있었지만 아직도 종종 수군거림이 들려왔다. 그중 하나가 바로, 비서 자리에 앉기 위해 한새에게 노골적으로 접근했다는 소문이었다. 그 말에는 조금 가슴이 뜨끔했었다. 한새를 좋아하는 마음이 있었기에 더욱 그랬다.

"혹시 말이야."

"응."

"그……."

"그?"

각자 테이크아웃한 커피 캐리어를 들고 가게를 나왔다. 망설이는 정호를 잠시 그 자리에서 기다려 주었지만 그는 씩 웃으며 고개를 저었다.

"저녁에 시간 돼? 오랜만에 삼겹살, 어때?"

정호는 이내 다른 말을 채아에게 꺼냈다. 좋아하는 사람이 한새냐고 물어보려 했지만 왠지 답을 들으면 저만 가슴에 상처가 다시 날 것 같아 그만두기로 한 것이다.

"오늘은 될 것 같아. 마침 오늘은 일찍 퇴근인데 어떻게 알고?"

"하하! 난 천재잖아?"

"아, 왕자병이 도졌습니다. 아아, 안타깝습니다."

같은 팀에서 일을 했을 때로 다시 돌아간 것 같았다. 소리를 내서 웃으며 채아는 정호가 만약 정말로 그저 친한 친구라면 모든 것을 이미 털어놨을지도 모른다고 생각했다.

커피가 미지근해질까 싶어 두 사람은 얼른 회사 안으로 들어갔다. 엘리베이터를 타고 얼마 후 익숙한 층에서 정호가 먼저 내렸고 채아는 거의 꼭대기에 가서야 내릴 수 있었다. 사무실 문 앞에서 커피 캐리어를 들어 잠깐 바라보다 채아가 낮게 한숨을 쉬었다.

"아, 모르겠다."

노크를 한 후, 아무런 소리도 들리지 않기에 조금 기다렸다 문을 열고 들어갔다. 가끔 일에 집중을 하면 주변에서 들려오는 소리를 그가 듣지 못하는 경우가 있었기 때문이다.

"이사님, 커피 사 왔습니다."

"……아."

서류에 고개를 파묻고 있던 한새가 고개를 들었다. 커피를 들고 있는 채아의 모습에, 손에 들고 있던 모든 것을 내려놓았다. 채아가 그 앞에 한 잔을 내밀고서 바로 나가려고 하기에, 아쉬운 마음에 한새가 얼른 그녀를 불렀다.

"채아야."

공과 사는 구별하자고 해서, 그게 못내 섭섭해서 근 이틀 동안은 정말로 딱딱 잘라서 구별해 주었다. 처음 만난 것처럼 서먹한 사이가 되었지만 곧 채아가 먼저 견디지 못하고 말을 붙여 오리라 믿었다. 다시는 마음에도 없는 선을 긋지 못하게 하려 했다. 그런데 자신이 더 조급했나 보다.

대답을 안 해 주려나 싶어 고개를 들고 채아를 보니, 그녀는 놀란 표정이었다. 왜 그러지? 알 수 없는 한새는 그저 의문만 가질 뿐이었다.

한편 채아는 그가 저의 이름을, 이틀 동안 한 번도 부르지 않은 이름을 너무나 다정하게 불러 놀란 것이었다. 제 입으로 공과 사를 구별하자 해 놓고선 설레고 마는 스스로가 미웠지만 순식간에 녹아 버리는 마음을 어쩔 수 없었다. 결국 저는 사랑의 노예였던 모양이다.

채아는 설핏 웃으며 그가 만약 정말 삐쳤으면 그 마음을 풀어 주기 위해 입을 열었다.

"네, 선배. 아니, 오…… 오빠."

오랜만에 하려니까 참 쑥스러웠다. 이번에 놀라는 것은 한새 쪽이었다.

한새는 눈을 살짝 크게 뜨다가 부드럽게 미소를 보였다. 일은 안 힘들어도 채아가 딱딱하게 구는 건 참 힘들었다. 한새는 이틀 동안 다급했던 마음이 한결 느슨해지는 것을 느끼며 입을 열었다.

"오늘 저녁 식사 같이 하자. 뭐 먹을까?"

"어…… 죄송해요. 저, 약속 있어요."

"뭐? 누구랑?"

매일같이 보면서 저와 함께 지내는 것에 다시 익숙해지게 한 후, 자신이 마음을 전달해도 놀라지 않도록 하려고 했었다. 그래서 하루도 빠짐없이 함께 저녁을 한다, 라고 계획을 세워 두었지만 차질이 생겼다. 거기다 알 수 없는 상대방과 약속이 있다니. 한새의 눈썹이 꿈틀거렸지만 눈치채지 못한 듯 그녀는 밝게 웃으며 입을 열었다.

"정호랑요. 아, 아시려나. 저번에 본 것 같은데."

그 이름을 듣고서 한새는 얼이 빠졌다. 생각해 보면 아직 해결된 건 아무것도 없었다. 그저 그었던 선을 다시 넘었을 뿐이었다. 한새가 할 말을 잃자 채아는 갑자기 가라앉은 분위기에 조금 난처해하다가 인사를 하고 나갔다. 탕, 문이 닫히는 소리가 나자마자 한새는 낮게 한숨을 쉬며 마른세수를 했다.

"애인. 애인이라 했나."

그런데 애인은 맞나. 자신이 잘못 짚은 것이 아니어야 할 텐데.

"아니지. 잘못 짚은 거야만 해."

한새의 고민이 점점 더 깊어져만 갔다. 저녁을 같이 먹게 놔두느냐, 마느냐. 그것이 문제였다.

서랍 안에 곱게 넣어 둔 반지 케이스를 꺼내서 책상 위에 올려놓았다. 그것은 커플링이었다. 빛나는 반지를 바라보던 한새는 낮은 한숨과 함께 케이스를 닫았다.

"네 역할을 할 날은 언제인지 모르겠다."

고백을 하려는데 그 타이밍을 당최 모르니 어떻게 할 수가 없었다. 멘트야 그냥 솔직히 제 마음을 전달한다고 해도 타이밍이 문제였다.

"이사님, 내일 뵙겠습니다!"

착잡한 표정을 한 한새를 뒤로하고, 채아는 정호와 저녁을 먹기 위해 엘리베이터를 탔다. 회사 로비로 내려가 아직 오지 않은 정호를 기다리며 옷매무새를 가다듬었다.

정호는 정리가 조금 늦어지는 모양이었다. 몇 번이나 엘리베이터가 열리고 닫혔다. 언제 오려나 엘리베이터만 바라보던 도중, 문이 열리고 정호가 내렸다.

"먼저 기다리고 있었네."

"배고파서 그러지, 뭐. 얼른 가자. 삼겹살 말고 갈비 먹으면 안 되나? 돼지갈비."

"마음대로 해. 나야 아무거나 먹으면 그만이지, 뭐."

"으음. 그럼 어디로 가지."

일단 회사를 나가기로 하고 함께 걸으며 고민을 하고 있는데, 뒤에서 익숙한 목소리가 들려왔다.

"은 비서."

단정하고도 부드럽고, 어떻게 들으면 단호한 그 목소리가 단번에 채아의 발걸음을 붙잡았다. 생각을 해 보면, 항상 자동 반사적으로 그의 목소리에, 그의 행동에, 그리고 그의 모든 것에 반응을 했던 것도 같았다.

벚꽃이 휘날리던 교정에서, 처음 만났던 그날부터.

뒤를 돌자, 한새가 진지한 표정으로, 혹은 무서운 표정으로 걸어오고 있었다. 그의 모습은 로비에 있던 사람들과 지나가던 사람들 모두 시선을 집중하게 만들었다.

본명을 감추고, 정체를 감추고 몇 년 동안 회사에서 일을 했던 일개 팀장이 어느 날 갑자기 후계자라며 이사 자리를 이어받았다. 당연히 그는 취임식이 일주일 지난 지금까지도 스포트라이트를 받을 수밖에 없었다.

"아…… 이사님."

그를 불렀지만 채아의 앞에 선 그는 입을 꾹 다물고 있었다. 그러다가 한새의 시선이 향한 곳은, 채아의 옆에 서 있는 정호였다.

"은 비서는 잠깐 나와 갈 곳이 있으니 함께 가도록 하죠."

늘 부드러운 모습이었기에 그의 카리스마 있는 모습은 채아에게 익숙하지 않았다. 그렇기에 당황한 채아가 움찔거리다 정호를 잠깐 바라보았다. 그러나 다시 한새에게로 시선을 돌리며 말을 꺼냈다.

"저…… 죄송해요. 아까도 말했지만 이미 선약이 되어 있어서…… 많이 급한 건가요?"

"네. 긴급입니다."

그래. 긴급이다. 더 이상 다른 남자랑 있는 꼴을 못 보겠는데, 이게 긴급이지 그럼 뭐야?

속으로 대꾸를 한 한새는, 좀처럼 움직이지 않는 채아가 답답해, 저도 모르게 회사 로비라는 것은 생각하지 않고 그녀의 어깨를 부드럽게 감싸 안았다. 그러나 그녀와 함께 옮기는 걸음은 보폭도 넓고, 굉장히 서두르는 느낌이 강했다.

"그 선약, 제가 먼저 하지 않았습니까."

정호에게 들으라는 듯이 말을 하고서 채아를 데리고 회사 밖으로 나왔다. 이내 고개를 두리번거리다 회사 근처에 있는 조용한 일식집으로 발걸음을 옮겼다. 회사에서는 어깨를 감싸고 나왔지만, 어느새 걸음이 더 빨라진 한새는 그녀의 팔목을 아프지 않게 잡고서 거의 끌고 가다시피 걷고 있었다.

"저…… 이사님. 숨차요, 숨."

"회사 밖인데."

이미 오빠라 부르지 않았던가. 그때부터 공사 구분은 사라져 버린 것이다. 채아는 입술을 깨물고 말없이 한새를 따라갔다.

일식집에 도착하자마자 안내해 주는 방으로 들어가 앉았다. 종업원이 주문을 받고 자리를 뜬 뒤에야 숨을 고른 채아가 이내 물로 목을 축이고선 입을 열었다.

"갑자기 이게 뭐예요? 저, 정호랑 분명 약속 있다고 했고, 선배하고 약속 잡은 적 없잖아요."

"하고 싶은 말이 있어."

"그건 나중에 하면 되잖아요."

"8년 전부터 지금까지, 줄곧 하고 싶었던 말이야."

갑자기 나온 8년이라는 시간 앞에, 채아는 입을 다물었다. 가만히 한새를 바라보던 채아는 낮게 한숨을 쉬며 고개를 끄덕였다. 그리고 핸드폰을 꺼내 정호에게 미안하다는 문자 한 통을 넣었다.

한새는 그 모습을 바라보면서도 입만 들썩일 뿐, 별다른 말은 하지 않았다. 거의 억지로 끌고 온 거나 마찬가지였으니까.

아무리 생각을 해도 그녀가 윤정호와 단둘이 밥을 먹게 놔두고 싶지 않았다. 그래서 일을 하는 동안 계속해서 생각을 한 결과는, 그냥 둘 수 없으니 자신이 채 가자는 것이었다. 모든 것을 다 털어놓고, 윤정호와 은채아가 정말 연인 사이가 맞는지 확인을 하고, 아니면 제 마음을 호소할 것이다.

"지금 하세요."

조금은 화가 난 얼굴로 말을 하는 채아는 표정이 굳어 있었다. 그런 그녀의 모습은 처음 봐서 그런지 한새는 긴장이 되었다. 굳은 분위기를 풀기 위해 부드럽게 미소를 지으며 고개를 가로로 저었다.

"식사가 끝난 뒤에 하고 싶어."

"……네. 그래요, 그럼."

어쩔 수 없다는 듯이 한숨을 쉬던 채아는 주문을 하는 한새를 바라보았다. 말끔하게 잘 차려입은 슈트는 너무나도 잘 어울렸다. 취임식 날에는 머리를 올렸지만 지금은 단정하게 머리를 내린 상태였다. 그 모습은 8년 전, 그와 처음 만났던 날과 흡사했다. 물론 그날은 편안하게 입었지만 지호의 생일날, 슈트를 말끔하게 차려입고 왔던 모습도 떠올랐다.

그와 연락이 되지 않은 지난 5년 동안, 벚꽃 나무를 볼 때마다 늘 떠올랐다. 학교를 코앞에 두고서 찾지 못한 저를 학교까지 친절하게 데려다주었던 남자. 벚나무 아래에서 고맙다고 인사를 하는 저에게 부드럽게 미소를 지으며 아무것도 아니라는 듯이 고개를 가로로 저었던 그 모습.

그 모습이 눈에 그대로 각인되어서 늘 벚나무만 보면 그 모습이 저절로 떠올랐다.

"사실은 선배라는 호칭이 제일 잘 어울려요."

"……어?"

"선배는 늘 저에게 선배였으니까요. 말이 좀 이상한가?"

고개를 갸웃거리는 채아가 귀여웠는지 한새가 픔, 소리를 내서 웃었다. 그러다 그녀를 가만히 바라보았다. 처음 보았던 날보다 조금 변했고, 지금은 더 변한 것 같았다. 분위기가 달라진 것도 같았다. 가만히 그녀를 바라보다 무심코 입을 열었다.

"채아, 너…… 조금 변한 것 같다?"

"네? 저요?"

"응. 대학 때보다 지금, 달라진 것 같아. 오랜만에 봤을 때는 몰랐는데."

자신의 마음이 여전히 대학 시절에 머물러 있다는 것을 알게 된 이후로는 조금씩 변화가 생긴 모양이었다. 조금 더 열매가 익어 간다고 해야 하나. 채아는 빙긋 웃기만 했다. 그를 향한 마음을 언제쯤 접을 수 있을지 모르겠다.

곧 음식이 나왔고, 두 사람 사이에 있던 대화가 끊겼다. 두 사람은 그저 잘 먹으라는 말만 하고서 다시 조용한 분위기에서 식사를 시작했다. 식사를 하는 동안, 채아는 잠깐 한새를 살폈다.

그의 외모는 그대로지만 분위기 같은 것들이 변했다. 그러나 어리석게도 저는 그날의 조한새를 기다리는 마음을 무의식중에 가지고 있어서 그런지 그대로였다. 채아는 눈을 내리깔았다. 지금은 시간이 흘렀다는 것을 알고, 저는 더 이상 갓 성인이 된 신입생이 아니라는 것도 안다.

저는 서른을 바라보고 있는 나이였다.

"선배. 그거 알아요?"

"응? 뭘?"

조용히 밥을 먹던 도중, 들려오는 채아의 목소리에 자연스럽게 대답을 했다. 분명 오빠라 하지 않으면 대답을 하지 않겠다고 예전에 으름장을 놓았음에도 불구하고. 그것은 채아의 목소리에 바로 반응을 하는, 본능적인 행동이었다.

채아는 지금 말해야 한다는 것을 알았다.

가질 수 없는 것에 괜한 욕심을 내다간 큰코다친다. 감정 소비도 심하고, 알 수 없는 미래에 대한 괜한 희망을 가졌다가 절망에 허우적거리기도 했다. 채아는 그걸 이제 그만두고자 했다. 그는 정말로 좋은 사람이었고, 또한 내내 좋아한, 지금도 좋아하는 사람이니까.

채아는 젓가락을 내려놓았다. 거의 다 먹은 참이었다. 차로 입을 살짝 헹군 뒤, 잔을 조심스레 내려놓으며 한새를 바라보았다. 제가 무슨 말을 할지 궁금해하는 표정이었다. 가끔씩 저런 표정을 지을 때마다 마음이 괜히 설레곤 했었다. 남들에게는 쉽게 보여 주는 표정이 아니었으니까.

"처음, 선배 만났을 때, 고마웠어요."

"뭐가?"

"선배 아니었으면 입학식에 못 갔을 거예요."

그렇기에 괜히 착각을 했었다. 아, 저 사람이 나를 좋아하는구나, 하고. 그러나 그는 저에게 어떠한 말도 하지 않았다. 고백은 전혀 없었다.

점점 시간이 지날수록, 한새를 좋아하는 마음은 주변 사람이 알 정도로 또렷해져 가는데 한새는 그저 한결같은 태도로 저를 대하고 있었다. 그래서 알았다. 아, 선배는 그저 나를 친동생 혹은 아끼는 후배 정도로 생각을 하는구나, 하고.

"그리고 동아리에서 다시 만났을 때, 얼마나 반가웠는지 알아요?"

그래도 마음 비우기는 참 쉽지가 않다. 거의 8년이라는 묵은 감정을 함께하고 있었으니까.

"아, 나도. 학교 같이 오고 나서 너 가는 거 보고, 이름이라도 물어볼걸, 그랬다니까."

예전이라면 몰라도 지금 착각을 해선 안 되는데, 왜 제멋대로 심장이 뛰는지 모르겠다. 애써 모른 척을 하며 채아는 과장된 웃음을 지었다.

"아하하! 근데 알고 보니 선배는 학교 스타였죠. 데뷔만 안 했지, 학교에선 완전 연예인이었는데. 선배랑 수업 같이 듣겠다고 선배 듣는 수업은 죄다 인기 폭발이었잖아요. 오죽하면 교수님이 선배에게 수업은 네가 해, 이랬죠."

"그러게."

예전 기억을 떠올리는지, 한새의 입가에 잔잔한 미소가 고였다. 아, 어떻게 해. 포기 못 할 것 같아. 채아는 가슴이 욱신거렸지만 또다시 애써 모른 척을 하며 다시 입을 열었다.

"그거 알아요? 선배랑 사귀려고 노력했던 애들."

갑자기 좋은 추억 사이로 안 좋은 기억이 끼어들려고 한다. 한 새의 미간이 꿈틀거렸다. 그건 왜? 되물으며 그가 조금 얼굴이 밝아졌다.

"선배, 젠틀맨이었잖아요. 지금도 그렇지만. 되게 신사적이어서, 선배 행동에 여자들 모두 한눈에 뿅 갔었잖아요."

'물론 나도 그랬었고.'

속으로 중얼거리던 채아가 쓰게 웃었다. 한새는 그녀가 하려는 말이 대체 무엇인지 감이 잡히지 않아 그제야 진지한 얼굴로 그녀를 마주했다.

"지금 와서 고백하는 건데요."

"……."

"저도 그 무리 중 하나였어요."

아니, 지금도 그렇지만. 여전히 쓴웃음을 지은 채 채아가 한새의 표정을 살폈다. 그는 눈이 동그랗게 커진 모습이었다.

하긴, 믿기지 않겠지. 그렇게 선배, 선배 하며 잘 따르던 후배가 대뜸 좋아했었다고 훗날, 오랜 시간이 지나서 고백을 하는 게. 우습기도 하려나. 어쩐지 자꾸만 씁쓸한 기분이 맴돌았다.

"아, 걱정 말아요. 지금은 그렇지 않아요. 말했다시피 애인도 있고……."

"채아야."

"추억이죠. 후후. 아, 갑자기 이런 얘기 꺼내서 놀라셨어요?"

"은채아."

낮은 한숨과 함께 채아의 이름을 부른 한새가 그녀의 두 손을 꽉 잡았다. 갑자기 잡아 오는 손에, 그 뜨거운 온도에 채아는 흠칫 놀라 몸이 굳었다.

천천히 손을 뻗은 한새는 채아의 머리를 쓰다듬었다. 그 행동에, 채아는 다시 착각을 할 것만 같아 그의 손을 내리려고 했다. 그러나 이제는 아예 한 손으로 제 두 손을 꽉 잡아 버리는 한새로 인해 아무런 행동도 할 수가 없었다.

말로는 같은 후배라고 하지만 아무도 그는 누구의 머리도 쓰다듬지 않았다. 오로지 저에게만 했었다. 영은은 한새의 행동이 오직 그녀만을 위한 특별한 거라고 했다. 그래, 특별하겠지. 아주 아끼는 후배에게만 할 수도 있으니까.

그는 절대로 이런 특별한 행동에 대한 이유를 말한 적이 없었다. 그렇기에 나중에 가서 채아는, 혼자만의 착각이라고 생각했었다.

"내가 할 말이 있다고 했지?"

"……네."

"여기서 그냥 말할게."

"그러세요."

지금 목소리가 살짝 떨린 것도 같다. 한새는 여전히 채아의 머리를 쓰다듬고 있었다. 그래서 채아는 가슴이 무척 떨렸다. 그가 처음, 제 농담에 웃다가 갑자기 머리를 쓰다듬었던 그때처럼.

"난 아버지가 제서 그룹 이사라는 것을 숨기고 싶었어. 부잣집 도련님이라는 소리가 듣기 싫었거든."

그 말에는 채아도 떠오르는 기억이 있었다. 대학 시절, 그는 정말로 그렇게 하고 싶었던 것인지, 저놈 부잣집 도련님 아니야? 하는 소리에 소리 없이 그저 웃음만 지었었다. 부정도 긍정도 하지 않았다. 그저 실없는 농담이라고 생각하고 넘어가려고 했나 보다 싶었으니까.

"그래서 복학하던 날, 아버지가 차를 보내 준다 했지만 결코 반대했어. 차 타고 오면 당연히 뭔가 다르다는 걸 알아차리잖아? 그럼 제서대 재단 제서 그룹 외동아들이 나라는 걸 조만간 알아차릴 테고. 그래서 버스를 탔는데, 오랜만에 타서 그런지 학교 근처에 가긴 가는데 멀리 떨어진 데서 내리는 버스를 탄 거야."

그의 조용하면서도 부드러운 목소리를 들으며, 채아는 문득 입학식 날, 그와 처음 만났던 장면이 떠올랐다. 절대로 잊을 수 없는 장면이 바로 첫 만남이다. 절망에 고개를 숙이고 있을 때, 부드럽게 들려오는 그 목소리.

"내리려고 할 때 누가 홀로 떨어져서 울고 있기에 다가갔는데, 울지 않고 있는 거야. 그럼 대체 왜 그럴까? 물어봤더니, 같은 학교 학생인데 학교가 어디에 있는지 몰라서 그렇다는 거야. 그때, 참 귀여웠는데."

"……누가요? 제가요?"

"그럼. 그리고 채아, 네가 늦었다며 달려갈 때 붙잡고 싶은 걸 참았었어. 전화번호까지는 아니어도, 이름이라도 물어볼걸, 하고."

그의 말에 심장이 쿵— 하고 내려앉는 것만 같았다. 왜 한새는 저에게 그런 말을 하는 것일까? 심장이 떨려서 제대로 그를 바라볼 수가 없었다. 괜히 다 먹은 빈 접시만 물끄러미 보고 있었다. 그리고 그의 목소리가 다시 들려왔다.

"과라도 물어서 다행이라고 생각했어."

"……왜요? 어째서요?"

잔인한 희망고문이라 생각하며 또 물었다. 괜한 기대감 가지면 저만 절망에 빠질 텐데. 그럼에도 불구하고 물을 수밖에 없었다. 최소한의 희망이라도 있으면 그걸 붙잡고 싶어지니까.

한새는 대답을 하지 않고 여전히 웃고 있었다. 그러다 겉옷 안쪽 주머니를 뒤적이다 무언가를 하나 꺼냈다. 아주 작은 상자였다. 그러나 채아는 그것이 무엇인지 알 수 있었다. 반지 케이스. 그것 외에는 떠오르는 것이 없었다.

"사실, 첫눈에 반했었어. 그걸 뒤늦게 깨달았어. 어느새 너를 특별하게 생각하고 있는 내 자신을 발견했지."

"……."

"그런데 아버지에게서 정략결혼 이야기라든지, 맞선 이야기가 나오고서 알았어. 지금 그대로 너와 사귀었다간 네가 많이 힘들어지겠구나, 하고서."

그저 이 상황이 믿기지 않아, 반지 케이스를 내려다보며 채아는 연신 눈만 깜빡였다. 그 모습에 낮게 소리를 내서 웃던 한새가 이내 말을 이었다.

"그래서 아버지와 내기를 한 거야. 5년 안에 이사 자리까지 오르는 것을 걸고. 그렇다면 연애도 결혼도, 그리고 미래도 내 마음대로 하겠다고. 그래서 미리 말을 할 수가 없었어. 무턱대고 기다려 달라고 하기엔 네가 너무 힘들 것 같아서."

"그걸…… 왜 선배 마음대로 생각해요?"

"미안. 미안하다."

그렇게 말을 하며 한새는 반지 하나를 꺼내 채아의 손가락에 끼워 주었다. 사이즈는 딱 맞았다. 가만히 제 손가락에 끼워진 반지를 바라보던 채아는 입술을 살며시 깨물었다.

사실 믿기지 않았다. 현실인지 꿈인지 구별이 가지 않았다. 입술이 점점 아파 오는 것을 보니 현실이 맞는 모양이지만, 아니라고 부정을 하고 싶기도 했다. 그렇게나 바랐던 그의 마음이 사실은 저에게로 쭉, 여태껏 향해 있었다니. 그걸 지금 듣기에는 현실감이 없는 소리처럼 들렸다.

"애인…… 있는 거 맞니?"

"없어요."

반지를 조심스럽게 빼며 채아가 대답을 했다. 이내 고개를 들자, 상처 입은 한새의 모습이 보였다. 반지를 빼서 그런가. 그러나 다시 넣기에는 저도 말없이 사라진 한새로 인해 입은 상처가 있고, 그의 보답 없는 마음을 저 혼자서 기다리느라 지친 것도 있고, 그의 말이 진짜인지 믿기지 않아서 쉽게 받아들일 수가 없었다.

"그냥, 그때 선배가 좋아하는 사람이 있다고 해서 저도 거짓말해 본 거예요."

"채아야."

"근데…… 아까도 말했다시피, 예전이었어요. 선배 좋아하는 건 예전 마음이었어요."

"은채아."

"이 반지는…… 없던 걸로 할게요."

채아는 반지 케이스에 다시 반지를 집어넣고서 가방을 들고 일어났다. 한참이나 흔들리는 그의 눈동자에 제 마음도 덩달아 흔들렸지만 그대로 일식집을 나와 뛰기 시작했다. 쿵쾅거리며 가슴에 진동이 울리기 시작했다. 채아의 얼굴은 붉게 물들어 있었다.

"맙소사. 진짜야?"

방금 들은 것이 진짜인지, 뛰면서 제 뺨을 다시 한번 꼬집어 봐야만 했다.

"……진짜네!"

그러면 뭐 하나. 굴러들어 온 복을 걷어차 버렸는걸. 하지만 그렇게 쉬운 여자가 되고 싶지는 않았다. 아니, 무엇보다도 이미 예전 일이라고 거짓말을 해 버렸다. 또한 저를 위한 일이라고는 하지만 그저 후배일 뿐이라며 마음 졸이며 지냈던 날들이 떠올라 쉽게 받아들일 수가 없었다.

"선배…… 이대로 포기하려나."

그럴 사람이 아니라는 생각이 들지만, 그래도…….

"아…… 모르겠다."

나중에, 한새가 다시 말을 꺼내 올 때, 저에게 좋아한다고 직접적으로 말을 해 주면 받아 줘야겠다는 생각이 들었다. 그를 원망했던 마음도 어느새 눈 녹듯이 사라지고 있었다. 그래, 결국은 자신을 위해서였으니까.

채아는 싱글벙글 웃으며 집으로 가기 위해 택시를 잡아탔다. 택시 기사가 이상하게 바라볼 만큼, 채아는 헤벌쭉 웃고 있었다.

Chapter 08

지호는 절대로 먼저 찾아올 일이 없던 친구의 갑작스러운 방문에 놀라, 현관문을 열자마자 그대로 굳어 버렸다.

"형. 누구 왔어?"

정신을 차린 건, 안에서 들려오는 목소리 덕분이었다. 그는 일단 한새가 들어올 수 있게 옆으로 비켜섰다. 한새는 목소리가 들려온 방향을 향해 고개를 들었다.

"어, 한새 형!"

목소리의 주인은 한새도 잘 아는 사람이었다. 바로, 채아의 축하 파티에 왔던 시운이다. 그에게 가볍게 인사를 한 한새는 곧바로 거실 안 소파에 앉았다. 문을 잠그고 온 지호는 한새의 앞에 섰다.

"무슨 일이야? 연락도 없이."

"시운이랑 넌?"

"아, 정시운 고민 상담 해 주고 있었지. 그러는 넌?"

지호만 있으면 모를까, 시운까지 있으니 한새의 입이 쉽게 떨어지지 않았다. 방금 차이고 왔다는 말을, 어떻게 쉽게 말을 할까.

그러나 지금 말을 하지 않으면 속이 타들어 가다 못해 더 이상 견딜 수 없을 것 같았다. 한새는 시운에게 돌렸던 시선을 다시 지호에게로 향하며 한숨과 함께 입을 열었다.

"나도 고민."

그 대답에 지호의 눈이 동그랗게 떠졌다. 조한새에게 고민? 한새와 10년 넘도록 친구로 지내며 처음 들어 본 말이다.

지호는 그가 어떤 사람인지 안다. 아주 잘 알고 있었다. 고민이 있으면 뭐 하나. 단 한 번도 누구의 도움을 받으려고 한 적이 없었다. 자신의 고민은 혼자 앓고 스스로 해결하려고 했었다.

그런 그가 서른두 살이 되어서야 드디어 고민이 생겼다고 하니, 당연히 궁금할 수밖에 없었다. 지호는 곧바로 한새에게 답했다.

"지금 한창 무르익을 때지만, 네 고민 역시 들어 줄게. 역시 나는 유능한 상담사였어."

자화자찬하는 그에게 코웃음을 쳐 주고 싶었지만 어쨌든 제 얘기를 들어 줄 사람은 지호뿐이었으므로, 한새는 모든 마음을 집어 삼키고서 빙긋 웃었다.

"그래. 주제가 뭐지?"

지호는 이어서 한새를 바라보며 물었다. 그러자 그가 대답 대신 시운을 손가락으로 가리켰다. 저요? 하고 되묻는 시운의 말에 한새는 빙긋 웃었다.

"시운이랑 같거든."

"아, 나랑 같아요? 나랑 같……."

"……뭐?"

지호와 시운은 믿기 힘든 표정으로 한새를 바라보았다. 둘 다

145

멍한 표정이기에 한새는 픽 웃었다. 자신이 사랑 고민을 한다는 게 그리도 우스웠던가. 오래 알고 지낸 덕분인지 먼저 정신을 차린 지호가 한층 더 빨라진 목소리로 되물었다.

"연, 연애 상담이라고? 천하의 조한새가?"

"왜. 나는 그러면 안 돼?"

"아니, 안 되는 건 아닌데……. 혹시, 너…… 은 후배랑 잘 안 되었어?"

뒤늦게 정신을 차린 시운도 벌떡 일어나 지호의 옆에 앉으며 물었다.

"둘이 사귀는 거 아니었어요?"

얼마나 놀랐는지 눈을 동그랗게 뜬 시운의 모습에, 쓴웃음을 지은 한새가 낮은 한숨과 함께 대답을 했다.

"아쉽게도."

"어…… 저는 대학교 때부터 두 사람, 만나는 줄 알았는데."

"으, 은 후배가 뭐라고 했는데 그래?"

고개를 젓는 한새의 모습에 당황한 지호는 말까지 더듬었다. 이에 한새는 무덤덤한 목소리로 답했다.

"차였다."

그의 대답은 큰 파문을 일으켰다. 원래 두 사람이 사귀는 사이라 생각한 시운도 놀랐지만, 함께 상황을 꾸민 지호만큼은 아니었다. 전혀 예상치 못한 상황에 경악한 지호가 입을 뻐끔거렸다. 지호는 틀림없이 채아가 그의 고백을 받아 줄 거라고 생각을 했었다. 그런데 차였다고 한다.

그러니까, 지금 자신이 취해야 하는 행동은, 친구에게 안타깝다고 위로를 해 주며 그가 꺼낸 고민을 들어 주어야 하는……

"푸핫!"

저도 모르게 웃어 버리고 말았다. 단번에 한새의 싸늘한 시선이 이어졌다. 정신을 차리고 그만 웃어야 하는데, 이상하게 한번 터진 웃음은 멈출 줄 몰랐다.

"형…… 그만 웃어. 한새 형이……."

"자, 잠깐…… 푸하하! 뭐? 차, 차……! 푸핫!"

지호와 달리 시운은 계속해서 눈치를 보고 있었다. 한새의 서늘한 시선에 안절부절못하던 시운이 결국 지호의 허벅지를 꼬집으며 정신 차리라고 한 소리를 했다. 겨우 웃음을 멈춘 지호는 헛기침을 하며 고개를 숙였다.

'망했네.'

좀 더 웃음을 참을 것을 그랬나 보다. 지호는 얼얼한 허벅지를 문지르며 얼른 입을 열었다. 이 싸늘하고도 무거운 분위기를 풀어 보기 위해서였다.

"그…… 은 후배가 뭐라고 하면서 거절했는데?"

"……."

"말을 해 줘야 내가 뭐라고 말을 하지! 거기다 네가 은 후배랑 잘될 수 있게 이어 주든가 할 거 아냐."

적반하장도 유분수지. 실컷 웃어 놓고서 말을 해 주지 않는다고 화를 내는 지호의 모습에 한새는 어이가 없었다. 당장이라도 자리를 박차고 여기를 나가고 싶었지만 쉽게 일어설 수가 없었다. 결국 답을 구할 곳도 이곳이었기에.

한새는 주먹을 꽉 쥐었다. 그러곤 아득, 이를 가는 소리를 내며 입을 열었다.

"……과거에 한때 좋아했었다고 했어."

"누가? 은 후배가?"

"그래."

"그리고? 또 뭐라 했는데? 자세히 말해 봐."

이젠 지호도 진지한 모습을 보이고 있었다. 한새는 재차 한숨을 쉬다 아까 전의 일을 떠올리며 입을 열었다.

"채아가, 나를 한때 좋아했던 적이 있었다고, 그랬어."

한새의 말을 듣고서 지호는 잠깐 생각에 빠졌다. 분명, 최근 본 채아는 아직도 한새를 마음에 둔 것 같았는데. 아니었나? 제가 잘 못 봤을 리는 없다고 생각을 한 지호는 이어지는 그의 목소리를 계속 들었다.

"그래서 왜 내가 연락을 잠시 못 했었는지, 내 마음이 어떤지 전부 말했어. 그리고 채아한테 애인 있는 거 맞냐고 물었더니 없다고 했다. 내가 좋아하는 사람이 있다고 해서 자기도 거짓말한 거였다고 하더라."

"……."

"그리고 반지 거절당하고. 그게 끝이야."

채아가 저를 좋아했다는 것은 이미 알고 있던 일이다. 그렇기에 거절을 당할 거라고는 생각하지 않았었다. 적어도 생각을 해 보겠다는 대답까지는 들을 줄로만 알았다.

그러나 현실은 참 달랐다. 생각지도 못했던 거절에, 그리고 저를 한때 좋아했었다는 과거형에, 반지를 반납하는 것에. 모든 것은 한새에게 충격으로 다가왔다.

"어, 음……."

"……."

"은…… 은 후배가 너 연락 안 하는 동안 무척 힘들었어서 그런 것 같아."

제 잘난 친구가 이렇게 충격받은 모습은 처음 본 지호는 어떻게든 변명을 내놓았다. 지호가 봐 온 대로라면 이대로 끝날 두 사람이 아니었다.

"조한새. 너…… 이대로 손 놓을 건 아니지?"

일단 그의 마음을 봐야 했다. 그 물음에 순식간에 눈빛이 달라진 한새가 미간을 팍 찌푸렸다.

"절대."

천하의 조한새가 한 사람으로 인해 쩔쩔매는 모습은 참 흥미롭기도 하고 신선했다. 지호는 여기서 잠깐 그의 모습을 동영상으로 담고 싶었지만 그랬다간 정말 큰일 날 것 같았으므로 그저 다시 제 허벅지를 꼬집었다.

"은 후배를 위해서 뭐든 할 수 있어?"

"그걸 말이라고 하냐."

"그럼. 그렇지. 하긴. 그렇다면 여기서 네가 해야 하는 건 단 하나다."

"뭔데."

"정성을 담아 유혹하는 것."

진지한 얼굴로 내용은 전혀 진지하지 않은 것을 읊어 대니, 한새의 표정은 점점 온도가 낮아졌다. 그러나 지호는 자신이 한 말이 진리라는 듯이 눈썹 하나 꿈틀하지 않았다. 그때, 시운이 옆에서 거들었다.

"형. 진짜예요. 제가 보기엔 채아가 지금 형한테 마음이 없어 보이지는 않아요. 그러니까 형 방식대로 채아의 마음을 풀어 줘야죠."

"……."

"어쨌든, 형이 5년 동안 아무런 말도 없이 연락 두절이 된 건 잘못한 거니까요."

시운의 말이 맞다고 생각이 된 한새는 고개를 끄덕였다. 벌써부터 그는 어떻게 채아의 마음을 풀게 할지 머리를 굴리고 있었다. 그런 한새를 신기하다는 듯이, 재미있다는 듯이 바라보던 지호가 궁극의 계획이라 생각을 하며 말을 꺼냈다.

"확실하게 채아의 마음을 알게 할 수 있는 방법이 하나 있어."

그러자 냅다 한새가 대꾸를 했다.

"뭔데?"

"맞선 계획이야."

"……뭐?"

"그러니까, 맞선을 보는 척하는 거야. 그 정보는 내가 영은이한 테 흘리는 거야. 그럼 영은이는 당연히 은 후배를 위해 그 정보를 흘리겠지? 그러면 바로 피드백이 올 거야."

한새는 마음에 들지 않는지 잔뜩 미간을 찌푸렸다. 지호가 내민 것은 굉장히 위험한 일이었다. 만약 그렇게 했다가 채아와 영영 사이가 벌어지면 어쩌란 말인가? 그는 불만이 가득한 얼굴로 지호를 노려보았다. 그러자 지호가 어색하게 웃으며 설명을 덧붙였다.

"그게 아니라…… 내 말 들어 봐. 그러니까 회장님하고 거기까지 내기를 했다 해, 처음부터. 이사 자리에 오르고 난 뒤, 둘 사이에 진전이 없으면 선을 보는 걸로. 그러면 완벽한 변명이 되지."

그건 스스로에게 떳떳하지 못한 편법이라고 말을 하려 했지만 지호가 더 빨랐다. 이미 제 친구를 잘 알고 있는 지호로서는 그의 입에서 무슨 말이 나올지 충분히 예상되었기 때문이다.

"내 말을 듣게, 친구여. 잘되고 싶잖아? 채아 놓칠 거야? 아, 회 장님에게 미리 양해를 구해야 하고 입을 모아야지. 진짜 이만한 방법이 없다니까? 연기도 잘해야 해."

지호의 설득에 한새는 못마땅한 표정이지만 고개를 끄덕였다. 어쩔 수 없이 편법을 써야만 했다. 일단 채아의 마음을 돌리되, 안 되면 맞선 방법을 써라. 그것이 지호가 내려 준 답이었다.

한새는 알겠다며 일어났다. 아마 지금쯤이면 집에 아버지가 있을 것이다. 지호와 시운에게 잘 있으라는 말만 하고서 그대로 집을 나선 한새는 차를 몰아 곧바로 집을 향했다.

집에 들어서자마자 한새는 가정부 김산댁에게 아버지가 오셨나고 물었다. 계신다 하기에 옷도 갈아입지 않고 곧장 서재로 향했다. 한새의 마음은 이미 불이 붙은 지 오래였기 때문이다.

"아버지."

"옷도 안 갈아입고 뭐 하는 게냐?"

"드릴 말씀이 있습니다."

우현이 뭐라고 대답을 하기도 전에 한새가 주절주절 입을 열기 시작했다. 그의 말을 들은 우현은 기가 찬 표정이 되었다. 한 사람의 마음을 얻기 위해 성격상 절대로 하지 않을 행동까지 하려는 제 아들의 모습이 신기하기도 했고 놀라웠다.

"나보고 악역을 하라는 게냐?"

채아에게 미움을 받기 싫은 우현이기에 눈을 부릅뜨고서 외쳤다. 한새는 당연하다는 듯이 고개를 끄덕였다.

"네."

"허어."

할 말을 잃은 우현이 제 아들을 노려보다 불현듯, 취임식 날 한 번 보았던 단아한 얼굴의 채아가 떠올랐다. 과연 그녀는 어떤 반응을 할까? 문득 궁금해진 우현은 의미심장한 미소를 지어 보이며 한새에게 고개를 끄덕였다.

"좋다. 단, 조건이 있다."

"……무엇입니까?"

"며늘애기가 어떤 반응을 보였는지 반드시 보고하도록!"

"네?"

그건 왜요? 하고 묻는 것 같은 한새의 표정에 우현은 흐뭇하게 웃었다.

"나도 며늘애기 반응이 보고 싶어서 그런다. 왜."

당연하다는 듯이 나오는 대답에, 한새는 제 아버지를 바라보다 피식 웃어 버렸다. 아버지의 인정은 이미 받아 냈다. 남은 것은 채아의 마음을 돌려 그녀의 마음을 얻는 것뿐이었다. 그러나 그것이 가장 힘들기에 방을 나오는 한새의 표정이 어두워졌다.

채아가 다시 저를 좋아하게 만든다는 것은, 이미 오랜 시간이 지나서 어려울지도 모른다. 5년은 아무것도 없던 그가 이사 자리에 오를 수 있는 시간이었다. 하지만 어차피 해야만 하는 일. 한새는 그런 부정적인 생각은 재빨리 지워 버렸다.

"너, 얼굴이 왜 이렇게 빨개? 술 마셨어?"

그대로 집에 들어가자마자 채아는 얼굴에 팩을 얹은 영은에게 붙잡혔다. 영은은 자신이 뱉어 놓고서도 말이 안 된다는 생각이 들었다. 터질 것처럼 빨개진 얼굴로 허겁지겁 들어오는 것을 보면 술에 취한 건 아닌 것 같았다. 제정신이 아닌 것처럼 막 방으로 뛰어

가려는 채아에게 발을 걸었다. 휘청이던 채아가 넘어지려다 겨우 중심을 잡고서 확, 고개를 돌렸다.

"박영은, 너!"

"뭐. 안 넘어졌으면 됐잖아?"

"씨! 나, 잘 거야."

"어딜 자려고. 앉아."

이번에는 엄청난 힘으로 채아를 끌어당겨서 앉힌 영은은 얼굴을 뚫어져라 바라보았다. 붉어진 얼굴, 그러나 절대로 술에 취하지 않은 모습. 그렇다면 채아가 저렇게 얼굴이 빨개질 일은 단 하나밖에 없었다. 씩 웃은 영은이 입을 열었다.

"너, 조한새랑 무슨 일 있었지."

"무, 무슨 일은……."

"혹시, 조한새가 고백했어?"

"뭐?"

크게 놀라는 걸 보니 이게 맞는 모양이다. 이제야 고백을 하다니, 그 인간도 참 느리다.

"이제야 고백을 하겠대?"

"그게…… 무슨……."

넋이 나간 표정으로 더듬거리며 묻는 채아는 확실히 정신을 놓아 버린 것 같았다. 고작 고백으로 저렇게 넋이 나가면, 그다음 진도는 어떻게 빼려고 하는지 모르겠다. 속으로 혀를 끌끌 차며 영은은 다시 채아에게 말을 걸었다. 정신을 차리라고 어깨까지 흔들어 주었다.

"지호 선배가 나한테 부탁을 하는 거야. 나랑 너랑 약속을 일단 잡으면, 장소에는 내가 아니라 한새 선배가 나가는 걸로."

"뭐? 왜?"

"왜긴 왜야. 그러면서 지호 선배가 나한테 말을 하는 거야. 조한새가 너 처음부터 마음에 두고 있었는데 집안일 때문에 여태 마음에 품고만 살았었다고. 그래서 고백할 수 있게 일단 오랜만에 만날 수 있는 자리를 마련해라, 라는 거지."

"……."

"근데 난 그 전부터 한새 선배가 너 좋아하는 거 알고 있었어."

"……응? 뭐라고?"

믿기지 않는지 빤히 들은 말을 다시 묻는 채아의 모습에 피식 웃은 영은은 옛날 기억을 더듬었다.

"우리 2학년 때, 축제 뒤풀이할 때 너 많이 취했던 거 기억나?"

"아, 뭐……."

"취한 사람들은 취한 채 아무 데나 굴러서 잤잖아. 여자든 남자든 취해서 구별도 못 했으니까. 그때, 한새 선배가 취한 너만 데리고 빈 숙소로 데리고 나한테 가서, 취한 널 시중들라고 시켰잖아."

잘 기억이 나지 않아 미간을 찌푸리던 채아는, 안개가 서서히 걷히는 기기분과 함께 떠오르려는 기억을 잘 살폈다. 분명 축제 뒤풀이로 가까운 곳으로 숙소를 잡아 1박 2일로 갔었는데.

"아…… 맞다. 그랬다. 근데 선배가 왜……."

"다 너 걱정해서 그런 거지. 괜히 자기가 직접 해 주면 이상한 소문 날 테니까. 그리고 또 있어. 너한테 고백했던 남자들, 나중에 한새 선배가 일 대 일로 마주해서 네 앞에 다시는 나타나지 말라고 했어."

처음 듣는 한새의 행동에 할 말을 잃은 채아는 멍하니 영은을 바라보다 고개를 세차게 저었다. 그런다고 5년 동안 연락 두절 했던 것을 없던 일로 할 수가 없었다. 저야 아직도 그 마음 그대로지만, 그의 마음이 지금까지 계속 진심인지는 모르겠다. 5년 동안의 기다림은 채아도 지치게 만들었으니까.

어느새 시무룩해진 표정을 한 채아는 한숨을 쉬었다. 그 표정에 영은이 잠깐 미간을 찌푸리다 물었다.

"그래서 너는 고백을 어떻게 했는데?"

"거절했지."

"그래? 거…… 뭐? 거절했다고?"

"응. 난 선배의 마음을 잘 모르겠어. 그리고 쉽게 받아들여도 되는 건지도 모르겠고……."

그렇게 중얼거리던 채아는, 아까 전에 있었던 일을 영은에게 말을 해 주었다. 자신이 먼저 슬쩍 돌려서 고백을 한 것과 더불어 그가 저에게 알려 준 진실, 반지. 그리고 그걸 거절한 저 자신까지.

모든 것을 듣고 난 영은은 멍한 표정을 지었다. 그러다 어느 순간 크게 웃음을 터뜨렸다. 그럴 수밖에 없었다. 연애의 연 자도 모르던 제 친구가 한 번 튕겨 주고 왔다는데, 웃지 않을 수가 없었다.

"왜, 왜 웃어? 남은 심각한데!"

"아하하! 하하! 아니, 나는 네가 곰인 줄 알았는데 그게 아니라 여우과였구나."

"여우?"

"아니, 됐어. 아무튼 여자는 자고로 한 번은 튕겨야 제맛이지."

영은이 무슨 말을 하는지 도통 알아들을 수 없던 채아는 미간을 찌푸린 채, 영은만 바라보았다. 그녀의 시선에 크게 한 번 웃음을 터트린 영은이 채아의 머리를 쓰다듬었다.

"참 재미있겠다. 그치?"

"뭐가."

퉁명스럽게 내뱉는 채아에게 영은은 한마디를 덧붙였다.

"근데 아마 한새 선배는 쉽게 물러서지 않을 거야."

쉽게 물러선다면 조한새가 아니지, 라고 중얼거린 영은이 제 친구의 표정을 살폈다. 채아의 얼굴은 확 붉어져 있었다.

대학로에서 한새와 연극 하나를 보기로 약속을 했었다. 약속 시간을 잘 맞추지 못해 늦은 적이 한두 번이 아니기에 채아는 아예 먼저 나가서 기다리기로 했다. 그래서 그날은 15분이나 일찍 도착해 기다리게 되었다.

다른 곳에 잠깐 들어갔다 나오기에는 15분이라는 시간이 애매했다. 그냥 약속 장소에서 기다리는 게 나을 듯해 시계만 바라볼 때였다. 누군가가 다가오는 것이 느껴져서 한새인 줄 알고 고개를 들어 보니, 처음 보는 남자 두 명이 서 있었다.

'안녕하세요.'

'네? 아⋯⋯.'

남자들이 제 앞을 둘러싸자 채아는 순간 살짝 겁이 들었다. 혹시 사이비 종교를 전파하려는 건가 싶어 주위를 흘끔거리며 달아날 준비를 하는데, 한 명이 뜻밖의 말을 건넸다.

'그쪽이 제 이상형이라, 지나가다 말을 걸었어요. 남자 친구, 있어요?'

채아에게 남자 친구란 닿지 못할 하늘 같은 존재였기에 없다고 하는 게 맞았다. 하지만 이 상황을 벗어날 수 있는 방법은 단 하나라는 것을 알고 거짓말을 했다.

'이, 있어요.'

그러나 말을 더듬어 버리고 말았다. 그래서 남자들은 채아가 거짓말을 하고 있다는 것을 알아차린 모양이다. 채아에게 관심이 있다던 남자가 조금 더 가까이 앞으로 다가섰다.

'거짓말하는 것도 참 귀엽네요.'

한새가 가끔 가다 저에게 귀엽다고 하는 것과 차원이 달랐다. 소름이 돋았고, 당장이라도 남자를 밀쳐 내고 도망을 가고 싶어졌다. 그러나 저는 혼자였고 상대방은 건장한 남자 둘이었다. 채아의 얼굴이 하얗게 질려 갈 무렵, 마침 뒤에서 익숙한 목소리가 들려왔다.

'너네, 뭐야.'

낮고 화가 짙은 목소리였다. 채아는 단번에 한새라는 것을 알아차렸다. 또한 여기서 저를 구해 줄 사람은 그뿐이라는 것을 알기에 얼른 남자들 사이를 제치고 한새의 앞으로 다가가 그의 팔에 팔짱을 끼었다. 그러자 상황을 파악한 한새가 미간을 찌푸리며 입을 열었다.

'내 여자 친구한테 무슨 볼일이라도 있나?'

한새 덕분에 안정을 찾은 채아도 저에게 다가왔던 남자를 잔뜩 노려보며 말했다.

'……말, 했잖아요. 남자 친구 있다고. 얼른 가요, 선배.'

한새는 채아에게 떠밀려 가는 동안에도 뒤를 돌아 돌이 된 두 남자를 기억하겠다는 듯 훑어보았다. 하지만 채아가 그를 올려다 보자 어느새 부드러운 눈빛으로 바뀌어서 채아를 바라보았다.

'무서웠지.'

왜 캠퍼스 사람들이 한새를 찬양하는지 알 것 같은 분위기였다. 그대로 상대방을 녹아내리게 할 만큼 부드러운 미소에, 가슴을 떨리게 하는 그 목소리. 그때 채아는 마치 자신이 한새의 진짜 여자 친구라도 된 것처럼 느꼈었다.

때르르릉—

그런데 어디선가 분위기 깨는 소리가 들려왔다. 벌떡 일어난 채아가 얼떨떨한 얼굴로 주변을 휙휙 둘러보았다.

"……아, 뭐야. 꿈인가."

꿈이라는 것을 확실히 알겠다. 채아는 미친 듯이 울리고 있는 제 휴대폰을 바라보며 한숨을 쉬었다. 알람을 끈 채아가 그래도 아직도 잠이 덜 깬 얼굴로, 꿈에 잠긴 것만 같은 얼굴로 화장실 안으로 들어갔다.

씻고 나서도 하품을 연신 하면서 채아는 오늘만큼 쉬고 싶었던 적이 없음을 느꼈다. 한새에게 고백을 받고 난 후였고, 더군다나 잠을 뒤척여서 얼마 자지 못했다. 이러다가 정말 일을 하다가 졸게 생겼다. 애써 하품을 삼킨 채아가 화장을 하려고 화장대 앞에 앉았다.

준비를 끝내고 나가려던 찰나, 채아는 문득 오늘 꾸었던 꿈을 떠올렸다.

"선후배 관계……."

그것에서 조금 벗어난 것 같았다. 뭐라고 해야 할까. 그때 말고도 그런 일이 종종 있었다. 남자들이 호의적으로 다가와 무언가를 물으려고 하면 한새가 나타나 바로 남자들을 퇴치했다. 그는 늘 같은 식으로 노려보다가 빙긋 웃으며 저에게 말을 걸었었다.

"그러니까, 그건……."

중얼거리던 채아는 저 멀리서 한새의 차가 오는 것을 보고 그대로 하던 생각을 정지시켰다. 아, 연락해야 했는데. 왠지 보기가 민망하고 껄끄러워서 바닥으로 축 고개를 숙였다 다시 번쩍 들어 어느새 제 앞에 정지한 차를 바라보았다. 한새는 외근을 나갈 때가 아니면 꼭 직접 운전을 하고 다녔다. 보통 어느 정도 직급이 있으면 운전기사가 있던데.

"채아야, 안녕."

오늘도 조한새는 참 눈부시다는 생각을 하며 인사를 받은 채아가 옆자리에 올라탔다. 차가 출발하는 순간, 아침 내내 머리에 맴돌던 생각이 툭 튀어나왔다. 아주 불쑥.

"예전에, 선배가 저한테 다가오는 남자들 퇴치해 주었잖아요."

퇴치라는 단어에 피식 웃던 한새가 고개를 주억였다. 그걸 확인한 채아가 뒷말을 이었다.

"그때도 그랬어요?"

"뭐가?"

"그때도 저 마음에 두고서……."

"아. 응. 맞아."

가볍게 대답을 한 한새는 뒤이어서 말을 계속했다.

"질투했었거든."

"……네?"

조한새가 질투를 하는 것은 어쩐지 어울리지 않았다. 만인을 향해 자애로운 미소를 짓던 사람이 바로 한새였기 때문이다. 그 사실을 떠올리는 동시에 질투라는 단어가 머릿속에 온통 퍼지자, 채아의 얼굴이 붉게 물들었다.

한새는 그 모습에 잠깐 시선을 빼앗겼지만 운전 중이라는 것을 깨닫고서 앞을 보며 말을 이었다.

"나는 고백을 하고 싶은데 그놈들이 먼저 하니까 나는 질투. 그리고 다른 남자들이 너에게 다가간 것이 싫어서 나는 질투."

"……."

"채아야. 잠깐만 뒷자리를 봐 봐."

그 말에 채아는 천천히 고개를 뒤로 돌렸다. 뒷좌석에는 덩그러니 꽃다발이 하나 있었다. 손을 뻗어 가져온 뒤에도 멍하니 바라보기만 하던 채아가 고개를 들었다. 잠깐 눈을 마주친 한새는 다시 운전에 집중을 하며, 채아를 다시 만나면 하려고 했던 말을 꺼냈다.

"나는 네가 다시 나를 좋아할 수 있게 할 거야."

"……."

"네가 기다렸으니, 이제는 내가 기다릴게."

"……."

"아, 근데 너무 천천히는 오지 마. 내가 사실 인내심이 그리 많이 없다, 채아야."

살짝 미간을 찌푸리는 듯하다 웃어 보이는 그의 모습에 오늘도 반할 것만 같았다. 슬쩍 손을 대 보니 역시나 심장은 크게 뛰고 있었다. 부디 밖으로 심장 소리가 튀어 나가지 않기를 바라야만 했다. 그걸 듣고 괜히 제가 거짓말을 했다는 걸 한새가 알아차리면 안 되니까.

"그리고 그동안 하고 싶었던 만큼 말해 줄게."

고개를 살며시 들고 한새를 바라보았다. 무엇을요? 그녀의 눈동자가 그렇게 묻고 있었다. 어느새 회사 회사 앞에 도착한 차를 잠시 멈춘 한새는 살짝 고개를 숙여 채아의 이마에 입을 쪽 맞추었다.

"좋아해, 은채아."

"지, 지, 지금……!"

"사랑해. 채아야."

채아의 얼굴 가까이에서 달콤하게 속삭이던 한새는 씩 웃으며 채아의 흐트러진 앞머리를 정돈해 주었다. 그러고는 태연하게 주차장으로 내려가 차를 대었다. 그동안 채아는 아무 말도 하지 못하고 붉어진 얼굴로 꽃다발만 뚫어져라 응시했다.

차에서 먼저 내린 한새가 빙 돌아 조수석 문을 열어 주었다. 채아는 그저 꽃다발을 안고서, 얼굴이 빨갛게 익은 채로 내렸다.

엘리베이터 안에서 한새는 그녀의 반응에 싱글벙글 연신 웃고 있었다. 채아는 고개만 푹 숙였다. 옆에 있는 사람 때문에 미치겠다, 생각을 하며.

Chapter 09

주차장에서부터 비서실까지 가는데 그 짧은 길이 참 힘들었다. 품 안 가득 든 꽃다발이 무겁게 느껴졌다. 누구에게 받았냐며 전에 같이 일을 했던 사람들이 몰려서 한 번씩은 꼭 물은 탓이다. 짓궂게도 그만 좀 물어 달라고 하면 할수록 사람들은 더욱 물어 왔다.

결국 채아는 포기한 채, 그저 어색하게 웃으며 말을 돌리다 겨우 비서실 안으로 들어왔다. 꽃을 책상 위에 두고 자리에 털썩 주저앉은 채아가 가만히 꽃을 노려보았다.

"네가 애물단지구나."

툭, 괜히 꽃다발을 한 번 쳐 보았다. 한새와 같이 출근을 하는 것은 개인 비서로서 충분히 가능하다고 치지만, 꽃다발은 도저히 일개 부하 직원과 상사 사이에서는 오갈 수 없는 것이었다. 무슨 날도 아니고, 뜬금없이 받을 수는 없었다.

그나마 다행인 점은, 한새는 제가 주었노라 말을 하지 않았다는 것이다. 폭탄이 떨어질까 싶어 얼마나 가슴을 졸였는지 모른다.

"너를 어떻게 할까?"

꽃은 아무리 노려보아도 답을 주지 않았다. 채아는 낮게 한숨을 쉬며 PC를 먼저 켜고 사내 메신저에 바로 접속했다.

들어가자마자 쪽지가 수북이 쌓였다. 같은 사람이 5통을 보낸 것도 있었다. 아, 머리야. 내용을 확인하기 앞서 잠깐 머리를 짚던 채아에게 대화가 걸려 왔다. 무조건 무시하리라 다짐을 했지만 상대방은 정호였다. 윤정호란 이름을 바라보던 채아는 어쩔 수 없이 키보드 위에 손을 얹었다.

"눈치 하난 빠르네."

한새에게 받았냐는 물음에, 채아는 대답하기를 망설였다. 아무리 정호가 알아차린 것 같아도 직접 말을 하기에는 아직 망설여졌기 때문이다. 결국 채아는 아니라고 대답을 했고, 대화창을 내린 뒤 오늘 한새의 일정을 확인했다. 그사이 정호의 답장이 돌아왔다.

[뻥을 쳐도 유분수지.]

그 답에, 스케줄이 적힌 종이를 내려놓은 채아는 재빨리 답을 했다. 뻥은 무슨. 누굴 허풍쟁이로 아나. 물론 거짓말을 한 것은 사실이지만, 채아는 열심히 부정을 해야만 했다. 아직까지 한새와는 아무 사이도 아니었기에.

어쩐지 서글퍼져서 채아는 가만히 자판에서 손을 뗀 후, 스케줄표로 다시 고개를 돌렸다. 오늘 아침 회의는 없지만 약속이 하나 잡혀 있었다. 그건 바로 회장님과의 약속이었다.

"헉. 회장님 약속."

다행히도 아직 시간 여유는 있지만 어쩐지 채아는 회장님이 두려웠다. 이미 두 번이나 마주했지만 그녀에게는 까마득하게 높은 직장 상사였기 때문이다. 사실 회장 이전에 이사도 채아에게는 너무나 어려운 직급이었다. 만약 한새가 아닌 다른 사람이 이사였더라면 새로운 이사부터 겁을 잔뜩 먹어 제대로 일도 못 하고 실수를 했을지도 모른다.

"아, 왜 자꾸 묻는 거야."

중얼거리던 채아가 벌떡 일어났다. 한새에게 오늘 일정을 보고할 생각이었다. 정호와 대화를 더 이상 하고 싶지도 않았다.

노크를 정중히 하자, 안에서 한새의 목소리가 들렸다. '들어와요.' 짧은 말이지만 왜 저 말에도 두근거리는지 제 마음을 타박하며 들어갔다.

"오늘 첫 스케줄은요."

"오늘 오전 10시에 제일 먼저 회장님과 약속이 있습니다."

"알겠습니다. 나가 보세요."

채아는 알겠습니다, 대답을 하며 문을 닫고 다시 자리에 앉았다.

채아가 공과 사를 구분해야 한다고 한 이후로부터 둘만 있어도 회사 안이면 한새는 존댓말을 썼다. 생각을 해 보면 그가 삐쳤기에 그랬던 것 같다. 지금도 그러는 걸 보니 아직도 마음이 꽁해 있는 모양이었다.

그래도 이제 와서 다시 반말 쓰세요, 할 수도 없는 노릇이었다. 확실히 공과 사는 구분을 해야만 했기에.

멍하니 화면을 바라보던 채아는 재빨리 고개를 저으며 걸려 오는 전화 한 통에 얼른 정신을 차리고 전화를 받았다. 전화 통화를 하면서도 채아의 시선은 컴퓨터 화면을 향해 있었다.

통화가 끝난 후, 채아의 시선이 이번에는 꽃다발로 향했다. 희미하게 웃던 채아는 주변을 두리번거리다 재빨리 사진 한 장을 찍었다. 이내 카카오톡 프로필 사진을 바꿨다.

흐뭇하게 바라보고 있을 때, 한새가 있는 방의 문이 열렸다. 채아가 고개를 들어 한새를 바라보았다.

"어디 가세요?"

"네. 은 비서는 따라오지 않아도 됩니다."

"혹시 필요한 것이 있으면 제가……."

"아닙니다. 직접 가야만 하는 일이라서."

자신이 따라오지 않아도 되고, 직접 가야 하는 일이라면……. 거기까지 생각을 마친 채아는 고개를 끄덕이며 다녀오세요, 인사를 해 주었다. 채아는 당연히 한새가 화장실에 간다고 생각했다. 그러나 닫힌 문을 가만히 바라보자니 무언가 이상했다. 겉옷까지 걸친 모습을 보니 화장실에 가는 건 아니라는 생각이 들기 시작했다.

"……그럼 어디?"

자신이 올 필요가 없다는 말에 어쩐지 섭섭했다. 프라이버시가 있다는 걸 알면서도 그런 마음이 들었다. 그사이, 마침 온 카톡 메시지에 고개를 숙여 핸드폰을 보았다. 메시지는 영은에게서 온 것이었다.

[너 그 꽃 뭐냐.]

채아는 재빨리 환하게 웃는 이모티콘을 보내며 한새가 준 것이라 했다. 그러자 키읔이 난무하는 답이 돌아왔다. 아, 얘도 무시해야겠어. 그렇게 생각하며 핸드폰을 내려놓으려 하는데 영은에게서 이어서 온 대답으로 인해 채아는 화면에 눈을 고정시켰다.

[참. 내가 잊어서 말 못 한 게 있는데. 내가 왜 이제야 돌아왔냐고 따졌을 때, 지호 선배가 나한테 전해 준 말이 있었다.]

[어어? 그게 뭔데?]

[그동안 연락 못 해서 미안하다고. 너를 여왕처럼 모시겠다고 했단다.]

그러고선 또다시 키읔으로 가득한 메시지가 도착했다. 대답을 할 필요성을 느끼지 못한 채아는 그대로 핸드폰을 뒤집어 놓고서 다시 일을 하기 시작했다. 하지만 여왕처럼 모시겠다, 라는 말이 자꾸만 머릿속에 맴돌아 얼굴이 화끈거리는 기분이 들었다.

"근데, 어딜 갔기에 이렇게 안 오는 거야?"

문득 한새의 행방이 궁금해졌다. 벌써 10분이 훨씬 지났다. 중요한 것 같지는 않은데. 대체 뭐지? 고민을 할 무렵, 한새가 돌아왔다. 그의 양손에는 무언가 들려 있었다. 한 손에는 커피, 그리고 다른 한 손에는 작은 종이봉투가 있었다. 채아는 저도 모르게 일어나 한새 앞으로 다가갔다.

"이사님. 이게 뭐예요?"

"커피예요."

한새가 내민 것은, 늘 채아가 사 오던 커피였다. 입맛이 까다로운지 사내에서 타 주는 커피는 못 먹는 한새였다. 물론 꼭 커피를 사오라 할 때는 제 개인 카드를 주곤 했었다. 그래서 부담된다고는 생각을 하지 않았다.

오늘은 커피를 언제 사 올까, 잠깐 고민도 했는데 그사이 나간 것이 커피를 사러 가기 위함이었다니. 잠깐 굳어 있던 채아가 표정을 풀고서 한새의 커피를 두 손으로 공손하게 받았다.

"감사합니다. 제가 나가도 되는데……. 근데, 이건……."

"쿠키예요."

포장이 잘된 무언가를 책상 위에 조심스럽게 놓는 한새와 눈이 마주치자마자 그가 살며시 웃었다. 입꼬리만 살짝 말아 웃는 모습이 가슴을 설레게 만들었다. 두근거리는 제 심장 소리를 모른 척한 채아는 감사합니다, 다시 인사를 했다.

한새는 여전히 들고 있던 종이봉투에서 무언가 하나를 더 꺼내 쿠키 상자 옆에 내려놓았다.

"여기다 꽃 꽂아요."

귓가에 속삭이는 것처럼 스치는 말에, 채아는 멍하니 꽃병을 바라보았다. 어느새 꽃병까지 사 온 모양이다. 멍하니 고개를 끄덕이며 꽃병을 손에 들었을 때, 한새가 채아의 어깨를 살며시 잡았다. 그대로 굳어 버린 채아의 귓가에 그의 부드러운 목소리가 들려왔다.

"그리고 사진, 마음에 들어요."

어깨를 툭툭 두드린 한새가 안으로 들어갔다. 탁, 문 닫는 소리가 났음에도 불구하고 채아는 그대로 굳어 있었다.

무슨 사진인가, 그의 말을 계속해서 되새김질하다 문득 보이는 꽃의 모습에, 그제야 제가 방금 바꿔 놓은 프로필 사진이라는 것을 알았다.

"……맙소사!"

한새와 친구라는 것을 잊어버렸다. 한새도 볼 수 있다는 것도 잊어버렸다. 그렇게 되면 자신이 거짓말을 한 것을 그대로 드러낸 것이 아닌가?

"알아차렸을 거야. 어떻게 하지."

예전에 잠깐 좋아하고 말았다는 말이 거짓말이라는 것을 알아차렸을 것이다. 큰일이다. 채아는 어쩔 줄 몰라 하면서도 재빨리 꽃병에 물을 채워서 꽃을 꽂았다. 그녀의 표정은 잔뜩 울상이었다.

그런 채아를 아는지 모르는지, 한새는 핸드폰을 들여다보고 있었다. 싱글벙글 웃으며 그는 채아의 책상을 자신의 방 안으로 옮길까, 아버지이자 회장인 우현이 들으면 당장 노발대발할 생각을 하고 있었다.

오전에 회장과의 미팅 이후 점심을 간단히 먹고서 계열사 미술관 관장을 만나러 향했다. 무슨 이유에서인지 한새가 직접 운전을 하겠다고 했다. 그 때문에 채아는 출퇴근할 때와 같이 조수석에 앉았다.

드라이브를 하는 기분으로 달리다 도착한 미술관은 업무만으로 오기엔 아쉬울 정도로 아름다운 곳이었다. 건물을 보며 잠깐 감상에 빠져 있던 채아가 허둥지둥 한새의 뒤를 따랐다.

채아는 개인 비서라는 핑계로 한새와 나란히 앉아서 얘기를 들을 수가 있었다. 어차피 채아도 알고 있어야 하는 내용이었다.

채아는 관장의 말을 들으며 그녀를 살폈다. 관장이라 하기에 나이가 어느 정도 든 줄 알았지만 그건 아니었다. 젊은 데다 목소리도 고왔다. 어디까지나 상사의 업무상 미팅인데도 자꾸만 불안하고 불쾌한 기분이 들었다. 스스로가 비서로서 자격 미달이라는 생각이 들어 채아는 괜히 허리를 쭉 펴고 앉아 대화를 빠짐없이 기록했다.

관장과는 정말 일에 관련된 이야기만 하고 끝이 났다. 그래서 채아는 나름대로 안심을 했다. 제가 왜 이렇게 안심을 해야만 하는지, 그 감정의 이유를 차 안에서 생각하던 채아가 화들짝 놀랐다. 마치 경기를 일으키는 것처럼 놀라자, 운전을 하던 한새의 시선이 느껴졌다.

"왜 그래, 채아야. 어디 아파?"

한새도 놀랐는지 반말을 쓰며 물었다. 한새의 시선에 채아는 어색하게 웃고서 고개를 가로로 저었다.

질투라니. 자꾸만 예전 기억이 떠올라 채아는 가만히 있을 수가 없었다. 만약 혼자 있었더라면 몇 번이고 머리를 쥐어뜯었을지도 모른다.

"어디 아프면 꼭 말해. 걱정되니까."

"아…… 네……. 그럴게요."

어색하게 웃으며 채아는 다시 앞을 향했다. 옆에서 시선이 느껴졌지만 채아는 절대로 돌아보지 않았다. 문득, 과거에 있었던 한 장면이 떠올랐다.

한새는 늘 인기가 많았다. 다른 대학에서도 알 정도로 유명했다. 생긴 것도, 입는 옷도, 하는 행동도 모두 도련님 같은데 모든 것이 소박해서 가짜 도련님이라는 별명이 붙기도 했다. 다른 과 후배들이 선배, 선배 하며 그에게 달라붙기도 했다. 그런 후배들을, 한새는 거절을 하지 않았다. 모든 사람에게 잘해 주는 그였기에, 호의로 다가오는 이들을 거절하지 않은 것이다.

어떻게 보면 우유부단하다고 할 수도 있겠지만, 천성이 착하고 그에게 어렵지 않은 일로 상대방을 상처 입히는 걸 싫어하는 것 같았다. 적어도 채아가 본 한새는 그랬다.

그날도 분명 둘이 같이 밥을 먹자고 약속을 했었는데 어느새 몰려든 후배들, 동기들, 그리고 선배들로 그가 둘러싸여 있었다. 결국 채아는 그들을 뚫고 한새에게 밥 먹으러 가자는 말을 할 수 없었고, 다른 동아리 사람들을 만나 먹었었다.

"선배."

회상에 잠겨 있다 보니 자연스럽게 선배라는 말이 튀어나왔다. 흠칫 놀란 채아가 옆을 돌아보았다. 한새는 기분 좋다는 표정을 짓고 있었다.

"그거 기억나요?"

"뭐가?"

어느새 두 사람 사이에 공(公)은 없었다. 사(私)만이 존재했다.

"저도 영은이한테서 들은 건데요. 조한새 하면 훈남 선배, 그 훈남 선배는 만인의 연인이라는 말이 선배의 수식어처럼 붙어 다녔어요."

"아."

한새도 기억이 났는지 멋쩍은 웃음을 지었다.

"민망하게. 아직도 기억하고 있었어?"

"맞는 말이라 못 잊었죠."

"글쎄다."

"에이. 맞아요. 선배 수업이 끝나자마자 우르르, 점심시간이 되자마자 우르르. 선배가 듣는 과목은 어떻게 알았는지, 같이 들으려고 하다가 튕겨서 저는 이상한 교양 듣게 되고. 보강하는 시간은 또 어떻게 알았는지 혹시 저녁도 같이 먹으면 안 되냐며 우르르."

"하하."

우르르, 하는 데에서 불쾌하다는 듯이 미간을 찌푸리며 말을 하는 채아로 인해 한새의 입에서는 기분 좋은 웃음이 터져 나왔다. 반면, 채아는 여전히 기분이 나빠 보이는 얼굴로 푹, 한숨과 함께 입을 열었다.

"저는 무서웠다고요. 여자들이 툭하면 저를 잡아먹으려 했었죠. 그건 기억나세요?"

"응."

짧게 대답을 한 한새가 안전벨트를 풀었다. 차는 어느새 낯선 주차장에 도착해 있었다. 여기가 어디지, 생각을 하던 채아는 제 벨트에 닿는 손길에 움찔하며 고개를 들었다. 이상하게도 그의 두 눈동자가 그대로 보였다. 어쩐지, 어둠 속에서도 또렷한 그 눈동자에 모든 시선을 다 빼앗겨 버린 기분이 들었다. 쿵. 심장이 떨어지는 소리가 들린 것만 같았다.

"그래서 채아에겐 늘 미안했어. 나 때문에 피해를 입은 것 같아서. 그때, 늘 미안했어."

"아니, 뭐…… 사과를 받으려는 건 아닌데……."

그의 사과에 당황한 채아는 손사래를 치며 허둥지둥 고개를 저었다. 그 모습이 우스웠는지 한새가 슬쩍 입꼬리를 말아 웃으며 채아의 안전벨트를 직접 풀어 주었다. 한결 가까이 다가온 한새로 인해 채아는 심장이 점점 더 빠르고 크게 뛰는 것을 느꼈다. 행여나 한새가 들으면 어쩌지, 좌불안석했지만 그런 모습을 티 내지 않으려 노력하며 자동차 문손잡이 위에 손을 얹었다.

"잠깐만 기다려."

그러나 한새가 그녀의 손등을 가볍게 눌러 채아의 행동을 저지했다. 덕분에 채아의 심장은 다시 바닥으로 쿵, 가라앉고 말았다. 그대로 모든 것이 멈춰 버리는 것만 같았다.

한새는 채아의 행동을 멈추고서 반대편 문으로 먼저 나갔다. 이내 빙 돌아 그녀 쪽으로 다가와 문을 열고서 손을 내밀었다. 장난스러운 미소는 자꾸만 채아의 가슴을 간질이고 있었다.

"내리시지요."

차마 그의 손을 무시할 수 없던 채아는 덜덜 떨면서 그의 손에 제 손을 얹었다. 한새의 큰 손 위에 올려진 제 손에, 발끝부터 간질거리는 기분이 들었다.

부드럽게 채아의 손을 움켜잡은 한새는 바로 엘리베이터를 타고 1층으로 향했다. 예약제로 유명한 레스토랑 메멘토(Memento)였다. 안으로 들어가 제 이름을 말한 뒤 자리로 안내받는 동안에도 채아의 손을 놓지 않고 조심스럽게 그녀를 이끌었다. 그녀는 그대로 경직이 된 채, 멍하니 한새가 이끄는 대로 걷고 있었다.

"……예약해 둔 거예요?"

"맞아. 여기는 완전 예약제거든. 예약하지 않으면 못 와. 맛도 괜찮더라."

"비싼……."

"걱정 마. 내가 너를 위해 사는 거니까."

이로써 한새와 함께 온 비싼 레스토랑은 벌써 세 번째가 되었
다. 그가 지금 아무리 내로라하는 대기업 회장의 아들이고 이사라
하더라도 채아에게는 언제나 대학 선배였다. 매번 얻어먹으려니
부담스럽기도 하고 미안하기도 했다. 저는 해 준 것도 없는데. 초
라하게 느껴지는 옷자락을 만지작거리며 생각을 하던 채아는 제
머릿속을 들여다본 듯 이어지는 한새의 말에 고개를 들었다.

"그렇다고 채아, 네가 나에게 무언가를 해 줄 필요는 없어."

"하지만……."

"정 해 주고 싶으면 반지, 받아 줘."

반지라는 말에 정신이 들었다. 그렇지. 거절했던 반지가 있었지.

채아가 슬그머니 시선을 아래로 내렸다. 그 모습을 바라보던 한새
의 입가에는 쓴웃음이 지어졌다. 동시에 가슴도 욱신거리는 것만 같
았다. 사랑하는 사람에게서 받는 두 번째의 거절은 참 가슴이 아팠다.

"여기 스테이크, 꽤 맛있어."

괜히 한새는 말을 돌려 보았다. 채아가 자신의 시선을 피하는
것이 싫었기 때문이다. 채아도 기다렸다는 듯이 바로 고개를 들어
가게를 둘러보더니 웃으며 대답을 해 주었다.

"가게 안도 고급스러워요. 당연히 맛있을 것 같아요."

"맛있으면 다음에 또 오자."

"그럴까요?"

난처해하던 채아가 기대하는 눈빛을 숨기지 못하고 물었다. 한
새는 그런 채아의 모습에 소리 없이 웃어 버렸다.

대학 근처를 돌아다니며 맛집이란 맛집은 전부 들어가 보았다. 그중에서 채아가 특별히 맛있다고 한 곳은 전부, 정확히 기억해서 다음에 또 오곤 했다. 그러면 채아는 장난감 선물을 받은 아이처럼 굉장히 밝게 웃으며 좋아하는 모습을 보였다. 한새는 그런 모습을 바라보는 것이, 그 시간이, 가장 행복했다.

"여전히 스테이크 써는 건 못하네."

"아, 아우……. 그러게요. 나이를 헛먹었나 봐요."

그건 지금도 마찬가지였다.

"자."

한새는 능숙하게 한입 크기로 썰어서 그녀의 접시와 바꿨다. 채아는 포크와 나이프를 조용히 내려놓으며 고개를 들었다. 왜 그러냐는 듯이 바라보는 그 모습에, 그녀는 이제야 무언가가 보이는 것 같았다.

조한새는 늘 은채아를 두 눈에 가득 담고 있었다.

온몸에 전율이 흐르는 것만 같았다. 한새가 저런 눈을 여태 하고 있었다는 생각에, 채아는 머리가 비워지는 느낌을 받았다. 어떠한 생각도 할 수 없었다. 오롯이 저만 담고 있는 눈동자. 한새는 달라지지 않았다. 달라진 것은, 자신이 한새를 바라보는 시선이었다. 한새도 저를 마음에 담고 있었다는 마음을 알고 난 뒤에, 그의 모든 것이 새롭게 보였다.

"왜……."

하고 싶었던 말들은 전부 사라졌다. 하고자 했던 말은 아니지만 뭐라도 말을 꺼내야만 할 것 같아 입을 열었을 뿐이다. 눈만 깜빡이던 채아는 다시 입을 열었다.

"왜, 어째서……."

말을 내뱉은 본인은 제가 무슨 말을 하는지 알 수 없었지만, 한새는 뭐든 다 알아들었다는 듯이 살짝 입 끝만 올려 웃었다. 한새가 그렇게 웃을 때마다 부드러운 분위기가 저절로 풍겨 나왔다. 따듯한 봄날의 풍경을 보는 것만 같아, 누구나 그의 미소에 한 번씩 시선을 고정했었다.

그건 지금의 채아도 마찬가지였다.

"영은이에게서 못 들었나 봐. 내가 분명 전달하라 했었는데."

"……네? 그게 무슨."

"채아야. 나는 너를……."

잠깐 시선을 아래로 두던 한새가 다시 시선을 올렸다. 채아는 진지한 표정으로 저를 바라보는 그 시선에, 긴장하게 되었다.

"여왕처럼 모실 거야."

다른 남자들이 했더라면 웃고 넘어갈 수 있겠지만, 그 말을 한 상대는 한새였다. 그는 진지한 얼굴로, 그리고 부드러운 목소리로 그렇게 입을 열었다.

그대로 표정이 굳어 버린 채아는 저의 대답을 기다리는 한새를 응시했다. 어떻게 보면 고운 얼굴 같은데, 또 어떻게 보면 남자라는 느낌이 확 닿을 정도로 날렵하게 생기기도 했다. 그가 진지한 표정을 지을 때면, 늘 심장이 철렁 내려앉았다. 가슴이 불규칙적으로 심하게 뛰기도 했었다.

저는 그때와 달라진 게 하나도 없음을 느꼈다. 늘 한새의 앞에만 서면 저도 모르게 바짝 긴장을 하게 되고, 그의 말과 행동 모두에 신경을 곤두세우고 있었다. 그가 만인의 연인이라는 걸 알면서도 마음을 접지 않았다. 아니, 못했다. 접을 수가 없었다. 상사병이 무엇인지 톡톡히 맛봤다.

"그러면서……."

"······."

"그러면서, 왜······."

그래서 다짐을 했다. 그래, 그럼 친한 선후배 사이라도 유지를 하자. 그래서 고백도 못 했다. 고백을 하는 순간, 그 사이는 깨지리라. 차라리 그럴 바에는 입을 꾹 다물고 선후배 사이를 유지하는 편이 더 낫다고 판단했다.

그런데, 한새가 졸업을 한 순간부터 연락이 끊겼다. 전화를 걸었더니 없는 번호라는 안내 소리가 나올 뿐이었다. 한새와 친했던 지호에게 물었지만 그에게도 연락이 없다고 했다. 처음, 채아는 심한 배신감을 느꼈었다. 학교 다닐 때만 그렇게 친한 척했던 거구나. 그러나 점점 시간이 흐를수록 그리움이라는 이름만이 머물렀다. 고백하지 못한 마음이 그대로 응어리졌다.

"왜 5년 동안 한 번도 연락을 안 했는데요?"

채아는 이미 알면서도 그렇게 물었다. 그녀의 말에 한새의 두 눈이 동그랗게 떠졌다가 이내 부드럽게 휘었다. 제 말을 우습게 여기는 건가 싶어 채아의 두 미간이 일그러지려는 찰나였다. 한새의 붉은 입술이 움직였다.

"혹시, 기다렸니?"

희망에 가득 찬 목소리였다. 이에 곧바로 움찔거리던 채아가 통명스럽게 한마디로 대답을 끝냈다.

"아니거든요."

그러나 이미 한새의 눈에는 보였다. 그녀가 계속해서 저를 기다렸다는 것을. 그 모습에, 죄책감이 들었다.

채아가 다치지 않고 울지 않게, 속상하지 않게 하기 위해서 잡생각 한 번도 하지 않고 오로지 제 실력을 키우는 데 집중을 했었다.

단시간에 제가 제안했던 것을 이룬 아들의 모습에, 우현은 혀를 끌 끌 찼다. 독한 놈이라 중얼거리기도 했었다.

내내 그의 머릿속을 채운 건 오로지 채아의 생각이었다. 채아를 위해 열심히 일하자, 그런 생각들뿐이었다.

그러다 보니 시간은 금방 흘러서 4년이 지났다. 한국에 돌아왔을 때, 바로 찾아가 고백을 하고 싶었지만 이사 자리에 당당히 오르기 위해 회사에 입사해 실력을 키우는 일이 남았었다. 그렇게 1년 동안 같은 회사라는 것을 알면서도 단 한 번도 찾아가지 않고 버텼다.

"채아야."

문득 삐친 표정을 한 그녀를 보며 시운이 했던 말이 떠올랐다.

'형 방식대로 채아의 마음을 풀어 줘야죠.'

그와 동시에 지호가 했던 말도 같이 떠올랐다.

'그렇다면 여기서 네가 해야 하는 건 단 하나다. 정성을 담아 유혹하는 것.'

그래. 그렇단 말이지. 한새는 천천히 입꼬리를 올려 웃었다. 눈이 마주치자 허둥거리며 채아가 시선을 피했다. 평소 제 시선을 피하면 가슴이 욱신거리거나 기분이 안 좋았을 테지만 지금은 아니었다. 그저 지금 채아의 모습은 귀엽게만 보일 뿐이었다.

"채아야."

다시 한번 그녀를 불러 보았다. 그러자 화들짝 놀라며 고개를 겨우 드는 채아의 모습이 보였다. 시운의 말이 맞았다. 연락이 없던 5

년이라는 세월 속에서, 여전히 저를 향한 마음을 간직한 채로 마음을 졸이다 점점 지쳐 가서 제풀에 나가떨어지기 직전인 모양이다.

안 된다. 그렇게는 안 돼. 용납 못 해. 한새는 뭐냐고 대구를 해오는 채아의 두 눈을 똑바로 응시하며, 천천히, 그러나 또렷하게 입을 열었다.

"채아야. 사랑해."

그러자 단숨에 채아의 눈이 동그랗게 떠졌다. 이내 들고 있던 포크를 툭, 테이블 위에 떨어뜨렸다. 멍하니 한새만 뚫어져라 바라보던 채아의 얼굴이 점점 붉게 달아오르기 시작했다. 그대로 굳은 채아는 움직일 줄 몰랐다. 아, 어떻게 하지. 당장이라도 채아의 머리를 쓰다듬고 싶은 것을 꾹 참은 그는, 다시 입을 열었다.

"사랑해."

"저, 그, 그만, 으아!"

"그만 못 해."

"서, 선배."

"매일, 하루에도 몇 번씩 말할 거야. 조한새가 은채아 많이 사랑한다고."

그가 이렇게 직설적으로 표현을 하는 사람이었나, 채아는 과거를 더듬어 보았다. 그러나 아까까지만 해도 선명하던 과거가 전혀 기억이 나지 않았다. 정말 백지처럼 새하얗게 변해 있었다.

결국 채아는 두 손으로 얼굴을 덮어 버렸다. 다행히도 한새의 목소리가 작았고, 프라이빗 룸으로 들어왔기에 망정이지, 다른 손님들도 있었더라면 채아는 당장 레스토랑을 뛰쳐나갔을지도 모른다.

두 손으로 작은 얼굴을 가리자, 채아의 얼굴을 볼 수 없게 된 한새는 아쉬웠지만, 마냥 귀엽게만 비치는 그녀의 모습에 큭큭거리며 웃다가 조심스럽게 손을 뻗어 보았다. 앞을 볼 수 없으니 당연히 예상하지 못했을 것이다. 부드러운 머리카락 위에 손이 닿자, 채아가 움찔거리며 그대로 경직되는 것이 느껴졌다. 살살 쓰다듬다 그녀의 어깨를 툭툭 두드렸다.

"5년간 못 했던 고백을 하려는 것뿐이야."

하루에도 몇 번이고 마음속으로 채아를 생각했던 말이지만, 직접 전달해 주는 것과는 달랐다.

"그러니까, 채아야."

한새는 본인이 인내심이 강한 사람인 줄로만 알았다. 그러나 저를 좋아하는 게 뻔히 보이는데 마음을 보여 주지 않는, 사랑하는 사람의 모습에 안달이 났다. 애가 타서 죽을 것만 같았다. 인내심이 바닥이 날 지경이었다.

"부디, 나 좀 받아 주면 좋겠다."

그의 묵직한 말이 머리 위에 닿았다. 어깨를 툭툭 두드리던 한새의 손은 어느새 다시 머리를 슥, 쓰다듬다가 늘 가지고 있던 반지 케이스를 꺼냈다. 지난번, 채아의 손에서 직접 거절당했던 반지였다.

한새는 채아의 왼쪽 손목을 잡고 천천히 내렸다. 이미 잔뜩 홍당무가 된 얼굴에, 한새는 저도 모르게 입을 맞추고 싶다는 생각까지 해 버렸다.

"채아야."

그녀를 부르자, 여린 어깨가 다시 움찔거렸다. 그러나 이번에는 붉어진 얼굴을 똑바로 들고 저를 바라보았다. 그것만으로도 마음이 뭉클거린 한새는, 조심스럽게 반지 하나를 그녀의 손바닥 위에 얹어 주었다. 끼워 주지는 않았다. 또다시 빼내 저에게 반납하면, 채아의 마음을 의심하게 될 것이었다.

"언제라도 좋아. 나를 받아 줄 마음이 있으면, 언제라도 이 반지를 끼는 거야. 하지만 나를 받아 줄 마음이 없다면, 역시나 언제라도 나에게 와서 반지를 돌려줘도 좋아."

그의 말에, 채아는 제 손바닥 위에 놓인 반지를 바라보았다. 얼굴은 빨갛게 익어 있었지만 표정만큼은 진지하기 짝이 없었다. 분명 묵은 반지였는데, 왜 이렇게 갓 새로 맞춘 반지처럼 빛나고 있는지 모르겠다. 어쩐지 눈이 부시다는 생각까지 들었다.

"자, 이만 갈까요, 여왕님."

"제발, 그 소리만큼은……."

"하하. 왜? 난 좋은데."

"아니, 그건 그럼 선배 혼자서…… 해 주세요."

민망해서 고개를 푹 숙인 채아는 그의 뒤를 따라서 걸었다. 짧게 소리를 내서 웃던 한새는, 여전히 채아의 손을 잡고서 걸었다. 채아는 물끄러미 제 손에 쥐어진 반지를 바라보았다.

'아주 절 받아 주세요, 하면서 나를 유혹하고 있네.'

채아는 아주 터무니없는 생각을 하고 말았다. 한새가, 반지에 유혹의 마법이라도 걸어 놓은 것이 아닐까? 하는 생각.

Chapter 10

레스토랑 메멘토에서 한새가 충격적인 발언을 한 후, 그는 확실히 예전과 다른 모습을 보였다. 여전히 그대로가 아니었다. 달라진 모습이 이제야 보이기 시작했다. 이제는 남자라는 느낌이 확 들었다. 그래서 채아는 한새의 모든 것이 새로웠다.

여왕처럼 모셔 주겠다는 그 말은 거짓이 아니었다. 아침마다 커피와 쿠키, 혹은 베이글, 혹은 조각 케이크를 사 오는 것은 기본이었다. 어쩌다 기사가 아닌 한새가 운전하는 차에 올라타면, 안전벨트를 매 주는 것도 당연했다. 누가 보면 제가 아니라 한새가 비서인 줄 알 것 같았다.

모든 것을 전부 한새가 해 주어서 이제는 부담이 될 지경이었다. 그래서 그만하라고 하면 부드럽게 웃으며 하는 말이라고는.

'사랑해, 은채아.'

이것이 전부였다. 그뿐만이 아니다. 그는 틈만 나면 사랑한다는 말을 쏟아 놓았다. 예를 들어 방 안에 있던 한새가 갑자기 나왔다. 그리고선 화장실에 가나 했더니 채아를 바라보다 사랑한다 말을 하고선 방으로 들어갔다. 그러면 채아는 그 자리에서 얼굴만 붉어진 채로 굳어져 있었다.

"정말…… 미치겠어."

"왜. 좋은데. 틈만 나면 열렬한 사랑 고백. 그 얼마나 아름다운 세레나데냐."

"비꼬지 말고!"

"나의 진심을 무시해?"

영은의 말에 채아는 고개를 푹 숙였다. 채아의 앞에는 반지가 놓여 있었다. 저를 유혹하는 빛나는 반지. 그것도 다이아몬드가 떡 하니 박혀 있는 반지였다.

반지를 바라보던 채아는 결국 바닥에 드러누웠고, 채아가 그러든지 말든지 상관하지 않고 미간만 팍 찌푸린 채로 영은은 핸드폰만 두드리기 바빴다. 평소 그런 영은을 보면 무슨 일이냐고 바로 물었을 테지만, 지금 자신의 일만으로도 머릿속이 꽉 차 있어서 채아는 주변을 신경 쓸 틈이 없었다.

"영은아."

"뭐."

"선배…… 진짜 진심인가 봐."

"오빠라 부르더니 왜 또 선배야?"

"그냥. 그게 익숙해서."

"익숙함을 탈피해야지. 그래서? 조한새가 진심인데, 뭐."

귀찮다는 듯한 말투에 누워 있던 채아가 벌떡 일어났다.

"왜 선배 이름 함부로 불러!"

"얼씨구. 야, 은채아. 나 지금 열받으니까 말 걸지 마."

그러고선 핸드폰과 싸움을 하는 것처럼 잔뜩 노려보며 무언가를 보내고 읽고 보내고, 반복을 했다. 그 모습에 그제야 영은이 이상하다는 것을 느낀 채아는 반지를 잃어버릴까 싶어 냉큼 가져가 손에 끼고서 영은을 바라보았다.

정말로 화가 난 표정이었다. 무슨 일 때문에 그럴까? 평소에는 궁금해서 핸드폰을 기웃거리며 누구와 저렇게 싸우는지 알고 싶어 할 테지만, 지금만큼은 알고 싶지 않았다.

"영은아."

채아의 진지한 목소리에, 영은이 퉁명스럽게 대꾸를 했다.

"왜."

"누구랑…… 하는 거야?"

결국 핸드폰을 부서질 정도로 탕, 내려놓은 영은이 고개를 확 들었다. 채아는 어느새 걱정스러운 표정으로 영은을 바라보고 있었다.

무심코 시선을 내렸을 때, 바닥을 짚은 채아의 오른쪽 손에서 작은 반지가 하나 빛나는 것을 볼 수 있었다. 받아 줄까, 말까 고민을 하던 은채아는 이미 마음속에서 그를 받아 주고 있었으니 당연한 것이지만, 어쩐지 웃긴 것만 같았다.

"너한테 더 이상 숨겼다간 나중에 네가 울 것 같아서 말을 할게."

인심 써서 말을 해 주겠다는 말투였지만 목소리는 미안함이 섞여 있었다. 채아는 조심스럽게 고개를 끄덕이며 제 친구를 바라보았다. 말을 쉽게 꺼내기 힘든지, 영은은 잠깐 입을 다물고 있었다. 그런 영은을 바라보며 채아는 문득 시운이 떠올랐다.

어색하게 악수를 하던 시운과 영은. 두 사람 사이에 뭔가 있을 거라 생각했었는데, 혹시 그건가 싶었다.

"나, 사실은 정시운과 사귀었었어."

"……뭐라고?"

영은의 목소리는 아주 담백했다. 오늘 점심은 카레였어, 라고 말을 하는 것만 같은 말투. 눈만 깜빡이던 채아는 살짝 인상을 쓰다가 제 귀를 툭툭 건드려 보았다. 귀가 나빠져서 잘못 들은 것이 틀림없었다. 그러나 영은이 다시 던지는 말에, 결국 귀를 툭툭 치던 상태 그대로 굳어 버렸다.

"한…… 3개월, 아주 짧은 기간 동안 불타는 연애를 했었지."

마치 남의 이야기를 하는 것만 같은 말투였지만, 결국 그 속에는 그리움이 섞인 것 같았다. 그로 인해 채아는 다시 입을 열 수가 없었다. 어떻게 보면 약한 모습이 엿보이는데, 그런 모습을 한 영은은 처음이었기 때문이다.

결국 채아는 입만 들썩이다 다물어 버렸다. 마음속에서 정리를 하고 난 후 말을 하기 위함이라는 것을 알기에 영은이 말을 할 때까지 기다리기로 했다.

영은이 입을 연 것은, 5분 정도가 지나서였다.

"은채아. 기억 해? 내 친척 오빠. 나랑 친한."

"아. 주환 오빠?"

"응. 박주환."

영은은 외동이다. 그래서 그런지 친척들과 사이가 좋았는데, 그 중에서도 가장 사이가 좋은 것은 주환이다. 고작 한 살 차이가 나서 그런지 어울리기가 더 쉬웠다고 했었다.

채아가 주환을 알게 된 것은, 영은의 생일날에 모인 그녀의 친구들을 보기 위해 주환이 술집으로 갑자기 찾아왔을 때였다. 첫인상은 황당함, 그 자체였는데 그것도 잠시, 금방 친구들과 어울려 지내는 주환의 모습을 보고 생각을 바꿨었다. 위트가 있는 사람이라는 것을 알았기 때문이다.

"근데 주환 오빠가 왜?"

"시운 오빠 친구야."

"……어? 정말?"

"어쩌다 한번 인사를 했어. 길거리 지나가다 만났거든. 근데 시운 오빠가, 내가 마음에 든다고 주환 오빠한테 다리를 만들어 달라 그랬었나 봐."

영은의 말에 채아는 눈을 깜빡였다. 시운이 친척 오빠 친구였다니. 거기다 시운이 먼저 영은을 마음에 두고서 소개해 달라 했다니. 그저 소설 같은 일에, 채아는 가만히 영은만 바라보며 그녀의 말을 기다렸다. 그런 채아의 모습에 피식 웃던 영은이 다시 말을 이었다.

"근데 시운 오빠 집안이, 전부 사 자 달린 인간들의 집합소거든. 오빠 어머니는 의사, 아버지는 검사. 그리고 형은 변호사."

이어지는 사 자 돌림의 직업에, 채아는 벌써부터 왠지 뒷이야기를 알 것만 같았다. 잠시 채아는 시운의 전공이 무엇이었는지 떠올려 보았다. 그러나 기억이 나지 않았다. 지금 와서 생각하면 전부 한새에게 온통 신경이 몰려 있었으니까, 다른 사람은 신경을 쓸 겨를이 없었다고 본다. 저도 모르게 질색하는 표정을 지었나, 알 것 같다는 듯이 영은이 피식 웃고서 다시 말을 이었다.

"그 의사 어머님이 나를 직접 찾아오셨어. 너조차도 모를 정도로 내가 얼마나 조용히 사귀었는지 알겠지? 근데 나랑 선배랑 사귀는 걸 용케 알고서 만나자고 하더라. 그리고 자기 집안을 구구절절 설명을 하는 거야."

"시운 선배…… 전공이 뭐였지?"

"법학과."

채아는 하고자 하는 말을 목구멍 뒤로 삼켰다. 그렇게 잘난 사람이었나, 시운이? 생각을 해 봐도 역시 떠오르지 않았다. 그저 가만히 영은의 말을 들었다.

"처음에는 나도 버렸지. 처음은 아니더라도 호감이 갔던 사람이고, 같이 알고 지내면서 좋아졌던 사람이니까."

"……."

"근데 사람 사는 게 그쪽에서 쉬웠는지, 내 모든 생활을 감시하는 느낌이 오더라. 그건 마치 스토킹당하는 기분이었어."

"어떻게…… 그런……."

"내가 헤어지겠다고 말을 할 때까지 괴롭혀 줄 생각이었나 봐. 시운 오빠에게는 나보다 훨씬 좋은 짝을 만나게 하겠다고."

잠시 그때를 생각하는지, 영은의 고운 얼굴이 잔뜩 일그러졌다. 그런 제 친구를 보며 채아는 낮게 한숨을 쉬었다. 물론 한새에게 정신이 팔려 있긴 했지만, 그렇다 해도 영은에게서는 전혀 그런 점이 보이지 않았었다.

생각을 해 보니, 영은은 감정 조절을 아주 쉽게 했었다. 기분이 좋은지 나쁜지 항상 감추고 있었다. 간혹 화가 난 표정을 보여도 그것은 대부분 장난일 때가 더 많았다. 그래서 몰랐다. 그녀가 이토록 힘들게 누군가를 만나고 있었는지.

채아는 어쩐지 친구의 괴로움을 몰라주었던 제 자신이 너무 무지하게 느껴져서 미안한 마음에 고개를 숙였다.

"나중에 시운 오빠가 알게 되었어. 그래서 헤어지자고 했어."

"……네가?"

"그쪽이 원하는 대로 해 주려니 아니꼬웠는데, 그래도 차이는 것보단 차는 게 더 나아서 내가 찼지."

그러고선 영은은 빙긋 웃었다. 박영은답지 않게 아련한 미소였다. 영은이 누구를 생각하는지, 어떤 시간을 회상하는지 알 것 같았다. 채아의 입가에 덩달아 쓴웃음이 지어졌다. 저는 이제까지 혼자서 5년 동안 연락이 없는 한새로 인해 투덜거렸다. 저만 그런 줄 알았는데 알고 보니 영은은 속으로 투덜거리고 있었을 것이다.

"아직도…… 시운 선배 좋아해?"

"뭐…….."

어쩔 수 없다는 듯이 영은은 웃었다. 그것만으로도 충분한 대답이 되었다. 채아는 눈만 깜빡이다 다시 물었다.

"그런데 왜 화가 났었던 거야?"

"헤어지고 나서, 사귀었던 기간인 3개월 동안은 잘 지냈는데, 나도 시운 오빠도 속이 말이 아니었던 거지. 근데 나는 그걸 티 내지 않았고, 시운 오빠는 겉으로 티를 냈던 거야. 그래서 그날부터 지금까지 계속 다시 만나자고 연락을 하는 중이었고, 나는 다시 스토킹당하는 느낌을 가지고 싶지 않아서 거절하는 중이었어."

그랬구나. 고개를 끄덕이며 채아는 마치 무슨 로맨스 소설을 본 기분이 들었다. 순식간에 지나가는데 뭔가 어마어마하게 느껴지는, 그런 이야기.

"그런데 오빠라 하는구나."

"너도 이제 해야지."

"나야 뭐…….."

채아는 미안하다고 굳이 말을 하지는 않았다. 영은은 그런 말을 싫어했다. 친구 사이에 미안하다는 말을 왜 하냐고. 그리 큰 잘못도 아닌데 하는 사과의 소리를 듣고 싶지 않다고 했었다. 그래서 채아는 어느 때부터인가 그건 영은이 듣고자 하는 말이 아님을 금방 알아차리고서 목구멍 뒤로 삼켰다. 본인은 습관인데 상대방이 듣기 싫다 하면 하지 않아야 하는 것이 맞으니까.

채아에게 털어놓고 난 뒤, 영은의 표정은 한결 가벼워졌다. 그러나 한편으로는 어둠이 깔려 있었다. 그런 모습을 보니, 채아는 뭔가 말을 해 주고 싶었지만 아직 제 일도 해결 못 했기에 아무 말도 할 수가 없었다. 저 자신의 일도 해결 못 해 놓고서 남의 일을 도와준다는 건 오히려 방해가 될 것만 같았다.

"영은이 넌…… 시운 선배랑 다시 만나고 싶은 거지?"

"네 일이나 잘 해결해."

가까이 다가와 앉는 채아의 이마를 쑥 밀고서 영은은 자꾸만 메시지가 들어오는 핸드폰을 시큰둥하게 내려다보다 저 멀리 밀어버렸다. 그런 말을 들을 줄 알았다. 그래도 걱정이 되기에 쉽게 외면을 할 수가 없었다. 친구의 새로운 모습을 알게 된 지금, 채아는 어쩌면 영은이 저보다 더 괴로운 마음을 가지고 있을지 모른다는 생각이 들었다.

5년 동안 못 했던 고백을 정말 쏟아 내려는 듯이, 한새는 착실히 잘 실행하고 있었다. 오늘은 기사가 운전을 하는 차가 집 앞에 왔는데, 인사를 하고 앉자마자 한새의 목소리가 들렸다.

"응, 채아야. 사랑해."

순간 고개를 확 돌렸다. 분명 저는 인사를 했는데 무슨 뜬금없는 대답인가 싶었다. 그러나 한새는 아무런 말도 안 했다는 듯이 방긋 웃고 있었다. 당황한 채아가 휙, 앞으로 고개를 돌려 기사를 바라보았다. 그러나 기사는 콧노래를 계속 흥얼거리며 운전만 하고 있었다. 다시 한새에게로 시선을 돌린 채아가 목소리를 낮추며 그에게 말을 걸었다.

"기사님이 들으면 어떻게 해요."

"괜찮아."

"저는 안 괜찮은데요."

한새는 채아의 대꾸에도 그저 웃었다. 그러다 그녀의 손을 바라보며 웃음을 지웠다. 역시나 오늘도 그녀의 손은 참 허전했다. 동시에 제 마음도 텅 비며 허전해지는 것만 같았다.

한새가 반지를 확인하려는 것을 알아차린 채아는 그의 손에서 재빨리 손을 빼며 창밖을 바라보았다. 어두운 터널을 지나다 밖으로 나가는 사이, 창문에 비치는 한새는 똑바로 저를 응시하고 있었다.

"이사님."

회사 근처에 도착해서야 채아는 시선을 그에게로 돌릴 수 있었다. 회사 입구에서 내리자마자 한새는 다시 공과 사를 구분하는 이사로 돌아와 있었다.

"네, 은 비서. 무슨 일이죠?"

"아니…… 아닙니다."

채아는 비서가 꿈이었다. 그것은 이루어질 수 없기에 늘 1순위였다. 그러나 어느 순간부터 2순위로 밀려나고, 새로운 1순위의 꿈이 생겼다. 그것은 한새의 옆자리를 차지하는 것이었다. 한새가 가장 아끼는 후배라는 소문은 어느새 여자 친구라는 오해를 낳기도 했다. 그러나 사실은 아끼는 후배에 불과했고, 채아는 그것이 마음에 들지 않았다. 후배는 결국 후배일 뿐이니까. 결코 여자 친구는 아니었다.

그래서 한새가 5년 동안 연락 두절이 된 동안, 완전히 그에 대한 마음을 비우려고 노력하며 그 바람을 후보에서 아예 지워 버리려고 했다. 그러나 후보만 바뀌었지, 마음은 그대로였다. 그저 조한새가 다시 은채아에게 연락을 하는 것, 그 후보로 1순위가 바뀌었다.

"이사님. 오늘 커피는 제가 사 올게요."

"아니. 은 비서는 앉아 있어요."

아침 햇살에 살짝 비치며 웃는 그 모습은, 여전히 채아의 마음을 설레게 했다. 채아를 자리에 앉혀 놓고 한새는 비서실을 나갔다. 한새가 보이지 않음에도 불구하고 채아는 계속해서 문을 바라보았다.

"어떻게 하지……."

채아는 집에 굴러다니던 목걸이를 발견해서, 그 줄만 빼 온 뒤, 반지를 연결해 목에 하고 왔다. 혹시나 한새가 눈치챌까 싶었는데 그는 알아차리지 못했다.

"바보네. 언제 알아볼까."

잠깐 좋아했다가 말았다고 했는데, 나중에 보인 행동은 하나같이 아직도 좋아하고 있음을 알렸다. 그래서 이제 와 좋아한다고 말을 하기에 부끄럽고 민망해, 결국 반지를 목걸이 형식으로 만들어하고 왔음에도 불구하고 말을 하지 못했다. 저는 나이만 먹었지, 마음은 아직 대학생 시절 그대로였음을 알았다. 등본상 나이는 스물여덟 살이면서 마음 나이는 아직도 20대 초반에 머물고 있었다.

"아, 민망하다."

괜히 뺨이 붉게 물든 것 같아 몇 번이고 매만졌다. 그때, 문이 열리고 한새가 들어왔다. 향긋한 커피 향이 맡아졌다.

"오늘도 케이크네요."

한새는 꼭 커피와 부수적인 다른 것을 사 왔다. 처음에는 커피만 줘도 좋았는데, 같이 주니까 늘 반기게 되었다.

"왜, 싫습니까?"

"아뇨. 이거 먹다 보면 살찔까 봐 그러지, 원래 싫어하지는 않아요. 알잖아요."

이미 표정부터 반기고 있었기에 사실 한새도 그녀가 싫어한다는 생각을 하지 않았다. 또한 채아가 말을 했던 것처럼, 채아를 알게 된 후로부터 알고 있었기에 매일같이 사 오는 것이었다.

잠시 한새는 채아가 한 말을 되새겨 보았다. 살찔까 봐 그런다, 라. 살이 찐 채아를 떠올려 보았다. 볼이 지금보다 통통하고, 지금보다 약간 살이 붙고, 그런 모습을. 어느새 한새의 입가에는 흐뭇한 미소가 걸려 있었다. 괜히 그 미소를 발견한 채아만이 움찔거리다 이사님? 하고 되물었을 뿐이다.

"살이 쪄도……."

채아의 앞에 가까이 다가온 한새가 상체를 숙여 채아의 귓가에 나머지 뒷말을 속삭였다. 그것은 마치 달콤한 밀어와도 같은 느낌을 주었다.

"넌 예쁠 거야."

그러고선 다시 상체를 일으켜 아무런 말도 하지 않았다는 듯이 제 몫의 커피를 가져가 이사실 안으로 들어가 버렸다. 케이크를 먹던 채아는 그대로 포크를 테이블에 놓아 버렸다. 이내 어깨로 귓가를 슥슥 문질렀다. 애써 한 머리가 망가질 것 같지만 상관없었다. 지금 귀가 너무 간지러워서 행동을 멈출 수가 없었다.

"방금…… 뭐라고 한 거지?"

그러나 얼굴은 이미 알아들었는지 새빨갛게 물들어 있었다. 블라인드 사이로 들어오는 햇살에 닿은 채아의 얼굴은, 마치 잘 익은 토마토를 연상하게 만들었다.

그렇게 다시 멍하니 앉아 있던 채아는 씩 웃으며 숨겨 두었던 반지 부분만 밖으로 빼서 고개를 숙인 채 바라보았다. 채아는 연신 반지를 바라보며 싱글벙글 웃었다. 지금 이 기분은 선후배 사이에서 절대로 느낄 수 없는 기분이었다.

아침부터 기분이 참 좋았던 채아는, 저녁만큼은 오랜만에 한새에게 대접을 하고 싶었다. 또한 늘 같이 먹었기에 오늘만큼은 제가 산다고 말을 꺼내려 했었다. 그러나 어째 이상하게 기사가 운전하는 차는 어디로 간단 말도 없이 익숙한 길로 가고 있었다. 눈만 멀뚱히 뜨던 채아가 물었다. 퇴근을 했으니 자연스럽게 호칭이 나왔다.

"선배. 이 길은……."

한새도 즉시 반말을 했다.

"아, 내가 말 안 했었나. 개인적인 일로 저녁에 누굴 만나야 해서."

"아…… 그렇군요."

채아의 표정에 아쉬움이 맴돌자, 한새는 속으로만 웃음을 지었다.

오늘은 채아에게 반지를 내민 지 7일째 되는 날이었다. 물론 제 입으로, 스스로 올 때까지 기다려 준다고 했지만 날이 갈수록 제 눈에 점점 깊이 들어오는 채아로 인해 참을 수가 없어졌다. 한마디로 인내심이 곧 바닥남을 경고하고 있었다.

이미 경고를 받은 지는 오래였지만 한새는 버티고 또 버텼다. 채아가 스스로 오는 날을.

그러나 그날은 참 아직도 멀리 있는지, 채아의 손에서는 제가 준 반지를 볼 수가 없었다. 채아가 저를 기다린 것을 생각하면 그만큼 기다려야 하지만, 저는 그렇게 할 수가 없었다.

'이게 모두 너무 예쁜 은채아 탓이야.'

괜히 채아의 탓으로 돌리며 한새는 속으로, 마음껏 웃고 있었다. 결국 참을 수 없었기에, 지호가 말을 꺼냈던 것처럼 맞선 계획을 실행하기로 했던 것이다.

사실 이름만 맞선이지, 만나는 건 지호였다. 저녁을 늘 채아와 먹었기에 그 시간에 지호를 만나는 것이 마음에 들지 않았지만 그래도 어쩔 수 없었다. 채아를 위해 기다렸던 그 마음이, 이젠 제 마음대로 해도 되는 상황에 이르자, 마음껏 날뛰려고 시동을 걸고 있었으니까.

"그럼 내일은 꼭 같이 먹어요. 제가 사고 싶어서요."

"말했을 텐데. 채아, 너는 아무것도 안 해도 된다고."

"저도 가끔씩 사야죠. 미안하고 부담되어서……."

부담이라는 말에 잠시 움찔거리며 가슴도 움찔거리는 것 같았지만 한새는 다시 표정을 풀고서 말을 했다.

"그럼 좋아. 단 한 번이야."

"두 번은 안 되죠?"

"응. 당연히 안 돼."

"참. 오늘 누구 만나는지…… 물어봐도 돼요?"

채아의 물음이 참 조심스러웠다. 당장이라도 한새는 말해 주고 싶었지만 오늘만큼은 말해 줄 수가 없었다. 그렇기에 어색하게 웃으며 조심스럽게 대답을 돌려주었다.

"미안. 사적인 일이라……."

사적이란 단어에 강조를 했다. 그걸 알아차린 채아가 움찔거리다 시무룩하게 알겠다고 고개를 숙였다. 양심의 가책이 느껴졌지만 한새는 채아를 집에 내려 주고선 곧바로 제집을 향했다. 한새는 채아가 계속해서 제 차를 바라보는 것을, 룸미러를 통해 보았다. 어느새 그의 입가에는 맺힌 미소는 절대로 지워지지 않고 계속 머물러 있었다.

시무룩하게 어깨를 축 내리고 있던 채아는 차가 시야에서 사라지자, 그제야 몸을 돌려 집을 향했다. 영은이 먼저 와 있었고, 영은은 이미 한새와 짠 상태였기에 자연스럽게 연기를 시작했다.

"어쩐 일로 일찍 왔어?"

"오늘은 저녁, 집에서 먹으려고."

"아니, 내 말은 저녁 말고."

"응? 그럼?"

방으로 들어가려던 채아가 영은을 바라보았다. 아무것도 모르는 채아를 속이는 것이 미안하기도 했지만 한편으로는 채아의 반응도 궁금하고, 무엇보다도 재미있을 것 같아 영은은 태연하게 말을 이었다. 속으로는 포복절도를 하고 있었다.

"어…… 너 못 들었나 보다. 아니야, 됐어."

영은이 고개를 절레절레 저으며 TV를 다시 바라보았다. 그런 제 친구의 태도에 궁금해진 채아는 재빨리 영은의 옆으로 가서 앉았다. 이내 그녀의 어깨를 잡고 흔들었다.

"뭐야. 말하다 말고 멈추는 게 어디 있어? 얼른 말해 줘. 응?"

"어허. 언니 어지럽다."

"언니는 무슨. 아무튼, 말을 해. 그렇게 꺼내 놓고 쑥 들어가면 나는 어떻게 해!"

"……너. 한새 선배가 오늘 누구 만나는지 알아?"

"어? 선배가 누구 만나는 거, 어떻게 알았어?"

영은은 안타깝다는 표정을 지었다. 진심으로 안타깝기는 했다. 아무것도 모르고 속아 넘어갈 채아가 안타까웠다. 영은은 크게 웃음이 터지기 전에, 얼른 입을 열었다.

"지호 선배가 너에게 말하지 말랬는데……. 나만 알고 있으라 했는데……."

"아, 뭐야. 둘이서 왜 비밀 만들어? 나도, 나도 알 권리 있어!"

"사실……."

영은은 채아의 표정을 살폈다. 지금만큼은 호기심이 가득 찬 표정이었다. 저 표정이 일그러질 것이 분명하다 생각한 영은은 조심스럽게 입을 움직였다. 제 모습은 아무리 봐도 명연기였다. 연기자나 할 것을 그랬나? 아주 잠깐 고민을 하다 지웠다.

"선본대."

그러자 예상과는 달리 채아는 그대로 굳었다. 표정이 일그러지기보다는 그대로 굳을 걸 예상했어야 했나? 영은은 참으로 안타까운 표정을 지으며 다시 입을 움직였다.

"그러니까…… 선배 아버지하고 한 내기가, 돌아와서 얼마 기간을 두고서 너를 소개하지 않으면 맞선을 보게 하겠다고 조건을 걸었었다는 거야. 선배는 거절을 하러 나간 거지."

이번에는 영은의 예상과 일치했다. 채아는 표정을 점점 일그러뜨리다 그대로 다시 핸드백을 들고 벌떡 일어났다. 갑작스러운 돌발 행동에 놀란 영은이 채아를 붙잡았다. 이런 건 계획에 없었는데? 영은은 진심으로 당황한 표정이 되었다.

"야, 야. 은채아. 어디 가? 맞선 자리 깽판 쳐 놓으려고?"

"아니."

"그, 그럼?"

영은의 이야기는 이러했다. 채아에게 거짓 맞선 이야기를 꺼낸 후, 채아가 밤 동안 고민을 하면 내일 아침, 반지를 끼고 나가라고 부추기는 것이었다. 그렇기에 채아가 갑자기 일어나 나가려고 하는 것에 당황할 수밖에 없었다.

"고백하러."

담백하게, 무덤덤하게 말을 내뱉은 채아로 인해 영은이 자연스럽게 팔에 준 힘을 풀었고다. 그녀를 뒤로한 채아는 당당히 집을 나섰다. 문이 닫히자마자 영은은 재빨리 지호에게 연락을 했다.

영은에게는 당당히 고백을 할 거라 말을 했지만 막상 그렇게 생각을 하니, 용기가 나지 않았다. 결국 채아가 택한 것은, 집 근처에 있는 포장마차에 들르는 것이었다. 자리가 마침 구석에 하나 비워져 있었고, 채아는 앉자마자 소주 한 병을 주문했다. 술의 힘을 얻으려는 것이었다.

"하…… 맞선?"

안주인 골뱅이 무침이 나오기도 전에 미리 나온 소주 한 잔을 마신 채아는 눈에 힘을 주었다. 소주가 마치 맞선 상대로 보이는지 잔뜩 노려보고 있었다. 그러고서 또 한 잔을 마셨다.

거절을 하고 올 것이다. 그럼 금방 집으로 가겠지? 한새의 오피스텔 주소는, 얼마 전에 한새가 직접 알려 주었던 것을 기억하고 있었다. 비록 비밀번호까지는 알지 못하지만 주소, 그리고 현관 번호와 호수까지 다 들었다. 이제 찾아가기만 하면 되었다.

"안 돼. 절대로 안 되지."

벌써 세 잔이 되었다. 그사이 나온 골뱅이 무침을 입에 쏙 넣고 씹던 채아가 물 대신 소주를 마셨다. 네 잔이 채워졌다.

"크…… 쓰다."

결국 물을 마시고 말았지만 말이다.

"아…… 나는 질투만 키웠나."

지난 세월 동안 한새를 향한 마음을 죽이려 했더니, 그 대신 자라난 건 질투인 모양이다. 아무것도 모르는 맞선 상대가 한새와 마주 보고 있을 것을 생각하니, 네 잔을 거의 연속으로 들이켜서 그런지 쓴 속처럼 쓴웃음이 나왔다.

그렇게 채아는 한 병을 빠른 속도로 비우고 골뱅이 무침을 먹었다. 저녁을 먹기 전이라 빈속인 채로 술을 마신 거나 다름이 없었다. 금방 취하고 금방 속도 아파 왔지만 알 게 뭐야, 생각을 하며 비틀거리다 택시 한 대를 잡았다. 머리가 핑글 돌고 있었지만 그것도 알 게 뭐야 생각을 하며 한 번도 가지 않았고 듣기만 했던 한새의 집 주소를 불렀다.

채아는 핸드폰을 꺼내 한새에게 메시지 하나를 보냈다. 어디냐는 메시지가 술에 취해서 그런지 자꾸만 오타가 났다. 세 번 정도 간단한 문장 하나를 고쳐 쓰고서 보냈다. 그러자 신기하게도 곧장 읽고서 답장을 주었다. 집이라는 말에, 채아의 입꼬리가 슬며시 올라갔다.

'집이라 이거지.'

굳이 그에게 대기하고 있으라는 말은 하지 않았다. 어차피 집이라는 것을 확인했으니, 그사이에 어디 가지 않을 것이다. 한새는 왜냐며 이유를 물어 왔다. 그러나 채아는 대답을 하지 않고 핸드폰을 핸드백 안에 대충 집어넣었다. 이내 택시가 도착하자 돈을 지불하고 내려서 오피스텔 건물을 올려다보았다.

"맞선……."

술을 마셨더니 기분이 급격히 좋았다가 갑자기 나빠졌다. 감정이 제멋대로 컨트롤이 되지 않았다. 그리고 지금은 슬펐다. 채아의 눈꼬리가 점점 처졌다.

비틀거리던 채아가 오피스텔 안으로 들어가려고 했다. 그러나 잠금 장치가 있는 것을 보고 그대로 멈췄다. 카드 키가 있으면 긁으면 되고, 혹은 카드 키가 없을 경우 비밀번호를 입력하면 되었다. 잠시 채아는 한새가 말을 해 주었던 비밀번호를 떠올렸다. 술에 취해 잘 기억이 나지 않았다.

"으…… 뭐였지?"

대충 기억이 나는 대로 누르자, 삐빅 소리가 나며 문이 열렸다. 빙긋 웃은 채아는 비틀비틀 안으로 들어갔다.

한새가 사는 곳은 5층이다. 엘리베이터를 기다렸다가 또다시 비틀거리며 안으로 들어가 5층을 누르려고 하다가 헛짚어서 6층을 눌렀다. 다시 5층을 누르고서 엘리베이터에 푹 기대었다.

"아, 머리 아파."

지끈거리는 머리와, 좋지 않은 속과, 어지러움이 느껴져서 당장이라도 쓰러져서 자고 싶었지만 채아는 꾹 참았다가 5층이 되자마자 용수철처럼 튀어 나갔다. 여전히 비틀거리다 한새네 집인 503호를 찾았다. 두 눈을 부릅뜨며 확인을 해 보았다. 503호가 맞았다. 채아는 씩 웃으며 손을 쭉 뻗은 후, 주먹으로 쿵쿵 두들겼다.

"선배. 선배애!"

문을 두들기는 소리보다는 작게 한새를 불러 보았다. 처음, 문을 두들길 때만 해도 아무런 소리도 들리지 않았지만 한새를 부르자 안에서 급하게 누군가가 나오는 소리가 들렸다. 곧 문이 열릴 거라 생각을 한 채아는, 비틀거리며 뒤로 세 발자국 정도 물러섰다. 그러자 곧바로 채아의 예상대로 문이 벌컥 열리고 한새가 보였다.

"채아……?"

"응, 선배. 저예요!"

비틀거리다 저도 모르게 앞으로 중심이 몰렸다. 무릎도 확 꺾이는 것 같았다. 바닥과 무릎이 닿으려는 찰나, 재빨리 한새가 채아를 잡았다.

"채아, 너…… 술 마셨어?"

"어휴. 고마워요. 하마터면 병원 신세 질 뻔했네! 아하하!"

유난히 톤이 높아진 것도 그렇지만, 술 냄새도 확 풍겼다. 한새는 이대로 채아를 복도에 세워 두어선 안 된다고 판단을 해서 재빨리 안으로 데리고 들어갔다.

집 안으로 들어가자 따뜻한 기운에, 채아는 그대로 현관문 앞에서 주저앉았다. 한 병이 주량일지라도 그걸 급하게 마셨으니 금방 취해 버린 것이다. 그래도 채아는 잘되었다고 생각했다. 물론 저는 필름이 잘 끊기는 체질이라지만 술을 마시기 전부터 계획을 하고 있었으니 이젠 기억할 것이다. 어떻게 고백을 했는지는 모르겠지만 고백했다는 것만 기억하면 되겠지, 생각을 했다.

그동안 한새는 현관문 앞에 주저앉아 버린 채아를 일으켜 세우려고 했다. 집이냐는 말 이후로 더 이상 답을 주지 않기에 무슨 일이 있나 걱정이 되어서 나가 보려고 했던 찰나였다. 갑자기 맞선 이야기를 듣고 집을 뛰쳐나갔다는 말을 들었을 때부터 채아의 연락이 혹시나 올까 기다렸기 때문이다.

"무슨 술을, 몸도 못 가눌 정도로 마셨어."

이렇게 술을 마신 것이, 제가 맞선을 보기 때문이라고 생각을 하고 싶어졌다. 한새에게 살짝 매달린 채, 앉아 있던 채아가 살짝 고개를 숙였다가 들었다. 저를 올려다보는 채아의 모습에, 한새의 마음이 쿵— 내려앉았다. 꽉 끌어안고 싶어졌다. 뺨도 매만져 보고 싶었고, 흐트러진 머리도 다시 매만져 주고 싶었다. 붉게 홍조를 띤 뺨에 입을 맞추고 싶었고, 붉은빛이 도는 작은 입술에도 입을 맞추고 싶었다.

그 생각을 하자, 곧바로 한새는 뱃속이 확 뜨거워지는 것을 느꼈다. 술에 취한 사람을 상대로, 거기다 아직 아무 사이도 아닌 채아에게 무슨 애먼 생각인지 모르겠다. 적어도 흐트러진 머리 정도는 정돈을 해 줄 만도 한데, 그럴 수가 없었다. 한번 손을 대면 뗄 수 없을 것이 분명했다.

"선배애."

말끝을 늘인 채아가 눈웃음을 지었다. 아, 미치겠네. 한새는 당장이라도 채아를 멀리 떨어뜨려 놓고 싶었다. 그렇지 않으면 제가 채아에게 무슨 짓을 할지 모르겠다. 본능적으로 살며시 밀어 내자, 밀어 낸 것 곱절로 다가왔다. 거의 코앞에 있는 채아의 얼굴에, 한새는 이를 악물었다.

"맞선 봤다면서요?"

그것 때문에 온 건 좋은데, 무방비한 모습으로 오길 바란 적은 없었다. 한새는 정말로 딱, 죽을 것만 같은 기분을 느꼈다.

"내가 왜 5년간 선배…… 연락…… 기다렸는지 알아요?"

"……어? 어……? 아, 아니. 왜."

"흐윽……."

그러자 갑자기 울기 시작한 채아의 모습에, 한새는 당황해 그대로 주저앉아 채아를 달래 주기 시작했다.

"왜 울어. 응? 채아야. 울지 말고."

"제가요. 흑⋯⋯."

눈물을 닦고 채아가 다시 말을 이었다. 역시 술의 힘이구나, 이 와중에도 그렇게 생각을 하며.

"선배, 처음 본 날부터 좋아했었어요."

갑자기 들려온 고백에 한새는 그대로 채아의 어깨 위에 손을 얹은 채, 굳어 버렸다. 쿵— 내려앉은 심장에 눈도 깜빡일 수가 없었다. 채아는 그런 한새를 아는지 모르는지 계속해서 말을 이었다.

"그런데 만약 고백했다가, 차이면 어떻게 해요! 그럼 어색하잖아⋯⋯. 그래서 고백도 막, 못 하고 선배 졸업하고⋯⋯ 흑⋯⋯. 그렇게 되었는데, 영은이가 막, 고백해 보라 하기에⋯⋯ 선배 졸업하고 나서 고백하려고 딱! 연락했는데. 없는 번호래."

마지막 말을 끝낸 채아는 어느새 시무룩한 표정이 되다 다시 훌쩍였다. 한새는 뭐라고 반응을 하면 좋을지 알 수 없었다. 가슴이 뻐근하기도 하고, 많이 미안한 마음도 들었고, 크게 웃고 싶기도 했다. 그러나 무엇보다도 채아를 꽉 끌어안고 싶어졌다.

"처음, 연락 없는 1년 동안은 되게⋯⋯ 선배 미워했었어요."

눈가에 맺힌 눈물을 닦으며 하는 말에, 또다시 심장이 쿵— 가라앉았다.

"근데 결국 보고 싶었어요. 미움 끝엔 그리움이었어요. 흑⋯⋯."

서럽게 다시 울기 시작했다. 그 울음에 겨우 정신을 차린 한새는 채아를 살며시 안았다. 안고 싶었는데, 드디어 안았다. 이내 등을 토닥여 주었다. 어정쩡하게 안겨 있던 채아도 손을 뻗어 한새의 허리를 안았다.

"미안해. 내가 많이 잘못했어."

"그래 놓고서 맞선이래."

"하지만 채아, 네가 반지를 안 받아 줬잖아."

여전히 손에 아무것도 없는 것을 본 한새였기에 조금은 실망했다는 목소리가 튀어나왔다. 그러자 채아가 확, 한새를 밀었다. 갑작스러운 거부에 당황한 그가 입을 열려던 찰나, 채아가 목걸이를 옷 속에서 꺼낸 후, 풀어서 한새의 앞에 확 내밀었다.

"자요! 반지!"

설마, 갑자기 목걸이를 하기 시작한 게……. 어느새 굳어 있던 한새의 입매가 서서히 올라가기 시작했다.

"거짓말했어요. 됐어요? 아직도 선배 좋아하는데, 이미 예전에 좋아했다가 끝냈다고 거짓말했는데 다시 아직도 좋아한다 하면 그렇잖아요. 그래서 그랬……!"

채아는 뒷말을 잇지 못했다. 갑작스럽게 저를 꽉 끌어안은 한새로 인해서였다. 숨도 못 쉴 정도로 꽉 끌어안겼지만, 그래서 숨을 쉬는 데 불편했지만 채아는 불평하지 않았다. 대신 손을 뻗어 이번에는 한새의 목을 두르고 저도 조금은 힘을 주어 안아 보았다.

"고마워."

그의 목소리가 떨렸다. 채아는 배시시 웃으며 고개를 끄덕였다.

계속 마음에 두고 있던 것이 잘되었다고 생각한 순간, 채아는 나른한 기분이 들었다. 아까부터 눈이 무거웠는데, 지금은 아예 감기려고 하는 참이었다.

"근데…… 선배. 저, 졸려요."

"어?"

"좀만······ 잘게요······."

결국 안긴 채로 그대로 잠든 채아로 인해 한새는 그대로 몸이 경직됨을 느꼈다. 그러다 천천히 그녀를 조심스럽게 안아서 침실로 향했다.

이내 조심스럽게 채아를 눕히고 이불도 꼼꼼히 덮어 주었다. 조용히 잠이 든 채아를 내려다보던 한새는, 방금 전 일이 정말 있었던 일인지 제 허벅지를 한번 꼬집어 봐야만 했다.

"······근데 술에 취해서 한 말이잖아."

필름이 끊겼으면 어떻게 하지?

"끊겼어도 이미 못 물러."

손에 목걸이를 꽉 쥐고 잠이 든 채아의 모습에, 한새는 결국 웃어 버렸다.

"잘 자, 나의 여왕님."

한새는 살며시 고개를 숙여 그녀의 이마에 입을 맞추고선 문을 조심스럽게 닫고 나왔다. 불편하게 소파에서 자야 할지도 모르지만 상관없었다. 이젠 그녀가 저에게 왔으니까, 뭐든 상관없다는 생각이 들었다.

Chapter 11

아침 햇살이 들어오는 기분이 들어 살짝 인상을 쓰던 채아는, 머리가 지끈거리고 속도 좋지 않아 결국 머리를 부여잡고서 눈을 번쩍 떴다. 채아의 시야에는 처음 보는 천장이 눈에 들어왔다. 눈을 깜빡이던 채아는 제가 잘못 본 건가 싶어 눈을 비벼 보았다. 그러나 역시 낯선 천장이 눈에 들어왔다.

"여긴…… 대체 어디야?"

천천히 상체를 일으켜 앉았다. 제 옷차림은 어제 입었던 옷 그대로였다. 채아는 아무 일도 없었다는 것에 안도의 한숨을 쉬었다. 주변을 둘러보니 밖에서 속이 확 풀릴 정도로 맛있는 콩나물국 냄새가 나는 것이 느껴졌다. 하지만 이 집의 주인이 누군지 모르기에 채아는 당장 나가지 않고 그대로 앉아 생각을 해 보았다.

"천천히 생각을 해 보자."

시간은 어제로 거슬러 올라갔다. 어제, 영은에게서 맞선 이야기를 듣고서 집을 곧바로 뛰쳐나왔다. 그러나 맨정신으로 고백을 할 수 없어서 술을 마셨고, 한새의 집으로 향했다. 그리고 한새를 불렀다.

'선배. 선배애!'

"헉."

그 순간 채아는 급히 숨을 들이마셨다. 정녕 저렇게 말을 한 사람이 저인가 싶었다. 맙소사. 채아는 붉어진 두 뺨을 두 손으로 감싸 안다 그대로 다시 누워서 이불 속에 제 몸을 파묻었다. 어디서 귀여운 척을 해 보았는지 모르겠다. 아무리 술에 취했어도 그렇지! 거기다 뒤를 이어서 어제 일이 생생히, 하나둘 떠오르기 시작했다.

'제가요. 흑⋯⋯. 선배, 처음 본 날부터 좋아했어요.'

자다가 이불을 찬다는 게 무엇인지 알 것 같았다. 채아는 몸을 비틀며 귀를 두 손으로 막고 눈을 질끈 감았다. 한마디로 여기는 한새의 집이고, 저는 고백을 하고서 그대로 잠이 들었던 것이다.

"아⋯⋯ 미치겠다. 선배 얼굴을 어떻게 보지?"

왜 오늘만큼은 필름이 안 끊기고 멀쩡히 재생이 되는지 모르겠다. 채아는 그대로 몸부림을 치다가 잠시 눈을 깜빡였다. 그럼, 선배랑 사귀는 건가? 그 질문을 하던 채아는 어느새 스르륵 미소를 짓고 있었다.

이내 이불을 걷고 숨을 들이쉰 채아가 방 안을 다시 둘러보았다. 한새의 집이라는 것을 생각하니 입가에는 미소가 지워질 줄 몰랐다. 채아는 처음 보는 한새의 집에 연신 두리번거리다 조심스럽게 한 발자국씩 문을 향했다. 그러다 발걸음을 급하게 멈췄다.

"맞다. 방금 막 일어났잖아?"

나가려던 채아는 재빨리 제 얼굴을 매만졌다. 아무래도 거울을 봐야만 할 것 같았다. 그러나 방 안에는 거울이 없었다. 안에 화장실이 있는 것 같아 가려는 순간, 밖에서 다가오는 발자국 소리가 들려 재빨리 침대 위로 다가가 이불을 덮었다. 마침 문이 열리고, 한새가 들어오는 소리가 들었다. 채아는 자는 척을 했다.

"아직 안 일어났네."

중얼거리는 한새의 목소리가 들려왔다. 그 목소리에, 가슴이 두근거리며 떨려 왔지만 채아는 계속 자는 척을 했다.

그러나 눈썹이 파르르 떨리는 것을, 한새는 보았다. 이미 안에서 무슨 소리가 들려서 채아가 일어난 것인가 싶어 들어왔던 참이었다. 그런데 누워 있기에 제가 잘못 들은 것으로만 생각했었다. 마침 제 목소리에 반응을 하는 그 모습에, 한새는 피식 웃고서 그녀의 앞으로 다가갔다. 그리고 조심스럽게 팔을 뻗어 채아의 팔을 살며시 잡고 흔들었다. 자는 척하는 그녀의 연기에 동참해 주고 싶어졌다.

"채아야."

"으음……."

"채아야. 일어나 봐."

그러자 채아는 방금 한새가 깨워서 일어난 것처럼 눈을 비비다 한새와 눈을 마주치며 화들짝 놀란 듯 눈을 번쩍 떴다. 이내 재빨리 외쳤다.

"서, 선배가 왜 여기에!"

제가 생각해도 연기가 참 훌륭했다. 채아는 속으로 한새가 잔뜩 웃고 있는지도 모른 채, 그의 대답을 기다렸다. 그러나 한새의 표정이 조금 딱딱해졌다. 채아는 제가 뭘 잘못했나 생각을 해 보았지만 짚이는 게 없어서 그저 한새만 바라보고 있었다.

"혹시, 어제…… 기억 안 나니?"

그 말에 채아는 얼떨결에 고개를 살며시 끄덕였다. 괜히 제가 잘못한 것 같아 아무래도 다시 한번 말을 하려는데, 한새의 검은 두 눈동자가 눈에 들어왔다. 흔들림 없이 깊은 그 눈동자에 마치 빨려 들어갈 것만 같았다. 곧장 진실을 토해 낼 것 같았다. 나는 네가 한 거짓말을 알고 있어. 그렇게 말을 하는 것도 같았다. 어떻게 하지. 말을 할까, 말까. 채아는 자꾸만 망설였다.

한새는 그런 채아를 바라보며 처음에는 쿵, 가슴이 내려앉음을 느꼈다. 설마 했는데 정말 기억을 못 한다니. 그러나 채아의 두 눈동자가 불안하게 움직이는 것을 보고, 그것이 거짓말이라는 것을 알았다. 은채아 성격에 분명 민망하고 부끄러워서 제대로 말을 하지 못하는 것이 틀림없었다.

한새의 마음이 조금은 편안해졌다. 그는 불안한 듯 두 눈동자를 굴리는 채아를 한번 놀려 주기로 했다.

"음. 그럼 이것도 기억 안 나겠네."

"뭐, 뭐가요?"

한새는 이후, 채아에게 말을 해야 할 것 같았다. 거짓말을 못 하는 성격이니 어디 가서 어설프게라도 거짓말은 절대 하지 말라고.

"어제, 네가 술 취해서 온 건 기억이 나지?"

"아, 네……. 그건 기억나요."

"그리고 갑자기 내 멱살을 잡았어."

"……네?"

황당한 말에 눈이 번쩍 뜨였다. 지금 무슨 소리를 하는 거야. 그러나 섣불리 대답을 할 수는 없었기에 채아는 계속해서 말을 들었다. 들을수록 아주 가관이었다.

"그리고 나를 마구 흔들면서, 왜 맞선을 봤냐고 그걸 따졌어. 그러다 내 어깨를 툭툭 밀치면서 갑자기 내가 많이 밉고 싫다는 거야."

"제가 언제요!"

결국 싫다는 말이 나오자마자 채아는 버럭 소리를 지르고 말았다. 단지 한새는, 어제 채아가 했던 고백을 술김이 아닌 제정신일 때 듣고 싶어서 단순히 꺼낸 말이었다.

"제가 선배 좋다고 했지, 언제 싫다고 했어요? 그리고 언제 멱살을 잡았어요! 술에 취해서 비틀거리는 사…… 헙."

채아가 재빨리 입을 닫고 두 손으로 입을 가렸다. 그러나 이미 들을 걸 다 들은 한새는 만족스러운 얼굴로 빙긋 미소를 지어 보였다. 괜히 가슴이 콩닥거린 채아는 그제야 상황 파악이 되었다.

얼굴이 빨개진 채아는 그대로 이불에 고개를 파묻었다. 일어나자마자 바로 엉망인 모습으로 한새와 마주했다는 것도 그렇지만, 거짓말을 했다는 것에 민망하기도 했기 때문이다. 그런 채아의 어깨를 한새는 툭툭 건드리다 말을 다시 걸었다.

"채아야. 목걸이는 여기, 스탠드 아래에 놔두었으니까 이따가 찾지 말고. 그리고 해장부터 할래, 아니면 먼저 씻을래?"

목걸이 얘기도 했었지, 참. 채아는 고개를 끄덕이며 작게 씻는다고 먼저 말을 했다. 소리를 내서 웃던 한새는 방 안에 화장실이 있다고 말을 하고선 방에서 나갔다. 문을 닫아 주는 소리와 더불어 발자국 소리가 멀어지는 것도 들었기에 채아는 천천히 고개를 들었다. 그러나 문 바로 앞에서 저를 바라보는 한새로 인해 그대로 굳었다.

그는 채아를 바라보며 부드러운 미소를 짓고 있었다. 채아와 눈이 마주치자, 한새가 천천히 다가와 그녀의 머리를 쓰다듬었다.

"저…… 머리 안 감았어요."

"괜찮아."

"제가 안 괜찮은데……."

피식 웃은 한새는 고개를 숙여 조심스럽게 채아의 두 뺨을 감쌌다. 이내 천천히 들게 해서 입술에 쪽, 입을 맞추었다.

"얼른 씻고 나와."

그러고선 다시 한번 더 입을 맞춘 한새가 정말로 방에서 나갔다. 멍하니 닫힌 문을 바라보고 있던 채아는 그대로 이불 위에 다시 고개를 파묻었다. 이미 얼굴은 새빨갛게 익어 버린 이후였다.

"아, 어떻게 해."

고개를 벌떡 들어 재빨리 화장실 안으로 들어갔다. 1차적으로는 아침에 바로 일어나 부스스한 상태인데, 그 얼굴로 한새와 마주했다는 것이 부끄러웠다. 2차적으로는 제 말이 거짓말임을 저 스스로 밝혔다는 것이 부끄러웠다. 3차적으로는 방금 전 입맞춤이다.

"어떻게 하지?"

거울을 바라보던 채아가 밝게 웃었다. 붉어진 얼굴로 행복하다는 듯이 웃다가 씻기 시작했다. 채아의 기분은, 현재 날아가도 이상하지 않을 만큼 좋았다.

화장실 안에서 머리에 묻은 물기를 최대한 닦고 난 후, 문을 열고 조심스럽게 한 발짝씩 내디뎠다. 한새는 부엌에 있었다. 마침 국을 뜨던 한새는 그녀와 눈이 마주치자마자 빙긋 웃으며 턱짓으로 식탁을 가리켰다.

"앉아 있어. 속은 어때?"

"아, 음…… 괜찮아요. 씻고 나니까 나아진 것 같아요."

"그래? 다행이네. 참. 영은이한테는 말해 놨어. 여기서 잔다고."

"아……."

잠시 채아는 절망적인 기분이 들었다. 이 일로 영은에게 놀림당할 것이 뻔했기 때문이다. 그러다 제 앞에 놓인 콩나물국을 본 순간, 속이 확 나아지는 기분이 들어 저절로 숟가락을 들고 국물 한 숟갈을 먹었다.

"와…… 진짜 맛있어요. 선배가 만든 거예요?"

"……."

"선배?"

말없이 저만 빤히 바라보는 그의 시선에, 채아는 마치 제 심장이 그 시선에 사로잡힌 것만 같은 기분을 받았다. 가만히 채아를 바라보고 있던 한새는 천천히 입을 열었다.

"이제 그 호칭 말고 다른 걸로 듣고 싶은데."

"아……."

"시운이도, 지호도, 너에겐 다 선배잖아?"

그러니까 다른 사람과 차별을 해 달라는 그의 말에, 채아는 눈을 깜빡이다 천천히 웃었다. 이제 그와 거리를 둘 필요도 없으니 부르고 싶었던 대로 불러도 될 것 같았다. 선배라는 것이 익숙했지만 그것은 단지 한새와 더 이상 가까워지지 않고 일정한 거리를 두고 제 마음을 누르기 위함이었으니 이제 그만해도 될 것이다.

"제가 왜 선배라 부르기를 고집했는지 아세요?"

"……뭔데?"

바로 대답을 해 주지 않는 채아로 인해 마음이 급했지만 한새는 아직 그녀가 할 말이 남았음을 알고 기다렸다. 채아가 숟가락으로 국을 휘저으며 입을 열었다.

"그 당시에, 만약 선배만 다른 걸로 부르면 금방 소문이 눈덩이처럼 불어날 것 같았어요. 선배는 그저 저를 그냥 아는 후배, 혹은 아끼는 후배라 생각하고 있다 여겼거든요."

좋아하는 사람을 특별하게 부르고 싶었다. 그러나 그랬다간 금방 소문이 날 테고, 그럼 한새는 금방 제 마음을 알게 될 것이다. 거절하기라도 한다면⋯⋯. 그 생각에, 차라리 거절당하는 것보단 후배로서 같이 있자 택한 것이 이렇게 길게도 왔다.

"만약 선배가 저를 거절하면⋯⋯. 생각하니, 차라리 그냥 후배라도 머무르자 해서 선배라 계속 불렀어요. 그건 저와 선배 사이의 거리를 두기 위한 호칭이었어요."

"그럼 지금은?"

잠깐 불렀다 사라진 호칭을 지금 다시 부르려니, 쉽게 입 밖으로 나오지는 않았지만 채아는 짧게 웃으며 고개를 들어 그의 시선을 똑바로 마주했다. 재촉하는 그 모습에 저절로 웃음이 나왔다.

"오빠. 됐어요? 근데 왜 그렇게 호칭에 연연했어요?"

"말했잖아? 다 똑같은 선배는 싫어. 나만 특별하게 불러 주기를 바랐으니까."

괜히 그 말에 민망해진 채아는 웃기만 하다 밥을 먹기 시작했다. 그런 그녀를 바라보던 한새도 이어서 밥을 먹기 시작했다. 어쩐지 전보다 더 어색해진 것만 같았다. 그토록 원했던 연인 사이가 되었는데. 분명 기쁘지만 어색한 느낌이 자꾸만 들었다.

채아는 고개를 숙인 채 밥을 먹었지만, 한새는 밥과 그녀를 번갈아 보며 먹었다. 결국 그 시선에 진 것은 채아였다. 고개를 들어 한새와 눈을 마주하던 채아는 닫고 있던 입을 다시 열었다.

"그래도 익숙해져서 가끔씩 튀어나올지 몰라요."

"괜찮아."

그래도 좋다는 듯이 마냥 웃고 있는 그 모습을 따라 덩달아 채아도 웃어 버렸다. 어색한 느낌이 서서히 옅어지는 것 같았다. 또한 마냥 행복한 지금, 뭐든 다 좋을 거라 생각했다.

"외박한 은채아."

한새가 데이트를 하자고 했다. 그러나 회사로 출근을 하려는 차림으로 데이트를 할 순 없기에 집으로 와서 옷을 갈아입고 나가려고 했다. 그리고 떡하니 집에 버티고 있던 영은이, 옷을 갈아입는 채아에게 한 첫마디였다.

문을 열자마자 팔짱을 낀 채로 저를 노려보는 영은에게 채아는 어색하게 인사를 해 주었다. 그러나 영은은 한마디도 하지 않고 제 뒤를 좇더니, 결국 한 말이라고는 욕이었다.

"좋았냐? 어?"

"정말…… 그냥 잤거든? 나는 방에서, 오빠는 거실 소파에서."

"이제 진짜 오빠냐?"

영은의 비꼼에, 휙 뒤를 돌아 영은을 바라보던 채아가 씩 웃었다. 그렇구나. 우리 영은이, 부러워서 그러는구나? 연신 웃는 얼굴로 영은에게 입을 열었다.

"왜? 부러워서 그래? 아, 내가 그럼 시운 선배에게 전화해 줘?"

"오지랖도 넓으셔. 이제 갓 사귄 주제에."

하여튼 한마디도 지지 않으려고 한다. 그래도 분명 부러워서 그러는 거라고 여긴 채아는 핸드백을 들고 현관문으로 향했다. 채아는 굽이 있는 구두를 골랐다. 6개월 전에나 신던 구두라서 오랜만이라는 느낌이 들었다. 어색하기도 했지만 그래도 첫 데이트인데, 잘 보이고 싶었다.

"난 네가 맞선 자리 파투 내러 간 줄 알았는데."

"고백하러 간 거거든?"

"술 마시고?"

"……."

"필름은 안 끊겼든?"

"안 끊겼어! 아무튼 갔다 올게."

영은에게 손을 흔들어 준 채아는 재빨리 집을 나섰다. 바로 앞에 차 안에서 기다리고 있는 한새가 보였다. 정확히는, 그 차가 보였지만 금방 채아를 발견한 한새가 내려서 손짓을 했다. 절로 웃음이 나오는 것을 느끼며 달려가려다 자신이 신은 구두를 생각하고선 천천히 걸었다.

"예쁘네."

가슴을 두근거리게 만드는 미소를 지으며 머리를 쓰다듬은 한새가 채아의 손을 잡았다. 장난스럽게 손을 맞잡은 적은 있지만, 지금은 연인이니 당연히 의미는 달랐다. 그 당시에도 두근거렸지만 지금은 그 밖의 모든 게 참 달랐다.

한새는 조수석 문을 열어 주고 채아가 앉게 했다. 채아는 민망해서 두 뺨을 아프지 않게 찰싹 두드리고서 앉았다. 이내 한새가 들어오자마자 바로 입을 열었다.

"다음부터는 그러지 마요. 누가 보면 제가 오빠 부려 먹는 줄 알겠어요."

자연스럽게 나오는 '오빠'란 말에 빙긋 웃은 한새는 고개를 저었다.

"그래도 다 해 주고 싶은걸."

"제가 사양할게요."

한새가 장난스럽게 내민 손을 슥 밀고서 채아도 역시나 장난스럽게 대답을 했다. 마치 대학 시절이 떠올랐다. 친해진 지 얼마 안 되었을 무렵, 조금은 어색할 때마다 이렇게 한새가 장난스럽게 말을 걸어오곤 했다. 이에 채아도 덩달아 장난을 쳤고, 덕분에 두 사람은 많이 친해졌었다.

"우리, 어디 가요?"

우리란 단어에 한새의 입가에 부드러운 미소가 걸렸다. 차를 출발시키며 한새가 그녀의 질문에 대답을 해 주었다.

"영화 보고 점심 먹을까?"

"음. 요즘 영화 뭐 있지."

영화란 말에 곧바로 핸드폰으로 검색을 해 보던 채아는 한새의 영화 취향을 떠올렸다. 대학교 때, 그와 종종 영화를 보러 다닐 때가 있었다. 그러나 생각을 해 보면 한새는 뭐든 다 괜찮다고 했었다. 이건 어때요? 물으면 좋아, 라고 매번 그렇게 대답을 했었다. 그 당시, 채아가 보고 싶었던 영화가 꼭 영화를 보러 갈 때면 있었던지라 한새의 취향인지 아닌지 생각하지 않고 봤었다.

그것이 떠오른 채아는 당혹감에 어쩔 줄 몰라 했다. 갑자기 안절부절못하는 채아로 인해 한새는 신호가 걸렸을 때, 채아의 손을 살며시 잡았다. 그러자 고개를 확 든 채아는 어느새 울상이 되어 있었다. 왜 그러냐고 물으려던 찰나, 채아가 먼저 입을 열었다.

"미안해요. 생각을 해 보니, 선…… 아니, 오빠는 무조건 제가 보자는 걸 봤네요. 한 번도 뭘 좋아하냐고 물어본 적이 없고 그냥 이건 어떠냐고만 물어봤었어요. 미안해요."

"그거 가지고 미안하다고 두 번이나 해?"

"그래도……. 재미없으면 후회되고 그렇잖아요."

"글쎄다."

여전히 손을 붙잡은 채로 한 손으로만 운전을 하기 시작한 한새가 잠깐 고개를 돌렸다. 채아와 눈을 마주치자마자 싱긋 웃고서 다시 앞을 바라보았다. 앞머리가 찰랑거리는 모습에 어쩐지 채아는 시선을 돌릴 수가 없었다.

"정확히 말을 하자면, 영화는 안 좋아해."

"그런데 왜……."

"네가 좋아하잖아? 그리고 영화 보면서, 변화하는 네 표정을 보는 게 재미있었어. 그래서 지루한지, 재미가 없는지, 있는지, 아무것도 몰랐어."

여태 영화를 보는 내내 제 얼굴을 보았다니. 얼굴이 화끈거리는 기분이 들었다. 채아는 손을 놓지 않고 오히려 꽉 잡고서 앞만 바라본 채, 질문을 하나 했다.

"그럼 어떤 걸 싫어하는지 말해 주세요. 그런 건 피하게……."

"공포?"

"……제가 싫어하는 거 말고요."

"하하. 알았어?"

"당연하죠."

채아는 공포 영화를 싫어했다. 애초 귀신이나 영혼 같은 것이 있다고 믿으니 당연한 일이었다. 일단 하나도 무섭지 않아도 공포 영화라 하면 일주일 정도는 그 영화 장면에 압도되어 악몽을 꾸는 것은 기본이었다. 그렇기에 공포만큼은 피했다. 거기다가······.

"액션도 빼고."

"제가 싫어하는 거 말고 다른 거요, 다른 거!"

"흐음. 글쎄다. 정말 생각해 본 적 없어."

그렇게 대답을 한 한새는, 고개를 돌려 채아를 바라보았다. 눈이 마주친 한새는, 여전히 웃고 있었다. 그 미소는 또한 여전히 부드러웠다. 덕분에 채아는 한새가 다시 고개를 바로 하고 주차하는 동안 그에게 완전히 사로잡힌 것처럼 시선을 아예 돌리지 못하고 옆모습이라도 바라보고 있게 되었다.

"뭐든 너를 중심으로 돌아갔었어."

오소소 소름이 돋았지만 채아는 그저 웃었다. 그것이 마냥 싫지 않은 까닭이었다. 한새의 입에서 저런 말을 직접 들을 수 있다니. 채아는 지금 너무 행복했다. 듣고자 했던 말을 직접 들으니, 아무런 생각도 들지 않았다.

한새는 멍한 표정을 한 그녀의 손을 잡고 영화를 골랐다. 딱, 채아가 좋아하는 코믹과 멜로가 적절히 섞인 영화였다. 매표소로 가서 두 좌석을 끊고서 이번에는 팝콘을 사러 향했다. 둘이서 영화를 보러 갔을 때, 늘 팝콘과 음료는 필수였다. 팝콘은 채아가 좋아하는 달콤한 팝콘을 먹었고, 한새의 취향을 맞춘다며 음료는 콜라가 아닌 에이드였다.

딱히 취향을 묻지 않고 한새가 곧바로 주문했을 때, 돈을 내민 것은 채아였다.

"제가 그 버릇 고치라 했죠? 사람이 무조건 받아먹기만 할 순 없어요."

예전이나 지금이나 그대로였다. 그 생각에, 한새의 입가에 저절로 미소가 고였다. 못 살겠다, 정말. 짧게 웃은 한새는 에이드 두 잔을 제가 들고 팝콘은 채아가 들게 했다.

"오빠."

아직 익숙하지 않은지, 입 밖으로 내뱉을 때마다 어깨가 움츠러들고 얼굴이 새빨개지지만 그래도 기어코 말을 꺼내는 그녀의 모습에, 한새는 가슴이 간질거리고 손이 들썩이는 것만 같았다. 두 손에 에이드가 들리지 않았더라면 채아의 어깨를 안아 버렸을지도 모르겠다. 하나를 원하니 다른 것도 더 원하게 되어 버린다. 인간은 참 탐욕스러운 존재라는 것을 자꾸만 깨닫게 된다.

"채아야."

"네?"

팝콘을 먹으며 걷던 채아가 방긋 웃으며 뒤를 돌아보았다. 순간 갈증이 나서 한새는 아무것도 아니라며 에이드만 마셨다. 마셔도 갈증이 나는 이유를 알 것 같기에, 그는 그저 웃으며 아무런 말도 할 수가 없었다.

"아, 시작한다."

자리에 앉고서 불이 꺼지자, 채아의 들뜬 목소리가 들려왔다. 영화가 시작한 뒤에도 내내 한새는 그녀의 얼굴을 바라보았다. 봐도, 봐도 질리지 않아, 라고 저답지 않은 생각을 하며.

저녁은 레스토랑에 가서 먹으려고 했다. 그러나 채아는 삼겹살이나 먹자며 나름 단골인 곳이라고 한새를 데리고 갔다. 채아와 함께라면 뭔들 어떠랴, 생각을 하고 들어갔다. 단골이 맞긴 한지 주인아저씨가 채아를 보고 알은체를 했다.

"옆에 총각은, 애인?"

의미심장한 얼굴로 장난스럽게 묻자, 채아는 기분 좋게 웃으며
고개를 끄덕였다.

"그러니까 서비스 많이 주셔야 해요!"

"허허. 누구 말이라고. 늘 먹던 걸로?"

"네, 그걸로 주세요."

구석진 자리로 가서 앉아 냅킨을 꺼내 하나씩 깔더니 그 위에
숟가락과 젓가락을 놓았다. 금세 컵에 물도 따르며 채아가 한새에
게 말을 걸었다. 제가 하려던 것들을 금방 해 버리는 채아로 인해
한새가 계속해서 웃는 얼굴로 그녀만 바라보고 있던 찰나였다.

"신기하게, 데이트라고 해 봤자 예전에 우리 했던 거 그대로라
는 느낌이 들어요."

"맞아."

"……네?"

"말만 안 했지, 우린 예전부터 데이트했으니까."

능청스럽게 나온 말로 인해 얼굴이 붉어진 채아는 어느새 화로
가 들어오자, 괜히 덥다며 손부채질을 했다. 그의 지금 행동도, 예
전에도 있던 일이었다.

갑자기 채아는 얼굴이 화끈거리는 기분이 들었다. 예전처럼, 이
라는 생각을 하니, 그럼 여태 삽질을 했다는 것이 아닌가 싶었다.
영은이 말을 하던 것을 늘 무시했었는데.

'너만 특별하게 여기는 거라니까? 그게 무슨 의미인지 정말 몰라
서 그래?'

……라고 묻던 영은의 말이 떠올랐다. 괜히 두 **뺨**을 두 손으로

감싼 채아는, 의아하게 저를 바라보는 한새와 눈을 마주하자 빙그레 웃었다. 괜히 민망했다. 그래도 잘못은, 아무런 말도 하지 않은 한새에게 있다고 책임을 떠넘겼다. 아무 말도 듣지 못한 사람은 착각을 하기 마련이다.

"얼굴에 뭐 묻었어? 자꾸 웃네."

웃는 모습이 나쁜 것은 아니지만, 저만 바라보고 계속 웃는 모습이 어쩐지 이상해서 한새가 채아를 바라보았다. 한번 붙은 시선은 쉽게 돌릴 수가 없었다. 계속해서 바라보니, 의식을 했는지 채아는 고개를 숙이며 짧게 웃었다.

그사이, 한새는 다 익은 고기를 그녀의 앞으로 밀어 주었다.

예전과 모든 것이 같아도 상황은 달랐다. 서로의 마음을 확인하고 하게 된 데이트는 두근거림을 동반했다. 그때도 지금도 마찬가지로 두근거렸지만, 달라진 것은 느낌이다. 상대방도 그럴 거라는 느낌. 확신이 생겼다.

"그냥…… 저랑 오빠랑 둘이 열심히 삽질했다 싶어서요."

상추쌈을 만들며 채아가 입을 열었다. 그에, 잠깐 고기를 굽느라 고개를 숙이던 한새가 다시 고개를 들어 그녀를 바라보았다. 눈을 마주하고 웃던 채아가 마저 입을 열었다.

"그렇잖아요? 저는 그저 '아, 선배는 그저 날 후배로 여길 거야.' 라고 생각을 하며 열심히 삽질했고, 오빠는 나중 일을 생각해서 말도 안 하고 있다가 다시 돌아왔는데, 제 마음 얻으려고 하고. 거기다 애인 있는 걸로 착각하고. 맞죠?"

"……하하. 그러게. 우리, 열심히 삽질했네. 그래도 애인은, 네가 속였잖아?"

"에이. 속이고 싶어서 속였나. 오빠가 먼저 좋아하는 사람 있다

218

고 했잖아요."

고기를 아예 전부 바깥으로 뺀 한새가 집게를 놓으며 채아를 똑바로 바라보았다. 그건, 그때, 좋아한다고 했던 사람은…….

"그건 너였어."

"근데 저에게 그걸 말 안 했잖아요."

"뜬금없이 말하면 놀랄까 봐……."

"그래서 저도 거짓말한 거예요. 좋아하는 사람도 있다는데 거기다 제가 고백해 봐요. 선, 아니, 오빠가 얼마나 놀랄지."

그는 뭐든 좋았다. 그래서 그저 고개만 끄덕였다. 뭐든 좋으니 그녀가 사랑하는 사람이 자신이라는 것이 변하지만 않으면 괜찮았다. 얻고 싶은 것은 은채아, 그녀 하나뿐이니까.

"그럼, 그…… 윤정호 씨는 아무런 사이도 아니지?"

정호의 이름이 나오자 채아는 피식 웃으며 고개를 끄덕였다. 그러고선 상추쌈을 한새에게 내밀며 당연하다는 듯이 대답을 했다.

"그렇죠. 물론 과거에, 정호가 저한테 고…… 아."

뭐라고? 되묻고 싶었다. 그러나 불쑥 들어온 쌈으로 인해 되물을 수가 없었다. 쌈도 참 알차게 가득 넣어서 크게 만들어 주었으니까. 겨우 쌈을 씹어 삼키고서 한새는 그녀를 게슴츠레한 눈으로 바라보았다. 채아는 시선을 피하며 고기를 먹고 있었다. 따끔하게 이어지는 시선에도 불구하고 입을 꾹 다문 채, 입만 놀리기 바빴다.

분명 제가 잘못 들었을 거라는 생각은 하지 않았다. 애초부터 두 사람 사이에 무언가가 있어 보이니 의심을 했던 것이다. 분명 애인 사이일거란 생각을 할 만한 게 있었다. 그게 윤정호가 채아에게 고백을 해서 그런 거였구나. 잠깐 질투에 사로잡혔던 한새는 얼른 정신을 차리고 입을 열었다.

"사귀거나…… 한 건 아니지?"

"아니에요. 좋아하는 사람 있다고 거절했어요. 정호하고는 그냥 친구예요."

남자와 친구라는 것이 마음에 들지 않았지만 그것까지 뭐라고 할 순 없었기에 한새는 마지못해 겨우 웃는 얼굴을 하고서 고개를 끄덕였다.

저는 사실 질투도 많고 소유욕도 어지간히 있는, 그런 남자라고 채아에게 언젠간 말을 해 주고 싶었다. 하지만 적어도 그녀를 구속하고 싶지는 않기에 제 본능을 억눌렀다. 겨우 얻은 마음이다. 비록 예전부터 그녀가 저를 마음에 담고 있었다고 해도, 제 고백으로 얻은 마음이라 생각하기에 소중히 여기고 싶었다.

상처 하나 주지 않고, 그렇게, 아주 소중히.

"오빠도 질투하는 줄 몰랐어요."

맑게 웃는 채아를 보니, 겨우 감춰 두었던 욕심이 다시 나오는 것만 같았다. 침을 한 번 삼킨 한새는 고개를 끄덕였다. 본능에 질 순 없었다.

"너는."

"네?"

"너는 한 적 없어?"

채아가 놀란 듯이 눈을 동그랗게 떴다. 이내 피식 웃고선 고개를 끄덕였다. 그 대답에 어쩐지 희열감이 느껴졌다.

"인기 많았잖아요. 오빠— 하고 애교 부리는 후배들도 많았고. 저는 그런 거, 못 하거든요. 많이 쑥스럽고 부끄러워서……."

네가 웃는 것만으로도 충분한 애교다, 하려던 말은 삼켰다. 정말 저답지 않은 대답이라는 생각이 들었기 때문이다.

"근데 왜 저였어요?"

"……어?"

다른 생각을 하다가 들은 질문에, 마치 급하게 물을 마시다 사레가 들린 것만 같았다. 채아는 싱글벙글 웃었지만 두 뺨에는 홍조가 불그스름하게 물들어 있었다. 그 모습을 보니, 문득 밥은 먹고 있는데 허기가 지는 기분이고, 또다시 갈증도 일어나는 것만 같아 한새는 괜히 물컵만 만지작거리다 물을 마셨다.

"그 많던 후배 중에, 왜 저였어요? 더 예쁜 후배도 있었을 텐데."

이미 말했던 일을 다시 말을 하려니, 왜 그런지는 모르겠지만 쑥스러웠다. 컵을 만지작거리던 한새는 채아와의 첫 만남을 떠올렸다.

울고 있는 것 같은 그 모습. 지나가다 봤을 법한 장면인데, 어쩐지 그냥 지나갈 수 없었던 그날. 저도 모르게 말을 걸었었다. 알고 보니 신입생이었고, 바로 코앞에 학교를 두고 헤매는 것 같아서 같이 가게 되었다. 학교를 데려다주는 것이 뭐 그리 대수냐 싶었기에.

걸어가는 내내 그 신입생은 굉장히 조용했고, 한새는 저도 모르게 한 번 돌아봤었다. 처음 봤던 것과는 달리 학교에 가게 되어서, 기뻐서 그런지 싱글벙글 웃던 모습. 그리고 고맙다며 밝고 순수하게 웃던, 그 얼굴.

"그냥."

"……."

"네 첫 미소를 본 순간, 이상하게 심장이 뛰면서 네 이름을 알지 못해서 아쉬웠었어."

"……."

221

"응. 그랬어."

그날을 떠올리며 희미하게 웃는 한새의 모습은 굉장히 부드러웠다. 저 스스로도 무슨 표정을 짓고 있는지 모를 만큼 저절로, 자연스럽게 나오는 미소였다.

그 얼굴에, 가만히 그를 바라보며 멍하니 있던 채아의 얼굴이 몰라보게 빨갛게 익었다. 안 그래도 뺨에 불그스름하게 홍조가 올라왔었는데, 더욱더 빨개져서 잘 익은 토마토가 되어 버렸다. 놀리듯이, 장난스럽게 웃던 한새가 손을 뻗어 채아의 뺨을 쿡 찔렀다.

"토마토다."

"……놀리지 마요."

"귀여워서 그래."

"그, 그……."

"진짜야. 은채아, 귀여워."

키득거리며 어린애처럼 웃는데, 왜 그렇게 심장을 두드리는지 모르겠다. 쿵덕거리는 제 심장 위에 슬그머니 손을 얹은 채아는, 그를 바라보다 눈이 마주치자, 저도 모르게 배시시 웃었다. 어떻게 된 것이, 하루하루 더 마음이 깊어지는 것만 같았다.

Chapter 12

때르르릉―

"……아, 뭐야."

채아는 벌떡 일어나 시끄러운 알람을 꺼 버렸다. 멍하니 주변을 두리번거리던 채아는 눈을 비비며 일어나 씻으러 들어갔다.

"벌써 아침이라니……."

중얼거리던 채아는 거울을 빤히 바라보았다. 부스스한 얼굴을 바라보니 문득, 며칠 전으로 거슬러 올라가 고백을 했던 날이 떠올랐다. 그로부터 딱 일주일이 지났다. 그날도 이렇게 부스스한 채 일어나…….

"헉."

저의 이런 흉한 모습을 봤을 것을 생각하니, 괜히 얼굴이 붉어졌다. 화장은 평소 연하게, 거의 민얼굴로 돌아다녔지만 일어나서 바로 보이는 모습이 이렇게 흉했다면, 한새는 어떤 생각을 했을까.

정말 민망해서 어디든 들어가 버리고 싶었다.

씻고 나온 채아는 여전히 붉어진 얼굴이었다. 채아와는 달리 화장에 공을 들이는 영은은 일찍 일어나 이미 화장까지 끝낸 후였다. 아침을 대충 먹으러 부엌으로 향하며 채아는 문득 물어보고 싶은 생각이 들었다. 마니또가 저라는 것을 그 전부터 짐작하고 있었는지.

채아는 제 마니또가 한새라는 것에 놀랐었다. 그러나 한새는 그다지 놀라지 않았다. 원체 놀란 것을 본 적이 없어서 그랬나 싶지만 미리 알고 있었다는 기분은 지울 수가 없었다.

"채아야."

"응?"

"넌 일을 하러 가니, 데이트하러 가니?"

"……뭐래."

요즘 영은은 괜히 틈만 나면 저런 시샘하는 말을 던지곤 했다. 처음에는 화들짝 놀라 일일이 대답을 해 주었지만, 3일째부터는 심드렁하게 무시하게 되었다. 시운과 어떻게 되었는지 묻고 싶어도 왠지 쉽게 물어봐서는 안 될 것 같아 물어보지 않고 있던 참이었다. 내일부터는 공격을 해 볼까, 생각을 해도 역시 안 될 것 같다는 생각에 고개를 저었다.

"왕자님이 매일 데리러 와 주니까 좋아?"

채아가 차려 준 아침을 먹던 영은이 또다시 말을 꺼냈다. 채아는 심드렁하게 대답을 했다.

"응. 무지 좋아."

"부러운 년."

"너도 연애해."

"은채아 입에서 저런 소리가 나오다니."

간단히 아침을 먹은 채아는 제 그릇을 정리하며 영은을 바라보았다. 고개를 숙이고 밥만 먹던 영은이 고개를 들어 그녀와 시선을 마주하다 툭 물었다.

"뭘 봐?"

"……아니."

시운 선배하고는? 물어보려던 질문이 겨우 뒤로 들어갔다. 아, 궁금해. 그런 채아를 알아차렸는지 영은은 시큰둥하게 대답을 했다.

"정시운한테 내가 그랬어."

"으, 응? 뭐라고?"

"나 만나고 싶으면, 네 어머니가 나한테 사과해야 한다고."

헉. 속으로 숨을 들이켰다. 아무리 생각해도 제 친구는 참 대단하다 생각을 하며.

"나 갈게!"

"잘 가라."

손을 휘적휘적 흔들어 주는 영은을 뒤로한 채, 오늘도 어김없이 저를 데리러 온 한새의 차를 향해 다가갔다.

오늘은 직접 차를 몰고 왔다. 채아는 얼른 차 곁으로 다가갔다. 아무리 하지 말라고 해도 늘 나와서 문을 열어 주려고 하기에, 이제는 제가 먼저 선수를 치는 것이 낫겠다 싶어서 그렇게 하고 있었다. 오늘도 마찬가지였다. 재빨리 조수석을 열고 들어가 앉았다.

"안녕하세요."

그러고선 한새가 뭐라고 하기도 전에 선수를 쳐서 인사를 했다. 어쩔 수 없다는 듯이 웃던 한새는 아프지 않게 채아의 빰을 툭, 치고서 대답을 했다.

"그래. 내가 해 줄 수 있는 건 그거 외에도 많으니까."

"진짜 안 해 줘도 되는데……."

"내가 해 주고 싶어서 그래."

이윽고 한새가 차를 출발시켰고, 부드럽게 출발하는 차 안에서 채아는 잠깐 그를 바라보다 앞을 보았다.

문득 이렇게 매일 출근을 하는데, 회사 사람들은 어떻게 생각을 할까 싶었다. 물론 개인 비서라지만 매일 아침 이렇게 같이 출근을 하는 건 소문을 만들어 내기 쉽지 않을까 싶었다. 딱히 사내 연애가 나쁘다고 생각을 한 적은 없지만, 직접 그 입장이 되어 보니 제가 평소 생각했던 것만큼 쉽게 생각을 할 문제는 아니라는 생각이 들었다.

쉽게 말하면 사내 연애는, 자칫 잘못하다가 일 능률이 떨어질 수 있고, 안 좋은 소문이 돌지도 모른다. 괜한 생각이라는 생각을 하다가도 갑자기 그런 생각도 들었다. 혹시 나쁘게 생각을 하면 어쩌지? 하는 걱정이 잔뜩 들었다.

"채아야."

"네?"

"잠깐만 여기 있어."

한새는 채아가 말을 하기도 전에 갑자기 차를 세워서 내리더니 어딘가로 가기 시작했다. 생각을 하느라 밖을 제대로 보지 못했는데, 벌써 회사 근처에 도착했다. 또한 한새가 간 곳은, 늘 사 먹는 커피 전문점이다. 커피를 사러 간 모양이었다.

매일 이렇게 커피를 안 사 줘도 되는데. 늘 제가 해 주다 어느 날부터 한새가 사 오기 시작하더니, 이제는 말려도 말을 듣지 않고 기어코 본인이 사 오고 있었다.

"진짜 괜찮은데……."

미안한 마음이 자꾸 생겼다. 한새에게서 얻어 가는 것이 너무 많아져서 큰일이다.

잠깐 한새를 기다리다 그가 돌아오자마자 채아는 말을 걸었다. 한 번은 강압적으로, 단호하게 말을 해야만 하는 일이었다.

"자꾸 이렇게 사 주면 어떻게 해요. 저, 버릇 잘못 들어요. 이러다 오빠한테 점점 원하는 게 많아질지도 모르겠어요."

한새가 싱긋 웃었다. 아직도 그녀가 저에게 선배가 아닌 오빠라 불러 줄 때면 마음이 뭉클거리며 크게 웃고 싶은 기분을 느낀다. 가끔은 아무런 생각도 할 수 없게 되어 버리곤 했다.

"괜찮아. 언제든지 말해."

어, 아닌데. 저런 말을 들으려던 건 아닌데. 곤란해진 채아는 고개를 가로로 저었다. 한새에게서 커피를 받아 들며 대답을 재빨리 했다.

"계속 얻으니까 너무 미안해지잖아요."

"순전히 내 욕심 때문이야."

"……"

"뭐든 해 주고 싶은 내 욕심. 그러니까 채아, 너는 신경 쓸 필요는 없어."

난감해진 채아는 그저 웃고 있었다. 저 사람을 어떻게 하면 좋을까? 대학 시절에는 그저 아끼는 후배에게 선배가 베푸는 친절이라 생각을 했다. 그러나 지금은…… 지금은 아니기에 그렇게 쉽게 생각을 할 수가 없었다.

한새에게 제가 해 줄 수 있는 것은 무엇일까, 고민을 해 보기로 했다. 그럼 저는 물질적인 것이 아닌 다른 것을 해 주면 되지 않는가?

차에서 내린 후, 한새와 엘리베이터로 향하려던 찰나, 건너편에서

227

걸어오는 사람으로 인해 채아는 재빨리 고개를 숙였다. 한새의 아버지이자 회장인 우현이다.

"안녕하십니까, 회장님."

채아가 정중하게 인사를 하고서 고개를 다시 들었다. 우현은 가만히 한새와 채아를 바라보았다. 마주칠 줄 몰랐기에 놀랐지만 그래도 둘이 있는 꼴을 보니 금방 놀란 기분은 사라지고 흥미롭게 관찰을 하는 시선이 되었다. 눈을 가늘게 뜬 우현은, 채아에게 툭 말을 던졌다.

"손에 든 건, 우리 조 이사가 손에 쥐여 주던?"

저도 모르게 편안하게 말을 했지만 어차피 회사 주차장인데 뭐 어떤가 싶었다. 그러자 눈을 크게 뜬 채아가 살짝 웃으며 네, 짧게 대답을 했다. 부끄러워하는 것도 같았다. 사실 대답을 할 줄 몰랐기에 가만히 채아를 바라보던 우현이 피식 웃었다.

"매일 같이 오는가?"

"아…… 그게……."

대답을 망설이는 채아의 모습에, 우현의 눈이 다시 가늘어졌다. 그것은 상대방을 관찰할 때 보여 주는 특유의 행동이었다. 그걸 바로 알아차린 한새는, 채아의 왼쪽 손목을 잡고 제 뒤로 채아를 숨겼다. 그러자 우현의 눈썹이 꿈틀거렸다. 어차피 우현도 편안히 말을 했으니, 굳이 회장님이라 할 필요는 없을 것 같아 한새는 못마땅한 얼굴로 입을 열었다.

"그만 올라가시는 게 좋을 것 같은데요?"

그가 채아를 제 뒤에 숨긴 이유는 딱 두 가지였다. 첫 번째로는 우현이 관찰을 하지 못하도록 하기 위해서였고, 두 번째로는 채아의 앞에서는 늘 좋은 표정만 지어 주고 싶었기 때문이다. 지금처럼,

일그러지는 얼굴 말고.

"쯧쯧. 팔불출 같은 놈."

"⋯⋯아버지."

"됐다, 됐어. 불효자식 같은 놈."

그리고 뒤를 돌아선 우현이 불현듯 다시 휙 돌았다. 고개를 내밀었다가 눈이 마주친 채아는 고개를 재빨리 숙여 인사를 했다. 우현은 씩 웃고서 비서와 함께 엘리베이터를 타고 올라갔다.

한쪽 손을 들어 손등으로 뺨을 톡톡 두드리다 도착하자마자 엘리베이터에서 내렸다. 채아는 커피 하나는 제 책상 위에 두고 하나는 한새를 따라가 그의 책상 위에 내려놓았다.

오늘도 일을 잘하자는 식으로 파이팅을 외치고서 나와 노트북을 먼저 켰다. 켜지는 동안, 오늘 스케줄을 확인했다. 그때 노크 소리가 들렸다. 출근하자마자 누구인가 싶었다.

"네."

짧게, 사무적으로 대답을 한 채아는 들어온 인물에 반가움을 표시했다.

"정호야!"

"출근 바로 했는데 미안."

미안하다는 기색을 잔뜩 표시한 정호는 손에 서류를 들고 있었다. 급하게 결재를 받아야 하는 모양이다.

"어제 받아야 했는데, 늦게 마쳐서⋯⋯ 이사님은 이미 퇴근을 하셔서 말이야. 아직 시간은 있는데, 세 시간 뒤가 마감이라."

"미리 받는 게 좋지, 뭐. 내가 얼른 받아 올게."

"하하. 그래 줄래?"

지난 회식 때부터 저만 보면 틈나는 대로 노려보는 이사님이 무서운 정호는 채아의 말에 미안하지만 서류를 건네주었다. 꽃다발도 그렇고 두 사람 분위기가 이상하기도 하고, 서슴없이 친해 보였으니까. 문득 정호는 이사님이 부러워졌다.

그런 정호의 마음을 모르는 채아는 서류를 가지고 노크를 한후, 안으로 들어갔다. 채아가 들어오자 밝게 웃던 한새는 그녀의 품에 안긴 서류를 보고 잠시 의아한 기색을 보였다. 그러자 채아가 재빨리 설명을 해 주었다.

"홍보팀 윤정호 씨가 급히 결재를 맡아야 한다 해서 올라왔습니다."

공과 사를 구별해야 하는 것이 맞지만, 어쩐지 섭섭해진 한새는 그 마음이 드는 것도 잠시, 채아에게서 서류를 받아 들고 살폈다. 서류를 뒤적이며 사인을 한 그는 서류를 다시 돌려주었다. 그리고 받자마자 인사를 하고 가려던 채아를 불렀다. 이대로 돌려보내기에는 아쉬운 탓이었다.

"은 비서."

네? 밝은 얼굴로 반색을 띠며 채아가 뒤를 돌았다. 가까이 다가오라는 손짓을 하자, 그녀가 다시 그의 앞으로 걸어왔다. 평소 채아는 긴 생머리를 풀고 다녔다. 그러나 회사에서는 망을 하고 있었다. 평소에도 예뻤는데, 지금 모습은 단아하니 또 다른 매력을 풍겨서 자꾸만 공사 구분을 할 수 없게 만들려고 한다.

그녀가 놀랄까 싶어 입 맞추고 싶은 것을 꾹 참아 왔던 한새는, 정호가 서류를 가지고 왔다는 말에 잠시 인내심이 비틀려 버리고 말았다.

"잠깐만 고개 숙여 봐요."

그러자 채아는 의심도 없이 고개를 살며시 숙였다. 그대로 한새는 손을 뻗어 그녀의 두 뺨을 잡고 입술에 쪽, 입을 맞추었다. 멍한 표정을 짓던 채아의 얼굴이 그대로 붉어졌다.

"나가도 좋아요."

씩 웃은 한새는 결국 웃고 마는 채아를 돌려보냈다. 입술에 잠깐 닿은 그녀의 감촉이 아직도 남아 있는 것만 같았다.

이사실 안에서 붉어진 얼굴로 나오는 채아를 보자마자 정호는 잠깐 그 뒤를 바라보다 채아에게 물었다.

"더워?"

"응? 아, 아니야. 자, 서류."

"하긴. 더울 시기는 아니다. 고마워."

인사를 하고 뒤를 돌아선 정호는, 문득 다시 뒤를 돌아보았다. 연신 뺨을 매만지던 채아가 말갛게 웃으며 입을 열었다.

"왜 그래?"

"……아니, 아니야. 오늘도 열심히 일하자고."

"응, 너도."

여전히 같은 팀원처럼 대해 주는 정호에게 고마움을 느낀 채아는 손까지 흔들어 주었다. 한새와 대학교 선후배라는 것이 회사 안에서 소문이 돌자, 그걸로 저를 뽑았을 거라 말을 옮기는 사람들 때문에 소문을 가라앉히느라 마음고생이 적지 않았다. 벌써 한새의 개인 비서가 된 지도 2주가 넘어서 3주를 향해 가고 있었다. 결국 제가 아닌 한새가 욕을 먹는 것 같아 열심히 한 것도 있지만.

"못 말려."

방금 전 입맞춤이 떠오르자, 다시 얼굴이 불그스름하게 물들었다. 괜히 커피를 마신 채아가 고개를 숙여 일을 하기 시작했다. 아침부터 애먼 생각이라니.

그러다 채아의 핸드폰에 메시지 하나가 도착했다. 누구일까? 출근 시간이라지만 냉큼 메시지를 확인했다. 이내 그녀의 두 눈이 크게 떠졌다.

[나 정시운 어머니 만남. 오전 9:02]

메시지는 영은에게서 온 것이었다. 스토킹을 해서 헤어지게 만들었던 장본인을 만나다니. 왜 만나느냐 메시지를 했지만 영은은 확인을 하지 않았다. 결국 나중에 집에 가서 듣자, 생각을 하고서 핸드폰 액정을 껐다.

잠시 턱을 괸 채아는 영은과 시운을 떠올려 보았다. 대학생 때, 둘은 어땠더라. 사실은 잘 기억이 나지 않았다. 두 사람은 그저 같은 동아리 안에서 인사를 하고, 가끔 이야기를 하는, 평범한 선후배 사이였다. 그렇게 친해 보이지도 않고, 나빠 보이지도 않은, 어중간한 관계. 그런 두 사람이 3개월간의 불같은 연애를 했다니.

사실 아무리 생각해도 두 사람은 매치가 되지 않았다. 오히려 영은과 지호라면 모를까. 늘 개그 콤비라 불릴 정도로 말장난도 자주 하고, 시비도 자주 걸고 지냈었는데.

"그에 반면⋯⋯."

저는 오히려 좋은 상황이라고 문득 생각이 들었다. 아까 전에 봤던 회장님을 떠올려 보았다. 게슴츠레 눈을 뜨고 있지만 그건 저를 노려보거나 악의가 담긴 시선으로 본 것이 아니라 흡사⋯⋯.

"그래. 관찰이었어."

거기다 가기 전에 씩 웃지 않았던가. 사랑하는 사람과 사귀는 것도 중요하지만, 그 부모님에게 인정을 받는 것도 중요했다. 적어도 채아는 그렇게 생각을 했다. 그러다 다시 영은과 시운에게로 생각이 몰렸지만, 근무 중에 뭐 하는 짓이냐는 생각이 들어 다시 집중을 하기 시작했다. 공과 사는 구분하자. 한새를 욕먹일 순 없으니까.

점심시간에는 약속이 없었다. 자연스럽게 한새와 둘이 먹게 되었는데, 하필 오늘만큼은 그럴 수 없게 되어 버렸다. 방금 전 급하게 온 메시지 하나로 인해서였다.

[나 지금 네 회사 앞. 오후 12:24]

영은에게서 온 메시지였다. 분명 뭔가 안 좋은 일이 생겨서 온 것이라 돌려보낼 수는 없었다. 물론 집에서도 볼 테지만, 직접 찾아왔다는 것은 정말 위급한 상황이라고도 볼 수 있었다. 한새와 30분에 나가서 점심을 먹기로 했는데, 안 되겠다 싶어 핸드폰을 놓고 채아는 노크를 했다. 네, 짧은 그 대답에 잔뜩 미안해졌다.

"배고픕니까?"

아직 30분이 되지 않았는데 들어온 채아에게 그가 장난스럽게 물어보았다. 채아는 미안하다는 얼굴로 고개를 가로로 저었다. 그러면 왜요? 의아하게 되묻는 그에게 망설이던 채아가 입을 열었다.

"저…… 이사님. 죄송해요. 영은이가 찾아와서……."

"지금 근무 시간 아닙니까?"

"그렇죠."

"근무 시간에 친구는 만나면 안 됩니다."

저와 점심을 못 먹는다는 말에, 한새는 삐쳤다는 듯이 대답을 했다. 퉁명스러운 말투였지만 그것이 단지 아쉬워서 그렇다는 것을 알고 있는 채아는 짧게 소리 내서 웃으며 한새의 손을 꼭 잡았다. 그러자 한새의 눈망울이 흔들리는 것이 보였다.

"진짜 미안해요. 요즘 영은이에게 안 좋은 일이 있어서……. 저는 행복하니까 이제 친구가 행복하기를 바라야죠."

"행복……해?"

"응. 그럼요. 오빠가 같이 있잖아요."

귓가에 속삭이듯이 말을 한 채아는 고개를 다시 귓가에서 떼어낸 후, 한새와 눈을 마주치며 빙긋 웃었다. 여우가 꼬리를 살랑거리며 제 마음을 녹이는 것 같아, 한새는 결국 허탈하다는 듯이 웃으며 고개를 끄덕였다.

이내 한새가 손을 뻗어 채아의 목을 조심스레 감싸 안고서 그녀를 끌어당겼다. 코와 코가 마주 닿았고, 서로를 가까이에서 바라보게 되었다. 그 순간, 채아는 심장이 두근거리는 것을 느꼈다.

"대신 저녁은 나랑 먹어야 해."

"그, 그럼요."

너무 가까운 거리에, 저도 모르게 말을 더듬고 말았다. 귀엽네. 입꼬리만 말아 올려 웃은 한새는 그녀의 입술에 쪽, 입을 맞추고서 목을 감싸고 있던 손을 놓았다.

"다녀와."

"오빠는요?"

"알아서 먹을게. 은채아가 먹는 것보다 맛있는 거 먹어야지."

"저도 더 맛있는 거 먹고 올 거예요."

장난스럽게 웃으며 채아는 손을 흔들고서 핸드폰을 들고 엘리베이터를 눌렀다. 숫자판을 바라보며 올라오길 기다리는 동안 핸드폰을 힐끔거렸다.

그때, 누군가가 뒤에서 허리를 감싸 안아 깜짝 놀라서 핸드폰을 떨어뜨릴 뻔했다. 겨우 잡고서 뒤를 확 도는 찰나, 입술과 입술이 스치듯 마주치고 떨어졌다. 부드럽게 웃는 한새가 시야에 들어왔다.

"노, 놀랐잖아요. 오빠도 같이 가게요?"

"응. 가는 김에 같이 가야지. 들어올 때 연락해. 같이 들어오자."

"그럴까요?"

"그래. 그러자."

채아는 아무렇지도 않게 대답을 했지만, 사실은 심장이 곤두박질치는 것만 같았다. 누가 보면 어떻게 하려고. 게다가 한새라는 것을 알았지만 놀랐을 때의 느낌을 아직도 받고 있는지, 심장은 불안하다는 듯이 뛰었다.

"저녁은 뭐 먹을래?"

기분 좋은 얼굴을 한 한새가 물었다. 채아는 그의 말에 시선을 돌렸다 다시 숫자판을 바라보며 생각을 했다.

"오늘은 국밥 먹고 싶어졌어요. 따듯하고 간단히 한 그릇 먹을 수 있잖아요?"

"그럴까?"

"집 근처에 영은이랑 단골집인 데 있어요!"

단골집이 아닌 데가 어디 있냐고 물으려던 한새는 그저 피식 웃는 걸로 마무리를 지었다. 단골이면 어떻고, 아니면 어때.

올라온 엘리베이터를 타고 곧장 로비로 내려갔다. 채아가 두리번거리는데 한새가 한 지점을 가리키며 말했다.

"박영은, 저기 있네."

"아, 그러네요. 영은아!"

잔뜩 미간을 찌푸리며 전투적으로 핸드폰을 하고 있던 영은이 고개를 들었다. 채아가 먼저 달려오고 있었고, 그 뒤에서 여유롭게 걸어오고 있는 모습은 근 3주 만에 보는 한새였다. 둘이 참 재미있고 알콩달콩 즐거운 사내 연애를 즐기는 모양이다. 괜히 배알이 꼴려 미간을 팍 찌푸린 영은은 한새를 바라보다 전투적으로 입을 열었다.

"오랜만입니다?"

"그러게. 채아랑 맛있는 거 먹고. 이따 보자, 채아야."

"네, 이따 봐요."

눈만 마주쳐도 웃는 두 사람의 모양새에, 헛구역질하는 모습을 보이던 영은이 채아의 팔을 단단히 붙들었다.

"점심은 수제비다."

"응? 갑자기 수제비는 왜?"

"정시운네 어머니가 수제비 닮아서. 잔뜩 씹어 먹으려고."

이유가 참 그렇다 싶었지만 말릴 수는 없기에 그저 고개를 끄덕이고서 영은이 이끄는 대로 향했다. 왜 그러냐고 묻고 싶었지만 화가 난 얼굴에 대놓고 바로 물어볼 수가 없어서 채아는 물음을 뒤로 삼켰다. 그때, 먼저 영은이 입을 열었다.

"정시운이, 잘하던 검사 때려치우고 공무원 한다고 집안이 발칵 뒤집어졌단다."

대뜸 내뱉는 말에, 채아는 대답을 할 틈도 없이 눈만 깜빡였다. 영은은 그저 앞만 본 채, 다시 말을 이었다.

"이유가 뭐냐 물었을 때, 사 자 돌림 가진 집안이 지긋지긋하고, 그거 때문에 나를 놓칠 것 같다면서 그럴 수 없으니 사 자 탈출한다고 그랬다고 하더라. 3개월 동안 집안하고 정시운하고 씨름했나 봐."

"……우와."

"그리고 시운 오빠가 이겼지. 나와 만나는 걸 방해하지 않겠다면 다시 복귀하고, 아니면 그대로 인생 진행하겠다고 하더라. 오빠 아버지는 호적 판다 난리 치고. 그래도 나름 사이 좋았거든, 오빠랑 집안이랑."

"……"

236

"그래서 나를 만난 이유는, 제발 다시 만나서 복귀하게 해 달라 하더라. 어이가 없어서."

이야기를 듣는 사이 걸음이 빨라졌는지 벌써 식당 앞에 도착했다. 코웃음을 치며 영은은 신경질적으로 자리에 앉았다. 화가 난 영은을 대신해 주문을 한 채아는 턱을 괸 채, 멍하니 영은을 바라보았다. 정말, 소설에나 나올 법한 이야기가 눈앞에 펼쳐지고 있었다. 눈을 깜빡이던 채아는, 따라 준 찬물을 그대로 벌컥 들이켜는 영은을 바라보다 물었다.

"그래서, 너는 뭐라고 대답을 했어?"

"뭐라 했겠나?"

"음. 글쎄다."

"아주 도도하게 대답했어."

그래도 하고 싶은 말을 해서 그런지 씩 웃는 모습을 보여 주는 영은의 모습에, 채아도 덩달아 피식 웃었다.

"됐거든요? 내가 댁 인형이에요? 어이가 없어서."

"역시…… 박영은답다."

"그치?"

저도 5년 동안 연락이 없었던 한새에게 지쳤던 것처럼 영은도 어쩌면 지쳤을지도 모른다는 생각이 들었다. 그래도 결국 사랑하는 마음은 그대로였다. 영은도 그걸 알고 있겠지만 어쩌면 저보다 더 많이, 보기보다 더 지친 걸지도 모른다는 생각도 이어서 들었다. 그저 행복했으면 좋겠는데.

Chapter 13

연애가 처음이어서 그런지 사실, 한새와 사귀게 되고 난 후에는 대체 무엇을 해야 하나, 고민을 많이 했었다. 드라마나 영화, 소설에서 보던 것과 직접 겪는 것에는 차이가 있다는 것을 알아차렸다. 또한 평소에 생각하고 있던 것과는 많이 다르다는 것도 알았다. 역시 실전이었다.

그래서 평소보다 다르게 행동해야 한다는 생각이 들었다. 그러나 어떻게 해야 할지 몰랐다. 한새와 사귀면? 그런 생각을 할 때마다 망상으로는 기품 있게 그와 함께 다니는 저를 상상하곤 했었다. 왠지 모르게 한새에게는 우아한 여성이 짝으로 잘 어울린다고 생각했기 때문이다. 그래서 저는 많이 부족해서 절대로 안 될 거라 생각했었다.

"채아야."

"……."

"채아야?"

"아…… 네."

그러나 한새는 줄곧 저만 바라보았다고 했다. 그것만으로도 심장이 터질 것 같은데, 그의 옆자리가 자신의 자리라니. 이미 심장이 여러 번 터지고도 또 터지고 있었다.

"무슨 생각 해."

사뭇 진지한 표정으로 묻는 그는 질투를 하고 있는 것 같았다. 이 모습이 익숙한 이유는, 아마 저도 모르는 사이 대학 시절 때도 보았기 때문일 것이다.

그래서 그와 연애를 하게 되면 저는 어떤 태도를 취해야 하나, 채아도 많이 생각을 했었다. 제가 스스로 고백을 한 다음 날, 데이트를 하자고 했는데 예전과 다를 바가 없어서 어떻게 해야 하나 아무리 고민해 보아도 도무지 답이 떠오르지 않았다.

"오빠."

이제는 착착 잘 달라붙기만 하는 그 호칭을 진지하게 불러 보았다. 그러자 무슨 고민이 있냐는 듯이, 한껏 걱정스러운 표정으로 저를 바라보는 한새의 모습에 결국 웃어 버렸다.

"뭔가…… 연애를 하면 달라져야 한다는 생각이 들었어요."

"달라져?"

"네. 이건…… 뭐라고 해야 하지. 대학 시절의 모습을 그대로 보는 것만 같아서. 하하."

소리 내서 웃은 채아가 뒷머리를 긁적였다. 괜한 생각인데, 그걸 또 입 밖에 괜히 내었나 싶었다. 그러나 한새는 어느새 얼굴이 펴져 있었다. 그런 거였어? 중얼거리다 습관처럼 손을 뻗어 조심스럽게 채아의 머리를 쓱, 쓰다듬었다.

"나는 늘 너를 단순히 아끼는 후배로 보지 않았으니까. 말을 하지 않았을 뿐이지, 내 여자 친구는 너뿐이라고 생각하면서 지냈어."

그때의 기억들이 스쳐 지나가면서 한새의 목소리가 귓가에 스며들었다. 덕분에 괜히 민망해져서 채아는 고개를 숙였다가 번쩍 들었다.

"어, 얼른 내려요."

차 창문 밖으로 놀이기구가 보였다. 두 사람은 아까부터 제서 그룹이 운영하는 모 놀이공원에 와 있었다. 이쪽 사업에도 제서 그룹은 손을 뻗고 있었는데, 마침 새로운 놀이기구 개발 때문에 들르게 된 것이다. 허둥지둥 나가는 채아의 모습에, 짧게 웃은 한새는 내려서 여전히 허둥거리는 채아의 왼쪽 손목을 잡아서 세웠다.

"아!"

그대로 갑자기 세워진 채아는 당황해서 뒤를 획 돌았다. 곧바로 한새의 탄탄한 상체에 얼굴이 부딪쳤고, 한새는 피식 웃으며 두 팔을 벌려 그녀를 꽉 안았다. 순식간에 한새의 품에 안기게 된 채아는 더욱 당황하게 되었다. 바둥거리다 결국 한새가 팔에 힘을 더 주자, 포기하고서 채아도 머뭇머뭇 한새의 허리를 안았다.

"……우리, 일하는 중인데."

"여긴 놀이공원 주차장일 뿐이니까."

주차장이라 해도 야외긴 했다. 지나가던 다른 커플이나 사람들이 바라보는 것이 느껴졌지만 한새는 도통 팔을 풀 생각을 하지 않았다. 결국 참다못한 채아가 그의 등을 툭툭 건드렸다.

"얼른 일해요, 일. 일하러 왔으니까."

"나는 일을 하러 온 건 아닌데."

"……네? 그럼요?"

채아의 물음에, 한새가 팔을 풀고 그녀를 내려다보았다. 저만 오롯이 바라보는 시선에, 견딜 수 없는 사랑스러움에 그는 고개를 그대로 숙여 입술에 쪽, 입을 맞추고서 뺨을 매만지다 대답을 했다.

"데이트하러 왔어."

그대로 얼굴이 새빨갛게 변하는 채아의 모습에, 소리를 내서 짧게 웃은 한새는 그녀의 손에 깍지 낀 채, 걷기 시작했다. 민망해서 고개를 푹 숙인 채로 그의 뒤를 따라 걷던 채아가 슬쩍 고개를 들어 그의 뒷모습을 바라보았다. 살짝 부는 바람에 살랑거리는 고운 머릿결을 바라보다 짧게 웃었다. 문득 예전 일이 떠올랐다.

담력 테스트를 한다며 그 당시 3학년 선배들이 이것저것 준비를 했었다. 일명, 후배들 놀라게 해 주기. 혹은 후배들 기죽이기. 한새는 스물네 살이었지만 복학을 했는지라 2학년이었다. 제비뽑기로 담력 테스트에 같이 갈 짝지를 뽑았는데, 그게 한새가 되었다.

숙소에서 가까운, 낮은 산을 등반하는 것이었다. 아침에 산을 올랐는데, 정말 낮은 산이었다. 그러나 밤은 달랐다. 손전등 하나만 주고서 등반하고 오라는 것이었다. 담력 테스트로는 딱 좋은 산이었다.

보통 손전등은 앞사람이 드는 편인데 한새는 그때, 채아가 들게 했다. 공포 영화를 좋아하지 않는 채아는 무서워서 속으로 덜덜 떨고 있었다. 그걸 어떻게 알아차렸는지 겁을 먹지 말라며 손전등을 준 것이다. 손전등에 비친 그의 살랑거리는 머리카락. 지금과 마치 흡사해서 그녀는 저도 모르게 스르륵 미소를 지었다.

"오빠."

그를 불러 보았다. 그러자 그가 뒤를 돌아보았다.

생각을 해 보면, 그는 늘 웃고 있었던 것 같다. 누구에게나 공평히 웃어 주던 그의 모습에, 한때는 싫기도 하고 질투도 했었다. 저에게는 다른 느낌을 주는 미소를 지어 주면, 단지 아끼는 후배라는 이유로 그러는 줄만 알았다.

"응. 왜?"

채아는 아무것도 아니라며 고개를 젓고서 한새의 옆으로 갔다. 한새는 계속해서 알려 달라는 듯이 바라보았지만 그녀는 끝내 입을 열지 않았다. 그로 인해 궁금해진 한새가 물어보려고 했지만, 연신 기분이 좋다는 듯이 웃고 있는 그녀를 보고서 더 이상 물을 수가 없었다. 채아의 기분이 좋으면 그만이었기 때문이다.

두 사람은 일부터 먼저 해결을 하기로 했다. 일단 사업상 온 것이기 때문에 표가 없어도 바로 들어갈 수 있었다. 여태 놀이공원은 돈 주고 표를 산 다음에 들어왔기에, 그냥 들어온 것이 신기해 채아는 마치 놀이공원에 처음 온 사람처럼 두리번거렸다. 그런 그녀를 본 한새는, 사무실 입구 앞에 그녀를 세워 두었다.

"채아는 여기 있어도 돼."

"네? 하지만 저도……."

"응. 그래도 괜찮아. 어차피 금방 나올 거야."

제가 들어서는 안 되는 중요한 이야기를 할 것인가 싶어 채아는 더 이상 들어가겠다고 말하지 않았다. 고개를 끄덕이고선 그를 기다리기로 했다. 한새가 들어가는 것을 바라보던 채아는 그가 문을 닫아서 보이지 않게 되자, 낮게 한숨을 쉬며 벽에 기대 근처를 두리번거렸다.

"……오랜만이네."

놀이공원에 온 것도 참 오랜만이라는 생각이 들었다. 4년도 더전, 대학생 때나 왔던 것 같았다. 그러고 보니, 대학생 때, 마지막에 함께 왔던 사람도 한새였다.

"늘 함께였잖아?"

중얼거리던 채아는 허탈하게 웃어 버렸다. 지금 와서 대학 시절때의 추억들을 회상해 보면, 결국 늘 한새가 곁에 있었다. 그러니 사귀는 사이라고 멋대로 소문이 떠돌아다녔던 것일 테지. 하지만 생각해 보면, 그 소문에 한새는 뭐라고 했던 적이 없었다. 그저 늘 사람 좋은 웃음만 짓고 있었다. 그것이 전부였다. 그럼 저는 어땠더라.

'어, 아닌데…… 선배랑 안 사귀어요. 저는 그냥 후배예요.'

혹시나 선후배 사이에서 한순간에 CC로 바뀌어 버린 것이, 한새에게는 기분이 나쁠까 싶어서 열심히 소문에 대해 부정을 하고 다녔었다.

20대 초반의 저를 떠올리던 채아는 피식 웃어 버렸다. 속으로는 좋으면서도 겉으로는 열심히 부정을 했던 날들. 그도 그럴 것이, 그 당시 한새는 가끔 '한새느님'이라며 신격화되기도 했었다. 지금 생각해 보면 낯부끄럽기까지 했지만 한새는 여전히 웃으며 그러지 말라고만 짧게 대답을 했었다.

"신. 맞긴 맞지."

아마 캠퍼스 가운데에서 한새가, 저에게 음료수 하나만 사다 주면 안 되냐고 조심스럽게 말을 꺼내면 여자들 중 80%가 음료수를 가져올 것이다. 간혹 한새를 좋게 보는 교수들도 가져올 것이고, 한새와 같은 남자 학우들도 가져올 것이다.

그런 생각이 꼬리를 무는데 문득 채아의 눈에 자판기가 보였다. 멍하니 자판기 앞에 다가갔다가 이온 음료 하나를 보았다.

"아, 이건……."

마니또를 할 때, 처음에는 한새에게 몰래 탄산음료를 줬었다. 그러나 받았으니 버릴 순 없기에 억지로 마시는 것을 본 순간, 충격을 먹고서 영은에게 말을 전했다. 그 즉시 영은이 한새에게 대뜸 물었었다. 선배, 탄산 싫어하세요? 라고. 그러다 마니또가 저인 것

을 한새가 눈치채면 어떻게 하냐 했더니 하는 말이라고는, 이온 좋
아한단다, 이거였다.

갑자기 그날 생각이 나서 채아는 저도 모르게 이온음료 두 개를
뽑았다. 덜컹, 음료수가 떨어지는 소리를 듣고 나서야 그녀는 정신
을 차렸다. 자신이 왜 이걸 뽑았는지 모르겠다는 표정을 짓다 결국
낮게 웃어 버리며 근처에 있는 벤치에 앉았다.

"바보 같아. 왜 산 거야."

아무 이유 없이 추억에 이끌려서 산 음료수는 지금 딱히 마시고
싶은 느낌이 들지 않았다. 아무래도 나중에 마셔야지, 하는 생각에
제 손에 들고 있던 것도 옆에 내려놓았다.

조금 뒤, 한새가 어떤 남자와 함께 나왔다. 서로 인사를 하다가
한새가 채아와 눈을 마주했다. 짧게 웃어 주자, 남자의 시선도 채
아를 향했다. 한새가 채아를 설명하는지 그녀 쪽을 보며 말했다.
남자가 고개를 끄덕이며 채아를 바라보자, 그녀는 일어나서 고개
를 숙여 인사를 했다.

"조금 시간이 걸렸지? 기다리게 해서 미안."

"그렇게 많이 안 걸렸는걸요. 아, 이거……."

따지자면 15분 정도가 걸렸을 것이다. 그것이 미안하다 하는 한
새에게, 채아는 고개를 저었다. 늘 저를 배려해 주는 것에 조금은
미안했다. 그래서 냉큼 음료수를 내밀었다.

"갑자기 이건 뭐야?"

"기억나요?"

"응? 뭐가?"

"처음에 마니또를 골랐을 때, 제가 선…… 오빠에 대해 몰랐을
때였을 거예요. 그래서 음료수라도 마시라고 해서 가져다주었는데

그게 아마 콜라인가 사이다였나, 그랬어요."

채아의 말에, 한새가 기억이 났는지 고개를 끄덕였다. 이내 씩 웃으며 그녀의 말에 대답을 했다.

"콜라였어."

"그걸…… 기억해요?"

"그럼."

고개를 끄덕임과 함께 저를 돌아보며 한새가 빙긋 웃었다. 어린 아이처럼 해맑에 웃는 그의 미소에도 가슴이 두근거렸다.

"은채아, 너와 관련된 건 잊어버린 적이 없어."

아, 저것도 고백인 것일까. 심장이 쿵쾅거려서 제가 하려고 했던 말이 순간 기억이 나지 않았다. 뒷이야기를 기다리며 저를 바라보는 그 시선이 아니었다면, 한참 동안 그렇게 멍하니 심장 소리만 들으면서 가만히 서 있었을 것이다.

"그…… 그때, 마시는 걸 살짝 보았는데 인상을 살짝 찌푸리기에, 안 좋아하는구나, 하고 알았어요."

"아아. 그건 또 언제 본 거야. 미안하게."

"좋아하지도 않으면서 마신 걸 보면서 제가 더 미안했었어요."

그때 당시, 좋아하는 마음은 몰랐다. 그저 호감 가는 선배, 그 정도로만 생각을 했었다. 남들도 다 좋아하는 한새였기 때문에, 저도 결국 호감이 아닐까 싶었다. 혹은, 동경. 그렇기에 섣불리 제 마음을 판단할 수가 없었다. 저는 한번 누군가를 좋아하게 되면 속절없이 푹 빠져드는 타입이기 때문에.

"영은이에게 말을 하니까, 곧바로 선배한테 물으러 가더라고요."

잠시 선배란 말에 한새가 채아를 돌아보았다. 추억에 젖은 모습이라 가만히 놔두고 싶었다. 결국 그 추억은 저와 함께 있었던 거였다. 그래도 너무 추억에 잠기지만 않았으면 좋겠다. 현재 함께 있는 것은 과거의 조한새가 아니라 현재의 조한새다.

'이런……'

순간 낭패감이 들었다. 저는 얼마나 치졸한지, 과거의 저 자신에게까지 질투를 하고 있었다. 아무래도 평생 채아에게 감춰 둘 비밀이 생겼다. 채아에게만큼은 들키고 싶지 않았다. 너무나도 민망했다.

"그때, 알았어요? 오빠 마니또는 저라는 걸."

마지막으로 들려오는 채아의 목소리에 정신을 차린 한새는 그녀를 바라보다 피식 웃었다. 이건 감춰 두고 싶었던 이야기는 아니었기 때문이다. 살며시 고개를 끄덕이며 채아의 머리를 툭툭, 가볍게 쓰다듬고선 입을 열었다.

"응. 그때 알았어."

"아…… 역시……."

민망하다는 듯이 살짝 붉어진 두 뺨을 감싸던 채아는 결국 웃어 버렸다. 기분 좋게 웃는 그녀의 모습에, 한새도 덩달아 미소를 지었다.

"참. 놀이공원, 진짜 오랜만인 거 알아요? 오빠는 마지막으로 온 게 언제예요?"

채아의 물음에, 잠시 생각을 하던 한새가 여전히 미소가 고인 채 대답을 했다.

"너와 함께 온 이후로는 처음이야. 사업적인 일 빼고. 아버지 뒤를 따라온 적이 있었거든."

"어라."

"응? 왜?"

"저도……. 예전에, 언제였지. 제가 3학년 때, 오빠 졸업하기 전에 왔던 게 마지막이었어요. 4학년 때는 취업 준비로 이런 곳에 놀러 갈

246

여유가 없었고, 졸업하고 나서는 바로 취업을 해 버려서 더 여유가 없어졌고……. 친구들도 만나기 힘들었고……. 뭔가, 반갑네요."

밝게 웃는 그녀의 모습에, 한새는 가던 걸음을 멈추고 채아만 멍하니 바라보았다. 불쑥, 제가 가둬 두었던 욕망이 튀어나오려고 하고 있었다. 저를 향한 그 밝은 미소가 자꾸만 줄을 잡아당기고 있었다. 붉은 입술에 문득 입을 맞추고 싶었고, 제 팔 안에 그녀의 작은 몸을 가두고 싶어졌다. 그리고 다시 그 입술을, 이번에는 집어삼키고 싶었다.

"오빠?"

아아, 미치겠군. 속으로 중얼거리던 한새는 겨우 웃고서 채아의 손을 살며시 잡았다. 처음에는 그저 잡았다가 이번에는 천천히 깍지를 꼈다. 잠시 채아의 얼굴이 붉어진 것 같았다. 그러나 아무렇지도 않게 맞잡은 두 손을 흔들거리며 한새를 이끌기 시작했다.

"어디 아파요?"

"……아니."

"그럼 피곤한가 보다. 전에도 생각했지만, 주변 사람들 눈 생각해서 자신의 속마음을 너무 감추지는 말아요. 그러다가 크게 탈 나서 더 걱정하니까요."

너무 사람이 좋아도 문제라는 말은 하지 않았다. 그것이 가장 조한새라는 생각이 들었기 때문이다. 저 편하고 좋으라고, 자신이 원하는 모습으로 바꾸게 해서는 안 되었다. 왠지 모르게 한새는 제 말을 따를 것만 같았기 때문이다.

"그럴게."

역시나. 그 대답에는 단호함이 숨겨져 있었다. 어떻게 반응을 하면 좋을지 모르겠던 채아는, 짧게 웃으며 고개를 끄덕였다.

머리를 망을 이용해 틀어 올려 그런지 채아의 뒷목이 그대로 드러났다. 그녀에게 이끌려서 걸어가는 동안, 눈길이 자꾸만 그쪽으로 향했다. 결국 눈을 질끈 감아 버린 한새는 그 자리 그대로 멈춰 버렸다.

"역시, 어디 아프죠?"

채아가 급히 뒤를 돌아 그를 바라보았다. 잔뜩 걱정스러운 표정이다. 어쩐지 한새는 가슴이 지끈거리며 미안하다는 마음이 들었다. 하지만 당장 그녀가 걱정하게 만든 것보다도 더 중요한 것은, 지금 본능과 이성의 사이에서 벌어지는 아슬아슬한 외줄 타기였다. 조금만 더 채아로 인해 잠시 비틀거리면, 그대로 본능의 늪으로 떨어져 버리고 말 것이다.

어쩌면 좋을까. 욕심을 냈다가는 망가져 버릴 것 같은데.

닿을 것 같으면서도 쉽게 닿지 못하는 제 손을 그대로 꽉 쥔 한새가 억지로 웃었다. 겨우 입꼬리를 말아 웃으며 채아의 머리를 한 손으로 슥, 쓰다듬었다.

"안 아파. 정말이야."

"하지만……."

"진짜라고 해도 그러네."

"전혀 그렇지 않아 보여요. 아무래도 집에 가서 쉬는 게 나을 것 같아요."

금방이라도 집에 가려고 하는 모습에, 순간 한새는 채아를 확 잡아당겼다. 그러자 비틀거리며 중심을 잡지 못한 채아가 휘청거리며 뒤로 넘어질 뻔했다. 한새는 당황해 그녀를 그대로 안아 버렸고, 갑작스러운 채아의 무게로 인해 그도 그대로 바닥에 주저앉아 버렸다.

"괘, 괜찮아요? 아으…… 미안해요!"

한새의 허벅지 위에 그대로 앉아 버린 채아가 벌떡 일어났다.

248

민망해서 어쩔 줄 모르는 얼굴이 한새의 외줄 타기를 자극하고 있었다. 금방이라도 헛발을 디뎌 버리면 그대로 본능의 늪으로 추락해 버릴 것 같았다.

"……채아야."

"네?"

"부탁 하나가 있어."

저를 향해 어쩔 줄 모르는 표정이 너무나도 귀엽게 느껴졌고, 그 감정은 곧 마음을 찔렀다. 그대로 휘청거리며 본능의 늪으로 떨어져 버린 한새는, 채아를 향해 빙긋 웃어 보였다. 갑자기 아찔하게, 유혹적이면서도 섹시해 보이는 그 미소에, 채아는 눈을 비벼 보았다. 단 한 번도 봐 본 적 없는 한새의 웃음이었다. 순간 자신의 앞에 있는 사람이 제가 알던 조한새가 맞나 싶을 정도로 의심이 되었다.

"오빠……?"

"들어줄 거야?"

악마의 유혹처럼 매끈하게 들려오는 그 위험한 속삭임에, 채아는 저도 모르게 침을 한 번 꿀꺽 삼키며 천천히 고개를 끄덕였다. 그를 전적으로 믿고 있기 때문에 저에게 위험한 부탁을 할 거라는 생각은 하지 않았다.

채아의 승낙에, 한새는 정말로 기쁘다는 듯이 웃었다. 사실 오늘, 이곳에 와서 일은 금방 보고 채아와 놀이공원 데이트를 하려고 했다. 그러나 지금 데이트는 이미 한새의 머릿속에서 날아가고 있었다. 본능의 늪에 점점 빠져든, 사랑하는 사람 앞에서는 한없이 무너지고 마는 보통 남자가 되어 버린 것이다.

신사적인 것, 젠틀맨. 그따위, 알 게 뭐람. 한새의 마음은 현재 이러했다.

"잠깐만 따라와."

"응? 어디 가요?"

"일단, 따라와 줄래?"

또다시 유혹의 미소를 지으며 말을 하는 그의 모습에, 저절로 발걸음을 움직여 따라가게 되었다. 놀이공원 근처에 사람들이 지나다니지 않는 곳으로 향하는 한새를 따라가며, 채아는 그가 저에게 꼭 해야 할 말이 있나 보다 싶었다. 어느새 사람들이 지나다니지 않은 한적한 곳에 도착했고, 갑자기 한새가 휙 돌았다.

남자, 남자다. 그에게서 완벽한 '남자'가 보였다. 순간 채아는 등골이 오싹해짐을 느꼈다.

"저, 저기……."

그의 시선을 바라보고 있다간 저도 모르게 그에게 달려들 것 같았다. 저는 그런 여자가 아닌데, 본능이란 게 있는지 그렇게 되어 버리고 만다. 한새를 마음에 깊숙이 집어넣을수록 그를 점점 더 많이 원하게 되었다. 아니, 이미 채아는 예전부터 그를 조금 더 많이 원하고 있었다. 다만, 그가 저를 오해하지 않도록 애써 마음을 꾹꾹 눌러 두고 있던 것이었다.

아마도, 이런 채아를 모르기에 한새는 계속해서 망설이고 있었을 것이다. 재회한 날부터 가볍게라도 입을 맞추고 싶었겠지. 그렇게 맞추게 되면 점점 깊어질 것이기에 자제했겠지만 이제 그에게도 한계가 온 것이다. 그런 그를 보며 채아도 다시 견딜 수 없게 되었다.

"채아야."

그리고 결국 먼저 다가가게 된 것은, 본능의 늪에 빠져 버린 한새였다. 한새가 한 발짝, 그녀의 앞으로 다가갔다. 침을 한 번 삼킨 채아가 딱 그만큼 한 발짝 뒤로 물러났다. 이에 애가 탄 한새는 두 발짝 더 다가갔고, 채아는 뒤로 물러서다 등에 차가운 것이 닿는 게 느껴지자 최대한 까치발을 들어 그렇게라도 뒤로 물러서려고 애를 썼다.

'아, 미치겠네. 왜 저렇게 귀여운 거야.'

불을 지피고 있는 것은 너야. 책임 전가를 그녀에게 해 버리며 한새는 자칫하다간 코가 닿을 법한 거리를 두고 그녀의 앞에 섰다. 이내 살며시 그녀를 내려다보았다. 눈이 마주친 채아가 흠칫, 크게 놀라는 것이 보였다.

"채아야. 미안해."

그러고선 천천히 고개를 숙였다. 네가 너무 사랑스러운 게 죄야. 속으로 중얼거리며 천천히 다가갔다. 눈을 한 곳에 두지 못하고 데구루루 굴리며 불안해하던 채아는 결국 그의 숨결이 바로 코앞에서 느껴지자, 에라 모르겠다, 하는 심정으로 먼저 그의 목에 팔을 둘렀다. 그리고 그를 잡아당겨 눈을 마주하며 먼저 입을 맞추었다.

눈을 크게 뜬 한새가 진하게 입꼬리를 말아 웃었다. 그가 한 손으로 벽을 짚으며 처음에는 살며시 입을 맞추었다. 쪽 소리를 내며 연신 입만 맞추다 채아가 입을 열자, 그 틈을 타서 살짝 제 혀를 밀어 넣었다. 서로의 혀가 끝을 마주하자, 화들짝 놀란 채아가 눈을 번쩍 떴다. 그러나 부드럽게 쓸어 오는 느낌에, 결국 눈을 다시 감았다.

두 사람의 키스는 계속해서 이어졌고, 서로의 혀가 얽혔다가 풀어졌다. 결국 숨을 쉬기 힘들어 보이는 채아로 인해 아쉽다는 듯이 한새가 입술을 떼어 냈다.

한새는 제 타액에 젖은 채아의 입술을 조심스럽게 매만지며 닦아 주었다. 저의 재킷 자락을 꽉 잡으며 눈을 꽉 감고 있는 그녀의 모습에, 부드럽게 웃던 한새가 그녀의 눈두덩이 위에 쪽, 입을 맞추었다.

"채아야."

낮게 들려오는 그 부드러운 음성에 눈을 뜬 채아는 한새를 마주 보다 짧게 웃었다. 큰일이군. 더 큰 걸 바라게 생겼다. 한새는 애 써 모른 척하며 살짝 입을 다시 맞추고서 손을 내밀었다.

"놀이기구 타러 갈래?"

"……네, 그래요."

"뭐부터 탈까?"

"음. 무서운 거 빼고."

"여전하네."

피식 웃는 한새는 즐거워 보였다. 그건 채아도 마찬가지였다. 두 사람이 맞잡은 손은 참 다정해 보였다.

"왜 이 인간은 안 보이는 거야?"

분명 여기가 맞는데. 두리번거리던 영은은 미간을 찌푸리다 핸 드폰을 들었다. 방금 전, 급하게 지호가 저를 찾기에 약속을 잡고 나왔던 찰나였다. 그러나 지호가 보이지 않았다. 원래 약속을 잘 어기는 사람이니까, 라고 여기려고 해도 너무 늦었다. 벌써 영은은 30분이나 기다리고 있었다.

결국 짜증이 끝까지 나려고 하던 찰나, 메시지 하나가 들어왔다. 예약을 해 놨으니 먼저 가서 앉아 있으라는 거였다. 교통 체증으로 인해 지금 차가 밀렸다 겨우 뚫렸다고 하는 것이다. 그다지 믿음직 스러운 변명은 아니었지만 그래도 믿을 수밖에. 영은은 그가 말을 해 준 대로 들어가서 지호의 이름을 댔다. 예약을 해 놓은 것은 맞 는지, 자리를 안내받을 수가 있었다.

"오면 머리카락을 뜯어 버릴 거야."

팔짱을 끼며 의자에 편안하게 기댄 영은은 미간을 찌푸리며 고개를 확, 창밖으로 돌렸다. 약속 장소는 2층에 위치한 레스토랑이었다. 덕분에 아래가 내려다보여 사람이나 구경할까 싶어 밖을 바라보고 있었다. 멍하니, 사람들이 걸어가는 것을 바라보던 영은의 입가에 살며시 미소가 지어졌다. 예뻐 보이는 커플들이 지나갔다.

가끔은 샘이 나기도 했다. 저는 행복하지 않은데 다른 사람들은 아무런 고통과 비극, 그리고 시련 없이 예쁘게 잘만 사귀는 것 같아서. 그건 제 친구 채아도 마찬가지라는 생각이 들었다. 비록 삽질을 열심히 하느라 빙 돌아서 겨우 사귀지만, 결국 그것은 저에 비하면 별것 아니었다. 이미 채아는 한새의 아버지에게 예쁨을 받는 것 같으니까.

"같은 부잣집이라도 참 달라."

낮은 한숨과 함께 영은의 가라앉은 목소리가 나왔다.

아직도 좋아하는 것은 사실이나, 좋아한다고 세상은 살아갈 수 없는 일들이 많았다. 좋아하는 것을 하는 게 어려운 것처럼, 좋아하는 사람과 계속해서 만남을 이어 가는 것은 참 힘들었다. 저만 그럴지도 모르겠지만.

밖을 바라보던 영은은, 누군가 다가오는 발자국 소리에 잠시 지호인가 생각을 해 보았다. 그녀의 위로 그림자가 드리워지자, 지호가 왔다 싶어 대뜸 소리부터 지르려 고개를 돌렸다. 그리고 그대로 굳어 버렸다.

"늦어서 미안해, 영은아."

그는 지호가 아니었다. 방금 전까지 생각을 했던 장본인이었다.

"네가 왜…… 여기에……."

"……."

"지호 선배랑 잤니?"

어느새 날카로워진 영은의 목소리에, 시운의 마음에 잠시 고통이 스쳤다. 하지만 그녀가 느꼈을 것은 제 것에 비하면 아무것도 아니라는 생각에 그는 웃는 얼굴을 유지하며 입을 열었다.

"솔직히 말하자면, 그래. 네가 나를…… 피하니까."

"그럼 내가 만나 주게 생겼니?"

"영은아……."

"나 부르지 마."

얼음같이 차가운 그녀의 목소리에도 불구하고 시운은 웃을 수 있었다. 다행히도 그녀는 당장 일어서지 않았으니까. 그것만으로도 마음이 안심이 된 시운은 말을 붙일 힘을 얻었다.

"알잖아? 나, 이리저리 휘둘리는 거, 좋아하지 않아. 그래도 네 부모님이니까, 하고 참았어. 그래서 헤어졌어. 그런데 이번에는 다시 만나라고 해. 다시 만난 다음에, 또 헤어지라고 하겠지."

"……."

"그걸 몇 번 반복하는 거, 딱 질색이야. 나는 장난감이 아니야."

"영은아."

시운의 상처받은 얼굴에, 영은은 괜히 가슴이 아파 왔다. 통증이 아릿하게 느껴졌다. 테이블 아래, 무릎 위에 올린 손을 꽉 쥐었다. 있는 힘껏 쥐어 손톱이 손바닥을 파고들 것 같았지만, 아무래도 상관은 없었다. 아, 왜 아직도 좋아해서. 제 마음에 욕을 던져 보았다.

"오빠."

차마 시운을 계속해서 바라볼 수 없었던 영은은 고개를 돌렸다. 안 그러면 당장이라도 그를 잡을 것 같았기에. 그의 잔뜩 상처받은 표정이 계속해서 그녀의 마음을 자극하고 있었다.

"나…… 너무 힘들어."

"……."

"아주 가끔이지만, 오빠네 어머님이 스토킹했던 거, 꿈에 나와서 나를 괴롭혀."

딱히 거짓말은 아니었다. 비록 2년 전부터 그 꿈을 꾸지 않았지만, 어쨌든 꾸었던 것은 사실이니까.

"미안해."

"……."

"이렇게 약해서 미안해."

아무런 말도 하지 못한 채, 고개를 푹 숙이는 시운의 모습에 영은은 쓰디쓴 미소를 지었다. 아, 어떻게 하지. 영은은 천천히 일어섰다. 그를 향해 손을 살며시 뻗다가 결국 끝까지 닿지 못하고 그대로 주먹을 꽉 쥐어 원위치로 가져갔다.

"이제 연락하지 않았으면 좋겠어."

"하나만……."

"……."

"딱 하나만 물어볼게."

그가 고개를 들었다. 저렇게 약한 모습의 정시운을 보니, 영은은 그대로 모질게 레스토랑을 나설 수가 없었다. 낮게 한숨을 쉬며 다시 자리에 앉았다. 막 시켜서 나온 음식을 바라보다 다시 한번 한숨을 짧게 내쉬었다.

"뭔데?"

한시라도 눈을 떼면 안 되는 것처럼, 영은을 향한 시선을 돌리지 않던 시운이 머뭇거리다 입을 열었다.

"나를…… 아직도 좋아해?"

그와 만나면 힘든 것도 알고, 많이 지친 것도 알고 있었다. 제가 힘들지 않기 위해서는 시운과 끝내야 한다는 것을 알고 있었다. 그래서 지금 끝내려고 하는데, 떨린 목소리를 통해 제발, 이라는 마음이 절절하게 느껴지는 바람에 결국 영은은 모질게 대답을 하지 못했다. 사랑에 미친 바보가 여기 있었다.

"……그러면 뭐 해. 달라지는 거 없어, 오빠."

그 와중에도 아까우니까 음식은 버리면 안 된다는 생각을 하고 있었다. 그런 저 자신이 한심해 피식 웃은 영은이 숟가락을 들었다. 제가 시킨 건 생뚱맞게 필라프였다.

조용히 밥을 먹던 영은은, 문득 저에게 꽂혀 있는 시선에 고개를 들어 시운을 바라보았다. 그는 여전히 저를 바라보고 있었다. 밥을 먹여 주어야 하나. 그런 생각을 하던 영은은 그가 하는 말에 그대로 숟가락을 툭, 접시 위에 놓아 버렸다.

"집안과 인연을 끝내면, 나에게 돌아올래?"

그 말을 곱씹던 영은의 눈이 크게 떠졌다.

"……농담이지?"

그러기를 바랐다. 저로 인해 그래도 화목하던 가족이 깨지기를 바라는 건 아니기에. 그러나 시운은 진지한 표정으로 고개를 가로로 저었다.

"난 네가 아픈 게 더 싫어. 너를 놓는 것은 더더욱 싫고. 그러니 네가 아프지 않고 너를 놓지 않는 것은, 그것뿐이지."

여기서 저는 무슨 말을 해야만 할까. 영은은 아무런 말도 할 수 없었다. 방금 맛있게 먹고 있던 밥도 돌을 씹는 기분이 들었다. 겨우 입 안에 있는 음식을 삼킨 영은이, 조심스럽게 입을 열었다.

"농담이라 해 줘."

제발, 이라는 말은 삼켰다. 그러나 시운은 조금은 슬픈 미소를 지어 보였다.

"진담이야, 영은아."

아, 맙소사. 이게 무슨 말이야. 머릿속이 너무 복잡해졌다.

"조만간 정리하고 연락할게."

"아니, 그러지 마. 그럴 필요……."

"나에게는 있어."

반대하는 사랑으로 인해 집에서 나오는 건 단순히 소설이나 드라마 설정이 아니었나? 머리가 아파 오는 것만 같았다. 그는 진심이라는 듯이 정말 진지하기 짝이 없는 표정으로 그렇게 무덤덤하게 말을 내뱉고 있었다. 그의 성격상, 한번 하겠다 하는 것은 지키는 사람이니, 정말로 그럴 것이다.

갑자기 영은은 눈물이 날 것만 같았다. 왜, 저 잘난 사람이 뭐가 좋다고 나를. 집안을 버린다는 것은 모든 것을 버린다는 거나 다름이 없는데. 모든 것을 버려서 저 하나 얻겠다고.

문득 제 자신은 너무 약한 마음을 가진 것이 아닌가 싶었다. 저를 위해 가족을 버리겠다고 하는 남자에 비해, 저는 어디까지 할 수 있나를 다짐했었나. 갑자기 부끄러워진 것도 같았다. 갑자기…….

"……."

시운에게 문득 고백을 하고 싶어졌다. 나, 아직도 당신을 사랑하고 있으니 우리 함께 모진 길을 걷자고. 그러나 영은은 입을 열 수 없었다. 그만큼 저는 겁쟁이기에.

Chapter 14

　놀이공원에서 신나게 놀고, 데이트를 끝낸 다음 날이었다. 늘 그랬던 것처럼 아침에 한새와 같이 출근을 하는 길이었다. 늘 똑같은 출근인데도 불구하고 회사에 도착하자마자 저와 한새를 바라보는 시선이 사뭇 달라진 것이 느껴졌다. 괜히 의식을 하는 것이겠지, 하고 무시를 하고 들어가려고 하면 집요하게 뒤에 따라오는 시선에, 괜히 헛기침만 나왔다.

　마치, 새로운 비서가 저라는 걸 알았을 때와 비슷한 기분이 들었다.

　"하아."

　하지만 그때와 지금은 다르다. 학교 안에서 일어나는 것과 회사 안에서 일어나는 것, 두 가지의 경우는 조금 달랐다.

　"이게 바로 사내 연애인가."

　중얼거리며 노트북과 컴퓨터를 동시에 틀었다. 윙, 소리와 함께 낮게 한숨을 다시 쉰 채아는 고민이 되었다. 밝히는 것이 더 나은가, 아니면 숨기는 것이 더 나은가. 그러나 생각을 해 보면, 괜히 밝혀서 일에 지장을 주기라도 했을 때 그의 아버지인 회장님이 저를 안 좋게 볼 수도 있다는 생각이 들었다.

이런저런 생각을 하던 채아는 지갑을 들고 벌떡 일어났다. 한새가 먼저 커피를 사 오기 전에 제가 먼저 사 올 생각이었다. 한새가 저의 커피 셔틀이라는 소문이라도 없애는 게 좋을 것 같았다. 그 말을 한새에게 했을 때, 그는 크게 웃었었다. 제가 보기엔 전혀 웃을 만한 일이 아님에도 불구하고.

1층으로 간 채아는 잠시 화장실에 들렀다. 볼일이 급해서였기 때문이다. 그때, 구두 굽 소리가 들리더니 여자 두 명이 들어왔다.

"들었어? 늘 같이 온다나 봐."

"대학교 선후배였다며?"

순간 제 이야기임을 느낀 채아는 물을 내리지도 못하고 가만히 있었다. 아, 한새가 커피를 사 오기 전에 먼저 가야 하는데.

"얼마나 친했으면 출퇴근도 같이 해?"

조금은 날카로운 목소리였다. 어쩌면 질투일지도 모르겠다. 여자의 말에 안에서 듣던 채아가 살며시 웃었다.

"둘이 사귀는 거 아니야?"

"말도 안 돼. 이사님이 아까워."

그건 알고 있단다. 고개를 끄덕이며 채아는 여자들의 말에 맞장구를 치고 있었다. 사실은 사실이니까, 라고 여기며.

그나저나, 나는 언제 나가지? 채아는 저 여자들이 먼저 얼른 나갔으면 좋겠다는 생각을 하고 있었다.

"만날 이사님이 커피 사 오는 거 봤어?"

"봤지! 진짜, 그런 것은 비서가 사 오는 거 아니야? 대체 그 여자는 하는 일이 뭐야?"

졸지에 그 여자가 된 채아는 어색하게 웃었다. 미치겠네. 언제 나가지? 점점 초조해졌다. 본인의 욕을 듣는 것보다 한새가 커피를 사는 것이 그녀를 더욱 초조하게 만들었다.

"근데 능력은 좋다나 봐. 회계팀에서 엄청 감싸 주던데."

"그건 그렇지만……! 아무튼, 난 싫어. 괜히 친하다고 비서 자리에 있는 것 같아."

자신의 이미지가 그렇게 보였나 싶어 괜히 씁쓸해졌다. 곧 두 여자가 화장실 밖으로 나가는 소리가 들렸고, 소리를 내서 낮게 한숨을 쉰 채아는 물을 내리고 밖으로 나왔다. 멍하니 거울을 바라보다 애써 웃으며 밖으로 나온 채아가 커피를 사려고 회사 밖으로 아예 나가려던 참이었다. 뒤에서 익숙한 목소리가 들려왔다.

"은 비서!"

두근거리는 마음을 애써 뒤로 무른 채아는 뒤를 돌아서 한새를 바라보았다. 걱정했다는 표정이지만 회사 안이어서 그런지 마음껏 표시를 못 하고 있는 모습이 고스란히 눈에 보여서 채아는 저도 모르게 피식 웃었다.

"어디 갔었어요?"

"아, 커피 사러……."

"예전부터 제가 사 온다고 했잖아요. 얼른 돌아가 있어요."

어디로 사라져 버린 줄로만 알았다. 텅 빈 자리를 보고서 심장이 어찌나 벌렁거리던지. 한새는 회사만 아니라면 당장이라도 채아를 꽉 끌어안고 싶은 마음을 꾹 누른 채, 채아를 돌려보내려고 했었다. 그때, 옆에서 바라보던 다른 부서 직원들이 몰려왔다.

"대학 때부터 아는 사이여서 그런지 유난히 친해 보여요."

사근사근 웃으며 다가오는 그들의 모습에, 채아의 마음 한구석이 불편해졌다. 그러나 티는 내지 않고 그저 웃고 있었다. 그러다 갑자기 그들 중 한 사람이 불쑥 질문을 던져 왔다.

"근데 이사님하고 은 비서님, 너무 친해 보여서요."

"맞아요, 맞아."

"혹시…… 두 사람, 사귀는 거 아니에요?"

그러자 채아의 심장이 뚝, 심해 저 바닥으로 가라앉은 기분이 들었다. 올 게 왔구나. 채아는 얼른 대답을 하려고 했다. 아니라고, 일단은 아니라고 부정을 해야만 할 것 같았기에. 그러나 한새는 여전히 웃고 있었고, 그 웃는 얼굴을 보니 불쑥 불안해졌다. 그가 입을 열지 않기를 바라고 또 바랐다. 입을 열게 되면 제가 하려던 말과 반대인 말이 튀어나올 것 같아서.

채아의 우려와는 달리 그는 입을 열지 않았다. 그러나 그저 웃고만 있는 것만으로도 입을 열지 않아도 충분한 대답이 되었다. 딱히 부정도 하지 않은 것이다. 이상해지는 분위기에 채아가 나서서 입을 열려고 하는데, 한새가 그녀의 손목을 잡고 붉은 입술을 틀었다.

"글쎄요."

글쎄요? 글쎄요라니! 당장이라도 따지려는데 한새가 채아를 먼저 회사 정문 쪽으로 밀었다.

"오늘 하루도 일 열심히 하세요."

친절하게 인사를 해 준 한새는 채아와 함께 회사 밖으로 나왔다. 얼떨결에 떠밀려 온 채아는 그제야 정신을 차리고서 한새의 팔을 덥석 잡았다. 그러나 그는 그럴 것을 예상이라도 했다는 듯이 태평하게 웃으며 그녀를 향해 고개를 돌렸다.

"왜 그래?"

"……저, 이사님."

"여기 회사 밖인데."

점점 멀어져 가는 회사를 힐끗 뒤돌아본 채아는 낮게 한숨을 쉬었다. 원래 이런 사람이 아니었는데. 이렇게까지 능글맞은 한새의 모습에 결국 제가 할 수 있는 일은 웃어 버리는 것뿐이었다. 어떤 모습이든 자신이 알고 있는 한새는 변함이 없기 때문에…….

늘 가는 카페에 들러서 커피를 한 잔씩 들고 나왔다. 아무런 말도 하지 않고 조용히, 나란히 걷다가 채아는 잠깐 고개를 들어 한새를 바라보았다. 회사 근처여서 그런지 손은 잡지 않았지만 어쩐지 손을 잡는 기분이 들어 채아는 고개를 숙였다.

그사이, 채아를 돌아본 한새는 조용히 미소를 짓고 있었다. 제 옆에서 저를 의식하며 연신 움직이는 채아로 인해 가슴이 간질거리는 기분이 들었다. 저절로 미소가 지어지는 것은 당연했다.

"이사님."

"네. 무슨 일이죠?"

웃음이 가득 든 목소리로 대답을 하자, 저를 바라보는 그녀의 눈빛이 느껴졌지만 돌아보지는 않았다. 그러자 다시 고개를 제자리로 돌린 채아가 입을 열었다.

"왜…… 아까 부정 안 했어요?"

"무엇을 말이죠?"

"아까, 회사 로비에서…… 사귀는 사이 아니냐는 거…….'

그러자 한새가 우뚝, 가던 걸음을 멈췄다. 놀란 채아가 덩달아 멈춰서 한새의 뒷모습을 바라보았다. 천천히 몸을 튼 한새가 진지한 얼굴로 채아를 바라보았다. 그 모습에 채아는 움찔거렸다. 그 진지한 눈동자 사이에서 얼핏 상처받은 눈동자가 잡혔기 때문이다.

침을 한 번 삼킨 채아는 입만 들썩이다 결국 아무런 말도 하지 못했다. 그사이, 한새의 입술이 먼저 열렸다.

"너와 나의 사이를, 부정해야 하니?"

뭐라고 대답을 할 수가 없었다. 또다시 입만 들썩이던 채아는 결국 고개를 푹 숙이고 낮게 한숨과 함께 중얼거렸다.

"미안해요."

그녀로서는 단지, 사내 연애에 너무 신경을 쓴 탓이었다. 처음 해 본 연애라서 욕을 먹고 싶지도 않았던 것도 있었다. 여러모로 신경을 쓴 나머지 한새를 생각하지 못했다. 채아는 그대로 시간이 멈춰 버린 것만 같았다. 멍하니 한새를 바라보며 그가 입을 열기를 기다렸다.

그러나 한새는 입을 열지 않고 뒤를 돌아섰다. 그러고선 그대로 회사를 향해 걸었다. 당황한 채아는 손을 뻗었지만 거리가 멀어서 당연히 잡히지 않았다.

"아……."

어떻게 하지. 채아는 입술만 깨물다 그의 뒤를 따랐다.

그런 채아를 뒤로한 채, 먼저 걸어가던 한새는 슬그머니 미소를 지었다. 사실 내심 섭섭한 것은 있었지만 방금처럼 몰아붙일 생각은 없었다. 그래도 한 번 이렇게 강하게 딱 잘라 말을 하지 않으면 채아는 계속해서 회사에서는 부정을 할 것이었다.

사랑하는 사람이 저를 부정한다는 것은 굉장한 상처로 들어왔다. 그래도 채아니까 견딜 수 있지만, 회사에서 채아는 제 것이라는 걸 보여 주고 싶은 소유욕도 조금은 작용했다. 한마디로 한새는 밀당을 시도한 것이다.

'미안해, 채아야.'

그녀에게 하지 못할 말을 웃음과 함께 속으로 중얼거렸다. 이런 한새를 모르는 채아는 그저 어쩔 줄 모르며 그의 뒤를 따르고 있었다.

한새는 밀당을 제대로 보여 주겠다는 듯이 그녀를 한 번도 뒤돌아보지 않고 안으로 들어갔다. 탕, 눈앞에서 문이 닫히는 것을 본 채아는 힘없이 책상 위에 커피를 두고 털썩, 주저앉았다.

"아아."

미친 사람처럼 머리를 북북 문지르다 재빨리 머리를 다시 정리했다. 이내 막 켜지는 모니터를 멍하니 바라보다 한숨을 푹 내쉬었다.

"……괜히 그런 말 했나 봐."

입장을 바꿔서 생각을 해 보면, 한새의 태도가 이해 갔다. 그렇기에 채아는 이저리도 저러지도 못한 채, 그저 한숨만 푹 쉬다가 집중도 되지 않을 일을 시작했다.

그러다 오늘 전달해야 할 게 떠올라 보고서를 들고 일어났다. 채아는 한새가 있는 방 앞에 서서 노크를 했다. 안에서는 단조로운 그의 목소리가 들려왔다.

"네."

늘 들려오던 부드러운 목소리는 온데간데없었다. 살짝 움츠린 채아는 다시 어깨를 펴고 문을 열었다. 안으로 들어가자마자 고개를 숙이고 서류를 뒤적이는 한새가 보였다. 평소에, 들어가면 늘 고개를 들어서 미소를 짓는 한새였지만, 방금 전 일로 인해 그는 고개를 숙이고 있었다. 그저 사무적인 태도만을 보였다.

채아는 그 모습에 잠시 당황했지만 그래도 들어온 김에 용건은 봐야겠다 싶어서 조용히 입을 열었다.

"저…… 이사님."

"네. 무슨 일이죠?"

대답을 하면서도 고개를 들지 않았다. 그 태도에 잠시 울컥거리는 심정이 들었지만 채아는 꿋꿋이 다시 입을 열었다.

"말씀드렸던 보고서입니다."

"아, 여기 놔두세요."

순간적으로 네? 하고 되물을 뻔했다. 늘 바로 확인하고 그녀에게 시간을 내 주었기 때문이다. 다시 울컥거렸지만 채아는 입을 꾹 다물고서 한새가 툭툭 쳤던 곳에 보고서를 놓고 조용히 나갔다.

문이 닫히자마자 한새는 고개를 들어 닫힌 문을 바라보았다. 너무 심했나 싶다가도 아직 아니라는 생각에 조용히 웃었다.

사람의 마음이란 참 간사하게도 늘 확인을 받고 싶어 한다. 저를 좋아하는 것을 알면서도 그걸 공적인 이유로 부정을 당하자, 견딜 수 없어졌다.

"사랑은 유치한 거라더니."

제가 다 유치해졌다.

"……네?"

— 일 때문에 오늘은 같이 점심 못 먹을 것 같습니다.

그럼 이만, 하고 한새가 전화를 끊었다. 뭐라고 대답도 하기 전에 끊긴 전화에, 채아는 멍하니 있다가 낮게 한숨을 쉬었다. 연애가 처음이어서 뭐가 뭔지도 잘 모르겠다.

오늘, 처음으로 한새가 저를 두고 외근을 나갔다. 중요한 일이라 저는 가지 않아도 되는 줄로만 알고 있었다. 그래서 불안한 마음을 놓고 있었는데, 점심을 같이 못 먹는다고 한다. 그 정도야 그렇다고 쳐도, 존댓말 때문에 긴장에 불안함까지 얹어졌다.

어떻게 할까. 망설이던 채아는 결국 어떻게 하면 좋을지 모르기에 회사 안에 있는 식당에서 먹기로 했다. 회사에 입사한 후, 처음으로 혼자 먹는 밥이었다. 처음에는 같은 팀 사람들과 먹었고, 한새의 개인 비서가 된 후로는 늘 그와 먹었다. 따지자면 구내식당도 오랜만이지만 혼자 먹는 것은 처음이어서 왠지 모르게 서러워졌다.

"하……."

물론 그도 상처를 받았을 것이다. 그런데 그거 하나에 이렇게 삐쳤다는 것에 조금은 화가 나서 채아는 누가 이기나, 그런 심보를 가지게 되었다.

"그래. 누가 이기나, 지나, 어디 해보자."

물론, 회사 안에서 변명을 했으면 하는 바람을 가지긴 했다. 아직 한새가 이사가 된 지 얼마 안 되었기에 괜한 소문으로 인해 그의 자리가 흔들리지 않기를 바랐기 때문이다. 그걸 이해해 주지도 않고.

"……삐치다니."

사실 어떻게 할지 모르는 이유가, 삐친 모습을 한 한새는 처음이었기 때문이다. 한 번도 그가 삐친 모습을 본 적이 없어서 대처할 방법을 모르는 채아는 그저 멍한 모습으로 식당까지 향했다.

그때, 뒤에서 누군가가 채아의 어깨를 덥석 잡았다. 화들짝 놀란 채아가 뒤를 휙 돌자 오랜만에 보는 정호가 있었다.

"뭐, 뭐야. 왜 그렇게 놀라?"

"아…… 깜짝이야. 갑자기 잡으니까 그렇지!"

"근데 넌 왜 혼자야? 그…… 이사님은?"

두리번거리며 한새를 찾자, 금방 채아의 표정이 시무룩해졌다.

그 모습에 분명 무슨 일이 있다 싶은 정호는 재빨리 채아를 이끌고 구석에 자리를 잡았다.

정호가 양식, 한식, 중식, 일식, 네 가지 중에서 무엇을 먹을 거냐고 묻기에 채아는 대충 아무거나 대답을 했다. 사실 지금은 음식을 먹을 생각은 없지만 배는 고프기에 식당에 온 것이었다.

정호는 채아가 대답을 한 중식과 자신이 먹고 싶은 한식을 가져왔다. 음식을 가져왔음에도 불구하고 아직도 턱을 괸 채, 멍하니 있는 채아의 모습에 아무래도 큰일이 났나 보구나 싶었다. 물론 접은 마음이라고 하지만 아직까지도 남은 앙금으로 인해 좋아하는 사람이 다른 사람으로 인해 침울해 있는 모습을 쉽게 볼 수는 없었다.

"왜 그래? 이사님하고 싸웠어?"

"아니, 그게 아니라……."

"그럼?"

그래도 정호는 아무렇지도 않게 연기를 했다. 얼마나 두 사람이 사이가 좋은지 이미 확인을 했기 때문이다.

채아는 정호의 말에, 그가 가져온 중식을 가만히 내려다보다 젓가락으로 반찬으로 나온 탕수육을 뒤적였다. 이내 낮은 한숨과 함께 머뭇거리다 입을 열었다.

"아니, 다른 사람들이…… 나랑 이사님이랑 엮었는데 부정을 안 하잖아."

"누가? 이사님이?"

"응. 나는…… 뭐랄까, 소문이 나면 좀 그렇잖아. 오빠가 이사님 된 지도 얼마 안 되었고, 괜히 나로 인해 이상한 소문…… 어라."

"갑자기 왜?"

이야기를 잘 듣고 있던 정호는 갑자기 그녀가 말을 멈추자, 의아해하며 그녀를 바라보았다. 잠시 당황한 표정을 짓고 있던 채아의 표정이 점점 굳어져 갔다. 그러자 놀란 정호가 그녀의 앞에 손을 획획 흔들었다.

"왜 그래, 채아야?"

"정호야……."

"어, 응. 나 최정호야. 알아보겠어?"

"너…… 어떻게……."

"뭘?"

채아가 묻는 것이 무엇인지 알 것 같아서 정호는 씩 웃었다.

"아아. 당연히 눈치챘지."

"어, 언제부터……."

"네가 이사님하고 선후배 사이였다는 것을 듣고 난 후부터? 이사님이 나를 바라보는 눈빛이 예사롭지 않았거든."

확실히 그것은 경고와 견제를 하는 눈빛이었다. 분명 채아에게서 저의 이야기를 들었을 것이다. 그러니까 그렇게 사납게 저를 노려봤을 테지. 그 눈빛을 떠올린 정호는 쓴웃음을 지었다.

"그래서 왜 싸웠는데?"

"싸운 건 아니고……."

잠시 망설이던 채아는 낮은 한숨과 함께 정호에게 이야기를 풀어냈다. 처음부터, 한새가 삐쳐서 밥을 같이 먹지 않은 것까지.

그 얘기를 들은 정호는 저도 모르게 배를 잡고 웃어 버렸다. 한마디로 연애 초짜인 두 사람이 만나서 연애를 하는데, 둘 다 서로 마음이 안 맞아 아주 사소한 다툼이 일어났고, 이에 어찌하면 좋을지 몰라 잠깐 서먹한 사이가 되어 버린 것이다.

왜 웃냐는 듯이 저를 흘겨보는 채아에게 미안하다고 사과를 한 정호는 목을 가다듬으며 입을 열었다. 정말 채아가 너무 좋은데, 어떻게 보면 두 사람이 너무 잘 어울려서 탐도 못 낼 정도였다.

"아마 이사님은 너에게 화가 나지 않았을 거야."

"응? 그럼?"

"그냥 나중에, 이사님이 돌아오시면 그저 웃으면서 볼에다가 뽀뽀라도 해 봐."

아직도 좋아하는 상대에게 연애 상담이라니. 참 저 자신이 불쌍하다는 생각이 들다가도 이 두 사람은 질투도 못 내게 예쁘게 사귄다 싶었다. 졌다는 듯이 정호는 그저 웃었다.

"그거면 돼? 정말로?"

"어엉, 진짜로."

아, 외로워라. 문득 너무 외롭다는 생각이 든 정호는 조금 우울해졌다.

"와…… 천하의 조한새가 뭐를 했어요?"

"그만 웃어라."

"아니, 진짜, 형. 지금 믿음이 안 가서 그래요."

배꼽친구라 말을 할 수 있는 지호에게는 차마 말을 할 수 없었던 한새는, 점심에 시운을 만나 이야기를 풀었다. 지호라면 분명 두고두고 놀릴 것이 틀림없었고, 그래도 시운은 나름대로 진지한 태도로 제 이야기를 들어 줄 것이라고 생각했기 때문이다. 그러나 저의 판단 미스였나 보다. 시운은 지호처럼 배를 잡고 웃었다. 더

하면 더했지, 덜하지는 않았다.

시운은 웃음을 갑자기 뚝 멈췄다. 점점 미간이 일그러지는 한새를 보았기 때문이다. 평소에 화를 내지 않던 사람이 화를 내면 그것이 제일 무서운 일이므로, 한새가 크게 화를 내기 전에 멈춘 것이다.

"형."

"……."

"채아도 생각이 있지 않았을까요? 채아가 형 얼마나 좋아했는데."

"그거야 알지만."

채아의 이야기가 나오자, 언제 미간을 찡그렸냐는 듯이 금방 얼굴이 풀어진 한새가 보였다. 아, 팔불출. 속으로 중얼거리던 시운은 피식 웃다가 그의 어깨를 툭툭 두드렸다.

"적당히 하고 두 팔 벌려 줘요. 그럼 채아는 쏙 안길 텐데."

"알아."

"아, 뭘 물어보려고 온 거예요, 대체? 애인 자랑하려고? 와, 솔로 외롭게."

"있는 놈이 뭘."

그러자 순식간에 시운의 웃음기가 뚝 멈췄다. 아, 실수다. 잠깐 시운을 바라보던 한새가 시운의 어깨를 툭툭 두드렸다. 금방 시운은 시든 꽃처럼 시들해졌다. 어깨가 축 가라앉았고, 어느새 무거운 한숨을 내뱉었다. 얼마나 힘든 시기인지 알기에 괜히 제 입을 탓하던 한새가 조심스럽게 입을 열었다.

"잘되지 않았어?"

"영은이가……."

"……."

"헤어지라고 할 땐 언제고, 지금 와서 다시 사귀라고 그러냐던
데……. 다시 사귀고 나서 내가 다시 원래 일을 하면, 그때 또다시
방해를 할 거라면서……."

시운에 비해 저는 행복한 사람이라 생각을 한 한새는 당장이라
도 채아가 보고 싶어졌다. 시운의 경우는 안타까웠지만 제삼자인
제가 해 줄 수 있는 것이 없기에, 그저 어깨를 두드려 줄 수밖에
없었다.

어느새 축 가라앉은 분위기로 인해 이쯤 파해야 할 것 같아 점
심 식사를 끝냈다. 시운은 축 처져서 제 갈 길을 걸었다.

건투를 빈다고 속으로 중얼거리던 한새는 재빨리 채아에게 문자
하나를 했다. 어디냐고. 평소처럼 부드러운 말투가 아니라 딱딱한
말투로 보내서 마음에 걸렸지만, 금방 대답이 돌아온 채아의 문자
로 인해 입꼬리를 말아 웃었다.

"그나저나…… 구내식당?"

같이 먹을 사람들이 누가 있는지 생각을 하다 그녀와 함께했던
팀원들이 떠올랐다. 그와 동시에 꼬리를 물고 등장하는 얼굴
은…….

"……이런."

정호였다. 아직도 그녀를 좋아한다는 것을 알기에, 한새는 거침
없이 액셀을 밟았다. 왠지 모르게 두 사람이 같이 있을 거라는 불
길한 예감이 들었다.

불길한 예감은 어쩜 그렇게 딱 들어맞는지. 구내식당 입구에 들
어서자마자 한눈에 채아를 발견한 한새는 그 건너편에 앉아서 정답
게 웃고 떠드는 정호를 보았다. 저절로 한새의 미간이 일그러졌다.

271

'저럴 줄 알았지. 어딜!'

속으로 중얼거린 한새는 저에게 순식간에 쏟아지는 시선과 동시에 쏟아지는 인사에 신사적인 미소를 돌려주며 그들에게 다가갔다. 두 사람은 얼마나 서로에게 빠져 있는지 제가 온 줄도 몰랐다. 괜히 그런 채아가 미웠고, 정호가 미웠지만 여전히 미소를 지으며 테이블을 주먹으로 콩콩 두드렸다.

"은 비서, 여기 있었군요."

"누구…… 아! 이사님, 오셨어요?"

상냥하게 웃지만 어색한 표정이 고스란히 보였기에, 한새는 씁쓸하게 웃다가 건너편에 앉은 정호를 바라보았다. 어쩐지 정호는 평소 짓던, 살짝 겁먹은 표정과는 다른 표정을 짓고 있었다. 그것은, 마치 제가 다 알고 있다는 표정이다.

그 얼굴이 마음에 들지 않아 한새가 살짝 인상을 찌푸리다가 채아의 목소리에 금방 미간을 쫙 폈다. 마치 다리미로 잘 편 것처럼. 그 미세한 변화를 본 것은 정호뿐이었다. 정호는 저도 모르게 쿡, 웃어 버리고 말았다.

"어…… 빨리 오셨네요."

그러나 채아의 말에 한새의 얼굴은 순식간에 구겨졌다.

'빨리 왔다고? 지금 내가 방해했다는 거야?'

그럴 순 없었다. 두 사람의 시간을 마구 짓밟아 줄 거다. 그런 생각에, 한새는 여전히 부드러운 미소를 지으며 그녀의 손목을 아프지 않게 잡아서 일으켜 세웠다.

"급히 할 말이 있으니 은 비서는 저를 따라오시죠."

"네? 아, 네……. 맞다, 식판……."

"아, 채아야. 놔둬. 내가 치울게."

"응? 아, 정말? 고마워! 나중에 내가 치울게!"

"하하. 괜찮아."

아마 이젠 두 번 다시 채아가 구내식당에서 밥을 먹는 일은 없을 것이다. 먹더라도 혼자가 아니라 옆에는 그가 있겠지. 정호는 한새에게 살짝 끌려가는 모양새를 보이는 채아의 뒷모습에, 턱을 괸 채 웃고 있다가 낮게 한숨을 쉬며 일어났다. 역시 잘 어울려. 제가 들어갈 틈은 역시나 없다는 생각과 함께.

채아를 데리고 간 한새는 굳은 표정이었다. 끌려가면서 그의 얼굴을 바라보던 채아도 덩달아 굳은 표정을 지었다. 웃는 모습을 보이기에 화가 다 풀렸나 해도 그건 아닌가 보다. 하긴, 보낸 문자도 딱딱했다. 지금 어딘가요. 이것이 전부였다. 끝에 물음표도 없었고.

갑자기 서러워진 채아는 고개를 들어 멈추려다가 그대로 비상구 쪽으로 한새가 들어가 버리자, 얼른 따라가 멍하니 그의 뒷모습을 바라보았다.

쾅, 문이 닫히고 나서 한새는 뒤를 돌아 채아를 똑바로 바라보았다. 약간 겁을 먹은 것도 같은 그녀의 표정에, 한새의 표정이 조금 풀어졌다. 역시 저는 은채아 앞에서는 한없이 약해지는 인간이었다.

"은채아."

낮은 목소리의 그가 똑바로 제 이름을 불렀다. 은 비서가 아닌, 은채아라는 이름으로. 뭐라고 대답을 하면 좋을지 모르겠다. 채아는 그저 가만히 있었고, 대답이 없는 그녀의 앞으로 한새가 다가왔다.

한 발짝, 한새가 다가가면 채아는 두 발짝 물러났다. 그 모습에 한새는 가슴이 아파 왔다. 저를 피하는 채아의 모습은 예상외로 충격을 크게 주었다.

채아는 어느새 등 뒤에 차가운 벽이 닿는 것을 느끼고 흠칫 놀라며 고개를 팍 들었다. 저를 벽과 자신의 몸 사이에 가둔 한새와의 거리는 너무 가까웠다.

"좀…… 뒤로 물러나…… 주세요."

"싫어."

"그, 그래도 뒤로 가 주세요."

"싫다고 했잖아."

막무가내로 대답을 해 오는 그의 목소리에, 채아가 어깨를 움츠렸다. 어느새 코와 코가 맞닿을 거리에 있었다. 또다시 화들짝 놀란 채아는 시선이라도 피해 보자 싶어 고개를 오른쪽으로 돌렸다. 그러나 한쪽 손으로 부드럽게 턱을 잡아 눈을 마주치게 하는 한새로 인해 결국 시선을 피하는 것은 실패했다.

"왜…… 그래요?"

"채아, 너야말로 왜 그래?"

"제가 묻고 싶은 건데요. 이사님이 화가 난 건 알겠지만."

"화난 적 없어. 그리고 둘만 있으니까 다른 걸로 불러 줘."

아, 진짜. 속으로 투덜거리던 채아는 그 틈을 타서 한새의 어깨를 가볍게 뒤로 밀어 버리며 대답을 했다. 그러나 끝내 뒤에 가서는 말을 더듬을 수밖에 없었다. 물러나자마자 곧바로 아까보다 더 가까이 다가왔기 때문이다.

"오빠, 됐죠? 오빠가 아까부터 삐쳐서 저한테 마, 막…… 그, 그랬잖아요!"

"내가 언제?"

"와…… 진짜 어이가 없네요."

천연덕스럽게 언제 그랬냐 묻는 그를 슬쩍 밀어 냈다. 이번에는 아예 손목이 잡혀 버렸고, 그가 그녀의 손목을 확 잡아당겼다. 잡아당길 줄 몰랐던 채아는 그대로 비틀거리며 중심을 잃었다. 그사이 그녀의 허리를 낚아챈 한새는 제 품 안에 채아를 가두었다.

"채아야."

귓가에 나긋하고도 부드러운 목소리가 내려앉아, 심장이 움찔거리며 뛰는 것이 느껴졌다. 어정쩡하게 그의 품에 안겨 있던 채아는 한숨과 함께 중심을 제대로 잡고서 그의 허리에 제 팔을 둘렀다. 이러니저러니 해도 결국 채아는 한새가 좋았다.

그녀가 스스로 안아 오자, 슬쩍 입가에 미소가 지어진 한새는 다시 입을 열었다.

"미안해. 내가 너무 속이 좁았어."

"……."

"사랑하는 사람 입에서, 관계를 부정당하는 말을 들으니 순간 마음이 아팠거든."

"아…… 음…… 그게……."

"응. 알아. 내가 싫어서 한 말이 아니라는 거."

"……알면 됐어요."

"집에 가면서 얘기해 줄래?"

한새가 살짝 채아를 품에서 떼어 내며 얼굴을 마주했다. 쑥스러운지 고개를 돌리는 채아의 모습에, 귀엽다 생각을 하며 꽁, 그녀의 이마에 제 이마를 맞대었다. 시선을 이리저리 돌리던 채아는 결국 한새와 눈을 마주하더니 피식 웃으며 그의 입술에 입을 살짝 맞추었다.

순식간에 벌어진 일에 한새가 멍한 표정을 짓자 채아는 그를 밀어 내 거리를 두었다. 너무 가까이 있으면 심장이 터질 것처럼 움직여서 힘들었다.

"……그럴게요."

여전히 멍하니 있던 한새가 낮게 웃음을 흘렸다. 그의 웃음소리에 반응을 한 심장은 계속해서 불규칙적으로 뛰고 있었다. 살며시 제 심장 위에 손을 올린 채아는 살며시 웃었다. 그사이, 그녀의 앞으로 한새가 다가왔다. 제 위에 그림자가 드리워지자 채아는 고개를 들었다. 어느새 가까이 다가온 한새가 천천히 고개를 숙여 왔다. 천천히 눈을 감았고, 그 귓가에 한새의 부드러운 목소리가 들려왔다.

"채아야. 사랑해."

낮게 속삭이는 말에, 살짝 눈을 뜬 채아는 이번에는 제 가까이에 있는 한새를 보고 놀라지 않았다. 저도 웃으며 그의 목에 팔을 둘렀다.

"응. 저도 사랑해요."

그러자 기쁘게 웃은 한새가 채아의 입술을 살며시 머금었다. 그녀의 붉은 입술은 마치 잘 익어서 부드러운 과일처럼 달게 느껴졌다.

Chapter 15

영은은 아직도 고민 중이었다. 매몰차게 시운에게 등을 돌렸지만, 사실은 속으로 앓고 있었다. 오히려 한없이 불편했고, 또한 가슴이 아팠다. 사랑하는 사람에게 등을 돌리는 것이 편할 리가 없었다. 그래서 문제였다. 한없이 자꾸만 마음이 약해져서, 어떻게 하면 좋을지 냉정하게 판단을 할 수 없게 되었다.

그동안 당했던 스토킹으로 인해 정말 많은 스트레스를 받았다. 그렇기에 칠전팔기, 제가 쓰러져도 다시 일어나서 하고자 하는 것에 도전을 하기는 했지만 망설여지고 꺼려지는 것은 당연했다. 스토킹이라니. 그것도 사랑하는 사람의 어머니가 시킨 거라니.

"아, 답답해."

"……."

"영은아. 그래서 너는 뭘 어쩌고 싶은 건데?"

아무것도 따지지 않고 생각을 하면, 당연히 시운을 만나고 싶다. 불같이 했던 사랑은 아직까지도 식질 않았으니까. 그저 쉬고 있는 것뿐이었다. 그렇기에 더욱더 애달팠다. 그러나 역시 겁을 먹고서 멈출 수밖에 없었다.

예전처럼, 또다시 그렇다면?

그러면 저는 더 이상 사고를 할 수 없을 것이다. 그러니 신중해야만 했다. 하지만 시운을 생각하면 그 신중함이 죄다 사라져 버린다.

'아아, 어떻게 하지?'

영은은 난생처음으로 이렇게 갈팡질팡하며 고민을 해 보았다. 결국 시운의 얼굴밖에 떠오르지 않았다는 것이 문제였다.

"야아, 박영은!"

제 귓가에 대고 빽 소리를 지르는 채아 덕분에 겨우 정신을 차린 영은이 제 친구를 바라보았다. 그러나 여전히 멍한 표정이었다.

영은으로 인해 답답해진 채아는 제 머리를 두 손으로 잔뜩 헝클어뜨리다 그녀의 얼굴 앞에 가까이 대고 박수를 짝, 쳐 보았다. 그제야 영은의 두 눈동자에 초점이 돌아왔고, 미간이 저절로 구겨졌다.

"은채아. 죽을래?"

"네가 정신줄을 놓고 있으니까 그렇지, 뭐……. 아무튼, 내 말은 들었어?"

"……."

"뭐, 뭐야. 안 들었어?"

영은은 행복해 보이는 제 친구를 물끄러미 바라보았다. 아, 나도 행복해지고 싶은데. 문득 그런 생각이 들었다. 제가 바란 행복. 그 행복에는 시운이 포함이 되어 있었다. 희미하게 웃은 영은이 손을 쭉 뻗어 채아의 이마를 툭 밀었다.

"왜 밀어!"

"은채아."

"왜."

"행복해?"

"나? 물론이지!"

당연하다는 듯이 말을 하는 채아의 모습이 얄미워져 영은은 다시 한번 채아를 툭 밀었다. 투덜대는 채아의 소리가 마치 음악 소리처럼 참 즐겁게 들렸다. 어차피 답은 하나였던 것을, 지금까지 질질 끌어 생각을 한 제가 너무 머저리처럼 느껴졌다. 혹은, 바보라든지, 병신이라든지.

"그래도, 영은아."

옆에서 진지한 채아의 목소리가 들려왔다. 언제 투덜거렸냐는 듯이 들려오는 그 목소리에, 진심으로 저를 걱정하는 모습에, 영은은 피식 웃으며 뭔든 말을 해 보라는 듯이 그녀를 바라보았다. 그러자 여전히 진지한 표정으로 채아가 낮게 한숨을 쉬며 입을 열었다.

"내가 너를 비록 대학교 1학년 때부터 알았어도, 함께 살고 지내면서 짧은 시간에 비해 너를 많이 알아 왔다고 생각해."

"그래서?"

"원래……."

잠시 망설이며 말끝을 흐리던 채아가 피식 웃으며 다시 말을 이었다.

"무엇을 좋아하거나 원한다면, 원래 자기 것으로 만드는 게 박영은이잖아?"

갑자기 누군가가 제 뒤통수를 강하게 내리친 것만 같은 기분이 들었다. 정신이 번쩍 들었다. 분명 알고 있던 간단한 사실이지만, 새삼 깨닫게 되었다.

채아의 말대로 저는 자신이 원하는 것이 있으면 반드시 제 손아 귀에 넣어야만 했다. 혹은 이루고 싶은 것이 있으면 반드시 이뤄야만 했다. 그것이 저 자신이다. 그걸 잠시 잊고 있었다. 지금, 영은의 손에 넣고 싶은 것은 시운이었다.

"……그래."

영은이 어느새 굳은 표정을 지우고 피식 웃으며 채아의 머리를 슥, 쓰다듬었다.

"오랜만에 은채아가 제대로 된 말을 했네."

"내가 뭐, 언제는 제대로 된 말을 한 적이 없어?"

"뭐…… 잘 생각해 보도록."

그렇게 말을 한 영은은 뒤에서 들려오는 채아의 말을 뒤로한 채, 그대로 옷을 입으러 방으로 들어갔다. 지금 시각은 막 8시가 된 참이었다. 옷을 갈아입으며 왜 이렇게 채아가 일찍 집에 들어왔는지 생각을 하던 영은은 외출 준비를 끝내자마자 밖으로 나와서 물었다.

"너, 근데 왜 이렇게 일찍 들어왔어?"

"당연히 네가 걱정되어서……! 근데, 어딜 나가! 이 늦은 시간에?"

"네 말대로 내 걸로 만들러 간다."

그러자 채아가 어린아이처럼 박수를 치며 좋아했다. 그 순진한 모습에, 영은은 소리 없이 웃어 버렸다.

"오오! 박영은, 박력 짱인데?"

대학 친구보다 고등학교 친구가 더 좋다고 하더니, 그건 사람들마다 다른 모양이다. 적어도 영은은 대학교 때 만난 친구인 채아가 좋았다. 마음도 잘 맞아서 지금 이렇게 같이 살기까지 하고.

영은은 건투를 빈다며 저에게 덕담을 해 주는 채아에게 손을 흔들어 주고서 그대로 시운에게 전화를 걸었다. 헤어지고 난 후에는 시운에게 먼저 전화를 건 적 없는 영은이기에 오랜만에 전화를 거는 지금, 굉장히 기분이 새로웠다. 묘하기까지 했다.

그리고 얼마 가지 않아 시운이 허겁지겁 전화를 받았다.

— 여, 영은이?

"어, 나야."

카리스마 넘치는 선배라고 법학과에서는 시운은 후배들 사이에서 그렇게 불렸었다. 그러다 가끔 한 번씩 미소를 한 번 지어 주면 그 모습이 여자의 마음을 두근거리게 한다고.

사실 영은도 그 미소에 넘어간 사람들 중 한 사람이었다. 하지만 시운의 매력은 그게 전부가 아니었다. 법학과 톱에 가진 게 많아서 남들에게 부러움을 사는 부잣집 도련님 중 하나였지만 그는 결코 자랑을 하는 법이 없었다. 오히려 소박하게 흔히들 부류가 다르다고 말을 하는 사람들과도 잘 지냈었다. 꾸밈이 없는 모습으로 인해 그를 좋아하게 되었다.

그래서 지금도 놓을 수 없나 보다. 영은이 쓰게 웃었다.

— 지금…… 꿈인가.

몽롱하게 대답을 한 시운이 잠시 앓는 소리를 내었다. 아마 꿈인지 생신지 확인을 해 보려고 제 볼이나 뺨을 꼬집다 아파서 내는 소리일 것이다. 이미 그의 모습이 눈에 훤히 그려진 나머지, 짧게 웃은 영은이 그에게 질문을 했다.

"어디야?"

— 어? 나, 지금 지호 형이랑 술…….

"그놈의 술. 술이 원수지."

— 아니, 그게…….

카리스마 넘친다던 법학과 전설의 정시운은 제 앞에서만큼은 저렇게 순진해지고 꼬리도 잘 내렸다. 사실 그에게 자격지심도 있는 것이 사실이었다. 남들은 시운의 옆자리로 제가 눈에 차지 않을 것이었고, 영은은 괜한 소문이 듣기 싫었다. 채아와 한새를 보며 느낀 것이었다.

그래서 시작한 것이 바로 비밀 연애였다. 먼저 고백을 한 것은 시운이었고, 그 고백에 비밀 연애를 제안한 것은 영은이다. 그는, 영은의 제안에 흔쾌히 허락을 했었다. 전혀 섭섭함을 보이지 않았었다.

"어디야."

— 그러니까, 지호 형이랑…….

"답답해. 벌써 술에 취했니? 그러니까 지호 선배랑 있는 데가 어디냐고 묻는 거잖아!"

너무나도 답답하고 초조한 나머지 버럭 소리까지 질러 버리고 말았다. 그러나 시운은 이미 그녀가 먼저 전화를 해 줬다는 것에 제정신이 아닌 것처럼 곧바로 대답을 했다.

— 여기, 한새 형 오피스텔 근처에 있는 술집인데, '노리'라고…….

영은은 대답을 하지 않고 그대로 뚝, 전화를 끊었다. 왜 하필 한새의 집 근처에 있는 것인가. 한새의 오피스텔을 당연히 모르는 영은은 그대로 채아에게 연락을 했다. 채아도 시운처럼 금방 전화를 받았다. 그녀는 호들갑스럽게 시운을 만나러 갔냐고 물었다.

— 맞지? 선배 만나러 간 거 맞지?

"닥치고, 너의 그 한새 선배 오피스텔 주소나 불러."

— 뭐? 오빠 집은 왜.

"볼일 있으니까! ……당장 불어."

— 홍. 시운 선배 만나러 간 거 맞지? 그거 대답 안 해 주면 나도 대답 안 해.

어쩐지 어떤 사람을 떠오르게 만드는 말투에 미간을 찌푸린 영은은 괜히 지호를 원망하며 맞다고 대답을 했다. 그러자 꺄악거리며 좋아하던 채아가 냉큼 그녀에게 한새의 오피스텔 주소를 알려 주었다. 역시나 영은은 대답도 없이 전화를 끊었다. 그대로 택시를 잡아서 한새의 오피스텔 근처로 향했다.

그곳에서 10분 정도 걸으면 시운이 말을 한 노리가 보였다. 그전부터 영은에게 시운의 전화가 무섭도록 쏟아졌지만 영은은 모른 척했다. 하지만 노리에 도착하자마자 그 앞에 서 있는 한 남자로 인해 한숨을 쏟아 버렸다.

"여, 영은아!"

얼굴도 빨갛고, 저를 향해 걸어오는 걸음이 비틀거리는 것을 보니 술을 거나하게 마신 모양이었다. 미간이 저절로 찌푸려졌다. 제 앞에 가까이 다가온 시운이 반가웠지만 괜히 코를 잡으며 손을 휘저었다.

"아, 뭐야. 주정꾼. 술 냄새. 저리 가. 훠이, 저리 가!"

"싫어, 안 가."

어린아이처럼 투정을 부리듯이 대꾸를 한 시운이 그대로 그녀를 제 품에 가두었다. 지나가던 사람들이 뭐냐며 쳐다보고 갔고, 그 시선에 영은이 움찔거리며 그를 밀어 내려고 했다. 그러나 남자들은 술만 마시면 힘이 장사가 되는지, 시운은 더욱더 힘을 꽉 주었다.

숨이 막혀 왔지만 그렇게 나쁜 기분은 아니어서 슬그머니 웃은 영은은 팔을 뻗어 그를 안아 주었다. 그러자 시운이 화들짝 놀라며 영은에게서 몸을 떼어 내 그녀를 응시했다.

"왜."

갑자기 포옹을 끝내 버린 시운에게 불만이 생긴 영은이 퉁명스럽게 대답을 했다. 여전히 멍한 표정을 하고 있는 시운이 영은을 가만히 바라보다 천천히, 아주 조심스럽게 손을 뻗었다.

처음에는 뺨을 매만졌다. 그러자 간지러운 영은이 살짝 미간을 찌푸렸다. 술에 취한 게 맞는지 시운이 피식 웃다가 천천히 내려와 어깨를 매만졌다. 이내 그녀의 한쪽 손을 두 손으로 조심스럽게 감싸 안았다. 그러다 한 손으로 깍지를 끼고서 잡았다.

맞잡은 두 손에 따듯한 온기가 느껴지자, 시운은 결국 그대로 영은을 확 잡아당겨 다시 끌어안았다.

"……진짜구나."

"그럼, 내가 진짜지 가짜야?"

"나한테…… 온 거야……?"

"그럼 너한테 왔지, 내가 김지호 보러 왔겠어?"

"하긴. 그것도 좀 기분 나쁘다."

술에 취해서 발음이 조금 이상했지만 그래도 좋았다. 이상하게도 그가 하는 말을 전부 알아들을 수 있었으니까. 마치 어린아이처럼, 시운은 그녀에게서 한시라도 떨어지지 않으려고 하는 듯했다. 피식 웃고 만 영은이 시운의 등을 토닥였다.

"너네 어머니, 최대한 막아 봐."

"……그럼 다시 나한테 와 주는 거야?"

술은 사람을 연약하게 만드는 것이 틀림없었다. 영은은 조용히, 말 없이 고개를 끄덕였다. 이렇게까지 어린아이 같은 모습을 보일 수가 있구나. 이렇게까지 저에게 매달리며 애원할 수 있구나. 그의 참다운 모습을 본 것 같아 자꾸 웃음이 새어 나오려는 것을 꾹 참았다.

"집에 가자, 오빠."

"내일…… 만나 주는 거야?"

"술 깨기만 해."

"데려다줄게."

"됐거든요. 술주정뱅이가 어디서. 지호 선배는?"

"안에……."

영은은 그길로 택시를 잡아 자연스럽게 시운의 집 주소를 말하고 그를 태워 보냈다. 멀어져 가는 택시를 보며 짧게 웃은 영은은 다시 택시 하나를 잡고 집으로 향했다. 오랜만에 가슴이 따듯해졌고, 마음이 푹 놓였다.

함께 걸어가면 되는 것이다. 힘들면 서로 위로해 가면서 함께 걸어가면 되는 것이었다. 그런 간단한 것을 지금 알았다.

영은의 입가에는 미소가 지워질 줄 몰랐다.

주말에는 늘 한새와 보냈다. 그것은 오늘도 마찬가지였다. 날이 참 좋다며 피크닉을 가기로 했다. 덕분에 괴로운 것은 영은이었다. 부스스한 채 일어나 귀찮다는 듯이, 짜증도 난다는 듯이 머리를 북북 긁고 있던 영은이 호들갑을 떠는 채아의 뒤통수를 노려보다 그녀의 등을 짝, 소리가 나도록 내리쳤다.

"악, 아파!"

"넌 저리 꺼져! 무슨 여자애가 이런 것도 못하냐? 시집은 어떻게 가려고."

"시집이야……!"

채아는 생김새와는 달리 가정적인 일은 젬병이었다. 그렇기에 늘 영은이 투덜대면서도 같이 사는 동안은 거의 다 해 주었다. 밥이나 청소 등. 그나마 영은에게 배우고 익혀서 빨래 정도는 할 수 있게 되었는데, 영은이 구박을 할 때마다 했던 말이, 시집은 어떻게 갈 거냐는 말이었다.

"시집이야, 뭐?"

"이익……!"

그럴 때마다 채아가 했던 대답은 늘 한결같았다. 시집 따위 안 가! 라고.

그러나 한새와 만나는 지금은 대답을 예전처럼 쉽게 할 수가 없었다. 한새와 결혼을 생각해 본 적은 없지만 다른 사람과 할 생각은 분명 없었다. 그렇기에 시집 따위는 가지 않겠다는 습관적이 말을, 이제는 쉽게 내뱉을 수가 없게 되었다.

"빠, 빨리…… 알려 줘."

결국 꼬리를 내린 채아가 중얼거렸다. 피식 웃은 영은은 다시 차근차근 채아와 함께 도시락을 싸기 시작했다.

처음에는 김밥을 만들까 했지만 김밥 하나 제대로 싸지 못하는 채아로 인해 영은은 골머리를 앓다가 그나마 만들 줄 아는 볶음밥이라도 하라고 했다. 제대로 된 피크닉에는 김밥인데, 하며 아쉬움을 가지던 채아도 제가 김밥을 엉성하게 싼다는 것은 알고 있으므로 볶음밥을 만들기 시작했다. 의외로 볶음밥은 잘 만들었다.

일단 볶음밥을 다 만들고 난 후, 영은과 함께 간단히 샌드위치를 만들었다. 그런데 한새와 채아가 단둘이서 먹을 양보다 더 많이 만드는 영은이었다. 의아하게 그녀를 바라보던 채아가 입을 열었다.

"왜 그렇게 많이 만들어?"

"나도 소풍 갈 거다."

"엑? 누구랑? 설마……."

그 설마다, 라고 대답을 하려다 영은은 쑥스러워서 입을 다물었다. 아직도 시운과 다시 사귀게 되었다는 말을 채아에게 건네지 못했다. 3일이 지났지만 그렇게나 두 번 다신 안 만난다고 했던 시운과 다시 만난다는 사실이 어지간히 말하기 쑥스러웠다. 그래서 입을 다물고 도시락 통에 샌드위치를 넣어 묵묵히 장식을 했다.

그런 영은을 보며 채아는 입을 열었다. 그 말로 인해 곧바로 영은의 미간이 일그러졌다.

"설마…… 지호 선배랑?"

"거기서 김지호 이름이 왜 나와!"

"그럼 같이 갈 사람 없는데? 허……. 안 되겠다, 영은아. 같이 가자. 혼자서 청승이라니. 말도 안 돼."

아예 같이 가려는 사람의 명단에서 시운이 제외되었다는 것이 씁쓸해서 영은은 저도 모르게 쓴웃음을 지었다. 그래도 생각을 해보면 자신이 단호하게 시운과 다시 안 만날 거라고 한 것이 원인이니 채아의 반응은 당연할지도 몰랐다. 자업자득이란 이럴 때 쓰이는 말 같았다.

"……됐다, 됐어."

이제 와서 시운과 다시 사귀게 되었고, 저도 좀 제대로 된 데이트를 하려고 샌드위치를 싼다고는 죽어도 말할 수 없었다. 너무 민망하고 부끄럽고, 또한 쑥스러웠다. 그래서 묵묵히 도시락만 싸 주었다.

반면, 그런 영은의 반응에 수상하다 여긴 채아는 도시락을 싸면서도 계속해서 영은을 바라보았다. 며칠 전부터 기분이 좋아 보이

는 것은 기분 탓이라 여겼는데, 사실은 그렇지 않나? 고개를 갸웃
거리던 채아가 다시 눈을 가늘게 떴다. 영은은 그런 채아의 시선을
느꼈음에도 불구하고 아무렇지도 않게 다 싼 도시락을 채아의 앞
에 내밀었다.

"자. 얼른 피크닉 하러 꺼지세요."

"너…… 수상하다?"

"내가 뭘."

"샌드위치 가지고 지호 선배랑 먹을 게 아니면……."

잠시 채아는 잊고 지냈던 영은과 시운이 떠올랐다. 순간 무언가
를 깨달았다는 듯이 화들짝 놀라는 채아로 인해 덩달아 움찔거린
영은이 미간을 팍 찌푸렸다.

"뭐야, 그 시선은. 못 볼 걸 봤다는 듯이."

"아니……. 저기, 영은아. 내가 물어볼 게 하나 있는데."

"묻지 마."

채아가 무슨 말을 할지 깨달은 영은은 딱 잘라 말을 했다. 부엌
을 정리하는 동안 계속해서 느껴지는 시선에, 오히려 고개를 들어
채아를 노려보기까지 했다. 이 정도 되면 채아는 알아서 한 발짝
물러서게 된다. 그러나 오늘따라 끈질기게 저를 바라보는 제 친구
의 시선에, 결국 졌다는 듯이 영은이 어깨를 으쓱였다.

"나도 피크닉에 같이 가 줄 사람 있다고. 얼른 피크닉이나 하러
꺼지세요."

"와…… 맙소사. 언제? 언제 다시 만난 거야?"

"야. 은채아. 지금 몇 시인지 알아? 11시 정각이다."

"뭐? 헉, 진짜다!"

약속 시간만큼은 일찍 나가서 기다릴 거라고 큰소리 떵떵 쳤기에

채아는 시간을 확인하자마자 사색이 되어서는 재빨리 도시락을 들고 현관문으로 달려 나갔다. 미리 준비를 해 놓기를 다행이다. 생각을 하며 집을 나서던 채아는 1층에 도착하자마자 자신이 사는 집을 바라보았다.

"다행이다."

저 몰래 사귀었기에 그렇게 큰 아픔을 가지고 있는 줄은 몰랐다. 그래서 알고 난 후로는 더욱더 진심으로 행복하기를 바랐다. 부디 행복하기를. 마음껏, 마음을 놓고 다시 한번 사랑을 할 수 있기를. 저는 친구가 아파할 동안 그 앞에서 한새에 대한 이야기를 늘어놓았었으니까.

그래서 지금 다시 만나는 그 모습이 참 예쁘고 다행이라는 생각이 많이 들었다. 마음도 푹 놓였다.

"오빠!"

덕분에 한새를 좀 더 밝게 맞이할 수 있었다. 손을 획획 흔들며 다가오는 채아를 바라보던 한새가 빙긋 웃었다.

회사에서는 늘 정장 치마 차림이었지만 정장 차림을 벗어난 채아는 대학생 때와 별다른 것이 없어 보였다. 수수하면서도 예뻐 보이는 모습에, 한새는 제 앞으로 다가오는 채아를 그대로 껴안았다.

"앗, 갑자기⋯⋯!"

"보고 싶었어."

대뜸 말을 해 오는 한새의 말에 놀란 것도 잠시, 그의 품 안에서 불편한 자세를 고친 채아는 한 손에 든 도시락통이 기울지 않게 신경 쓰며 그를 마주 안았다. 그러자 한새가 피식 웃는 소리가 들렸다.

"우리, 어제도 봤잖아요."

"그래도 보고 싶었어."

"······음. 사실 저도 그랬어요."

결국 못 당하겠다는 듯이 한새가 듣고자 하는 대답을 들려주었다. 그러자 기분 좋다는 듯이 퍼지는 웃음소리에 채아도 덩달아 웃었다.

차에 올라탄 한새는 채아의 품에 안긴 도시락 통을 바라보았다. 그저 가까운 호수공원에 놀러 가자고 했을 뿐인데 언제 또 저런 것을 준비했는지 모르겠다. 저절로 미소가 지어졌다. 채아가 도시락 위에 가지런히 손을 얹은 것을 바라보던 한새는 살며시 그 손 위에 제 손을 얹었다. 그러자 정면을 바라보던 채아의 시선이 자연스럽게 한새에게로 향했다.

"채아야."

"네?"

싱글벙글 웃고 있는 그 모습이 귀엽기도 하고, 예쁘게 보여서 한새는 고개를 슥 숙여 그녀의 입술에 가볍게 제 입술을 부딪쳤다. 쪽, 부끄러운 소리가 수줍게 차 안에서 울려 퍼졌다.

"날씨도 참 좋네."

"······그러게요."

처음에는 그저 막무가내로, 가볍더라도 갑작스럽게 입을 맞추는 것은 왠지 모르게 채아가 꺼려 할 것만 같았다. 한새의 눈에는 채아가 순수한 결정, 그 자체로 보였다. 그렇기에 늘 조심스러웠다.

손은 늘 잡고 싶었고, 입은 시도 때도 없이 맞추고 싶었다. 늘 품에 안고 싶었다. 그리고 조금 더 시간이 지나면 그 이상의 것을 나가고 싶었다. 그러나 제가 건드렸다간 채아가 울 것 같아서 쉽게 건드릴 수가 없었다. 그렇기에 그녀에게 하는 행동은 늘 조심스러웠다.

다행인 점은, 채아가 제 입맞춤을 싫어하지 않고 오히려 미소로 받아들여 준다는 것이다. 당분간은 그것만으로 만족을 하고 싶었지만 막상 이성과 본능이 싸움을 시작하면서 그다지 쉽지 않은 일이라는 것을 알았다.

'하아…….'

밖으로는 꺼낼 수 없는 한숨을 속으로 잔뜩 내쉬며 한새는 조용히 운전을 했다. 그러다 신호가 걸렸을 때, 고개를 채아쪽으로 돌렸다. 유난히 기분이 좋아 보이는 모습이 궁금해 질문을 던졌다.

"채아야. 무슨 좋은 일 있니?"

"아, 그렇게 보여요?"

"응. 무슨 일 있구나?"

"사실은……."

수줍게 웃으며 채아는 영은에 대한 이야기를 했다. 결국 영은이 받아 준 것이구나. 한새는 고개를 끄덕이다 어쩐지 묘하게 질투감이 들어 살짝 미간을 찡그렸다. 하지만 채아가 저를 돌아보는 것이 느껴지자, 얼른 그 시선에 부드럽게 미소를 지었다. 그 미세했던 찡그림은 채아가 절대 보지 못할 정도로 순식간이었다.

"아! 맞다. 돗자리를 놓고 왔네요. 잔디 위에 그냥 앉을 수는 없는데."

"내가 가지고 왔어."

"와…… 정말요?"

호수공원까지는 오래 걸리지 않았다. 한새는 차에서 내려 기지개를 켜는 채아를 바라보았다. 일을 할 때는 늘 머리를 하나로 묶어서 망에 넣고 다녔는데, 쉬는 날이라 모처럼 채아는 긴 생머리를 늘어뜨려 놓았다.

그 편이 더 예뻐서 피식 웃던 한새는 그녀의 머리를 쓰다듬다 채아의 손에 들린 도시락 통을 들었다. 제가 들 수 있다고도 했지만 한새는 딱히 대답을 하지 않았다. 여왕님처럼 모셔 줄 거라는 마음은 아직도 여전했으니까. 그 마음은 앞으로도 절대로 변함이 없을 것이다.

두 사람은 좋은 곳에 자리를 잡고 돗자리를 폈다. 그 위에 앉아 시간을 확인한 채아가 도시락을 펼쳤다. 맨 먼저 볶음밥을 꺼냈다.

"제가…… 아하하! 사실은 요리 솜씨가 없어요. 뭐랄까. 집안일에 결코 도움이 되지 않아요. 그래서 영은이를 졸라서 아침부터 했는데……."

"괜찮아."

"아, 그래도 볶음밥은 할 줄 알아서…… 이건 제가 직접 만든 거예요!"

"그래? 어쩐지, 맛있게 보인다. 잘 먹을게."

부드럽게 웃는 그의 미소에, 잠시 가슴이 두근거리는 것이 느껴졌다. 멍하니 한새를 바라보던 채아는 붉어진 얼굴로 그저 고개만 끄덕였다. 어쩐지 맛있게 보인다. 제가 만들었기에. 완성되지 않은 문장이 머릿속에서 떠돌아다녔다. 몽롱한 기분이 들다가도 자꾸만 웃음이 나와서 피식 웃으며 밥을 먹었다. 채아는 혼자만의 생각에 빠져서 한새가 계속해서 저를 바라보고 있음을 느끼지 못했다.

그렇게 조용히 볶음밥을 먹으며 한새는 간간히 채아를 살폈다. 조용히 밥을 먹던 채아가 겨우 정신을 차렸을 때 한새의 시선을 느꼈는지 고개를 돌렸다. 허공에서 두 시선이 얽혔고, 채아가 먼저 빙긋 웃었다.

'이런…… 안 되겠군.'

제가 이렇게나 인내심이 없던 사람인가, 생각을 해 보았다.

"채아야."

"네?"

한새는 조금 더 그녀의 옆으로 가까이 다가갔다. 한 손으로 바닥을 짚고 있는 채아를 바라보다 슬쩍, 그 손 위에 제 손을 얹었다. 이내 부드럽게 잡자 움찔거리던 채아가 웃음으로 보답을 해 주었다. 가슴이 두근거리는 느낌이 들었다. 이 나이를 먹고 처음 시작한 연애여서 그런지 참 요령이 없다는 생각도 들었다. 사실은 어떻게 하면 좋을지 알 수 없는 것들뿐이다.

그때, 한새의 시야에 채아의 입가 근처에 묻은 밥풀이 보였다. 그 모습이 귀엽게만 느껴져 한새는 입꼬리만 부드럽게 말아 웃었다. 그가 본능적으로 고개를 숙여 그녀의 입술을 스쳐 지나가 밥풀을 혀로 슬쩍 핥았다. 그대로 경직되어 버리는 채아가 느껴졌다.

낮게 웃던 한새가 똑바로 그녀를 바라보았다. 그러자 멍하니 있던 채아가 정신을 차리고 새빨개진 얼굴로 입을 열었다.

"오, 오, 오, 오, 오빠!"

얼마나 당황했는지 참 많이도 더듬었다. 그것이 귀여워 피식 웃은 한새가 그녀의 머리를 부드럽게 쓰다듬으며 장난스럽게 대답을 해 주었다.

"그, 그, 그, 그, 그래, 채아야."

아 진짜! 울상이 된 채아는 한새의 팔을 두 손으로 붙잡고서 대답을 했다. 그러나 어지간히 당황을 했는지 여전히 더듬는 목소리였다.

"따, 따, 따라 하지 마세요!"

'세' 부분에서 저도 모르게 목소리에 빡 힘을 주어서 세가 아니라 쎄라는 발음이 나와 버렸다. 덕분에 채아의 얼굴이 확 타올랐고, 그 모습을 홀린 듯이 바라보던 한새가 채아의 뺨을 두 손으로 조심스럽게, 감싸 안듯이 잡고서 들게 만들었다. 덕분에 정신없이 고개를 숙이던 채아의 얼굴이 들렸다.

스르륵, 채아의 앞으로 다가가 그대로 입을 쪽 맞춘 한새가 살며시 미소를 지었다. 그대로 멍한 표정을 지어 버린 채아에게, 귓가에 속삭이듯이 대답을 해 주었다.

"은채아."

"……."

"너, 이렇게 자꾸 귀여워서 어떻게 해?"

"네, 네, 네?"

너무 당황해서 또 더듬어 버렸다. 아, 바보 같아. 다시 울상이 되어 버린 채아가 사랑스러워 쿡, 짧게 웃은 한새가 그녀의 입술에 제 입술을 가져갔다. 그러나 아까와는 달리 가벼운 입맞춤은 아니었다. 입술을 맞대다 고개를 틀어 입술을 맞물리게 했다. 이내 슬쩍 그녀의 입술을 핥았다.

채아가 놀랐는지 그녀의 어깨가 들썩였다. 그녀의 어깨를 부드럽게 쓸던 한새는, 벌어지는 틈으로 제 혀를 살짝 집어넣었다. 처음에는 부딪치기만 하던 혀를 살짝 옭아매어 보았다.

채아는, 처음에는 피하기만 했다. 그러나 이리저리 도망가도 자꾸만 쫓아오는 한새로 인해 반쯤 포기 상태로 한새를 마주했다. 그러자 기쁘다는 듯이 한새가 눈웃음을 짓더니 그대로 채아의 입 안을 마음껏 돌아다녔다. 혀를 강하게 잡아당기기도 하다가 입천장도 쓸었다.

그대로 치아를 고루고루 쓸던 한새는, 제 팔을 잡고 있던 채아의 손에 점점 힘이 들어가는 것을 느끼고선 입술을 떼어 내었다.

붉게 타오른 얼굴로 눈을 질끈 감고 있는 그녀의 입술이 눈에 들어왔다. 문득, 뱃속으로 열기가 확 솟구치는 기분이 들었다.

'이런…… 낭패다.'

그녀가 서서히 눈을 뜨자, 한새가 애써 신사적인 미소를 지으며 엄지로 그녀의 입술에 묻은 타액을 닦아 주었다.

"……그렇게 자꾸 귀여우면 입만 맞추고 싶잖아."

낮게, 그 속에는 열기를 감춘 한새의 목소리가 들렸다. 그러나 채아는 본능적으로 그의 목소리가 잠겼다는 것을 알아차렸다. 스물여덟 살이라면 알 건 다 알고 있을 나이였다. 그의 목소리가 잠긴 이유가 뭔지 알 것 같아 채아의 얼굴이 붉게 물들었다. 그걸 모르는 한새는 그저 제 키스에 그런 줄로만 알았다.

"채아야."

"……네."

키스 하나에도 저렇게 어쩔 줄 몰라 한다. 그런 그녀를 더 이상 몰아붙일 수가 없었다. 그러니 앞으로 제가 더 인내심을 기르고 고생을 할 수밖에. 쓰게 웃은 한새는 그녀의 뺨을 만지작거리다 고개를 가로로 저었다. 슥, 머리를 한 번 쓰다듬고서 입을 열었다.

"아니, 아무것도 아니야."

그저 나중에, 아주 나중에 채아가 멀쩡한 얼굴이 되면 물어봐야겠다. 혼전순결주의인지. 부디 그것만 아니길 바랐다.

하지만 아직 갈 길이 멀었다는 것은 그도 본능적으로 짐작을 하고 있었다.

Chapter 16

졸업을 한 후에도 천문학 동아리였던 사람들은 종종 모임을 가졌다. 오늘은 지난 모임으로부터 8개월 만에 다시 만나는 자리였다. 이번 모임은 예전과는 같이 가는 사람이 다르므로 떨리기까지 했다.

사귀지도 않는데 단지 같이 붙어 있는 것만으로도 서로를 커플로 엮는 사람들. 채아는 그런 사람들이 싫었다.

"맞아. 그 인간들이 얼마나 집요한데."

거울을 바라보던 영은이 채아를 향해 입을 열었다. 채아가 재빨리 고개를 끄덕였다.

"그럼 어떻게 하지?"

"야. 그런데 한편 이런 생각도 들어."

"뭔데?"

"우리가 무슨 죄인이야? 좋아해서 만나는데 무슨 죄야."

"하긴……. 아무튼 우리 처음으로 다른 사람과 같이 가네."

아쉽다는 듯이 말을 꺼낸 채아는 이내 언제 그랬냐는 듯이 핸드폰 액정에 뜬 이름을 보고 미소를 한껏 지었다. 그런 채아의 표정을 본 영은은 상대방이 누군지 알 것 같아 혀를 끌끌 찼다. 채아는 영은이 혀를 차든지 말든지 그저 전화만 냉큼 받았다.

"오빠! 벌써 도착했어요?"

— 하하. 응. 집 앞이야.

"아, 얼른 내려갈게요!"

— 참. 영은이랑 같이 와도 될 것 같아.

"영은이요?"

채아는 잠깐 영은을 바라보았다. 영은은 수화기 너머에서 제 이름이 나오자 의아한 얼굴을 보이다 고개를 끄덕였다. 채아는 그저 알겠다고 하고서 전화를 끊었다.

"왜 너도 같이 오라는 거지?"

"시운 오빠도 왔나 보지, 뭐."

"아, 그렇구나."

사실 말로만 들었지, 한 번도 깊이 생각해 보지 않았다. 두 사람이 사귀던 사이였고 다시 연인 사이가 되었다는 것은 채아에게 여전히 믿을 수 없는 일이었다. 오히려 지호랑 둘이 서 있는 것은 많이 보았지만 시운과는 단 한 번도 보지 못했기 때문이다.

그래서 채아는 내심 기대를 하고 있었다. 시운과 함께 있는 영은은 어떤 모습일까, 하고서.

영은과 함께 집 밖으로 나오자마자 익숙한 차가 보였다. 그 앞으로 다가가자, 채아가 온 것을 확인한 한새가 바로 차 밖으로 나왔다. 그는 입꼬리를 부드럽게 말아 올리며 그대로 채아를 품 안에 안았다.

"왔어?"

갑작스러운 한새의 행동에 영은의 시선이 느껴져서 그 품에서 빠져나오고 싶었지만 그럴수록 한새는 제 팔에 힘을 주었다. 결국 영은이 피식 웃으며 차 안으로 먼저 들어갔다. 그제야 힘을 뺀 한새는 그녀를 내려다보다 고개를 숙여 입술에 짧게 입을 맞추었다. 덕분에 채아는 얼굴이 붉게 물들어 버렸다.

"영은이 보는데……."

"들어갔잖아?"

"그래도……."

"응, 채아야. 사랑해."

갑자기 들려오는 고백에 채아는 붉어진 얼굴로 어쩔 수 없다는 듯이 웃어 버렸다. 한새는 그 웃음에 홀린 것처럼 멍한 얼굴로 바라보기만 하다 퍼뜩 정신을 차렸다. 습관처럼 머리를 쓰다듬으려다 망가질까 싶어서 가볍게 토닥이기만 했다.

"오늘 참 예쁘네."

"오빠는 늘 멋있어요."

"하하. 칭찬인가?"

"칭찬이죠. 얼른 타요. 시운 선배도 왔어요?"

밖에서는 안을 들여다볼 수 없게 진한 선팅을 해 놨기에 채아는 안에 누가 있는지 볼 수가 없었다. 그때 조수석 문이 열리고 익숙한 얼굴이 채아를 반겼다. 시운은 그녀에게 손을 흔들어 인사했다.

"안녕하세요, 선배!"

"그래. 애정 행각을 라이브로 참 잘 보았어."

"아, 아하하……."

"나는 너랑 형이랑 이미 사귀는 줄 알았다니까."

부러운 것 같은 표정을 지으면서도 입가에 미소를 걸고 있는 시운은 전보다는 훨씬 좋아 보였다. 무엇보다도 영은과 두 손을 잡고 있었다. 잠시 눈을 가늘게 뜨던 채아는 한새가 제 뺨을 툭툭 건드리기에 앞을 바라보았다. 그가 빙긋 웃으며 안전벨트를 매어 주었다.

"제가 할 수 있는데……."

"뭐든 해 주고 싶다고 그랬지 않나?"

하지만, 이라고 하려던 말은 말았다. 뭐든 자신이 좋아서 한다는데, 하지만이라는 말을 띄울 수가 없었다.

간간이 뒷좌석에서 영은과 시운의 대화가 들려왔다. 룸미러를 통해 도란도란 이야기를 하는 두 사람을 보니, 채아는 마음이 푹 놓였다. 이젠 정말로 행복하구나. 정말 다행이라는 생각이 들었다.

"채아야."

"네?"

"모임에는 자주 나갔었니?"

"자주가 아니라 전부 나갔었어요."

"……그래? 왜?"

제가 없는데도 꼬박꼬박 나갔다는 말에 묘하게 마음이 술렁였다. 한새는 저도 모르게 가라앉은 목소리로 입을 열었다. 그의 목소리가 한층 낮아진 걸 알았는지 채아가 힐끔거리며 눈치를 봤다. 전과 같으면 몰랐겠지만 지금은 왠지 알 것 같아서 채아는 곧 웃음을 머금으며 대답했다.

"연락 두절에…… 행방을 모르니, 혹시나 모임에는 나올까 싶었거든요. 언제 올지 모르니, 한 번도 빠짐없이 나갔어요. 행여나 있을까 봐."

그녀의 대답을 듣고 난 뒤, 한새는 마음이 무거워졌다. 그리고 후회되었다. 과거에, 왜 그랬을까. 혼자서 생각하고 정리하고 결론을 내렸다. 지난 과거는 덜 성숙했고 어리석었다. 자신의 집안으로 인해 채아가 상처받을 것만 생각했었다. 소중한 사람이 다치는 건 볼 수 없었다. 그래서 다치지 않게, 미리 혼자 정리를 해 버렸다. 그것이 지금은 후회하고 또 후회하는 점이었고 반성하고 있었다.

"그래도…… 매번 실망을 해도 또다시 희망을 찾고 있는 저를 발견했었어요."

그렇게 대답을 한 채아는 툭 떨어뜨린 한새의 손에 깍지를 끼고서 빙긋 웃었다.

"참. 오빠는 모임 처음 가 보니까 졸업하고 나서는 다들 오랜만에 보겠네요?"

"……아, 뭐. 그렇지. 응."

"후배들도 계속해서 생겨요. 보면 신기해요. 내가 저런 시절도 있었는데, 하고."

피식 웃은 한새는 이제 마음을 가라앉히고 다시 운전에 집중했다. 그는 내내 그녀가 잡아 준 손을 놓지 않았다.

어느새 약속 장소인 곳에 도착했다. 고급 술집이었다. 외관으로 봐도 비싸 보이는 그 모습에 잠시 미간을 찌푸리던 한새가 옆에 서 있는 채아에게 물었다.

"이 모임, 주최자는 지호니?"

"어…… 어떻게 알았어요?"

당연하다고 할 수밖에. 그는 이런 곳을 좋아했다. 분위기도 외관도 고급스러운 곳이 아니면 고르지 않았다.

"얼른 들어가요, 오빠! 후배들도 오빠 궁금해해요."

말을 하는 채아의 표정이 어쩐지 좋지 않은 것 같았지만 한새는 조명 탓이라고 여겼다. 분명 어두워서 제가 잘못 본 것이리라.

사실 채아의 표정이 나빠진 건, 모임에 갈 때마다 동아리 사람들이 한새의 안부를 제게 물었기 때문이었다. 친하지 않은 후배나 선배도 모두 그녀에게 물었기에 불편했고, 거기다가 질투심까지 더해졌다. 그런 의미로 채아는 모임에 오는 걸 싫어했다. 어디까지나 한새를 만나기 위해 이어 온 모임이었다.

'여전히 오기 싫었지만……'

목적을 잃은 지금, 채아가 오늘 모임에 참가하게 된 이유는 단하나였다. 한새와 다정하게 같이 왔으니 당연히 시선이 집중될 걸 예상했다. 두 사람이 어떤 사이냐고 물어볼 게 틀림없었다. 더는 한새가 혼자가 아님을 보여 주고 싶었다.

멍한 얼굴로 그런 생각을 할 때, 급하게 옆을 지나가던 누군가와 부딪쳤다.

"아, 죄송합니다."

채아는 한순간 중심을 잡지 못하고 비틀거렸다. 굽이 높은 구두를 신고 온 탓이었다. 다행히 그때 그녀를 재빨리 잡은 한새의 품속에 고개를 박았다.

"미, 미안해요."

"채아야. 괜찮아?"

다정한 얼굴로 괜찮냐고 걱정을 해 주는 한새의 얼굴에 채아는 잠시 멍해졌다가 퍼뜩 정신을 차렸다.

"괘, 괜찮아요. 제가 괜히 이런 구두 신고 와서……"

"아냐. 예뻐. 하지만 자주 신지는 마. 너 발목 아프잖아. 위험하고."

문득 그에게 입을 맞추고 싶다는 생각이 들었다. 평소에는 멋있고 잘생긴 그였다면 어쩐지 오늘은 섹시했다. 장소와 분위기 때문일지도 모른다. 어쨌든 지금의 한새는 채아의 심장을 쿵쾅거리게 만들었다.

"채아야?"

자꾸만 넋이 나가는 게 이상했는지 이름을 부르며 가까이 다가온 그를 피해 채아는 고개를 휙 저었다.

"네, 네!"

"괜찮아?"

"괜찮고말고요. 안 괜찮을 게 뭐가 있겠어요."

이상하게 한새가 한 발자국 다가가면 채아는 그만큼 뒤로 물러났다. 한새는 채아가 자꾸만 뒤로 물러나니 왜 자신을 피하는지 의아한 마음에 다가가고 있었다. 어느새 벽에 등이 닿았는지 채아가 멈칫하더니 이리저리 시선을 굴렸다. 한새가 고개를 숙여 채아와 눈높이를 마주했다.

"채아야. 왜 그래? 어디 불편하니?"

"그게……."

"그게?"

무슨 일이 있구나. 한새는 혹시나 지금 이 모임이 불편한 건가 싶었다. 그렇다면 당장 채아만 데리고 돌아갈 생각이었다. 그때 채아가 눈을 질끈 감더니 고개를 푹 숙였다. 작은 소리로 뭐라고 웅얼거리기에 자세히 듣기 위해서 고개를 숙여야만 했다.

"오늘…… 오늘따라 오빠가…… 섹시해서……."

그제야 한새는 채아가 왜 그런 반응인지 알아차렸다. 동시에 채아가 너무 예뻐 보여, 지금 당장 입을 맞추지 않으면 안 될 것 같았다.

"채아야."

"……네."

왼쪽 손은 채아의 오른쪽 어깨를 감싸 안았고, 오른쪽 손은 뺨을 부드럽게 쓸었다. 콧등 위에 가볍게 입을 맞추었다. 그러자 채아가 움찔 떠는 것이 느껴졌다. 피식 웃으며 이번에는 오른손으로 붉은 입술을 연신 쓸었다.

그녀가 긴장을 하는 게 느껴졌다. 한새가 천천히 다가가자 채아는 천천히 눈을 감았다. 허락을 한 거라 생각한 한새는 고개를 비틀어 슬쩍 그녀의 입술을 머금었다. 그녀의 입술이 열리고, 그는 혀를 밀어 넣어 음미하듯 키스했다.

하지만 오래지 않아 두 입술은 아쉬움만 남기고 떨어져야 했다. 복도 끝에서 누군가의 발자국 소리가 들려서 더는 계속 이어 나갈 수가 없었다.

"채아야."

한새가 그녀의 입술을 닦아 주며 부드럽게 웃는 얼굴로 시선을 마주했다.

"음…… 네?"

"마중 나왔다. 들어가자."

"마중이요? 누가…… 읏."

뒤를 돌자마자 익숙한 얼굴이 보였다. 선배였던 주희다. 주희는 입을 두 손으로 가린 채 음흉한 눈빛을 보내고 있었다. 채아는 새 빨개진 얼굴을 푹 숙였지만, 한새는 아무렇지도 않게 채아의 어깨를 감싸며 주희의 앞으로 다가갔다.

"오랜만이다, 강주희."

"으흐흐. 오랜만이고 자시고. 둘이 안 사귄다며? 이건 뭐야, 뭐야. 특종이잖아?"

"서, 선배……!"

특종이라 외친 주희가 재빨리 룸으로 달려갔다. 당황해서 주희의 뒤를 따라가려던 채아의 손목을 한새가 붙들었다.

"어차피 들어가면 다들 알 일이야."

"하, 하지만 주희 선배가 방금……!"

"괜찮아. 주희도 알 건 다 알 나이잖아?"

그게 문제가 아니라고요! 하고 외치고 싶은 것을 꾹 참은 채아가 붉어진 얼굴을 다시 숙였다. 그 모습이 또 귀엽게 보여서 한새는 웃어 버리고 말았다.

예상대로 이미 주희가 말을 다 했는지, 문을 열고 들어서자마자 룸 안에 있던 사람들이 일제히 두 사람을 돌아보았다. 그건 어떻게 봐도 한새가 오랜만에 얼굴을 비쳐서가 아니었다. 두 사람이 사귀며, 방금 전까지만 해도 키스를 하다 왔다는 재미난 이야기에 기뻐하는 표정이었다.

"대박이다, 진짜."

차마 고개를 들지 못하는 채아는 재빨리 영은의 옆으로 앉으려고 했지만 그럴 수가 없었다. 제일 끝, 빈자리에 앉은 한새가 채아의 손목을 잡아당겼기 때문이다. 또다시 중심을 잃은 채아가 비틀거렸다. 기다렸다는 듯이 한새가 두 팔을 벌려 그녀의 허리를 감싸 안으며 당겼다. 덕분에 채아는 한새의 무릎 위에 앉게 되었다.

"야아. 그동안 너네 못 사귀고 어떻게 버텼니?"

말 빠르기로 유명한 촉새 주희가 여전히 음흉한 웃음을 걸친 채 말을 했다. 이를 신호로 동아리 사람들도 한 마디씩 하기 시작했다. 한새를 처음 본 후배들은 아깝다는 말을 자기들끼리 주고받았다.

민망해서 고개를 들 수가 없던 채아는 재빨리 한새의 옆자리에 앉았다. 그 순간, 그의 중얼거리는 소리가 귓가에 선명히 들려왔다.

"아아, 아쉽네."

무엇이 아쉬우냐고는 절대로 묻지 않았다. 아무리 눈치가 없다 해도 왜 그런지는 알았기에.

곧바로 술 파티가 시작되었다. 당연히 술잔은 죄다 한새에게로 몰렸다. 근 5년간 얼굴을 드러내지 않은 벌이라 했다. 한새는 기분 좋게 웃으며 그 술을 전부 다 받아 마셨다. 채아의 앞으로 네 잔 정도 들어온 것까지 마시고 있었다. 그 옆에서 채아는 안절부절못하며 한새에게 종종 안주를 먹여 주었다.

한참을 괴롭히더니 드디어 화제가 바뀌었다. 이번엔 시운과 영은, 두 사람이다. 채아는 낮게 한숨을 쉬고서 소파에 툭 기댔다. 자연스럽게 한새가 제 어깨에 기댈 수 있게 해 주자 고개를 들어 그를 바라보았다.

"채아야. 괜찮니?"

한새는 전혀 취해 보이지 않았다. 오히려 채아의 눈앞이 핑글 돌고 있으니 그가 걱정할 만도 했다. 소주 두 잔으로 시작해 처음 마시는 양주에, 거기다 소맥까지. 술이 약한 채아였기에 취하는 것은 당연했다.

"오빠……."

"그래. 속 안 좋거나 그러면 바로 말해."

"아오, 둘이 좀 봐라. 채아야. 이리 와 봐. 할 말이 있어."

술에 취하기 직전인 지호가 소주병을 흔들어 보이더니 제 옆자리를 툭툭 쳤다. 그러자 술기운이 돌기 시작한 지 좀 된 채아가 싱글벙글 웃으며 소주잔을 들고 벌떡 일어났다. 한창 분위기가 좋던 차에 채아가 택한 것은 소주였고, 한새는 허무하다는 듯이 그쪽을 바라보았다. 평소 같으면 이미 진작 저를 돌아보았을 테지만 채아는 쌩하니 지호 옆으로 가 버렸다.

"이 선배가 말이다."

"네, 네!"

"올해 몇 살인지는 아냐?"

"당연하죠! 우리 오빠랑 같은 나이죠! 헤헤."

"우리 오빠아? 그 오빠가 설마 나를 죽일 듯이 노려보는 조 선배는 아니겠지."

그러자 채아가 고개를 휙 돌려 한새를 바라보았다. 이미 옆에 와 앉아 있던 그는 언제 지호를 노려봤냐는 듯이 빙긋 웃으며 채아를 바라보았다. 그가 웃으니 저도 덩달아 웃은 채아가 고개를 돌려 지호에게도 웃어 주었다. 질투심이 나서 한새는 당장이라도 지호를 밀쳐 버리고 싶은 심정이었다.

"에이. 오빠는 안 노려봤어요."

"흐음. 그런가. 아무튼 말이야. 내가 요즘 웬 꼬맹이한테 시달리거든?"

"꼬맹이요?"

어지러운지 이마를 부여잡은 채아가 지호에게서 술을 받았다. 이내 지호와 잔을 부딪치더니 홀짝거리며 그의 말을 들었다.

"무려 나랑 열두 살 차이야, 열두 살. 띠동갑."

"헉. 그럼 스무 살이요?"

"그래."

"그런 파릇파릇한 애가 왜 이런 아저씨에게……."

306

"떽! 아저씨라니!"

주거니 받거니 하는 사이에 지호가 점점 채아에게로 기울자, 결국 한새가 지호를 밀고서 채아를 데리고 일어났다.

"먼저 간다."

"뭐? 야! 조한새!"

주희가 소리를 지르자 한새는 웃다가 비틀거리는 채아에게 시선을 돌렸다.

"미안하다, 다들. 오랜만인데. 보다시피 채아가 많이 취해서……."

"안 취했어요!"

채아가 빽 소리를 질렀지만 발음이 꼬여서 '안 취해써요!' 가 되어 버렸다. 술이 좀 센 편인 영은은 혀를 쯧쯧 차며 중얼거렸다.

"저거, 저거. 취했네, 취했어. 한새 선배. 쟤 빨리 데려가요. 저러다 진짜 내일 죽을 거 같은데."

"뭐…… 그렇다네."

빙긋 웃던 한새는 그대로 채아를 업었다. 순식간에 벌어진 일에 룸 안에 있던 사람들은 입을 다물고 두 사람을 바라보았다. 여유롭게 채아를 업은 한새는 손을 흔들기까지 했다. 탁, 문이 닫히자마자 술이 어느 정도 들어간 사람들은 언제 그랬냐는 듯이 다시 웃고 떠들며 술을 마시기 시작했다.

채아를 데리고 나간 한새는 낮게 한숨을 쉬었다. 이젠 믿고 아끼는 사람들 사이에서도 남자라면 무조건 질투를 하다니. 속이 좁아질 대로 좁아진 모양이다.

조수석에 채아를 앉힌 한새는 운전석으로 들어와 눈을 감고서 웃고 있는 채아를 보았다. 그새 잠이 들어 있었다. 가만히 그녀를 바라보던 한새는 흘러내린 머리카락을 귀 뒤로 넘겨 주었다.

"……하."

갈증은 심해지고 열기는 더해지니, 언제까지 참을 수 있는지 참 제 자신이 궁금했다.

시야에는 채아의 붉은 입술이 눈에 들어왔다. 목이 타는 것도 같았다. 하나 잠든 사람을 상대로 키스를 하기에는 저는 아직까진 이성을 찾을 수 있으므로 그만두기로 했다. 그런데, 결심하자마자 채아가 눈을 번쩍 떴다.

"채아야……?"

"……선배."

이미 오빠라고 부르기로 했으면서. 피식 웃은 한새가 그녀의 머리를 쓰다듬어 주었다. 그러자 빙긋 웃는 채아 덕분에 마음만 자꾸 두근거렸다.

"나……."

"그래."

"선배 기다리는 동안……."

기다리는 동안. 갑자기 가슴이 욱신거렸다. 너를 5년 동안 기다리게 했지. 쓰게 웃은 한새가 그녀의 머리를 쓰다듬다 뺨을 매만졌다. 그런 한새의 손등 위에 제 손을 얹은 채아가 짧게 웃다가 한새의 손을 제 뺨에서 떼어 내어 이내 두 손으로 감싸 쥐었다.

"많이 보고 싶었어요."

그렇게 말을 한 채아가 한새를 껴안았다. 갑작스러운 포옹에 멍하니 있던 한새는 소리 없이 웃으며 부드럽게 그녀를 마주 안았다.

"사랑해요."

그러나 그 미소는 오래가지 못했다. 갑자기 들려오는 채아의 고백으로 인해서였다. 그 목소리에 심장이 덜컥 내려앉는 소리도 들렸다.

채아의 고백은 늘 가슴을 떨리게 만들었다. 사랑하는 사람이 사랑을 속삭이는 것은 어쩌면 기적과도 같은 일이 아닐까 싶을 정도였다. 원하고 또 원했던 사람이었으니까. 그 사람이 제 품 안에 지금 안겨 있다.

갑자기 한새의 안에 잠들어 있던 본능이 다시 깨어나려 했다. 깊고 깊은 곳에 겨우 묶어 두었던 짐승이 수면 위로 떠오르고 있었다.

"채아야."

품 안에서 살짝 거리를 벌린 채아가 한새를 바라보다 사르르 눈웃음을 지었다. 한새는 저도 모르게 침을 한 번 삼켰다. 그의 안에서 이성과 본능이 서로 싸우고 있었다.

"응. 사랑해요."

그러고선 먼저 한새의 입에 제 입술을 묻었다. 그대로 느껴지는 달콤한 맛에, 한새는 서툴지만 저에게 키스를 해 오는 채아를 받아들였다. 조금 더 달라붙고 싶은데, 둘 사이의 변속기가 방해가 되었다. 한새는 슬쩍 좌석을 뒤로 밀고서 채아를 가볍게 들어 제 무릎 위에 앉혔다. 그걸 아는지 모르는지 채아는 스스로 한새의 목에 제 팔을 두르며 안겨 왔다.

가볍게 여러 번 입을 맞췄다. 쪽, 쪽 소리가 차 안에 울리고, 그 소리에 더욱 몰두한 채아가 한새의 아랫입술을 깨물었다. 그 자극에 한새는 참을 수가 없어서 그대로 그녀의 입술을 삼켰다.

"으응……."

새어 나오는 채아의 목소리에 제 아래가 반응을 하는 것이 느껴졌다. 멈춰야 하는데, 그 달콤하고도 부드러운 맛에 취해서 멈출 수가 없었다. 그녀가 숨이 부족할 때까지 밀어붙이다 잠깐 숨을 쉴 수 있게 떼어 내었지만 타액이 묻어 번들거리는 그녀의 붉은 입술을 보자마자 다시 달려들었다. 저도 결국 남자였기에.

거칠게 입 안을 헤집던 한새는 제 뒷머리를 부드럽게 쓰다듬는 느낌에 조금씩 열기를 줄이며 부드럽게 입을 맞췄다. 채아는 그가 주는 간질간질한 기분에 키득거리며 조금씩 손을 내렸다. 그렇게 한새의 탄탄한 등을 쓸던 채아가 문득 눈을 동그랗게 떴다. 갑자기 아래에서 뭔지 모를 묵직한 느낌을 받은 것이다.

"하아, 하아……."

한새도 금방 느끼고서 키스를 멈췄다. 숨을 몰아쉬는 채아의 눈동자는 크게 확대되어 있었다. 쓰게 웃은 한새가 저를 바라보는 사랑스러운 그 눈동자 위에 살며시 입을 맞추고선 그녀의 입술을 닦아 주며 입을 열었다.

"미안."

한새가 다시 채아를 옆자리에 앉혔다. 여전히 놀라 있는 채아의 머리를 쓰다듬던 그가 갑자기 문을 열었다.

"어디를……."

"찬바람 쐬면 좀 괜찮아질 거야."

가라앉히는 게 지금으로서는 최선이었다. 조금 움직였을 뿐인데도 저렇게 놀라는 채아를 보니 아직 멀었다는 생각이 들었기 때문이다.

이미 그의 묵직한 것을 느낀 채아는 밖으로 나가는 한새를 말릴 수가 없었다. 유리창 너머로 착잡한 뒷모습을 보고 있으려니 술이 확 깨 버렸다. 채아는 길었던 키스로 인해 살짝 부풀어 오른 제 입술을 매만지다 두 손으로 얼굴을 덮었다.

"아…… 어떻게 해."

남자를 사귄 적도 없기에 채아는 그저 난감하기만 했다. 정말이지…….

"……오빠도 남자였구나."

어쩐지, 채아는 저도 모르게 한새에게 미안해졌다. 차에 기댄 채, 하늘을 바라보는 한새의 뒷모습이 조금 우습게도 느껴졌다. 그래도 아직은 마음을 잡지 못하겠다.

알 건 다 알고 있는 나이지만, 경험도 없고 그저 두려운 마음만 들었다. 스물여덟 살에 이게 무슨 짓인가 해도 처음은 어쩔 수 없었다. 섣불리 결정을 할 일은 아니었다. 물론 한새는 저를 아껴 줄 것이고 소중히 대해 줄 것이지만 아직까지 쉽게 결정을 내릴 수는 없었다.

가만히 그의 너른 등을 보던 채아는 방금 전 그 느낌에 다시 얼굴이 빨갛게 물들었다.

"아, 민망해."

한새에게는 말할 수 없을 만큼 부끄럽고 민망했지만, 그래도 싫지는 않았다.

Chapter 17

채아의 핸드폰에 어느 날 갑자기 모르는 번호가 하나 떴다. 모르는 핸드폰 번호였다. 등록되지 않은 번호. 시킨 게 없으니 택배 전화도 아니었다. 그래서 처음에는 받지 않으려고 했었다. 채아는, 모르는 번호는 받지 않기 때문이다. 그러나 길게 울리는 벨소리가 어쩐지 안 받으면 안 될 것 같아 저도 모르게 핸드폰을 들었다.

"여보세요?"

그러자 건너편에서 익숙한 목소리가 들려왔다.

— 허허. 은 비서. 납니다. 조 회장.

"회, 회, 회장님?"

놀라서 저도 모르게 말을 더듬어 버리고 말았다. 그러자 수화기 너머에서 낮게 웃는 소리가 들렸다. 민망해진 채아는 한쪽 손으로 왼쪽 뺨을 매만지다 살그머니 다시 대답을 했다.

"회장님이 어쩐 일로……."

곧 한새와 만날 시간이었다. 나갈 준비를 다 한 후, 나른하게

312

TV를 바라보다 받은 전화였다. 갑작스러운 회장님의 전화에 놀란 채아는 그대로 아무도 보지도 않는데 무릎을 꿇고 앉았다. 만약 영은이 이 장면을 보게 되면 그대로 놀림감이 되었을 것이다.

— 다름이 아니라, 조 이사와 오늘 만나지요?

"아, 아아…… 네."

맞아. 회장님은 오빠의 아버지셨지. 그 생각을 하게 된 채아는 잠깐 난감한 표정으로 말끝을 흐리며 대답을 했다. 그러자 회장님이 껄껄 웃었다. 제가 무슨 잘못을 했나 싶어 경직된 채아는 우현의 대답을 기다렸고, 곧 그의 대답이 들려왔다.

— 그 약속 잠깐 취소하고 나 좀 볼 수 있나요?

"예…… 네?"

— 매일 보는 얼굴보다 매일 안 보는 나 좀 봤으면 하는데.

진지하고도 조금은 차가운 것 같은 목소리에 채아는 당황했지만 바로 그러겠다고 했다. 채아에게 우현은 많이 어려운 상대였다. 회사에서 가장 높은 상사이기도 했고, 거기다 가장 중요한 것은 한새의 아버지가 아니던가?

그렇기에 채아는 당장 우현의 말을 들을 수밖에 없었다. 곧바로 전화를 끊자마자 한새에게 전화를 걸었다. 그에게는 사정하고 또 계속 미안하다고 하고서 겨우 약속을 취소할 수 있었다. 뭔가 죄책감이 들었지만 재빨리 시간을 보고서 우현이 말을 한 장소로 나가기 시작했다. 한새에게는 미안했지만 회장님의 호출이 더 중요했다.

우현이 말을 한 곳으로 향하자마자 직원이 와서 채아를 안내해 주었다. 별 다섯 개가 붙은 호텔 안에 있는 커피숍이었다. 최근 한새와 일을 하면서나 왔지, 그 전에는 와 본 적이 없었던 곳이었다.

이미 회장님은 와서 앉아 커피를 마시고 계셨다. 채아는 얼른 그에게 가까이 다가갔다. 그러자 커피잔을 내린 우현이 채아를 알아보고 빙긋 웃었다.

"안녕하세요, 회장님."

"오늘은 상사 대 부하 직원으로 보려고 부른 것이 아닙니다."

그럼요? 하고 물으려던 것을 꾹 참은 채아는 어색하게 웃으며 고개를 숙여 인사를 한 뒤 건너편에 앉았다. 상사 대 부하 직원으로 보려고 부른 것이 아니라면 대체 어떤 의미로? 거기까지 생각을 했을 때였다. 우현의 목소리가 들려와서 생각을 멈추고 말았다.

"오늘은 조 이사 아버지로서 채아 양을 부른 겁니다."

아버지로서, 아버지로서……. 멍하니 되뇌던 채아가 퍼뜩, 정신을 차렸다. 즉, 회장이 아닌 한새의 아버지로서 저를 보기 위해 불렀다는 것이다. 순식간에 긴장이 된 채아는 네, 하고 작은 목소리를 꺼냈다.

우현은 여전히 웃으며 채아를 살폈다. 한 번 봐서는 모르겠다는 판단하에 오늘 부른 것이다. 취임식 날 본 것만으로는 충분히 파악할 수 없었기에. 그는 제 아들이 푹 빠진 여자가 궁금했다. 같은 학교를 다닐 때 제 아들놈이 반했다고 들었다. 그러다 집안에서 약혼과 맞선 이야기가 나오니, 아들이 스스로 좋아하는 여자가 있다고 밝혔다. 당연히 제서 그룹의 미래를 한 번은 생각해 예의상 안 된다고 했다. 그러자 아들이 떡하니 내기를 하나 하자고 하는 것이 아닌가?

'그럼 내기를 하나 하지요.'

'내기? 내기는 무슨.'

'유학까지 갔다 와서 최소 5년. 충분히 본사 이사가 될 자격을 갖추겠습니다.'

유학까지 갔다 온다는 놈이 어떻게 5년 만에 이사 자리에 오를 실력을 갖춘다는 것인지 모르겠다. 그러나 우현은 제 아들을 잘 몰랐던 모양이다. 집념에 집념, 무섭도록 집중력을 발휘해서 그대로 이사가 되었다.

"긴장됩니까?"

"사실은…… 예. 그리고 말 편안히 하셔요."

"아, 그럼 그럴까?"

기다렸다는 듯이 대답을 하자, 채아가 어색하게 웃었다. 아직까지는 잘 모르겠다. 회사 안에서 채아는 한새의 개인 비서가 되기 전에 회계팀 막내에 불과했지만 일도 성실히 잘하고 평판도 좋았다. 그러나 그것만으로는 판단을 할 수 없었다. 제 아들의 짝이 될 여자는.

반대를 할 생각은 없지만 그래도 한새가 콩깍지가 쓰였을지도 모르니까 미리 알아보려는 것이다. 그리고 사실은 친해져 볼 생각도 있었다. 아무리 기다려도 한새가 소개를 해 줄 생각을 하지 않았기에. 우현은 사실 그런 속셈으로 오늘 채아와 나온 것이다.

"내가 말을 놓기 전에, 자네 호칭부터 다르게 해야 하지 않을까?"

"네? 아, 저는…… 그냥 회장님 편안한 대로 불러 주셔도 상관은 없습니다."

잠시 우현은 회장님이란 단어에 미간을 찌푸렸다. 맞는 말인데 묘하게 듣고 싶지 않았다. 다른 것도 있는데 왜 회장님이야? 분명 한새의 아버지로서 만나자고 했다고 말을 꺼냈거늘. 속으로 혀를 차던 우현은 채아가 긴장과 더불어 굳어 있는 것을 보고 침음을 흘렸다.

왜 그러나 싶어 생각을 해 보니 갑작스러운 호출에, 거기다 지금은 제가 미간을 찌푸리지 않았는가. 잘 보여야 하는데 밉보인 건가 싶어 좌불안석이 되어 있는 것이었다.

잠시 고민을 하던 우현이 씩 웃었다. 그러자 눈에 보일 정도로 움찔거리는 채아가 보였다.

"난 그 회장님 말고 다른 걸 듣고 싶은데."

"……예?"

"왜, 거…… 다른 거 있지 않느냐. 아가, 얼른 해 보렴."

저를 아가라 부른 건 둘째 치고 다른 걸로 부르지 않으면 당장이라도 한새와 저를 인정할 수 없다고 하는 것만 같아 울상이 된 채아는 열심히 머리를 굴렸다. 그러다 설마, 하는 생각이 들어 입을 들썩이다 작은 목소리로 말을 했다.

"혹시…… 아버…… 아버님……."

"흐음. 그래. 낫네."

사실은 만족했으면서 애써 좋은 티를 내지 않으려 하며 우현은 고개를 끄덕였다. 그런 우현의 반응에 채아도 안심을 했다. 아버님이라 불러 달라고 하는 것이 맞았구나, 하고. 그나저나 아버님이라니. 어느새 얼굴이 살짝 붉어진 채아는 왠지 저를 인정해 주는 것 같아 기쁜 마음도 들었다.

보통 부잣집 도련님의 상대로는 같은 집안의 아가씨를 택하지 않나 싶었다. 그래서 분명 저를 보고서 마음에 들어 하지 않고 헤어져라, 할 줄로만 알았다. 그러나 오히려 그렇지 않다니. 좋아해야 하나 말아야 하나 갈등이 살짝 되었다.

"내가 자네를 부른 이유를 알고 있을 게다."

아뇨…… 모르겠는데요. 그 말은 하지 않았다. 어색하게 웃던 채아는 고개를 살짝 끄덕이며 네, 하고 작은 목소리를 냈다. 사실은 모르지만 모르는 티는 내지 않았다. 어떻게 저에게 불똥이 튈지 몰라 조심스러웠다. 지금 분위기로 봐서는 저를 인정해 주고, 한새와 만나는 것을 허락하는 것 같지만 사실 그런 것은 연기로도 충분히 할 수 있기 때문이다. 또한 호칭으로 허락을 했다고 해도 완전히 허락을 했다 보기는 힘들었다.

우현은 여전히 채아를 관찰하는 중이었다. 그녀가 정말로 제 아들놈 짝으로 맞는지 아닌지를. 그래도 저를 어려워하고 있음에도 불구하고 되도록 기죽지 않으려고 하는 것이 보였다. 그러다 눈이 마주쳤고, 우현은 헛기침을 했다.

당황한 채아는 재빨리 우현을 일단 불러 보았다.

"저기, 아버님."

그러나 할 말을 딱히 정하지 못한 상태로 불렀던지라 잠시 침묵이 이어졌다. 채아는 왜 그러냐는 듯이 저를 바라보는 우현에게 무슨 말을 할까 생각을 하다 천천히 입을 열었다.

"솔직히…… 제가 오빠하고 어울리지 않는다는 건 알아요."

우현은 잠자코, 가만히 그녀의 말을 들었다. 우현이 제 말에 귀를 기울여 주고 있다는 것을 알아차린 채아는 계속해서 말을 이었다.

"그건 처음 만났을 때부터, 그리고 대학 때 같이 지내는 동안에도 계속 생각했던 거였어요. 아, 제가 오빠…… 아니, 이사님하고 대학 때 처음 만난 건 아시나요?"

"그럼. 들었단다."

"그때도 그랬어요. 누구나 다 알고 있고 좋아하는 사람이 바로 오빠였거든요."

제서대의 태양 같은 존재였던 한새를 떠올린 채아의 입가에 풋풋한 미소가 걸렸다. 잠시 실눈을 뜨고 채아를 바라보던 우현은 그녀가 다시 저를 향해 시선을 돌리자, 언제 그랬냐는 듯이 근엄한 표정으로 채아를 마주했다.

"그래서 포기하려고 해도 안 되더라고요."

"아가."

"네?"

"내가 너를 허락하는 데, 한 가지 조건이 있다. 이것만 지키면 바로 너를 받아 주지."

"그…… 그게 뭔가요?"

한 가지만 지키면 뭐든 다 괜찮다는데, 당연히 솔깃한 제안이기에 채아는 두 눈을 반짝 빛내며 물었다. 그러자 우현이 음흉하게 웃다가 채아를 향해 손짓을 했다. 채아가 가까이 다가가자, 그녀의 귓가에 우현은 작게 소곤거렸다.

"혼수는 아이면 된다."

우현은 아무렇지도 않게 식은 커피를 한 모금 마셨다. 반면 채아는 그대로 돌이 되어서 굳어 버렸다. 우현은 그런 채아를 보며 만족스럽다는 듯이 미소를 짓고 있었다. 그때, 채아의 정신이 들게 만드는 귀에 익은 목소리가 들려왔다.

"아버지!"

한새의 목소리였다. 정신을 차린 채아는 고개를 획 돌렸지만 한새의 얼굴을 볼 수가 없었다. 저는 앉아 있었고, 한새는 어느 틈에 긴 다리를 이용해 다가와 채아를 그대로 안아 버렸기 때문이다. 우현은 저를 노려보는 한새를 바라보다 미간을 잔뜩 찡그리며 입을 열었다.

"이놈아. 여기 공공장소다."

"그래서요."

"쯧쯧. 팔불출 같으니라고. 아가, 네가 말해 보거라. 내가 뭔 짓 했냐? 응?"

"아니, 아니요……. 오빠. 이것 좀 풀어 주세요."

"정말로 아버지가 아무 짓도 안 했지?"

공공장소라는 걸 또 잊어버렸는지 한새는 조심스럽게 채아의 두 뺨을 잡고서 이리저리 둘러보더니 안도의 한숨을 쉬며 그녀의 옆에 섰다. 이내 그가 제 아버지를 내려다보다 낮은 목소리로 입을 열었다.

"채아가 갑자기 약속을 취소한 게 수상해서 알아보았더니, 아버지를 만나고 있더군요. 제가 건드리지 말라고 했지 않습니까."

"이놈아! 네가 소개도 안 해 주는데 그럼 어째? 네 어머니도 궁금해 죽을 지경인데! 그럼 내가 먼저 만나야지."

"때가 되면 같이 집으로 간다고 했지 않습니까?"

"이놈이? 그게 언제일지 알고 망부석처럼 기다려?"

"제가 언제 망부석처럼 기다리라 했습니까?"

확실히 한새는 우현을 쏙 빼닮았다. 말투부터 시작해서 지기 싫어하는 그 고집스러운 성격까지. 저를 너무나도 닮은 제 아들놈을 보자니 혈압이 오를 것 같아 우현은, 오늘은 여기까지 하기로 했다.

"일주일 안에 와."

"아버지."

"안 그러면 난 인정 안 할 테다."

그렇게 말을 한 우현은 한새가 또 뭐라 하려고 입을 들썩이는 것을 보자마자 빠르게 커피숍을 나갔다.

아버지가 나가는 것을 바라보던 한새는 한숨을 낮게 쉬고서 채아의 건너편에 앉았다. 눈이 마주치자 덜컥 놀란 채아는 천천히 고개를 숙이며 커피 잔만 만지작거렸다. 어쨌든 거짓말을 치고서 약속 시간 15분 전에 약속을 취소했으니까. 그가 제게 무슨 말을 하든, 뭐든 받아들일 준비를 하고 있었다. 그런 채아를 아는지 모르는지 한새는 착잡한 심정으로 채아를 바라보고 있었다.

아버지를 만난다고 하기에 무슨 일이 있을 거라고는 생각을 하지 않았지만 채아와 저의, 둘만의 시간을 빼앗은 우현이 괘씸해서 급히 달려왔다. 지난번, 채아도 느낄 정도로 흥분해 버렸기에 요즘은 만남을 자제하려고 했지만 눈에 보이지 않으면 안 되었기에 오늘만 만나고 이제 되도록 만남을 자제하자, 하려고 했건만.

'어떻게 하지. 미치겠네.'

꼬리를 축 늘인 채, 저의 눈치를 보는 채아가 너무 귀엽게 비치는 것이 문제였다. 당장이라도 꽉 끌어안고 싶어서 손이 간질거렸다.

"저⋯⋯."

"⋯⋯."

"그래도⋯⋯ 회사에서 회장님이 제일 높은 상사시고, 그리고⋯⋯ 무엇보다도 오빠의 아버지시잖아요. 그래서 잘 보이고 싶었어요. 그래서 거짓말을⋯⋯."

눈치를 봐 가며 한새에게 말을 했지만 그는 무표정을 짓고 있었다. 그런 표정을 보는 것은 처음이기에 심장이 덜컥 가라앉았다. 거짓말 하나에 저렇게 표정이 변할 줄은 몰랐다. 한새의 표정이 왜 저러는지 모르는 채아는 입술을 살짝 깨물다 겨우 낮은 한숨과 함께 말을 내뱉었다.

"⋯⋯미안해요."

은채아의 모든 것이 예쁘고 귀엽게만 비친다. 그래서 문제였다. 늘 손이 닿기를 바라고 열망한다. 결국은 저도 남자기에, 이 본능을 억누르다가 이젠 힘이 다해 가는 것을 느꼈다. 이대로 채아를 바라보고 있다간 일이 날 것 같아 한새는 테이블 아래에서 제 주먹을 꽉 쥐고서 입을 열었다.

"⋯⋯채아야."

너무나도 낮은 소리에 심장이 덜컥 가라앉았다. 채아는 저도 모르게 당황해 말을 더듬어 버리고 말았다.

"네, 네?"

"일단…… 하아."

이제는 한숨까지였다. 제 잘못의 크기가 참 크다는 것을 감지한 채아는 울상이 되었지만 끝까지 한새의 대답을 기다렸다. 그의 눈을 피하지 않으려 했다. 하지만 채아와 눈을 마주하고 있던 한새가 먼저 시선을 피해 버렸다. 울려 버리고 싶은 자학적인 마음까지 스며들기 시작했다. 이제는 정말 제정신이 아니게 되어 버릴지도 모른다는 느낌이 들었다.

"오늘은…… 집에 가자."

아무것도 하지 않고 집에 가자는 말에 채아는 눈만 깜빡였다. 제가 그렇게 잘못을 했나 싶기도 했다.

"나 먼저 가야겠다."

"……잠깐만요."

"미안."

먼저 일어나려는 한새의 옷깃을 잡았지만 그는 가볍게 채아의 손을 물리치고 그녀의 시야에서 사라졌다. 멍하니, 한새가 간 곳을 바라보던 채아는 어느새 입술을 꽉 깨물게 되었다.

처음으로 거절당했다. 망연자실하게 그가 간 곳을 바라보던 채아는 낮게 한숨을 쉬며 의자에 편안하게 앉았다 눈을 질끈 감았다. 그러다 번쩍 눈을 떴다.

"거짓말 하나에, 사람이 속 좁게 왜 그래?"

그저 그의 상황에 대해 아무것도 몰랐기에 채아는 결국 투덜거리기까지 했다.

한편 그런 채아를 모르는 한새는 커피숍에서 벗어나 제 차로 들어와 앉으며 숨을 가라앉혔다. 고개를 숙여 내려다보다 낭패감에 젖은 그가 창에 머리를 기댄 채, 그대로 눈을 감았다. 벌써 반응을 해 버리고 말았다. 채아가 혹시나 이런 자신을 볼까 싶어서 급히 달아나 버린 것이다.

"……후."

낮게 한숨을 쉰 한새는 언제까지 제가 버틸 수 있을지 알 수 없는 것에 대해 막막해졌다.

채아는 여전히 그날 그대로인 것만 같았다. 세월이 지나도 변하지 않은 것만 같았다. 그 순수한 모습 그대로인 채아를 제가 가지려 했다간 그녀가 실망도 할 것 같고, 무엇보다도 망가질 것 같은 마음이 들었다. 섣불리 손댈 수 없는, 그런 존재였다.

"정말…… 미치겠네."

한새는 기억도 나지 않는 군가를 떠올리기 시작했다.

망연자실한 얼굴로 겨우 집까지 온 채아는 넋을 놓은 채, 거실 바닥에 주저앉았다. 마침 외출을 갔다가 돌아온 영은이 그걸 보고 깜짝 놀라 허둥지둥 뒤로 물러서다가, 바닥에 앉은 것이 채아라는 걸 알아차리자 미간을 팍 찌푸리며 그녀의 앞에 섰다.

"아, 깜짝 놀랐잖아! 뭐 하는 거야?"

"데이트……."

"데이트가 뭐."

"……좋았니?"

"나야, 뭐······. 행복했지."

박영은답지 않게 행복한 웃음을 보여 주기에 피식 잠깐 웃음이 나왔지만, 그것은 정말 잠깐이었다. 금방 시무룩해진 채아는 그대로 바닥에 드러누웠다.

한때 영은은 중성적인 매력을 풍기기도 했었다. 털털하고 화끈한 성격도 한몫을 했다. 그래서 늘 청바지, 혹은 바지만 입고 다녔었다. 치마라고는 중, 고등학교 때 교복이 다라고 했을 정도였다. 그런 그녀가 데이트를 한답시고 원피스도 입고 다녔다. 몸매가 따라 주니까 정말 잘 어울렸지만 본인은 어색하다고 했다. 왠지 그것이 샘이 나, 채아는 미간을 찌푸리다 중얼거렸다.

"속바지 다 보인다."

그러자 미간을 찌푸린 영은이 채아의 앞에 털썩 앉으며 그녀의 배를 찰싹 때렸다. 채아는 아픔이 느껴져서 배를 움켜잡으며 벌떡 일어났다.

"아, 아프잖아!"

"어디서 화풀이야, 화풀이. 똑바로 말 해. 너, 오늘 조한새랑 놀러 간다고 좋아했잖아."

"그랬지."

"근데 왜."

"음······."

대체 뭐가 문제일까. 고민을 하던 채아는 술술, 있었던 일을 영은에게 털어놓았다. 급히 회장님에게서 연락이 와서 만난 것. 단순히 그것뿐이었다. 그런데 갑자기 한새가 무표정으로 저에게 집에 가는 것이 좋다고 말을 했다. 거짓말에 그렇게 질색을 하며 사람 무안하게 돌아가라 할 사람이 아니라는 것을 알지만, 그래도 지금 채아에게 걸리는 것은 거짓말 하나뿐이었다.

그래서 그렇게 속이 좁은 줄 몰랐다며 투덜거리며 말을 끝맺었을 때, 영은은 묘한 미소를 짓고 있었다. 친구는 지금 속 좁은 남자에 대해 고민인데, 너는 웃음이 나오니? 그렇게 말을 하려던 채아는 입을 꾹 다물었다. 지금 영은의 표정을 보니 제 투덜거림은 씨알도 먹힐 것 같지 않았기 때문이다.

"왠지 알 것 같다."

"왜. 오빠가 속이 좁은 게 맞지?"

"그 전에, 혹시…… 너, 뭐, 느낀 거 없냐?"

"느낀 거라니?"

"이야. 진짜, 내가 친구를 잘못 뒀지."

고개를 절레절레 저으며 저를 무시하는 제 친구의 모습에 채아는 살짝 미간이 찌푸려졌다. 대체 제가 무엇을 못 느꼈는지 모르겠다. 거짓말 때문에 삐친 것? 아직도 영문을 모르겠다.

"좋아. 내가 오늘 순진한 너를 뜯어고쳐 주지."

"그러니까, 네 말은 이거잖아. 오빠가 그렇게 된 게 전부 내 탓이라고."

"전부…… 뭐, 따지자면 전부 네 탓이지."

이쯤 되면 슬슬 견디기 힘들어질 것 같다고 생각했는데, 그렇게 되어 버렸다. 남자 경험도 없고, 흔히들 한 번쯤은 보았을 법한 야동도 접하지 않았던 채아였다. 가끔 영화나 소설에서만 보았었다. 그것도 정말 가끔.

그렇기에 이 순진한 애를 데리고 있을 한새가 참 불쌍하다는 생각이 들었었는데, 지금 드디어 현실이 되었다. 낮게 웃던 영은은 여전히 한새는 속이 좁은 남자라고 투덜거리는 채아를 바라보다 입을 열었다.

"너, 한새 선배를 남자로 보고 있긴 하니?"

"그럼 오빠가 남자지, 여자야?"

"아니, 그거 말고."

"그거 말고? 그럼 뭐가 또⋯⋯."

잠시 말끝을 흐리던 채아는 문득 엊그제 일이 떠올랐다. 키스를 하다가 엉덩이 부근에서 느껴졌던, 그⋯⋯.

"윽."

이제야 뭐든 일이 착착 진행이 되는 것 같았다. 순식간에 불타는 얼굴을 보니 영은은 채아에게도 나름대로 무슨 일이 있었구나, 싶었다. 그녀의 머리를 쓰다듬던 영은은 왠지 딸을 시집보내는 기분이 들었다. 대학생 때 처음 만난 제 친구는 여전히 그 모습 그대로였다. 왠지 돌아오지 않는 조한새를 기다리는 것도 같아 좀 변하라고 예전에는 구박도 했었는데.

"너, 그거 알아?"

"⋯⋯뭘."

"예전과 변함없다는 것."

"그래서. 나쁜 거지?"

"어느 방면에서는. 그래도 조한새 기다리느라 그런 거니까, 뭐."

"⋯⋯."

"아무튼, 잘 생각해."

아직도 얼굴이 빨간 채아가 저를 바라보며 무슨 말이냐 묻는 것 같아 영은은 피식 웃고서 다시 말을 이었다.

"조한새가 너를 예전부터 끔찍이 여기는 건 누구나 다 알고 있는 사실이지. 나도 조한새는 믿어. 정작 너는? 한새 선배를 믿어?"

"……."

"여자와 남자가 어떻게 아기를 만드는지, 그건 알지?"

"알아! 아니, 그래도 갑자기……."

뭔가 혼란스럽다는 표정을 한 채아의 마음을 모르는 것은 아니다. 그래도 언제까지고 피할 수는 없기에 영은은 조금 더 그녀의 앞으로 가까이 다가가 어깨를 툭툭 두드렸다.

"천천히 생각해도 돼, 천천히."

물론 상대방은 아니겠지만.

"그러는 너는?"

속으로 큭큭 웃던 영은은 채아의 물음에 잠시 웃음을 멈추었다가 조금 더 진한 미소를 지었다. 나야, 뭐…….

"어떨 것 같아?"

"서, 설마……. 언제? 언제부터?"

"흐음. 글쎄다?"

"박영은. 얼른 제대로 말해. 얼른!"

"글쎄라니까?"

어깨만 으쓱이던 영은이 냉장고를 향해 일어섰다. 제 친구를 따라 벌떡 일어난 채아는 그녀의 뒤를 따라 달라붙어 계속해서 물었다. 대체 몇 살부터? 제가 늦은 거라고는 자각이 있는 건지 없는 건지, 피식 웃은 영은은 며칠 전에 사 온 오렌지 주스를 꺼내 한 모금 마시고서 귀찮게 구는 채아에게 대답을 해 주었다.

"말했잖아? 시운 오빠랑 3개월 동안 아주 불타는 사랑을 했다고."

"그…… 설마, 스무 살……."

의미 모를 미소만 짓던 영은이 방 안으로 쏙 들어가 버렸다. 망연자실한 얼굴로 바닥에 털썩 주저앉은 채아는 두 손으로 얼굴을 덮어 버렸다.

물론, 한새를 믿지 못하는 것은 아니었다. 중요한 것은, 무섭고 두렵다는 것이다. 처음 겪는 것이니까. 남자를 만나 본 적도 없어서 한새와 만나기로 한 것만으로도 참 민망하고 쑥스러웠고, 첫 키스를 하던 날에도 너무 떨려서 어쩔 줄 몰라 했었다. 그런 제가 어떻게…….

"참."

방 안에서 불쑥 나온 영은이 혼자서 고개를 파묻고 있는 채아를 향해 말을 걸었다. 그새 또 무슨 고민을 했는지 얼굴이 붉어진 채아가 보여서 키득거리며 웃다가 말을 이었다.

"나도 처음에는 그랬어, 채아야."

"뭐…… 뭐?"

"처음에만 너처럼 어쩔 줄 몰라 했지 나중에는 익숙해져서 뭐……."

"드, 들어가!"

"으하하! 진짜라니까?"

"아, 안 들어가?"

한쪽 손으로는 영은을 밀고, 나머지 한쪽으로는 연신 부채질을 이어서 했다. 그래도 채아의 붉어진 얼굴은 식을 줄 몰랐다.

주말 내내 고민을 하느라 한새를 만나지도 못했다. 물론 그에게서 연락이 없었기에 만날 생각을 못 했다. 월요일이 되어 출근 준비를 하며 그제야 한새와 주말 동안 아무런 연락도 하지 않았다는 것을 알게 되었다.

그래서 그에게 연락을 하려던 찰나, 메시지가 하나 도착했다.

핸드폰을 확인하던 채아는 그대로 굳어 버렸다.

[채아야, 미안한데 며칠간만 혼자서 회사 가야겠다.]

채아는 낮은 한숨과 함께 알겠다고 하고서 답장을 보냈다. 이내 출근을 하려고 방에서 나오자, 거실에서 샌드위치를 만들어서 먹고 있던 영은이 그녀에게 하나를 내밀었다. 그러나 채아는 힘없이 고개를 가로로 저었다.

"너, 또 왜 그래?"

"오빠가 혼자 가래."

"흐음. 그래?"

인내심이 끝까지 달했구나. 속으로 음흉하게 웃던 영은은 그래도 배고프니까 먹으라며 억지로 채아의 입에 넣어 주었다.

힘없이 샌드위치를 오물거리며 버스 정류장에 도착한 채아는 출근을 위해 가득 찬 버스가 제 앞을 지나가는 것을 보며 몸서리를 치며 결국 택시 하나를 잡았다. 최근 한새와 같이 출근을 하는 동안 너무 익숙해진 탓이었다.

핸드폰은 조용했다. 한새에게서 다른 답장은 돌아오지 않았다. 피하는 건가? 그런 느낌도 들었지만 그래도 저는 일단 그의 개인 비서였고, 어차피 마주칠 수밖에 없으니 가서 만나면 된다, 라는 생각에 핸드폰은 주머니에 도로 집어넣었다.

회사 앞에 도착하자마자 택시비를 지불하고 내렸다. 오늘따라 참 회사가 크다는 생각이 들었다. 멍하니 회사를 올려다보던 채아는 낮게 한숨을 쉬고서 안으로 들어갔다. 저에게 인사를 해 주는 사원들에게 인사를 돌려주며 걷던 채아는 혼자 남게 되자 낮게 한숨을 쉬고 곧장 한새를 보러 향했다.

"하아."

또다시 한숨을 쉬다가 노크를 했다. 그러자 안에서 한새의 낮은 목소리가 들려왔다. 이미 와 있었구나. 미소를 짓던 채아는 안으로 들어가 한새에게 인사를 건넸다.

"안녕하세요, 이사님."

그러나 그는 잠깐 고개를 들어 누구인지 확인만 하고선 다시 고개를 숙이더니 대답을 해 주었다. 그것도 건성으로. 건조한 것만 같은 목소리에 채아는 움찔거렸지만 아무렇지도 않게 그가 바빠서 그러는구나, 생각을 하며 밖으로 나왔다.

"피하는 거 맞네."

자리로 돌아온 채아가 입을 비죽 내밀며 퉁명스럽게 중얼거리더니 편안히 기대어 앉아 눈을 감았다.

아직 마음의 준비가 안 되었는데. 스물여덟 살에 이런 청승맞은 모습이라니. 나이는 정말 헛것으로 먹은 모양이다, 싶은 채아는 입술을 깨물고 컴퓨터 바탕화면을 바라보다 인터넷 창을 켰다. 이내 초록색 모 사이트를 연 채아는 검색창에 커서를 두고 침을 꿀꺽 삼킨 뒤 '첫 경험'이라는 단어를 쳐 보았다. 그리고 주르륵 나온 결과를 이리저리 클릭하며 읽었다. 그럴수록 점점 얼굴이 붉게 물들었다.

그러다 모 글을 보게 되었다. 저와 같은 고민을 하고 있는 한 여자의 글이었다. 혼전순결주의는 아니지만 그래도 아직 마음의 준비가 안 되었다고 한다. 남자도 기다려 주지만 힘들어하는 것이 보이고, 점점 미안해지는 마음이 들었다고 한다. 그러나 관계 후, 떠나면 어쩌나 싶어 고민이 된다며 올린 글이었다.

마지막만 빼고선 지금 딱 제 상황이 아니던가? 채아는 달린 답글을 바라보았다. 답은 엉뚱하게 보이는, 아주 짧은 말이었다.

[남자분을 보았을 때, 고민처럼 떠날 것처럼 느껴진다면 이미 남자를 믿지 못한다는 것입니다.]

그러나 답을 읽으며 채아는 누군가가 강하게 뒤통수를 한 대 친 것만 같았다. 이미 떠날 것처럼 느껴진다는 것은 의심을 한다는 것이었다. 그를 온전히 믿지 못했다는 것.

그래도 여자의 처음은 소중하다고 했다. 그렇기에 고민을 올린 여자도 혼자서 고민을 하다가 글을 올린 것이겠지. 답변은 참 짧았고 어떻게 보면 엉뚱할지도 모르겠지만, 깊은 내용을 담고 있었다. 남자를 믿게 된 순간에 첫 경험을 하라는 것도 같았다.

"하아."

그래도 아직은 멀게만 느껴지는 이야기였다. 영은도 이미 했다는데. 저만 아직도 제자리걸음인 것 같아 채아는 일단 한새와 이야기를 해 보기로 하고서 일을 하기 시작했다.

중간중간에도 채아는 틈틈이 검색을 해 보았다. 그러다가 너무 사랑하고 믿을 수 있으니까 했고, 아직도 소중히 아껴 준다는 말에 서서히 마음이 풀렸다. 그래서 한새에게 제 마음을, 느낀 것을 그대로 말을 하기로 했다.

그러나 퇴근을 하는 때까지도 한새와 말을 할 틈은 없었다. 그는 틈만 나면 누구라도 알아챌 정도로 그녀를 피하고 있었다.

Chapter 18

벌써 한새가 채아를 피한 지 3일이 되었다. 정말 묘하게도 이리저리 한새는 잘 피해 다녔다. 덕분에 채아는 피가 마르는 기분이 어떤 것인지 충분히 맛보게 되었다. 그리고 한새가 저를 피할수록 점점 애가 타는 기분도 느꼈다. 단 3일이지만 마치 30일, 아니, 3년처럼 느껴졌다. 이렇게 짧은 시간이 길게 느껴지기는 처음이었다.

'아니, 처음은 아니지.'

얼굴을 보여 주지 않는 한새를 기다리는 5년 동안도 그랬었다. 하긴, 처음에만 그랬지, 나중에는 희망고문이라는 것을 알기에 모임에 나가서도 오늘도 한새가 없구나 싶으면 시무룩했다가 언젠간 나오겠지, 그런 생각을 하며 하루하루 살았었다. 그리고 한새를 다시 만났다.

이젠 한새가 왜 저를 피하는지 이유를 알고 있음에도 불구하고 화가 났다. 사랑하는 사람이라며, 그럼 소통을 해야지?

"그런데 왜 무작정 피하기만 하냐고!"

오늘도 전화를 받지 않는 한새로 인해 핸드폰에 소리를 질렀다.

가만히 그 모습을 바라보고 있던 영은은 저도 모르게 피식 웃어버리고 말았다. 이건 생각하지도 못했던 일이 아닌가 싶었다. 처음에는 한새가 이런 모습이었다. 채아가 친 거짓말에 전전긍긍하며, 불안해하고 좌불안석에 이러지도 저러지도 못했었다. 그런데 지금은 채아가 딱 그 짝이었다.

"진정 좀 해 봐. 정신 사나워."

"내가 지금 진정하게 생겼어?"

난생처음으로 신경질적인 모습을 보이는 채아에게 놀라는 것도 잠시, 영은은 또다시 피식 웃었다. 턱을 괸 채 여유롭게 웃는 영은을 보니 괜히 채아는 시샘도 났고 질투도 났다. 불과 얼마 전까지만 해도 시운과 사이가 좋지 않았던 영은은 다시 시운과 사귀고 나자마자 깨알이 쏟아졌다. 얼마 전의 제 모습과 겹쳐 보여서 눈물이 나기도 했다.

안절부절못하고 짜증이 극도로 치닫는 채아의 모습에 영은은 웃을 수밖에 없었다. 참, 저 커플은 시작도 삽질로 시작해서 끝도 삽질로 맺을 모양인가 보다.

"너랑 한새 선배도 참 대단하다."

한새는 채아를 배려해서 스스로 참다가 결국 참지 못해 채아를 피한다. 채아가 마음을 다잡고 한새에게 저를 내어 주려고 할수록 그걸 모르는 한새는 더 멀리 피한다. 이 얼마나 참 안타까운 삽질인가.

키득거리며 웃던 영은이 다시 입을 열었다.

"그럼 찾아가면 되잖아."

"어디로!"

"어디긴 어디야. 한새 선배 집이지."

"……."

"요즘 출근은 물론이요, 퇴근도 따로 하잖아? 그럼 네가 조한새보다 일찍 퇴근을 해서 한새 선배네 집에 있으면 되는 거잖아? 그렇다면 만나게 되어 있지."

영은의 말이 맞다는 생각이 든 채아가 고개를 끄덕였다. 할 말이 있다고 해도 저는 할 말이 없다고 피하는 한새를 만나기 위해서는 영은이 알려 주는 방법이 정답이었다.

저를 위한다는 핑계로 5년간 말도 없이 사라진 것만으로도 충분했다. 이젠 분명히 말을 해야 할 것 같았다. 자신의 입장에서만 생각하지 말고 상대방의 입장에서 상대방을 생각해 보라고.

"내가 저번에는 말 안 했는데."

"……뭔데?"

"여자도 성적 욕구를 느껴."

"……."

"그게 지금 너인 것 같다. 낄낄."

"야, 박영은!"

"먼저 간다!"

그녀를 향해 무섭도록 돌진해 가는 채아를 피해서 영은이 재빨리 집을 나섰다. 발이 빠른 친구를 잡지 못한 채아는 멍하니 현관문 앞에 서 있다 낮게 한숨을 쉬며 밖으로 나갔다.

오늘만큼 기분이 좋지 않을 때는 사람끼리 부딪치는 버스는 피하는 것이 좋겠다 싶어 택한 것이 택시였다. 하지만 몸이 편하다 보니 회사로 향하는 동안, 별생각이 다 들어서 머릿속이 복잡해졌다.

도착하자마자 택시비를 지불하고 느릿한 걸음으로 회사 안으로 들어섰다. 정말 연애가 힘들구나, 라는 생각도 들었다.

"하아."

자꾸만 낮은 한숨이 새어 나왔다.

채아는 영은이 말을 한 대로 상사인 한새보다 먼저 퇴근을 했다. 어차피 그가 채아를 피하느라 퇴근 시간인데도 이사실에서 나오지 않았으니 불편해할 필요는 없었다. 채아는 미리 불러 놓은 택시를 타고 한새의 집으로 향했다. 집으로 올라가는 엘리베이터 안에서 갑자기 머릿속이 차분해지는 기분이 들었다.

다른 애들은 알 것 다 아는 시기에도 채아는 모르고 살았다. 남자 친구도 사귀어 본 적이 없고, 누군가를 깊게 좋아해 본 적도 없었다. 그녀는 한마디로 이성에 관심이 없었다. 벚꽃 나무 아래에서 서 있던 한 남자가 잔상에 남아 누구도 마음에 담지 못했다.

"그게…… 당신이라고."

문 앞에 기댄 채, 한숨을 쉰 채아가 중얼거렸다. 한새가 저를 피하기 시작한 후부터, 제자리에 남겨졌다는 생각이 강하게 들었다. 겨우 이 오래된 마음을 보답받아 조금씩 용기를 내고 있었는데, 그가 외면하니 아무것도 할 수가 없었다. 그래서 자연스럽게 그대로 멈춰 버렸다

그때, 띵 소리가 들리고 엘리베이터 문이 열렸다. 점점 가까워지는 구두 소리에 똑바로 선 채아는 코너를 돌아 다가오는 한새와 마주쳤다. 순간 당황한 한새가 고개를 피했다. 오랜만에 본 한새에게 소리를 질러 줄 생각이었지만 그에게 도저히 그럴 수 없음을 깨닫고 낮게 한숨을 쉬었다.

"할 말 있어요. 말 좀 해요."

"난…… 없어."

"오빠가 없어도 전 있어요."

날카로운 목소리에 고개를 든 한새는 어쩔 수 없다는 듯 문을 열었다. 그 뒤를 따라가며 채아는 갑자기 가슴이 두근거리는 것을 느꼈다. 방금 전에, 한새의 눈에 일렁이는 욕망이라는 단어를 본 것 같았다. 마음을 정했다지만 실전으로 부딪치는 것은 생각과는 완전히 다르다는 것을 알았다.

"마실 건……."

"필요 없으니까 일단 여기 좀 앉아 봐요."

살짝 상기된 얼굴로 채아가 한새의 손을 잡고 그대로 끌어당겼다. 곧장 한새가 손을 비틀어 빼내려 했지만, 그걸 진작 예상하고 있던 채아가 그대로 한새를 끌어당긴 것이다.

채아의 생각처럼 손을 놓지 못한 한새는 그녀의 건너편에 앉았다. 그러나 시선은 자꾸만 피하기에 입술을 깨물던 채아가 천천히 입을 열었다.

"왜…… 오빠는 예전부터 자꾸만 혼자서 내 입장을 생각하고 그래요?"

"……뭐?"

"맞잖아요. 5년 동안 연락이 안 될 때부터, 지금도."

잠시 할 말을 잃은 한새는 오랜만에 마주하는 채아의 얼굴을 바라보았다. 바라볼수록 벗어날 수 없음을 느꼈다. 오랜만에 보니 더욱더 열기가 아래로 몰리는 것만 같았다. 침을 삼킨 한새가 여전히 붙잡고 있는 채아의 손에서 제 손을 빼 왔다. 이젠 손잡는 것만으로도 흥분하게 생겼네. 괜히 속으로 스스로를 잔뜩 욕하며.

"……하지만 나는."

"내 입장도 생각해 보세요."

"……."

"무작정 피하면 어떻게 해요? 그렇다고 해결이 돼요?"

붉은 입술이 시야에 맴돌자, 결국 한새는 눈을 감아 버렸다. 아예 고개까지도 돌려 버렸다. 굶주린 짐승 한 마리가 마음속에 살고 있기에, 계속해서 그녀를 보고 있다간 그 짐승이 날뛸 것만 같았다.

오랜만에 봐도 왜 저렇게 예쁜지 모르겠다. 자꾸만 피하게 되는 걸 어떻게 하란 건지도 잘 모르겠다. 보고 있다간 그 입술을 훔칠 것 같았고, 입술만으로 만족하지 않고 더 많은 것을 원하게 된다. 모든 것을 가져도 시원찮을 판이었다.

그러니까 한마디로, 지금 당장 그녀를 안아도 모자랄 정도가 되었다. 하지만 그렇게 되면 이성을 잃고 본능대로만 할 것이다. 그렇기에 자제를 하려고 했다. 확실히 피하기만 한다고 해서 될 일이 아니지만, 지금 당장 준비도 안 된 채아에게 요구를 할 수는 없었다. 그랬는데…….

"평생 피할 거예요?"

그 말에 결국 한새는 고개를 휙 돌려 채아를 바라보았다. 그때부터 한새는 정신을 놓은 것만 같이 멍했다. 이미 제 가슴속을 꽉 채운 채아의 모습에, 홀린 것처럼 그 앞으로 다가갔다.

바싹 다가오는 한새로 인해 침을 삼킨 채아는 한새의 손을 다시 잡았다. 깍지를 낀 손에 온기가 느껴졌다.

"……아니잖아요."

갑자기 분위기가 야릇하게 흘러가는 것만 같았다. 조금은 수척해진 것만 같은 그 얼굴을, 채아는 저도 모르게 매만졌다. 몽롱한 두 눈을 보니 결국 올 게 왔구나 싶어 채아는 망설이다 입을 열었다.

"그…… 하고 싶은 말이 있는데요."

"그래."

드디어 대답을 해 주었다. 어느새 조금 더 가까이 다가온 한새로 인해 채아는 가슴이 불규칙적으로 뛰고 있었다.

"나는 오빠를 믿어요. 많이 사랑하니까 믿어요."

"……."

"그래서 오빠라면 안심을 할 수 있을 것 같아요."

쿵. 가슴에서 큰 소리가 나는 것만 같았다. 제 귀가 잘못된 건가 의심을 하던 한새는 그 소리가 귀가 아니라 심장을 통해 들렸다는 것을 깨닫고 며칠 만에 비로소 웃었다. 낮게 웃던 한새가 그녀의 어깨에 제 이마를 대었다. 푹, 고개를 숙이니 저를 안아 오는 두 팔에, 그제야 제가 그동안 그녀를 믿지 못했음을 깨달았다. 이렇게나 예쁜 마음을 가지고 있었는데.

조금의 침묵이 흘렀고, 한새가 천천히 고개를 들었다. 오랜만에 본 얼굴이어서 그런지 더욱더 두근거렸다.

"너를 보면 당장 짐승처럼 달려들까 싶어서 그랬어. 물론 네 말대로 피한다고 해서 될 건 아니었지만."

조금은 적나라한 말에 얼굴이 붉게 물들었다. 그러나 채아는 한새의 시선을 피하지 않았고, 그도 물론 그녀를 피하지 않았다.

"그동안 미안해."

"……아니에요. 그래도 다음부터는 혼자서 생각하지 말아 줘요."

"응, 그럴게."

쪽, 이마에 짧게 입을 맞추며 한새가 대답을 했다. 문득, 갑자기 채아는 영은의 말이 떠올랐다.

'여자도 성적 욕구를 느껴.'

아, 어떻게 해. 지금 내가 그런 상황인가 보다. 얼굴이 붉어진 채아는 고개를 숙여 툭, 이번에는 제가 한새의 어깨에 기대었다. 붉어진 얼굴을 감추고 싶었다. 지금 딱 영은이 했던 말이 떠오르고, 제 몸 상태를 보니 그런 것도 같아 민망했다. 그런 채아를 모르는 한새는 왜 그러나 싶어 그녀의 등을 부드럽게 쓰다듬었다.

"왜 그래, 채아야?"

부드러운 목소리에 움찔거리던 채아가 고개를 가로로 저었다. 고갯짓이 그대로 몸에 느껴져서 낮게 웃던 한새는 채아에게 고개를 잠깐 들어 보라 했다. 그러나 그녀는 여전히 고개를 숙이고 있었고, 결국 한새가 두 뺨을 부드럽게 잡아서 천천히 고개를 들게 만들 수밖에 없었다.

겨우 얼굴을 든 채아는 잔뜩 붉게 물들어 있었다. 툭 건드리면 울 것도 같았다. 가만히 그 얼굴을 바라보던 한새는 갑자기 갈등을 느끼고 마른침을 삼켰다.

해소하고 싶고, 해방시키고 싶기도 했다. 그 붉은 입술이 움직이는 것을 보고선 결국 참지 못하고 그대로 제 입술을 부딪쳤다. 부드럽게 닿은 그 입술에, 환호성을 지르고 싶기도 했다.

"으음……."

나른하게 풀어지는 것도 같은 소리에 겨우 참았던 제 것이 움직이는 것만 같았다. 아, 오늘은 안 되는데. 자꾸만 그런 생각이 들다가도 뭐 어때, 하고 본능이라는 놈이 속삭이기 시작했다.

처음에는 가볍게만 시작했던 키스가 점점 깊어졌다. 숨을 쉬기 위해 떼었던 입술은 서로의 눈이 마주치자마자 다시 붙었고 끝날 줄 몰랐다. 여러 각도로 틀며 채아의 입술을 탐하던 한새는 긴 키스를 끝낸 후 숨을 몰아쉬는 그녀를 바라보다 흐트러진 앞머리를 정리해 주었다.

"안 되겠다."

"……뭐가요?"

그녀의 입술에 묻은 타액을 소중히 닦던 한새가 낮게 한숨을 쉬더니 빙긋 웃었다. 평소에는 부드럽게 비쳤을 그 미소가, 분위기를 타서 그런지 오늘따라 섹시하고 참 관능적으로 보였다.

"여기 있다간 정말로 일 날 것 같아."

"……."

"채아, 네가 준비가 되었어도 내가 자제를 못 할 것 같아."

"뭐……."

머뭇거리며 말을 꺼내던 채아가 빙긋 웃는 한새를 따라 웃었다.

"어때요."

그 대답에 웃던 한새가 멈췄다. 진지한 눈동자가 빤히 채아를 바라보고 있었다. 조금이라도 두려움을 보이고 무서워한다면, 멈출 것이니까. 그래서 채아를 살폈지만 그녀는 긴장만 했지, 겁을 내는 것처럼 보이지는 않았다. 갑자기 악마가 귓가에 속삭이는 것만 같았다.

'가져.'

……라고.

"어…… 이게 진짜 부끄러운데요. 그…… 저번에…… 그, 오빠…… 그런 걸 알고서 때가 왔나 싶어서 그, 검, 검색을 해 봤거든요."

"……뭐? 검색?"

갑자기 이어지는 뜬금없는 말에 잠깐 정신이 든 한새가 되물었다. 그러자 민망하다는 듯이 얼굴을 붉히던 채아가 고개를 끄덕이다 다시 조용히 말을 이었다.

"그래서…… 마음을 먹었던 거예요."

"……."

"저는 오빠를 믿으니까요. 그리고 많이 사랑하니까. 나를 함부로 대하지도 않을 걸 알고, 소중히 대해 줄 것을 아니까요. 그리고 그…… 관, 계…… 후에도 나를 더 챙겨 줄 걸 알고 있으니까……."

부끄러운 듯이, 민망하다는 듯이 얼굴을 붉히며 하는 그 말이 가슴에 꽉 찼다. 그래서 멈출 수가 없었다. 저런 말을 하는데 누가 멈출 수 있는가?

그대로 손을 뻗은 한새는 이리저리 시선을 둘 곳을 못 찾는 채 아의 턱을 한 손으로 부드럽게 잡았다. 그제야 채아는 제자리를 찾은 듯 어깨에 힘을 풀고, 천천히 고개를 들어 그를 똑바로 마주했다. 오롯이 저만을 담는 그 눈동자가 너무 사랑스러워서 한새는 그 앞으로 가까이 다가갔다.

"만약…… 아프다거나 싫으면 말해. 멈출게."

"멈출 수는…… 있어요?"

"음. 아니."

"아하하. 뭐예요."

쪽. 입술에 부드럽게 입을 맞춘 한새는 코와 코가 닿을 정도로 가까운 거리에서 그녀의 두 눈동자를 마주하다 입을 열었다. 그 눈동자에는 채아가 사랑스러워 견딜 수 없다는 감정이 그대로 보였다.

"내가 안 멈추면 때리든가, 폭력을 행사해서라도 멈추게 해. 알겠지?"

"그럴 일 없을 거예요."

그렇게 말을 한 채아가 먼저 한새의 입술에 제 입술을 마주 대어 보았다. 그걸 시발점으로 한새는 그대로 채아를 안아 들었다.

"내가 걸어가도 되는데……."

채아의 말에 한새는 입을 맞추는 것으로 대답을 했다.

한새의 방까지 가는 동안 자잘한 입맞춤이 계속해서 이어졌다. 이내 채아를 침대 위에 앉힌 한새는 저를 올려다보는 채아를 내려다보다 두 어깨를 잡으며 천천히 고개를 숙였다. 이마부터 시작해서 천천히 내려와 입술을 가볍게 물었다가 놓았다.

"마지막으로 물을게."

"질문은 지겨워요."

"후회할 거 같으면 지금 가도 돼."

끝까지 저를 배려하려는 그를 보고 채아는 제 결정이 틀리지 않았음을 느꼈다. 그래서 먼저 그의 목에 팔을 둘렀고, 그걸로 대답은 충분했다.

한새는 잔뜩 맛보고 싶었던 그 입술을 살짝 핥다가 열린 틈 사이로 냉큼 제 혀를 집어넣었다. 혀가 서로 닿다가 얽혔다. 그대로 기우뚱거리는 채아를 침대 위로 눕혔고, 평소의 그답지 않게 거칠게 입 안을 탐했다. 허락이 떨어진 지금, 그는 완전히 정신을 잃고 있었다.

입천장을 건들다가도 구석구석을 쓸었다. 그러다 혀가 마주치면 그대로 얽히고 또 얽혔다.

처음에는 침대 위를 짚었던 한새의 손이 채아의 어깨를 매만졌다. 이미 위에 입고 있던 겉옷은 벗어 버려 블라우스만 남았다. 얇은 블라우스 너머로 느껴지는 둥근 어깨에, 다른 것도 탐이 나기 시작했다.

"하아, 채아야……."

끈적하고도 열기 가득 찬 목소리로 저를 부르는 목소리에, 채아는 자꾸만 영은이 했던 말이 떠올라 민망했다. 여자도 성적 욕구를 느껴. 아, 진짜.

"나…… 듣고 싶은 말이 있어요."

이미 단정히 묶었던 머리는 풀어져서 부채처럼 펼쳐져 있었다. 제 침대 위에 흐트러진 모습으로 누워 있는 채아를 보면서, 한새는 급하게 그녀를 안지 않으려고 끊임없이 브레이크를 걸어야만 했다.

그녀의 말에 고개를 끄덕이며 한 손으로 양팔을 잡아 올리고서 소매 단추를 먼저 하나씩 풀었다. 툭, 툭, 풀어지는 소리에 긴장한 채아는 마지막 단추가 풀어지자마자 침을 삼키고서 다시 입을 열었다.

"오빠가…… 맞혀 봐요. 그 한마디만 해 주면, 그대로 안길게요."

제가 이런 말도 할 줄 알았나 스스로도 놀라웠지만, 알 게 뭔가 싶었다. 지금은 아무런 생각도 들지 않았고, 그저 눈앞에 보이는 한새만이 중요했다. 그도 그랬는지, 채아가 한 말에 생각을 하는 듯하더니 점점 미간을 찌푸렸다. 채아의 목덜미를 매만지다 제일 위에 달린 단추를 풀며 한새가 고개를 저었다.

"생각이 안 나."

"그래도, 얼른요. 생각해 보세요."

붉은 앵두 같은 입술을 엄지손가락으로 연신 쓸던 한새는 고개를 숙여 입을 맞췄다. 깊게 파고들다 채아가 숨을 헐떡일 즈음 입술을 떼어 내고서 그녀의 귓불을 깨물고 핥았다. 채아가 움찔거리며 허리를 비틀자, 한새는 귓가에 뜨거운 입김을 불어 넣으며 입을 열었다.

"정말 아무 생각도 안 나. 단지…… 하나만 알겠어."

"그게…… 뭔데요? 아윽."

다시 귓불을 핥으며 그녀의 어깨를 매만졌다. 그러다 내려와 그녀의 가슴을 쓰다듬듯이 만지던 한새가 낮게 중얼거렸다. 그의 목소리에는 평소 들을 수 없던 열기가 가득 차 있었다.

"사랑해."

한새는 그녀를 내려다보며 천천히 남은 블라우스 단추를 풀기 시작했다.

"사랑해, 채아야."

"으……."

붉어진 얼굴을 보니 그 말이 듣고 싶었던 모양이다. 아, 귀여워.
낮게 웃은 한새는 마지막 단추까지 풀어 그녀의 상체가 드러나자
마자 제 목을 조이던 넥타이를 비틀며 벗어 냈다. 그 모습을 채아
가 몽롱하게 바라보았다. 저렇게 귀여워서 어떻게 하지. 제 셔츠
단추를 풀어 내리는 한새의 손길이 점점 다급해졌다.

마지막 단추를 푼 순간, 옷을 찢듯이 벗어 버리고선 그대로 그
녀의 위로 쓰러졌다.

입술을 거칠게 탐하며 그녀의 맨살을 문지르다가 브래지어 컵
안으로 손을 쑥 집어넣었다. 조심스럽게 매만지던 것도 잠시, 결국
참을 수 없다는 듯이 그녀의 블라우스는 물론, 브래지어까지 전부
벗게 만들었다.

눈 깜짝할 사이에 벗겨진 채아는 숨을 고르며 그를 가만히 지켜
보다, 위가 알몸이라는 생각에 어깨를 움츠러뜨렸다.

"그거 알아?"

"뭐, 뭘요……."

"지금 은채아, 너무 귀여워."

제 입술을 훑으며 나른하게 대답하는 한새로 인해 얼굴이 완전
히 빨개진 채아가 두 손으로 얼굴을 가렸다. 그것마저 자극이 되었
는지 한새는 얼굴에서 손을 치우게 하고서는 입술에 가볍게 입을
맞추다 내려와 턱에도 입을 맞추었다. 둥근 어깨 두 군데에 모두
입을 맞춘 그가 쇄골로 내려왔다. 두드러진 양쪽 쇄골에 입술을 문
지르다 왼쪽에 멈춰서 살짝 깨물었다.

"읏. 깨물지 마요."

"응. 싫어."

그러고선 그대로 핥았다. 파르르 떠는 것에 피식 웃은 한새가 가슴 위에 입을 맞추다 그대로 혀를 굴렸다.

"아읏!"

따끔할 정도로 깨무는 바람에 나온 소리에 놀라 채아가 두 손으로 제 입을 막자, 가슴에서 떨어지지 않던 한새가 그녀의 손을 내렸다.

"응. 괜찮아. 나는 듣고 싶어."

"미, 민망해요."

"괜찮아."

처음이니까 소중히 대해 줘야 한다는 것을 알지만, 막상 생각만 했고 원하기만 했던 그 여체를 본 순간, 정신을 잃을 것만 같았다. 드디어 은채아가 온전히 자신의 품에 떨어져서 제 것이 되려고 하고 있었다. 흥분되기도 하고, 너무 기뻤다. 어려운 결정을 하고 저에게 다가와 준 채아가 고맙기도 했다.

"채아야."

허벅지를 쓰다듬는 한새로 인해 다시 정신이 없어진 듯 채아는 대답도 하지 못했다. 그사이 한새는 그녀의 치마를 벗긴 후, 스타킹과 팬티까지까지 찢듯이 벗겨 버렸다. 과격하기도 한 그 모습에 놀랐는지 눈이 동그랗게 떠졌다. 눈두덩이 위에 입을 맞춰 준 한새는 또다시 웃었다.

"정말 미치겠다."

"뭐가요……?"

"너무 귀여워서."

"읏……."

"진짜야."

이제 아예 맨몸이 된 채아를 내려다보았다. 황홀하기까지 했다. 그게 부끄러운지 최대한 저를 가리려고 하는 채아로 인해 진한 웃음을 지은 한새가 그녀의 골반을 두 손으로 잡았다. 그가 고개를 숙여 허벅지에 가볍게 입을 맞췄다.

"그, 거, 거긴……!"

긴장하지 않게 허벅지를 부드럽게 매만지다 그녀의 숲을 쓸었다. 어쩔 줄 몰라 이리저리 비트는 채아로 인해 자극이 된 한새는 제 아래가 갑갑해졌고, 이윽고 아파 오는 것도 느꼈다. 그러나 제 상태는 애써 무시했다. 그보다는 채아가 더 중요했기에.

"채아야."

"으으…… 네……."

"눈 떠."

어느새 제 귓가에 대고 유혹하는 것처럼 말을 하는 한새로 인해 조심스럽게 눈을 떴다. 그와 동시에 아래에서 묵직하게 느껴지는 느낌에, 잠깐 울상이 되었다. 막연한 두려움이고 뭐고 지금은 머리가 새하얗게 물들어서 아무런 생각도 들지 않았다. 그저 저만 바라보며 저를 원하는 눈빛을 하는 한새만이 보였다.

"지금이 정말 마지막이야."

"그러지…… 마요."

"……."

"내가, 지금…… 어떤 기분인데……."

어렵사리 내뱉는 채아의 말이 무슨 뜻인지 알아들었다. 잠깐 굳은 표정을 하던 한새가 씩 웃으며 그녀의 두 다리를 들어 올렸다. 채아는 짧게 웃으며 엉덩이까지 아래로 살짝 빼 주었다. 그게 마음에 들어 한새는 그녀의 콧등 위에 입을 맞추었다.

"알지, 채아야?"

"……뭘요."

"내가 사랑한다는 거."

"저도…… 사랑해요."

그래, 하고 짧게 대답을 한 한새는 더 이상 말을 하지 않았다. 그가 아래서 주는 자극에 눈을 질끈 감고서 이를 악물고 있던 채아가 고개를 저으며 천천히 눈을 떴다. 그제야 한새의 분신이 보였고, 그 크기에 채아가 경악하며 굳어 버렸다.

'저게 들어온다고? 맙소사!'

갑자기 기절하고 싶어졌다. 창백해진 그녀의 얼굴을 보고 한새가 소리를 내서 기분 좋게 웃다가 두 손으로 다시 그녀의 골반을 잡고서 자리를 잡았다.

"자, 잠깐만요."

"아프면 말해."

"그, 그만둘 수 없나요? 지, 지금……."

"음? 안 돼. 이미 늦었어."

그대로 제 것을 입구에 비비며 한새는 그녀가 놀라지 않게 고개를 숙여 입을 맞췄다.

채아는 그의 호흡을 삼키며 숨을 몰아쉬었다. 솔직히 무섭기만 하지는 않았다. 아래에서 느껴지는 것에 흥분이 되기까지 했다. 무언가 흐르는 느낌은 익숙하지 않았고, 그가 주는 자극은 저를 미치게 만드는 것만 같아 뭐가 뭔지 아무것도 알 수 없었다. 채아는 그저 한새가 해 주는 것에 따를 뿐이었다.

그동안에도 한새는 계속해서 그녀의 아래를 지분거리며 채아를 달구었다. 그녀가 마음을 놓고 길을 열어 제가 들어갈 수 있게 충분히 풀어 놓았다.

"하아, 오빠……."

열에 들뜬 표정을 본 심장은 당장이라도 그녀의 몸 안에 저를 묻으라 하고 있었지만 한새는 기다렸다. 나른해 보일 정도로 열에 가득 찬 그녀가 충분히 풀어질 때까지. 그 순간, 한새는 그대로 그녀의 입구를 문지르던 제 것을 밀어 넣었다.

"아웃! 하아, 하!"

"괜찮아. 채아야, 쉿……."

"아, 아파요……."

정말 아픈지 눈가에 맺혔던 눈물이 흘러내렸다. 그것조차 아까워 한새는 그녀의 눈가를 살며시 핥았다. 아직 반이 남았는데. 한새는 고통스럽게 찌푸려진 채아의 미간을 부드럽게 문질러 주었다.

"아프면, 뺄게."

"아니, 그……."

이제 와서 그만두기에는 저도 싫었다. 채아는 심호흡을 하며 고개를 저었다.

채아가 숨을 내쉬어 몸이 이완될 때마다 한새는 천천히 삽입을 시도했다. 충분히 풀어 주었다 생각했지만 약간은 뻑뻑한 것도 같았다. 그래도 저를 위해 긴장을 늦추며 심호흡을 하는 채아의 모습에, 한새는 소리 없이 웃다가 그녀의 입술에 그대로 제 입술을 눌렀다.

가볍게 맞닿았던 입술이지만 어느새 그녀의 입술이 벌어진 틈을 타서 그대로 제 혀를 섞었다. 그사이 아래쪽도 끝까지 밀어 넣기에 성공한 한새는 움찔거리며 다시 눈물을 흘리는 채아의 모습에, 속으로 혀를 차며 입을 떼어 냈다.

"하아, 하……."

"많이 아파?"

"괘, 괜찮아요."

아파도 말갛게 웃는 모습에, 한새의 분신에 다시 열기가 몰렸다. 낮게 신음을 흘린 한새가 자세를 고치고서 채아의 배를 쓸어내렸다.

제 안에서 크기가 커지는 그를 느낀 채아가 눈을 동그랗게 떴고, 살짝 뒤로 빼던 한새는 미안하다는 표정을 지었다. 지금 남은 것이 무엇인지 아는 채아는 입술을 깨물다 한새가 제 입술을 매만지자, 결국 환하게 웃으며 고개를 끄덕였다. 아플 건 이미 각오했으니까.

"……전 괜찮아요."

"정말?"

"음…… 네. 얼른, 괜찮다 할 때…… 아……! 갑자기……!"

그녀가 말을 맺기도 전에 급해진 한새가 그대로 그녀의 두 손으로 그녀의 허벅지를 잡고 움직이기 시작했다. 처음인 데다 준비가 덜 되었기에 채아도 아프겠지만 그도 마찬가지로 아팠다. 더 이상 기다릴 수 없었기에, 한새는 그녀의 허락이 내려진 순간 모르는 척 움직였다.

그대로 뒤로 뺐다가 안으로 들어가기를 반복했다. 그래도 익숙하지 않을 그녀를 위해 천천히, 리듬을 타듯이 움직였다.

"아, 아흑……. 아, 아파……."

고개를 숙여 채아에게 입을 맞추며 연신 움직였다. 그녀가 고통을 호소하려는 듯 내었던 소리는 다시 목구멍 뒤로 넘어갔다. 한새는 그녀의 눈꼬리를 따라 흐르는 눈물을 핥으며 속도를 줄였다.

"하아, 훗, 아……!"

끊어질 듯한 신음 소리에 더 자극이 되었다. 당장이라도 거칠게 움직이고 싶은데 채아를 생각하면 순식간에 멈춰 버렸다.

침실 안은 어느새 열기와 신음 소리로 가득 찼다. 저도 모르게 자꾸만 눈물을 흘리는 채아를 보며 안타까웠지만 그것도 잠시일 뿐, 온전히 채아가 제 품에 떨어졌다는 생각에 한새는 다시 속도를 높였다.

"아, 웃…… 하앗!"

"큭……."

절정에 다다른 한새가 채아의 안에서 파정하고 점점 움직임을 멈추었다. 그는 그대로 그녀의 위로 쓰러졌다.

눈을 질끈 감았다 뜬 채아는 한 손을 겨우 뻗어 그를 안았다. 나머지 한 손으로 그의 이마에 흐르는 땀을 손등으로 닦자, 한새가 그대로 그녀의 입술에 입을 맞췄다.

"고마워."

"그거 말고……."

"그럼…… 사랑해."

"응, 그거요."

웃는 채아의 모습이 보기 좋아 한새도 저절로 입가에 미소가 그려졌다. 한새는 그녀가 힘들까 싶어 몸을 살짝 굴려 그 옆에 모로 누운 뒤 땀에 젖은 머리카락을 손으로 떼어 주며 그녀를 바라보았다.

채아도 한새를 마주 보며 그의 목선을 타고 흐르는 땀방울을 손가락으로 훔쳤다. 두 눈동자에는 오로지 자신만이 들었기에 채아는 민망하면서도 참 기뻤다.

"오빠."

"왜?"

"아버님이…… 저랑 오빠랑 인정하려면 조건 하나를 지키라고 했어요."

그 말을 하자마자 채아의 얼굴이 붉어지는 까닭을 알 수 없는 한새는 그저 고개를 끄덕이다 뭔데? 하고 물었다. 그러자 채아가 민망하다는 듯이 어깨를 움츠리며 그의 품으로 파고들었다. 아, 이러면 안 되는데. 아직 부족한 한새는 그녀를 말리려고 손을 뻗었다. 그 찰나, 이어지는 채아의 말에 손이 허공에서 멈췄다.

"그…… 혼수로 아이를 가져오래요."

"……뭐?"

"……."

"하. 하하. 하하!"

그렇게 한새는 웃었지만 채아는 웃을 수가 없었다. 허벅지에 닿는 그의 남성이 다시 크기를 더해 가는 것을 느꼈다. 그저 생각이 나서 이야기를 꺼낸 것인데, 그것이 흥분제 역할을 할 줄 몰랐던 것이다.

채아를 위해 오늘은 아쉽지만 여기서 그만두려고 했는데 안 되겠다. 더 이상 멈출 수 없던 한새는 빙긋 웃으며, 이제야 눈치를 챈 듯 두 손으로 얼굴을 가리는 그녀의 귓가에 속삭였다.

"그럼 인정받기 위해서 혼수를 하나 장만하자."

"그……!"

"미안. 사실 내가 아직 부족해서."

한새는 결국 그녀의 위에 다시 올라탔다. 그리고 채아는 어렴풋이 느꼈다. 사랑을 나눈 후, 해야 할 말과 하지 말아야 할 말을.

Chapter 19

　까마득히 잠이 들었던 채아가 천천히 눈을 떴다. 몽롱한 눈을 깜빡이던 채아가 눈을 번쩍 뜨게 된 것은, 눈앞에 보이는 남자의 단단한 상체로 인해서였다. 너무 놀라서 소리를 지르려다 제 앞에 있는 것이 누구인지 떠올리고서 급히 입을 두 손으로 막았다.

　'맞아. 어제⋯⋯.'

　어제의 일이 떠오르는 동시에 한새의 상체가 눈에 다시 보였다. 순식간에 얼굴이 빨개진 채아는 조심스럽게 고개를 돌렸다. 계속해서 바라보고 있다간 마치 저 자신이 변태가 된 기분을 맛볼 것만 같았기 때문이다. 자꾸만 어제, 아니, 새벽까지 있었던 일들이 눈앞에서 생생히 펼쳐지려 했다.

　최대한 한새가 깨지 않게 조심스럽게 움직여서 그의 품에서 나온 채아는 천천히 주변을 둘러보았다. 바닥에는 서로의 옷가지들이 섞여 있었다. 얼굴이 붉어진 채아가 제 뺨을 손등으로 툭툭 두드리다 시선을 내려 곤히 잠든 한새를 바라보았다. 함께 동아리 활

동을 하면서, 대학 시절을 지내면서 절대로 이런 사이가 될 거라는
생각은 하지 못했는데.

"……."

괜히 웃음이 나왔다. 저도 모르게 기분이 좋아진 채아는 손을
뻗어 흐트러진 한새의 앞머리를 만지작거렸다. 그가 깨지 못하게
조심스럽게 행동하던 것은 생각나지 않았고, 그저 그가 너무 좋아
서 어쩔 줄 몰라 저도 모르게 손을 뻗은 것이었다.

그때, 한새의 눈이 번쩍 떠졌고, 그가 그대로 채아의 손목을 잡
았다. 덕분에 화들짝 놀란 채아가 그의 손에서 제 손을 빼내려고
했지만, 그럴수록 한새는 그의 손에 힘을 주었다.

"아, 아파요."

"……아, 미안."

"잘 잤어요?"

"응. 채아, 넌? 몸은 괜찮고?"

"아……."

몸이라 하니 또다시 어제 일이 생각나는 것 같아 저도 모르게
눈을 질끈 감아 버렸다. 그러자 한새의 낮은 웃음소리가 들려왔다.
저만 괜히 의식을 하는 것 같아서 눈을 떴는데 그의 얼굴이 바로
코앞에 있는 것이 보였다. 저도 모르게 놀라 뒤로 가려 했지만 어
느새 한새가 두 팔을 뻗어 채아의 허리를 부드럽게 감싸 안고서
확 잡아당겼다.

"노, 놀랐잖아요."

"나야말로. 도망가는 줄 알았잖아."

"도망은 왜 가요."

"그러게. 갈 리가 없는데 말이야."

자신이 후회라도 할 것 같아서 그런가? 눈을 깜빡이던 채아는 다시 그와 마주 보며 눕게 되자, 먼저 다가가서 입술에 입을 맞췄다. 그리고 두 사람은 누가 뭐라고 할 것도 없이 동시에 눈을 감고 서로의 입술을 부드럽게 탐했다.

모닝키스치고는 긴 키스가 끝나자마자 아쉽다는 표정을 짓는 한새가 보였다. 뭐가 아쉬운지는 설명하지 않아도 알 것 같았다. 민망해진 채아는 재빨리 입을 열었다.

"얼른 회사 가야죠."

먼저 씻는다며 일어나려다 지금 아무것도 입지 않은 태초의 상태라는 것을 기억해 낸 채아는 보지도 않고 한새의 어깨를 툭툭 건드렸다.

"얼른 씻고 와요. 이러다 회사 늦을 것 같아요."

"채아야."

그대로 등 뒤에서 그가 안아 왔다. 등 뒤에서 느껴지는 그의 맨몸으로 인해 입술을 깨물던 채아는 엉덩이 뒤로 느껴지는 그의 것으로 인해 울상을 짓다가 벌떡 일어났다.

"그럼 먼저 씻을게요!"

"같이 씻을까?"

"됐거든요!"

그렇게 말을 하고선 재빨리 욕실 안으로 들어갔다. 뭐라고 할 틈도 없이 그대로 사라져 버리는 채아로 인해 낮게 웃으며 턱을 괸 채, 욕실 문만 바라보던 한새는 결국 소리를 내서 웃어 버리고 말았다. 저렇게 사랑스럽다니.

"정말, 처음으로 회사에 가기 싫어지는군."

회사에 가는 이유는 단 하나였다. 채아가 있으니까. 4년간 참았던 그녀를 본사에 들를 때마다 잠깐씩이나마 볼 수 있었기에 더더욱 열심히 일했다. 아무리 힘들어도 결국 채아를 쟁취하기 위한 길이었기에 회사에 나가는 것이 참 즐겁다고 생각했다.

그리고 지금, 당당하게 제 옆으로 채아를 데리고 왔다. 심지어 같은 침대에서 누웠다 아침을 같이 맞이하게 되었다.

"아…… 큰일이네."

그동안 참아 왔던 것이 한 번에 풀어지려는 모양이다. 한새는 아무래도 안 되겠다 싶어 일어나 방 밖에 있는 욕실로 향했다. 채아가 있는 욕실 앞에 있다간 저도 모르게 회사를 못 가게 채아를 다시 안아 버릴지도 모르겠다.

그런 한새의 마음을 모르는 채아는 욕실 안에서 붉어진 얼굴을 식히기 위해 찬물로 세수를 연달아 하고 있었다. 깨끗한 세면대를 잡고서 거울을 바라보니 쇄골에서 점점 아래로 갈수록 여간 가관이 아니었다. 붉은 흔적들을 따라 시선을 내리던 채아가 결국 그대로 쭈그려 앉아서 제 팔에 고개를 파묻어 버렸다.

"어떻게 하지……."

나는 변태가 아니다. 나는 변태가 아니다. 나는 변태가 아니…… 젠장!

"자, 진정하자."

채아는 심호흡을 크게 한 뒤 찬물로 샤워를 하기 시작했다. 평소에는 엄살이 심해서 찬물도 뜨거운 물도 아닌 꼭 미지근한 물로 샤워를 했었다. 그러나 지금만큼은 그럴 수가 없었다. 새벽까지 이어졌던 정사의 장면이 자꾸만 떠오른 탓이었다.

"와…… 뒤늦게 나이 먹고서 이게 뭐야."

제 뺨을 아프지 않게 찰싹 때리고서 새 칫솔을 찾아서 이를 닦았다. 수건으로 물기를 꾹꾹 눌러 닦으며 늦장을 부리다 문을 슬그머니 열어 보았다. 다행히도 텅 빈 침대가 채아를 맞이했다.

채아는 안도의 한숨을 쉬며 바닥에 흐트러진 옷을 찾아서 속옷부터 차례대로 입으려 했다. 그러나 정장 치마와 셔츠가 너무 구겨져서 입을 엄두가 나지 않았다. 채아가 속옷만 입은 채로 낮게 한숨을 쉬었다. 그때, 방문이 벌컥 열렸다.

갑자기 문이 열리는 소리에 화들짝 놀란 채아는 바닥에 주저앉아 버렸다.

"소, 소리 좀 내고 들어오세요."

"옷 줘 봐."

"네?"

"다려 줄게."

그렇게 말을 하는 한새는 말끔하게 옷을 다 갖춰 입고 있었다. 언제 또 준비해서 저렇게 입었는지 모르겠다. 아니면 그만큼 욕실 안에서 제가 시간을 오래 보낸 건지.

속옷 차림이기에 민망해진 채아는 재빨리 한새에게 옷을 주었다. 그러자 키득거리며 한새가 옷을 받아 들고 방 밖으로 나갔다. 속옷 차림으로 그를 따라갈 순 없었기에 채아는 결국 침대 위의 이불로 제 몸을 감싸고 쭈뼛쭈뼛 나갔다. 거실에 앉은 한새가 다리미를 켜고 있는 것이 보였다.

"채아야. 이리 와 봐."

제 옆자리를 두드리기에 망설이던 채아는 조금씩 걸어서 그의 옆에 앉았다. 이불로 감싸고 나온 그녀의 모습에 한새는 저절로 미소가 지어졌다. 그는 벽에 걸린 시간을 바라보다 아직 덜 마른 그녀의 머리를 빗 대신 손가락을 이용해 결을 따라 쓸다가 일어나 드라이기를 가져와 코드를 꽂은 후, 채아의 손에 쥐여 주었다.

"다림질할 동안만 말리고 있어. 끝나면 말려 줄게."

"어…… 아니, 괜찮아요. 저 혼자도 할 수 있는걸요."

갑자기 여왕처럼 모실 거라는 그 말이 떠올라 고개를 푹 숙인 채아는 머리를 말리기 시작했다. 한새가 금세 다림질을 끝낸 후, 자연스럽게 그녀의 손에서 드라이기를 빼앗아서 머리를 말려 주었다. 얼떨결에 드라이기를 그에게 건네준 채아는 여전히 이불로 몸을 가린 채, 그가 해 주는 대로 가만히 있었다. 자꾸만 심장이 간질거리는 것도 같았다.

둘이서 나란히 걸으면서 손을 잡는 정도는 혼자서 생각을 해 보았다. 하지만 이런 것처럼 많은 욕심을 내는 상상은 하지 않았다. 너무 과했다가는 상실감이 커서 절망감을 느낄 테니까. 그래서 단지 여느 연인들처럼 손을 잡고 길거리를 조용히 걷는 것만 상상했었다. 그것이 그녀가 꿨던 가장 큰 꿈이었다.

나란히 걷는 것. 좋아하는 사람과, 그렇게 둘이서 걷는 것. 그것이 얼마나 어려운 꿈이었는지. 특히나 한새는 누구에게나 친절했기에 더욱더 갈망했지만 그만큼 힘들었다. 다른 사람에게는 웃어 주지 말아요, 하고 말을 꺼내고 싶은 것도 얼마나 참았는지 모른다.

"……오빠."

"응, 채아야."

함께한 것은 고작 3년이었고, 떨어져 있던 시간은 5년이다. 그 떨어져 있는 시간 동안 세월이 많이 흘렀다 생각했다. 그래서 여전히 그때의 모습을 간직한 그를 다시 만났을 때, 그 끊겼던 시간부터 다시 시작하고 싶은 생각도 들었다.

그래서 저는 나이만 먹었지, 성장하지 못했을지도 모른다. 그와 함께했던 대학 시절로 돌아가고 싶다는 생각을 얼마나 많이 했던지.

"말을 했었던 것도 같은데⋯⋯."

"응. 뭔데?"

다정하게 말을 맞춰 주는 것도 좋았다. 늘 저의 말만큼은 끝까지 귀를 기울여 주고, 대답도 해 주고. 그것이 얼마나 마음에 꽉 들어찼는지, 과연 한새는 알까? 잠시 뒤를 돌아 그를 바라보았다. 눈이 마주치자 부드럽게 미소를 지어 주는 한새가 보였다. 덩달아 웃어 준 채아는 다시 앞을 돌아보며 속으로 고개를 저었다. 그는 모를 것이다. 얼마나 그 시절 동안 조한새라는 남자를 은채아가 원했는지.

"오빠는 제서대의 태양이었어요."

"하하. 부끄럽네."

"늘 남들이 바라보고, 늘 곁에 사람들이 몰려 있었어요. 알죠?"

"음."

사실 동아리에 들기 전, 그를 캠퍼스 안에서 본 적이 있다. 두 번 정도였나. 늘 곁에 사람들이 적어도 다섯 명 이상은 몰려 있었다. 그에게 서로 말을 걸려고 했고, 함께 있으려고 했다. 그래서 본인의 습관으로 도와준 거구나, 하고 알았다. 그리고 실망감이 들었다. 왜 제가 그런 마음을 가져야 하는지 알 수가 없었기에 혼란스러웠다.

채아가 마음을 깨닫게 된 것은, 동아리에서 한새를 다시 만난 후, 그와 종종 인사를 하면서 어색하지만 장난도 치고, 그렇게 함께 지내던 때였다. 문득 이 사람의 옆에 있고 싶다는 생각이 들었다.

"혼자 짝사랑하던 날……."

"짝사랑은 아니지. 나도 널 좋아했어."

"그때는 몰랐잖아요."

머리를 다 말렸는지 한새가 드라이기를 껐다. 나풀거리던 머리카락이 가라앉고, 거실 안이 조용해졌다. 어느새 채아의 앞으로 온 한새가 그녀의 두 눈동자를 진지하게 바라보았다. 채아는 그의 시선을 피하지 않았다.

"그래서 그때, 제가 오빠 보면서 가장 원했던 게 뭔지 알아요?"

"뭐였는데?"

장난스럽게 웃는 그의 모습에, 얼핏 처음 만난 날 보았던 그의 미소가 비쳐 마음이 편안해졌다. 채아는 조용히 그의 손을 마주잡았다. 처음에는 그저 맞잡았지만, 이내 깍지도 껴 보았다. 그녀가 하는 행동에, 한새는 고개를 숙여 두 손을 내려다보았다. 그러다 고개를 들어 채아를 똑바로 다시 바라보았다.

"이렇게, 손을 잡고서 캠퍼스 안을 걸어 다니는 거였어요."

"……."

"혹은 대학로 걸어 다니기."

그러면 한새의 옆자리가 누군지 다 알 테니까. 짧게 웃은 채아가 그의 손을 놓았다.

"옷 갈아입게 얼른 들어가요."

"……."

"얼른요. 안 그러면 우리 회사 늦어요."

채아가 손을 놓아 버리자, 한새는 허전함이 느껴졌다. 그래서 말하지 않을 수 없었다.

"채아야."

"네?"

"사랑해."

"어…… 저도……."

수줍게 대답을 들려주는 채아로 인해 기쁘다는 듯이 한새는 소리를 내서 웃었다. 그가 일어나 그녀의 머리를 쓰다듬더니 이내 부엌으로 들어가 아침을 하려는지 냉장고 안을 뒤적였다.

그가 부엌으로 가는 것을 멍하니 바라보던 채아는, 그가 만지던 머리를 두 번 정도 쓸어 보다 피식 웃으며 방으로 들어갔다. 이불을 벗어 침대 위에 다시 올려놓고 재빨리 옷을 갈아입었다. 어느새 구김이 없어진 셔츠와 치마를 단정하게 입은 채아가 잠시 눈을 깜빡였다. 뭐가 없다고 했더니 스타킹이 없었다.

'어제, 오빠가…….'

찢어 버렸지, 참. 또다시 어제가 떠올라 얼굴을 붉힌 채아가 부엌쪽으로 향했다.

"혹시 이 근처에 편의점 있어요?"

"편의점? 왜?"

"스타킹이……."

"아."

제가 어제 찢어 버렸음을 알아차린 한새는 그녀의 얼굴이 왜 붉어졌는지 눈치챘다. 한새가 낮게 웃다가 가면서 사자고 했다. 고개를 끄덕인 채아는 그가 가리킨 곳에 앉아 간단히 토스트를 만드는 그의 뒷모습을 바라보았다.

점점 입가에 미소가 고이는 것도 모른 채, 그를 멍하니 바라보다가 갑작스러운 핸드폰 벨소리에 화들짝 놀랐다. 채아는 마음을 쓰다듬으며 재빨리 한새의 방에 들어가 제 핸드백을 찾아서 들고 나왔다. 액정을 보니 영은이었다. 그제야 제가 외박을 했음을 깨달았다.

"어…… 안녕?"

— 안녕은 지랄이고, 자시고, 어디야!

"음…… 출근은 제대로 할 건데 말이야."

— 너, 조한새랑 같이 있어?

"하하."

웃은 것은 채아가 아니라 한새였다. 버럭 외치는 영은의 목소리는 안 그래도 컸는데, 채아의 통화음도 최대로 맞춰져 있어서 한새까지 다 들은 것이다. 민망해진 채아는 재빨리 영은에게 말을 꺼냈다.

"오빠가 다 들었어. 조용히 해, 영은아."

— 아, 됐고! 이 외박녀야!

"외박녀라니……."

— 년이라 하지 않은 걸 감사히 여기도록.

"넵."

— 아니, 설마 바로 그렇게 외박을 할 줄 몰랐다? 이 언니는 너를 그렇게 키운 적 없다! 오늘도 안 들어오면 너, 내쫓을 줄 알아!

빽 소리를 지르며 제 할 말만 다 한 영은이 전화를 끊었다. 무안해진 채아는 핸드백 안으로 슥, 핸드폰을 다시 집어넣었다. 그때마침 채아의 앞으로 토스트 하나가 내밀어졌다.

"영은이가 많이 화가 났나 보다."

"그러게요. 오늘 일찍 가서 풀어 줘야 할 것 같아요."

"음?"

"왜요?"

토스트를 한입 베어 물며 물었다. 그러자 그녀의 대각선에 앉은 한새가 눈이 마주치자마자 빙긋 웃고선 고개를 가로로 저었다.

"아니. 은채아가 앞으로 그 집에서 쫓겨날 것 같아서."

"네? 제가 왜……."

'오늘도 안 들어오면 너, 내쫓을 줄 알아!'

불현듯, 갑자기 방금 전에 들었던 영은의 목소리가 생생히 다시 재생되었다. 그와 동시에 제 턱을 부드럽게 잡은 한새가 이마에 쪽, 입을 맞추며 귓가에 속삭였다.

"오늘도 안 보낼 건데."

"……!"

"내일, 토요일이고 쉬는 날이잖아?"

"아, 저, 아, 안 돼요. 허리, 그래. 허리 아파요. 진짜 아픈데……."

내색만 안 했지, 걸을 때마다 아팠다. 그걸 모를 사람도 아니건만, 한새는 진한 웃음을 지으며 고개를 끄덕였다.

"응. 그러니까 모레까지 푹 쉬면 돼."

채아는 그저 사색이 되어 그의 말에 아무런 대답도 할 수 없었다. 남자가 참으면 저렇게까지 된다는 걸 교훈으로 얻었을 뿐이다.

"은 비서."

"네."

"잠깐 고개 좀……."

서류에 한새의 사인을 받아서 다른 팀으로 보내야 했다. 그래서 사인을 받고 있는데, 문득 들려온 그의 말에 아무런 생각도 하지 않고 고개를 숙였다. 그러자 그가 제 입술에 쪽, 입을 맞췄다.

놀란 채아가 뭐라고 말을 하려던 찰나, 한새는 그 틈을 노렸다는 듯이 그대로 그녀의 뒤통수를 조심스럽게 감싸 안아 끌어당기고선 깊게 입을 맞춰 왔다. 채아가 입을 다물려 했지만, 그 사이로 재빨리 혀를 집어넣어 물 만난 물고기처럼 안을 돌아다녔다.

처음에는 당황했던 채아도 결국 아무도 쉽게 들어오지 못한다는 것에 안심을 한 나머지, 그의 팔을 잡다가 저도 모르게 휩쓸려서 목을 끌어안았다. 만족스러운 미소를 지은 한새는 그녀가 숨을 쉴 수 있게 틈을 주었지만 그것도 잠시였다. 타액이 묻어 번들거리는 붉은 입술을 노려보더니 참을 수 없다는 듯 그대로 다시 입을 맞췄다. 거칠고 다급한 입맞춤에 아까보다 더 숨이 막혔지만 결국 채아는 밀어 내지 못했다.

한참의 키스가 이어진 후, 씩 웃은 한새가 그녀의 입술을 닦아 주었다.

"채아야. 어떻게 할까."

"……뭐, 뭐가요."

"너만 보면 고삐가 자꾸 풀린다."

"……."

"퇴근까지, 얼마나 남았지?"

그의 말에 제 손목시계를 확인한 채아는 아직 많이 남았다고 말을 했다. 여기 계속 있다간 아예 입이 퉁퉁 불어서 누가 봐도 오해를 사기 딱 좋은 모습이 될 것 같았다. 이미 충분히 허리도 아프고, 입술도 아팠다.

그래서 돌아가려고 했다. 그러나 채아는 뒤에서 제 손목을 잡고 끌어당기는 한새로 인해 비틀거리고 말았다. 그대로 힘을 잃고 한새의 허벅지 위에 앉게 된 채아가 놀라서 일어나려고 했지만 아래부터 지르르 느껴지는 느낌에, 결국 힘을 빼 버리고 그의 가슴팍에 등을 기대었다.

"일…… 일해야죠. 회사예요, 여기는."

"응. 알아."

아는데 왜 얼굴이 점점 다시 기울어지는 건데!

"……정신 차려요. 네?"

"너만 보면 정신 못 차리겠다니까."

결국은 내 탓이라는 거야? 뭐라고 한마디를 하려 하자 한새가 그 틈을 노리고 또다시 고개를 숙였을 때였다. 밖에서 헛기침하는 소리가 들렸다.

"거, 안에 조 이사 있는가?"

용하게도 그것이 회장님의 목소리라는 걸 알아차린 채아가 벌떡 일어나 옷매무새를 가다듬으며 한새 대신 입을 열었다. 갑자기 일어나는 바람에 또다시 아픔이 느껴졌지만 연습했던 것처럼 영업용 미소를 지으며 문을 열었다.

"네, 안에 계십니다."

"호오. 은 비서도 같이 있었나?"

"결재받으러 왔습니다."

사인을 다 한 뒤에 키스를 했으므로 켕길 것은 없었다. 채아는 제일 위에 올려진 서류를 보지도 않고 그대로 품에 안고선 우현에게 인사를 건네고 나갔다.

순식간에 품 안에서 채아가 사라지자, 한새는 허전함을 느꼈다. 그러나 채아의 말대로 이곳은 회사였고, 지금 앞에 있는 사람은 아버지이자 회장이었기에 정신을 차리고서 사무적인 목소리로 입을 열었다.

"무슨 일이십니까, 회장님. 친히 이곳에 다 내려오시다니."

왜 일을 방해하냐는 것만 같은 목소리에, 어처구니없다는 듯이 그를 노려보던 우현은 밖을 가리키며 입을 열었다.

"며늘애기, 입술 좀 작작 물어라 이것아."

"……제 것, 제가 물겠다는데 무슨 상관이십니까."

아까까지만 해도 거들떠보지도 않던 서류를 뒤적이며 한새가 아무렇지도 않게 대꾸를 했다. 그 목소리에는 얼른 가라는 뜻도 담겨 있었다.

이런 놈이 제 아들이었다는 것을 새삼스레 깨달은 우현은 미간을 찌푸렸다. 저를 보지도 않는 아들놈에게 무슨 미련이 있다고 왔는지 모르겠다며 속으로 중얼거린 그가 가려고 뒤를 돌았다. 그런데 그가 막 문손잡이 위에 손을 얹었을 때, 한새의 목소리가 들려왔다.

"혼수로 아이 하나면 된다고 하셨다면서요."

그 말에, 멍하니 있던 우현이 빙글 돌았다. 그러자 그제야 한새가 고개를 들어 우현을 바라보게 되었다.

"그거 하나는 마음에 드는데요."

"……고얀 놈."

"근데 채아는 다르게 알아들었습니다만."

"며늘애기가 왜."

"채아는, 그게 저와 사귀는 걸 인정한다는 말로 알고 있습니다."

결혼이 아니라. 이 말은 굳이 하지 않았다. 하지만 우현은 그걸 한새가 숨기고 있다는 것을 바로 알아차린 모양이었다. 그가 기분 좋게 웃다 한마디를 하고선 다시 돌아섰다.

"참 고얀 놈이구나, 내 아들놈은."

"그걸 이제야 아셨습니까."

또다시 사무적으로 대답을 하기에 혀를 쯧쯧 차던 우현이 한새의 방에서 나와 그 앞에서 일을 하는 채아를 바라보았다. 우현의 시선을 느꼈는지 하던 일을 멈춘 채아가 일어나 인사를 했다. 그는 손짓을 하며 앉게 했다.

"아가."

"……네."

"얼른 혼수 만들기를 바란다."

그 말을 한 우현은 뒤도 돌아보지 않고 손을 흔들고는 그녀의 시야에서 사라졌다. 멍하니, 우현이 간 곳을 바라보던 채아는 저도 모르게 털썩 앉다가 찌르르 느껴지는 고통에 눈을 꾹 감았다. 누가 볼세라 얼른 제대로 앉았지만 이내 풀썩 책상 위에 엎드려 버렸다.

그 혼수, 만들기 참 어려워요. 아직 갈 길이 먼데, 벌써부터 아이라니 민망해서 고개도 못 들겠다.

한새는 업무 시간이 끝나기 무섭게 칼퇴근을 시도했다. 마음이 급했지만 그래도 채아가 달아날까 싶어서 신사적인 미소로 그녀를 대했다. 그래서 그런지 채아는 마음을 놓고 그의 차에 올라탔다. 남자는 다 늑대라는 것을 그새 잊어버린 모양이다.

채아에게 손수 안전벨트를 매 주고서 한새가 차를 출발시켰다. 가는 동안 무언가 이상하다는 듯 고개를 점점 기울이던 채아가 결국 찰싹, 운전대 위에 손을 얹은 한새의 손등 위를 때렸다.

"어, 얼른 차 돌려요!"

"말했잖아? 모레 돌려보내겠다고."

"맙소사! 그 말, 진짜였어요?"

"응. 진짜야."

지금 보이는 풍경은 분명 한새의 오피스텔로 가는 길이었다. 순식간에 하얗게 질린 채아는 이러지도 저러지도 못한 채, 입술만 연신 깨물고 있었다. 오늘따라 신호도 참 걸리지 않고 도로가 뻥뻥 뚫렸다. 더욱더 불안해진 채아는 계속 입술만 깨물다, 마침 처음으로 신호가 걸렸을 때, 재빨리 안전벨트를 풀었다. 한새는 한다면 하는 사람이었기에, 틀림없이 저를 일요일에나 집에 돌려보내 줄 것이다.

그러나 안전벨트를 풀자마자 한새가 입술을 부딪쳐 오며 혼을 빼는가 싶더니 초록불로 바뀌었을 땐 이미 다시 안전벨트가 매여 있었다. 채아가 허탈한 얼굴로 제 촉촉해진 입술을 문질렀다.

"입술 깨물지 마. 아프잖아."

"……오빠. 이건 좀 아닌 것 같아요."

이제는 착착 달라붙어서 익숙해진 그 오빠란 호칭이 듣기 좋았다. 남들은 선배, 저는 오빠. 어느새 팔불출이 되어 버린 한새였다.

"아니, 말 돼."

내가 이날을 얼마나 기다렸는데.

그 말은 삼켰다. 지금도 적당히 하려고 노력하는데, 저렇게 자꾸 거절하려고 하면 적당히 안 되어 버린다. 정말, 어느 날은 공과사가 완전히 무너져서 침대 위에서 채아만 부여잡고 회사도 안 나

366

간 채, 그렇게 살지도 모르겠다.

오늘 아침, 함께 채아와 아침을 맞이하고, 아침도 함께 먹고, 머리도 말려 주고, 옷도 다림질해 주고. 그 일상이 매일 있었으면 좋겠다는 생각을 했다. 그 얼마나 바랐던 일상인가.

"채아야."

"……왜요."

포기했다는 듯이 축 늘어져서 퉁명스럽게 대답하는 채아가 귀여워 쭉 내민 그녀의 입술에 부드럽게 입을 맞춰 주고선 차를 세웠다. 여기는 오피스텔이 아닌데, 하고 건물을 올려다본 채아가 다시 한번 경악했다.

"맙소사."

별 다섯 개짜리 고급 호텔이었다.

"그거 알아, 채아야?"

"몰라요. 몰라. 도망갈 거야."

그대로 안전벨트를 풀고서 문을 열었다. 그러나 채아의 허리를 부드럽게 끌어안고서 나가지 못하게 하는 한새로 인해 채아는 도로 자리에 앉게 되었다. 거친 눈빛과 달리 다정한 손길에 채아는 그를 거절할 수가 없었다.

"아버지가 특별히 신경을 써서 골라 준 호텔인데."

"……네? 아버님이요? 하!"

아, 맙소사. 그 혼수, 그게 뭔지! 갑자기 머리가 아파진 채아는 불안하게 눈동자를 굴리며 입술을 깨물다 결국 한숨을 내쉬었다. 사실 그와 닿는 게 익숙하지 않아서 그렇지, 싫은 건 아니었다. 자꾸만 영은이 했던 말이 또 떠올라서 두 손을 들었다.

아, 모르겠다. 채아는 제 허리를 감싸고 있는 한새의 두 손을 놓게 만들었다. 의외로 그는 순순히 손을 풀었다.

"······얼른 내려요."

새침하게 말을 하고서 채아가 내리자, 혼자 차 안에 남겨진 한새는 멍하니 있다가 크게 웃어 버렸다.

"하하! 하하하!"

빠르게 걷는 그녀의 뒷모습에, 슬그머니 벌써부터 반응이 오려고 하기에 얼른 파킹을 부탁하고서 안으로 들어갔다. 그리고 로비 앞에 서성이는 그녀의 손을 잡고서 이끌었다.

"어······."

"말했잖아?"

곧장 엘리베이터로 간 한새가 재킷 안주머니에서 키 하나를 꺼내 채아의 앞에 흔들었다. 채아는, 당장이라도 엘리베이터 문이 열리면 그 키를 낚아채서 던져 버리고 싶은 마음이 들었다. 그러나 그가 쥔 주먹은 단단했고, 엘리베이터는 고속으로 직행해서 제일 꼭대기 층에 도착했다.

갑자기 채아는 회장님을 원망하고 싶어졌다.

"하나만 물어봐도 돼요?"

"뭔데?"

저는 급해 죽겠는데, 채아의 목소리는 참 무덤덤하고 아무렇지도 않았다. 그런 한새를 모를 채아는 문이 열리자마자 보이는 광경에 하던 말도 멈추고 구경하기 바빴다.

정신을 차리고 보니 들어오자마자 바로 다가올 줄로만 알았던 한새가 가만히 있었다. 의아한 마음이 들어서 뒤를 돌아보니 그가 바로 코앞에 있어 긴장되었다. 문득 아직 그의 말에 답하지 않았다는 게 생각났다. 하던 말을 마저 하자 싶어 채아가 입을 조용히 열었다.

"그렇게…… 좋아요?"

"응."

"뭐가 좋은지 안 물었는데요."

조금 더 가까이 다가오며 채아의 입술에 가볍게 입을 맞춘 한새가 그녀를 끌어당겼다. 아래에서 느껴지는 묵직함에 괜히 민망해진 채아가 얼굴을 붉혔지만, 분위기 탓인 것도 있고 그녀 자신도 그를 원하고 있기에 고개를 숙여 저를 뚫어져라 바라보는 그의 입술에 입을 맞추었다. 채아는 입술은 그대로 두고서 다시 입을 열었다.

"난 제대로 듣고 싶어요."

그러자 빙긋 웃은 한새가 그대로 그녀를 밀어 침대에 눕히고서 그 위로 바로 올라탔다.

"은채아가 제일 좋아."

아래서 올려다보는 그의 모습에, 모르겠다 싶은 채아는 그대로 그의 넥타이를 잡아당겼다. 그대로 한새는 그녀를 다시 점령해 나갔다.

Chapter 20

"이야……. 외박이 재미있지?"

"아, 그게……."

"진짜…… 얌전한 고양이가 부뚜막에 먼저 올라간다더니, 널 보며 하는 소리인 것 같다, 은채아."

기어코 한새는 일요일 저녁까지 채아와 함께 있다가 그녀를 놔 주었다. 그래서 채아가 집에 들어온 것은 저녁 9시가 넘어서였다. 그런 채아를 영은은 팔짱을 낀 채 이리저리 살펴보고 있을 뿐이었다. 할 말이 없는 채아는 그저 머쓱하게 웃었고, 영은은 그제야 그녀가 들어올 수 있게 비켜 주었다.

"어이, 얌전한 고양이."

"그러지 마."

"피임은 잘하고 있지?"

하고는 있지만 그래도 회장님이 원하시는 혼수가 아이라는데, 뭐……. 같은 말은 하지 않았다. 그랬다간 외박이고 뭐고 친구에게 먼저 두들겨 맞아 죽을 것만 같았기에.

스위트룸에서 한 발자국도 나가지 않고 안에서만 있었다. 한새가 그런 사람인 줄 몰랐다. 그런 한새에게 장단을 맞춰 준 저 자신도 참 웃기기도 했고, 놀랍기도 했다. 또 다른 모습을 보는 것만 같았다. 마치 신혼부부……

"……아, 무슨 생각을 하는 거야."

부끄럽다는 듯이 얼굴을 붉힌 채아는 얼른 정신을 차리고서 영은이 보고 있던 TV를 보았다. 영은은 그런 채아에게 아무렇지도 않게 툭, 말을 꺼냈다.

"이틀 동안 어디에 처박혀 있었어? 집?"

"아니, 호텔 스위트룸…… 헉."

영은이 고개를 샥 돌려서 저를 바라보자, 두 손으로 입을 틀어막은 채아가 어색하게 웃다가 슬그머니 시선을 앞으로 돌렸다. 채아를 노려보며 영은은 얌전한 고양이 생각을 계속했다.

얌전하다 싶었더니 늦게 시작된 화끈한 사랑에 정신을 차릴 줄 모른다. 순수했던 은채아는 어디로 갔을까. 갑자기 한새가 괘씸하게 느껴졌다. 제 친구는 이렇게 외박할 줄 몰랐던, 아주 순수한 친구였는데! 분해졌다.

"야, 은채아."

"으, 으응?"

"한 번만 더 외박해 봐. 진짜 내쫓는다."

농담 반 진담 반이었다. 저러다 덜컥 애라도 가지면 어쩌려고 그러나. 그래도 영은의 눈에는 아직까지 덜 성숙한 친구였다.

"쯧쯧. 아주 뒤늦게 불이 붙어서, 원."

그래도 행복해 보이는 표정은 보기 좋기에, 더 이상 잔소리는 하지 않았다. 그랬다간 자신의 잔소리가 싫어서 외박을 한 번 더 했다가 정말 영영 돌아오지 않을 것 같았다.

제가 왜 이런 기분을 느껴야 하는지 모르겠다. 결국 영은은 피식 웃어 버리고 말았다.

"안녕, 채아야."

오랜만에 기사가 운전하는 차를 타고 온 한새는 채아가 뒷좌석에 타자마자 바로 손을 잡고서 인사를 했다. 채아는 방긋 웃으며 안녕하세요, 인사를 해 주었다.

이내 기사에게도 인사를 한 채아가 한새의 옆으로 가까이 다가갔다. 안 그러면 그가 허리를 둘러 끌어당길 것을 알았기 때문이다. 아무리 그래도 기사가 있는데 아무렇지도 않게 애정 표현을 하기엔 아직 채아는 내공도 없었고 본래 쑥스러워하는 성격은 어딜 가지 않았다.

물론 한새로서는, 그녀가 수줍은 얼굴로 먼저 다가와 주는 편이 더 좋기에 아무런 말도 하지 않았다.

"영은이가 많이 혼냈어?"

"……시어머니 같아요."

그 잔소리는 어딜 가도 볼 수 없을 것이다. 어느 독하다는 시어머니를 데리고 와도 영은을 이길 순 없을 거라는 생각이 들기 시작했다. 비꼬면서도 사람의 상처를 콕콕 후벼 파는 재주가 있었다. 아주 타고난 능력. 아마 시운은 영은에게 붙잡혀 살 것이다.

"하하! 참. 어머니가 널 많이 보고 싶어 하셔."

"아…… 어머님이요?"

"응. 아버지가 자랑을 해 두셨나 봐."

엄하게 보이는 회장님이 그랬다니. 상상이 되지 않아 그저 눈을 깜빡거렸다. 그런 채아를 바라보던 한새가 미소를 짓고 있다가 고개를 살며시 숙여 그녀의 입술에 쪽, 입을 맞췄다. 차 안에 소리가 울려 퍼지자, 채아가 화들짝 놀라 룸미러를 곁눈질하며 소곤거렸다.

"고, 공공장소……!"

"걱정 마. 여긴 공공장소가 아니잖아?"

그와 처음으로 사랑을 나누고 난 후로 한새는 더욱더 거침없어졌다. 소유욕과 독점욕을 마구 드러내고 있었다. 그러나 그것이 싫지가 않아서 문제였다. 어느새 그에게 길들어져 가는 것도 같았지만, 그것도 싫지 않아서 큰 문제였다.

정말, 중증이다.

"……오빠."

"그래, 채아야."

채아의 손을 주물럭거리며 낮게 웃는 한새로 인해 손이 간지러웠다. 키득거리며 덩달아 웃던 채아가 그에게 말을 이었다.

"저도 어머님 뵙고 싶어요."

"그럼 날 잡을까?"

"응, 그래요. 저도 어머님 뵙고 싶다고 전해 주세요."

"나도 채아네 어머님과 아버님 뵙고 싶어."

"아, 저도 집에 말해 놓을게요. 그런데 두 분, 지방에 계셔서……."

채아의 부모님은 귀농을 하셨다. 도시의 소음과 매연 등, 모든 것이 질려서 시골로 내려가신 것이다. 그렇게 말을 하자, 한새는 상관이 없다는 듯이 날짜만 정해서 알려 달라고 했다.

어느새 회사에 도착했고, 차는 지하 주차장으로 들어섰다. 차가 멈추고, 한새가 그녀의 입술에 다시 입을 맞춘 후, 손을 잡고 내렸다. 하지만 엘리베이터 앞에 서자마자 두 사람은 동시에 약속이라도 했다는 듯이 손을 놓았다. 두 사람의 표정에는 아쉬움이 한가득 들었지만 어느 누구도 불평을 하지 않았다. 아직 공개하지 말자고 하는 채아로 인해서였다.

엘리베이터를 타고 지상으로 올라가는데 한새가 갑자기 1층을 눌렀다. 그녀를 위한 커피를 사 오지 않았다는 것이었다. 괜찮다 해도 얼른 사러 갔다 오겠다며 내려 버린 한새로 인해 채아는 낮게 한숨을 쉬다 결국 피식 웃어 버렸다.

"……저러니까 은 비서 커피 셔틀 조 이사라는 타이틀이 붙었지."

생각에 잠긴 채아는 멍하니 있다가 문이 열리자 저도 모르게 층수도 확인하지 않은 채 내려 버렸다. 어디선가 많이 본 길인데, 하고 따라 걷다가 정수기에서 물을 마시던 정호를 보고서야 예전 사무실이 있는 층에서 내린 것을 알아차렸다.

"어, 은채아다!"

반갑게 저를 맞이해 주는 정호에게 채아는 밝게 웃으며 다가갔다.

"이사님은?"

"아, 커피 사러……. 내가 괜찮다 해도 자꾸만 그래. 미안해 죽겠어."

채아는 눈꼬리를 늘어뜨리고 웃었다. 정호는 대기업 이사를 남자 친구로 삼고도 변함없이 소탈한 그녀를 보고 제 눈이 틀리지 않았음을 느꼈다.

"있잖아, 채아야."

채아는 요즘 회사 안에서 도는 지저분한 소문의 중심에 있었다.

정호는 그런 소문은 믿지 않았기에 언제 채아를 만나면 말해 주고 싶었다. 잘되었다 싶어서 주변을 두리번거리다 그녀를 휴게실로 이끌었다.

"무슨 말인데 그래?"

"그…… 요즘 말이야."

"응?"

"혹시…… 회장님하고 단둘이 만난 적 있어?"

잠깐 생각하던 채아는 고개를 끄덕였다. 한새의 아버지로서 만난 게 전부였지만 어쨌든 단둘이 만났으니까. 그러자 정호의 표정이 어두워졌다. 왜 그러냐며 장난스럽게 웃으며 어깨를 툭툭 치자, 정호가 머뭇거리다 입을 열었다.

"그게…… 당연히 너랑 이사님이랑 엮이긴 했는데, 거기에 회장님도 엮여서…… 삼각관계로 소문이 돌고 있어."

잠시 눈을 깜빡이던 채아가 경악에 물들며 외쳤다.

"뭐라고?"

"네가 꽃뱀이라고 소문이 돈다고."

"나, 그런 사람 아니야!"

"알아. 나는 알아. 우리 팀 사람들도 알아. 근데 사람들이 자극적인 소문만 믿는 경향이 있잖아."

난생처음 들어 보는 단어에 넋을 놓았던 채아는 곧 울상이 되었다. 꽃뱀이라니, 꽃뱀이라니! 그 어처구니없는 단어라니!

"네가 회장님하고 이사님 사이에서 간 보고 양다리 걸친다는 소문이야."

"내가…… 회장님하고 둘이 만난 건, 회장님이 이사님 아버지로서 내가 어떤 사람인지 보자고 해서였어. 그리고 이사 개인 비서가 회장님을 만날 수도 있지."

넋을 놓고 중얼거리는 채아의 어깨를 저도 모르게 툭툭 두드려 주던 정호가 조심스럽게 입을 열었다.

"아무튼 조심해, 채아야."

그때, 누군가가 다가오는 소리가 들렸다. 둘 다 흠칫 놀라며 긴장을 했고, 모습을 드러낸 것은 한새였다. 한새의 표정은 굳어 있었다. 정호는 재빨리 일어나 한새에게 인사를 했지만 채아는 굳은 채로 앉아 있었다. 그녀를 내려다보던 한새가 그녀의 어깨를 부드럽게 쓰다듬었다. 일종의 소독이었다. 그걸 알아차린 것은 정호뿐이었다.

"윤정호 씨."

"아, 네, 이사님."

"당신이나 조심하십시오."

사무적인 태도로 말을 한 한새는 그녀를 일으켜 어깨를 감싸 안고서 휴게실을 나왔다. 이내 회사라는 생각에 미간을 찌푸리다 천천히 손을 내려놓았다.

'저 망할 놈이······!'

낮말은 새가 듣고 밤말은 쥐가 듣는다 했다. 그 소문을 한새가 모를 리가 없었다. 아마 이 회사 안에서 모를 사람은 오로지 채아뿐이었다. 심지어 회장인 우현조차 이 어처구니없는 스캔들에 대해 알고 있었지만 모른 척 넘어갔다. 그 이유는, 일일이 신경을 썼다간 오히려 사람들이 흥미를 갖고 오해를 하며 소문을 더욱 크게 부풀릴 것을 알기 때문이었다.

그래서 그녀에게는 숨기고 싶었다. 그런데 정호가 일을 망쳤다.

"제가······."

"괜찮아. 아무런 말도 안 해도 돼."

"하지만······."

"아버지도 괜찮다 하셨어. 그러니까 너무 신경 쓰지 마."

어떻게 신경을 안 쓸 수 있냐고 할 뻔했다. 채아는 입을 다물기를 잘했다는 생각이 들었다. 지금 화를 내야 할 상대는 한새가 아니었기에.

채아의 미간이 점점 깊어질수록, 한새의 한숨도 덩달아 깊어졌다.

"음······."

점점 깊게 파고드는 그의 혀로 인해 연신 움찔거리던 채아는 결국 그의 목에 팔을 둘렀다.

오늘은 우울한 채아로 인해 그냥 집으로 가려고 했다. 그러나 그럴 수가 없었다. 함께 같이 있고 싶다는 말에 그만 제 분신이 반응을 해 버린 것이다.

옷 위로도 보이는 그 반응에, 어색하게 시선을 피하던 채아는 결국 어쩔 수 없다는 듯이 웃어 버렸다. 오늘 하루 중 가장 밝게 웃어 보였기에 그대로 그녀를 보낼 수 없어 차를 돌려서 제 오피스텔로 향했다.

엘리베이터 안에서부터 열기가 피어올랐다. 문 앞에 도착하자마자 급히 비밀번호를 누른 한새가 집 안으로 채아를 밀어 넣었다. 문이 닫히는 순간 그는 현관문에 그녀를 밀치고서 입술을 다시 찾았다.

"처, 천천히······ 으음······."

천천히 안 된다는 말은 하지 않고 입술을 부딪쳤다. 저에게 매달려오는 채아로 인해 자꾸만 짐승 한 마리가 튀어나오려 하고 있었다.

대학 때, 채아를 보며 속을 끓였던 건 귀여운 축에 속했다. 지금은 달라도 한참 달랐다. 늦은 사랑에 불이 붙어서 정신을 차릴 수가 없었다. 정말이지, 미칠 것만 같았다.

정장 치마로 인해 불편함을 느낀 한새는 미간을 찌푸리다 그녀의 하체에 제 하체를 바짝 붙였다. 그러자 놀라서 눈을 크게 뜨는 것이 보였다. 피식 웃은 한새는 그대로 그녀를 안아 들었다.

"제, 제가 걸어가도……."

그대로 쪽, 입을 맞춘 한새가 입술을 떼지 않고 속살거렸다.

"응. 안 돼."

이내 침대에 그녀를 앉히고선 그녀의 양쪽 어깨를 잡고 고개를 숙여 입을 다시 맞췄다. 아랫입술을 살며시 깨물다 슬쩍, 입술이 벌어지자 그 틈을 타 혀를 집어넣고 옭아매었다. 처음과는 달리 조금은 스스로 움직일 수 있게 된 채아가 여전히 서툴지만 그래도 반응을 해 왔다. 그에, 만족스러운 웃음이 나왔다.

점점 거칠게 입 안을 휘젓던 한새는 결국 참을 수 없다는 듯이 그녀를 다시 들어서 침대 가운데에 앉혔다. 가만히 채아를 내려다보다 그녀의 머리 망을 풀었다. 한순간에 풀어진 긴 머리가 흩어졌다.

"하아, 하아."

"채아야."

"하아…… 네?"

숨이 차는지 연신 숨을 고르는 그녀로 인해 자꾸만 제 아랫도리가 반응을 해 왔다. 정말이지…….

"사랑해."

너를 사랑하지 않고는 버틸 수 없어.

그의 이어지는 고백에, 그를 올려다보는 채아의 얼굴이 붉어졌지만, 웃음도 매여 있어서 그런지 한새도 저절로 미소가 지어졌다. 하지만 거기까지였다. 침대 위에 앉아 흐트러진 모습을 보니, 더 이상 시간을 끌어서는 안 된다는 생각이 들었다.

한새는 그대로 손을 뻗어 툭, 가볍게 그녀를 밀었다. 그녀도 싫은 것은 아닌지, 세게 힘을 주지 않았어도 그가 미는 대로 침대 위에 누웠다. 하지만 조금 더 그녀의 위로 다가갔을 때, 저를 가로막는 정장 치마로 인해 미간에 저절로 금이 생겼다. 그러자 키득거리며 채아가 웃는 소리가 들렸다.

"후…… 정장을 못 입게 하든가 해야지."

그 중얼거림에 이번에는 어린아이처럼 웃던 채아가 손을 뻗어 그를 고개 숙이게 만들었다. 진짜 못 살아. 속으로 중얼거리는 것은 잊지 않았다.

"그래도 단정해야죠. 명색이 비서인데."

"불편해."

그렇게 중얼거리면서도 고개를 숙여 채아의 둥근 이마에 먼저 입을 맞추었다. 너무 순수해서 손을 대기 힘들었던 그녀였지만 막상 침대 위에 올라오면 달랐다. 그녀도 눈을 빛낼 줄 알았다.

"채아야. 은채아."

"네."

그래서 더 참기가 힘들었다.

"그거 알아?"

쪽. 가볍게 두 눈두덩이 위에 입을 맞추며 두 손으로는 그녀의 셔츠 단추를 풀었다. 마지막 단추를 푼 순간, 그대로 채아의 입술에 제 입술을 마주했다. 이젠 자연스럽게 입술이 벌어지자, 진하게 웃은 한새는 깊게 입을 맞췄다. 오히려 부드러웠지만 거친 것만 같은 느낌을 주는 키스였다.

그대로 그녀의 등 뒤로 브래지어 후크까지 풀고서 키스를 멈춘 후, 바닥에 옷을 던졌다. 그가 제 옷을 벗길 수 있게 채아는 몸을 살짝 들어 도와주었다. 이내 두 팔로 그녀를 가두고서 붉어진 얼굴을 한 채아를 내려다보다 뺨을 베어 물며 그대로 귓가에 속삭였다. 귓불을 핥는 것도 잊지 않았다.

"벗겨 줘."

순간 채아는 척추를 타고 찌르르한 느낌이 들었다. 그의 말에 이러지도 저러지도 못하고 입술만 깨물다 그가 귓불을 깨물어 오자, 입술을 물던 것을 놓았다. 채아는 낮게 한숨을 쉰 뒤 덜덜 떨리는 손으로 그의 넥타이에 손을 가져갔다.

"이런 거나 시키고……."

목소리에 밴 떨림을 알아차린 한새는 피식 웃으며 그녀의 흐트러진 머리를 쓰다듬었다. 그 느낌이 좋아 넥타이를 풀자마자 바닥에 던지고선 그의 셔츠 단추를 위에서부터 하나씩 풀기 시작했다. 어쩔 줄 몰라 하며 채아는 덜덜 떨리는 손으로 마지막 단추까지 풀었다.

슥, 상체를 일으킨 한새는 채아가 풀어 준 셔츠를 벗었다. 그러면서도 시선은 집요하게 그녀에게 두었다. 처음 보는 것도 아닌데, 그의 상체를 본 순간은 왠지 모르게 처음 본 것만 같은 기분이 들었다. 그 전에, 저는 변태인가 싶은 생각도 들었다.

상체를 보며 만져 보고 싶다는 생각을 하다니. 몇 번 그와 사랑을 나누고 나니 대범하진 모양이다. 아니면, 미쳤나? 그 생각까지 한 채아는 흠칫 놀랐다. 저도 모르게 팔을 뻗어 그의 상체에 손을 대었다. 손끝에서 느껴지는 느낌에 놀라 손을 재빨리 떼어 냈지만, 이미 불을 지핀 모양이다.

'아, 맙소사.'

안 그래도 폭풍 전의 잔잔한 모습을 하고 있던 그 눈동자가 일렁이고, 어느새 번뜩이기까지 했다. 아무런 말도 하지 않고, 아무런 행동도 하지 않으니 불안했다. 저절로 침이 삼켜지고, 민망한 나머지 뭐라도 말을 하려고 입을 들썩이던 찰나였다.

"읍……!"

말도 하기 전에 그대로 달려든 한새로 인해 말을 할 수 없게 되어 버렸다. 아까와는 달리 확실히 '한다' 라는 느낌이 드는, 거침없는 키스였다. 숨도 쉴 틈을 주지 않고 그대로 몰아붙이며, 손은 바쁘게 움직였다. 가슴을 꽉 잡자, 아픔에 소리를 지르려 해도 입을 막아 버린 한새로 인해 그저 몸만 비틀거릴 뿐이었다.

"아, 아웃!"

"그러니까…… 자극하지 마, 채아야."

낮은 목소리에는 당장이라도 안아 버리고 싶다는 열기가 가득 차 있었다. 그걸 못 느낄 정도로 둔한 건 아니었기에 채아는 아무런 말도 할 수가 없었다. 아니, 그저 그가 주는 자극에 익숙하지 않은 소리만 내뱉었다.

한새는 거추장스럽다 여겼던 정장 치마의 지퍼를 풀었다. 작지만 또렷하게 들리는 지익 소리에 채아의 눈동자가 흔들렸다. 그런 그녀가 못내 사랑스러운 한새는 하던 행동을 멈추고 그녀의 입술에 다시 입을 맞추었다. 그러는 동안에도 치마를 벗겨 내려놓았다.

그제야 좀 편해진 한새는 천천히, 조심스럽게 입을 맞추며 내려와 배꼽에 진하게 입을 맞췄다.

"으, 웃……."

저의 행동에 반응을 해 오는 그녀가 사랑스러웠다. 이런 감정을 어떻게 하면 좋을까. 이를 악문 한새가 그녀의 남은 속옷 한 장마저 벗겼다. 채아는 여전히 부끄러운지 두 손으로 얼굴을 덮고 있었다.

빙긋 웃은 한새는 제 바지를 천천히 벗었다. 그 소리에 움찔거리며 더욱더 깊이 얼굴을 감싸 안는 모습도 사랑스러워, 한새는 브리프 한 장만 남기고서 고개를 숙여 그녀의 귓가에 뜨거운 입김을 불어 넣었다. 그러자 채아가 놀라며 팔을 내렸다.

"은채아."

제 눈앞에 있는 사람은 남자, 그 자체였다. 이런 건 몇 번을 해도 익숙하지 않을 것 같았다.

"채아야."

"……네."

"사랑해."

그는 자주 사랑을 속삭였다. 그래서 불안하던 마음도 싹 다 멈춰 버린다. 채아는 눈물이 젖은 목소리와 얼굴로 빙긋 웃으며 대답을 했다.

"저도…… 사랑해요."

아, 그래. 여기서 더 참는다는 건 말도 안 되는 거야. 온통 눈과 머릿속, 심장에는 그녀로 가득 차 있었다. 한새는 더 이상 안 되겠는지 재빨리 콘돔을 찾았지만 없었다. 낭패감이 들어 잠깐 그녀를 내려다보다, 문득 아버지가 말을 했던 그 혼수가 떠올랐다. 뭐, 그것도 좋겠지.

"하나만…… 물어봐도 돼?"

"으읏…… 하…… 뭐, 뭔데요……? 아읏!"

부드럽게 허리를 쓰다듬으며 그녀가 놀라지 않게 했다. 그런 한새의 노력에 채아도 최대한 심호흡을 하며 긴장을 풀려고 했다. 그때, 고개를 숙여 다가온 한새의 열망이 담긴 목소리가 귓가에 들려왔다.

"아이, 어떻게 생각해?"

"하으으……."

"응? 어때?"

생각할 시간을 줘야죠! 소리를 치고 싶지만 아래에서 주는 자극으로 인해 아무런 생각도 들지 않았다. 그새 익숙해졌는지 조금 더, 조금 더, 이런 생각이 들기 시작했다. 저의 이런 생각이 부끄러웠지만 지금으로써는 그런 생각이 전부였다. 방금 전 한새가 무엇을 물었는지조차 갑자기 생각이 나지 않았다.

"좋아?"

매혹적인 미소를 지으며 묻는 그는 이중적인 물음을 띄고 있었다. 얼굴이 빨개지며 신음을 내뱉지 않으려고 입술을 깨물던 채아는 결국 그가 부드럽게 매만지는 손길로 인해 입술을 놓아 버렸다.

"저, 저는…… 아! 거, 거긴……! 그만!"

"……괜찮지?"

뭐가 괜찮은지 모르겠다. 그래도 그가 말을 하는 거라면 다 괜찮을 거라는 생각에 고개를 끄덕였다. 채아의 뺨을 부드럽게 매만지던 한새가 그대로 그녀의 몸 안으로 들어갔다.

"큭……."

단번에 밀고 들어가서 그런지 처음에는 좁다 느꼈지만 어느새 저를 위해 긴장을 풀려고 애써 노력하는 그녀의 모습에, 결국 한새는 짧게 웃으며 그녀의 입술을 찾았다. 호흡과 호흡이 얽히고 혀와 혀가 얽혔다. 타액과 타액도 얽혀 버렸다. 서서히 그녀가 긴장을 풀었다 생각했을 때, 입술을 떼어 냈다.

"생…… 생각해 보니……."

떨리는 작은 목소리가 들려 귀를 잔뜩 기울였다. 그러자 그녀가 말갛게 웃으며 말을 이었다. 한 손으로는 천천히 뻗어 한새의 한 손을 두 손으로 잡았다.

"오빠…… 아이도 좋을…… 것 같아요."

"……."

"분명, 행복할 거예요."

5년 동안 어떻게 버텼는지 모르겠다. 너 없이 어떻게 지냈을까.

입을 다물고 그녀를 진지한 눈동자로 바라보던 한새는 그녀가 고개를 끄덕이자 입술에 쪽, 입을 맞춰 주고선 그녀의 손바닥에 제 손을 올렸다. 이내 깍지를 끼고서 슬쩍 뒤로 움직였다. 잠시 그녀의 눈동자가 흔들렸지만, 밀어 내지는 않았다. 그것이 못내 사랑스러워 견딜 수가 없어진 한새는 그대로 움직이기 시작했다.

"아…… 웃…… 하으웃……!"

"채아야…… 은채아."

"흐웃."

마찰되는 소리와 거친 숨소리가 방 안을 가득 채웠다. 동시에 뜨거워진 열기로 인해 두 사람의 얼굴은 이미 잔뜩 상기되어 있었다.

점점 속도가 빨라지고 두 사람은 함께 절정으로 달려갔다. 마침내 절정에 도달해 어느 정점을 찍은 그는 거칠게 숨을 내뱉다 그녀의 몸 위로 쓰러졌지만 아래는 아직도 결합되어 있었다. 정말 혼수로 아이를 만들어 갈 것만 같았다.

"정말…… 괜찮겠어?"

땀에 젖은 머리카락을 매만져 주며 물었다. 숨을 내뱉던 채아가 옆으로 몸을 틀어 그를 바라보다 빙긋 웃었다. 이내 고개를 살며시 주억이자, 그 모습에 참을 수 없던 한새는 그대로 그녀를 꽉 안았다. 맨몸이 닿은 느낌은 아직도 익숙해질 수 없지만 그 품이 포근해서 채아도 손을 뻗어 그를 안았다.

"은채아. 사랑해."

"……저도 사랑해요."

처음 본 순간부터, 지금껏, 줄곧.

"근데, 그거 말인데."

그녀의 품에서 고개를 든 한새는 채아의 콧등에 입을 맞추며 입을 열었다. 입술이 닿을 듯 말 듯 한 거리였다. 그가 말을 할 때마다 닿는 숨결이 간지러워서 키득거리던 채아가 고개를 끄덕였다. 잔뜩 홍조가 져서 상기된 그녀의 뺨을 부드럽게 매만지다 입술에 입을 맞추고서 다시 말을 이었다. 입술과 입술은 맞닿아 있었다.

"혼수, 아이."

"아아."

"뭔지 알겠어?"

"처음에는 아버님이…… 저랑 오빠 사이를 인정해 주는 것에 대해 말을 하신 줄 알았어요. 그런데 생각을 해 보면, 혼수로 아이, 라는 말은 결혼에나 나올 법한 말이잖아요. 그래서 알았어요."

그럼에도 불구하고 거절하지 않았다, 라는 것은…….

"프러포즈, 기대할게요."

찡긋, 눈웃음을 짓는 그녀로 인해 다시 마음이 동했다. 당연히 채아도 그 반응을 느꼈다. 움찔거리던 채아가 천천히 고개를 들었고, 한새는 다시 그녀의 입술을 물었다.

옷을 갈아입어야 해서 집에 들렀다가 봉변을 당했다. 거실 바닥에서 자던 영은과 마주쳤다. 그대로 부스스한 몰골로 그녀를 맞이

한 영은은 그대로 채아를 바라보다 혀를 쯧쯧 차며 중얼거렸다.

"외박한 년 같으니라고."

'년'이 붙은 것을 보니 이제 완벽히 영은은 그녀를 포기했다. 하긴, 쫓겨난다 말을 했지만 결국 채아는 갈 곳이 있지 않던가. 그건 조한새만 좋은 일시키는 꼴이지 싶어 영은은 아무래도 평생 그녀와 함께 살아야겠다는 생각이 들었다.

영은에게 최대한 미안하다는 미소를 지어 보이고서 채아는 재빨리 옷을 갈아입고 나왔다. 잠도 두 시간밖에 자지 못해서 피곤했지만 마음만큼은 붕붕 떠 있었다. 따뜻한 물로 그와 거품 목욕을 한 뒤 자서 그런지 몸도 개운했다. 단, 허리가 지끈거리며 아픈 것을 빼고서.

"좋았어? 어?"

"솔직하게 말해 줄까?"

눈까지 번뜩이며 말을 하는 것을 보니, 뒤늦게 맛들인 모양이다. 정말, 제가 알던 은채아가 맞는지 눈을 깜빡이던 영은은 결국 허탈하다는 듯이 웃었다. 아무리 주변에서 채아를 어른으로 만들려 해도 계속해서 기다리며 제 시간을 붙잡아 두게 한 원인인 조한새가, 결국 은채아를 어른으로 만들었다. 지금의 채아는 누가 봐도 스물여덟 살의 어엿한 성인으로 보였다.

"됐다, 됐어. 회사로 꺼져."

"에헤헤."

"어디서 애교야. 참. 회사로 꺼지기 전에 하나만 대답하고 가."

"응? 뭔데?"

허리가 아프긴 한지 현관문에 기댄 채 묻는 채아를 가만히 바라보다 영은이 질문을 했다. 사랑을 하면 예뻐진다는 말이 사실인 모양이다. 안 그래도 예뻤던 애가 더 예뻐지고 있었으니까.

"너. 피임은 잘하고 있지?"

"어…… 뭐……."

"……거기 서."

"나 갈게!"

"야, 은채아! 너, 거기 안 서? 야! 야, 이 외박한 년아!"

결국 현관문까지 벌컥 열고 소리쳤지만 그녀는 아픈 허리로, 구두까지 신고서 잘도 뛰어 제 눈앞에 사라졌다. 결국 영은의 낮은 한숨만이 복도에 쏟아졌다.

채아는 영은이 따라오지 않는 것을 확인하고 뜀박질을 멈추었다. 아무리 다 알 거 아는 사이라지만 혼수로 아이를 해 갈 예정이라는 것만큼은 절대로 제 친구에게 쏟아 낼 수가 없었다. 왠지 미쳤냐, 하는 소리를 들을 것 같았다. 아니, 그런 말을 하고도 남았다. 그래도 결국은 제가 택한 길이라 후회는 없지만, 진지한 제 마음을 무시당하면 가슴이 아플 것만 같았다.

"나중에…… 나중에 말해야지."

오랜만에 버스를 타려고 정류장으로 향하던 채아는 결국 아픈 허리를 부여잡고 지나가던 택시 한 대를 잡았다. 이내 도착해 택시에서 내리자마자 회사 건물에 들어선 채아가 잠시 가던 걸음을 멈췄다. 왜 죄다 시선이 저에게로 향해 있는지 모르겠다.

Chapter 21

"채아야. 너…… 진짜 결혼해?"

모르니까 그만 좀 물으라고! 주변에서 자꾸 묻는 통에, 채아는 아무래도 한새를 만나야겠다는 생각이 들어서 엘리베이터를 타려고 위로 올라가는 버튼을 눌렀다. 그때 마침 엘리베이터 문이 열리고 한새가 나왔다. 한새를 보자마자 또다시 머릿속이 텅 비어 버리고 말았다.

"맞습니다. 결혼합니다, 우리."

채아가 오기를 기다렸는지, 한새는 금방 그녀에게 다가가 손에 깍지를 껴 왔다. 채아는 놀란 나머지 바로 손을 빼내려고 했다. 하지만 이리저리 비틀수록 한새는 손을 더욱 꽉 쥐었다. 절대 놓지 않으려는 것처럼.

"다들 오해하고 있기에, 해명할 필요성이 있어 보여서요. 더는 내 여자가 상처받는 모습, 보고 싶지 않습니다."

제법 단호한 목소리로 그렇게 말을 한 한새는 몰려 있는 직원들 가운데 어느 한 곳으로 고개를 돌렸다. 그곳에 있던 두어 명이 눈에 띄게 몸을 움찔 떨었다.

"모쪼록……."

"……."

"결혼식에는 되도록 많은 분들이 참여해 주셨으면 좋겠군요. 갑시다, 은 비서."

로비에 있는 사람들 모두가 들을 만큼 차갑고 선명한 목소리였다. 할 말이 끝났는지 채아를 데리고 한새는 뒤를 돌았다.

엘리베이터에 몸을 실은 채아는 멍한 표정이었다. 그런 채아의 표정을 짓궂은 얼굴로 바라보던 한새가 고개를 숙여 입술에 입을 맞췄다. 쪽 소리가 귓가에 울리자, 퍼뜩 정신을 차린 채아가 고개를 확 들었다.

"겨, 결혼이라뇨?"

"음…… 이러면 안 되는데. 어제 채아, 너도 동의를 한 거잖아?"

"그러니까, 난……!"

그러자 점점 한새가 상처받은 표정이 되었다. 어떻게 보면 시무룩한 그 표정에 움찔거린 채아는 입만 연신 들썩일 뿐이었다.

"채아는…… 나와 결혼하기 싫은 건가?"

아니, 또 저렇게 물으면 어떻게 하라는 거야!

입술을 깨물던 채아는 띵, 엘리베이터 소리와 함께 도착하자마자 낮은 한숨과 함께 그와 함께 내려서 걸으며 입을 열었다.

"제가…… 어제 말했잖아요."

"응? 뭘?"

"……프러포즈."

"아."

잊어버렸어요? 차마 물을 수가 없었던 채아는 그를 바라보다 문을 열고 그를 밀어 넣으며 목청을 높였다.

"아, 아무튼 그게 뭐예요. 저한테 아무런 말도 없이 갑자기 폭
탄 터트리고!"

"그러니까, 나와 결혼을 하기 싫다 이거지."

"……지금 그 말이 아니잖아요."

"알았어."

뭐가 알았다는 것인지 모르겠다. 그저 무뚝뚝하고 착 가라앉은
목소리로 그렇게 말을 한 한새는 이사실 안으로 들어갔다. 쾅, 문
까지 아주 세게 닫아 버린다.

눈만 깜빡이던 채아는 머리를 부여잡고 자신의 자리에 앉았다.
분명 오늘 해야 할 일이 많았던 것으로 기억하는데, 자신의 자리에
있는 서류는 하나도 눈에 보이지 않았다. 컴퓨터를 켜고서 메신저
에 접속하자마자 쏟아지는 쪽지에, 어느 하나도 답장을 하지 못하
고 그대로 머리만 부여잡았다.

여자들에게 사랑하는 사람이 사랑한다 말을 해 주는 것은 굉장
히 중요했다. 그것은 누구보다도 한새가 잘해 주고 있었기에 불안
한 마음을 가진 적도 없었고, 화를 낼 일도 없었다. 오히려 너무
잘해서 탈이었다. 시도 때도 없이 사랑을 확인해 주고 믿음을 주는
그 남자의 그 말은 좋았다.

"그런데…… 이건 아니잖아."

확실히 어제, 그와 결혼을 해도 좋을 것 같다고 돌려 말한 건
사실이다. 한새 외에는 자신의 미래를 생각해 본 적 없기 때문이
다. 아이를 가져도 좋다고 말했고, 그것에 결혼의 의미를 내포한
것도 사실이다. 그러나 그 결혼이라는 일이 이렇게 일방적으로 진
행되어서는 안 되었다.

그의 입장에서 생각을 해 보면, 회사를 대표하는 얼굴인 만큼 당연히 그렇게 소문이 났는데 마음이 급해졌을 것이다. 그래도 이건 아니었다. 결혼을 하더라도 조촐하게, 조용하게 하고 싶었는데 이건 '우리 결혼해요!' 하고 동네방네 다 떠드는 거나 다름없지 않은가.

"……아, 그만 좀 보내라고."

쪽지를 일일이 전부 다 꺼 버리며 중얼거리던 채아는 그대로 깊은 한숨을 쉬고서 의자에 깊게 몸을 기대었다.

그래, 그리고 여자는 프러포즈에 대한 환상이 있다. 어느 누구나 그럴 것이다. 결혼이라는 것은 쉽지 않은 단어다. 평생 함께할 반려를 맞이하는 것이다. 사랑만으로는 부부 생활을 할 수 없다. 그런 결혼에 필수라 볼 수 있는 것이 프러포즈였다. 그걸 아예 생략한 것이다.

머리가 점점 아파 오는 것 같아 채아는 결국 메신저를 아예 꺼 버렸다. 이러면 안 되는 걸 알지만 모르는 타 부서 사람까지 연속으로 쪽지를 보내거나 대화를 걸어왔다. 결국 그녀가 할 수 있는 것은 아예 나가 버리는 것이었다.

"하아……."

그저 답답한 마음에 한숨만 쉬던 채아가 그대로 책상 위로 엎드렸다. 일에 집중도 되지 않을뿐더러, 속 좁은 남자라는 것을 보여 주듯이 문을 닫고 열지 않는 그로 인해 조금은 눈물이 날 것 같았다.

점심도 혼자 먹고, 집도 혼자 가게 되었다. 갑자기 서러워져서 채아는 울고 싶은 기분이 들었다. 울컥한 심정도 있었다. 그때, 문자 하나가 도착했다. 발신자가 한새라면 그 문자를 씹고 또 씹어 주리라, 생각을 하고선 문자를 확인했다.

[할 말 있으니까, 우리 처음 만났던 곳으로 와.]

눈을 깜빡이며 문자를 확인하던 채아가 그 자리에서 그대로 멈췄다.

"처음 만났던 곳……."

학교인가? 잠깐 기억을 더듬던 채아는 핸드폰을 핸드백에 넣었다.

처음 만난 곳은 학교가 아니었다. 엄연히 따지자면 지하철역을 잘못 알아서 내린 그곳이었다. 채아는 재빨리 지하철로 향했고, 처음에는 들뜬 마음으로 지하철을 탔지만 점점 마음이 가라앉았다. 그렇게 차갑게 대해 놓고 할 말이 뭐가 있담.

"……뭐 하자는 거야."

그래도 결국 보고 싶은 마음뿐이다. 5년 전 사라졌을 때도 그렇지 않았던가? 그렇게 친하게 지내 놓고서 졸업을 하더니 연락이 끊겼다.

그걸로 인해 많이 화도 났고 원망도 하고 미워해 보기도 했지만 결론은 보고 싶다는, 그리움 한 자락으로 남았다. 그건 지금도 마찬가지였다. 프러포즈를 안 했고, 혼자서 결혼을 멋대로 진행해서 미웠지만 결국에는 사랑이다. 결국은…… 보고 싶었다. 하려는 말이 무엇인지는 모르겠지만, 제대로 이야기를 하고서 풀리라.

채아는 지하철역에서 내리자마자 밖으로 나갔다. 이 역은 특이하게도 입구가 하나였다. 출구도 하나였고. 제서대역이라는 이름이 있지만 결국은 틀린 말이었다는 것을 알고서 얼마나 짜증을 냈던가. 그래도 결국 이 역에서 내림으로써 한새를 만났으니, 괜찮았다.

전철역을 나가자마자 익숙한 곳에 서 보았다. 그 앞에는 버스 정류장이 있었다. 고개를 숙이고 발을 동동 구를 때, 마침 버스에서 내린 한새가 말을 걸어왔었지, 참.

"……그립네."

그때는 얼마나 구세주로 느꼈던가. 그 잘생긴 사람이 친절하기까지 했다. 지나가다 길을 물은 것도 아닌데, 먼저 다가와서 우는 줄 알았다며 울지 말라 하려고 했었다 말을 했지. 그리고 복학생이라는 것도 알게 되었고, 학교까지 데려다주었던 그 기억에 채아는 저절로 미소가 지어지는 것을 느꼈다.

그때는 정말로 몰랐다. 그저 잘생기고 친절한 사람과의 인연이 계속될 줄은. 그리고 지금, 이렇게 연인 사이가 될 줄도 몰랐다.

그때였다. 갓 대학생처럼 보이는 풋풋한 여학생 하나가 채아의 앞에 섰다.

"혹시 언니 이름이 은채아예요?"

"응? 아…… 응. 내가 은채아인데."

"이거요!"

여학생이 내민 것은 종이 쪽지였다. 영문도 모르지만 일단 내밀었으니 고맙다고 하고서 쪽지를 펼쳐 보았다. 그 쪽지에는 낯익은 필체로 글자가 적혀 있었다.

「처음 만난 날, 헤어졌던 그곳에.」

언뜻 보면 수수께끼 같은 말이지만, 채아는 곧바로 알아들었다. 처음 만났던 장소가 바로 이곳이고, 그날 헤어졌던 곳은 캠퍼스 안에 있는 명물인 가장 큰 벚꽃 나무다. 채아는 쪽지를 핸드백 안에 집어넣고서 곧장 움직였다. 대체 이게 뭐 하는 것인지는 모르겠지만 가슴이 두근거렸다. 마치 첫사랑과 오랜만에 대면하는 것처럼.

이젠 익숙해진 길을 따라 멀리서 보이는 벚나무를 향해 엄청난 속도로 걸었다. 벚나무에 도착하자마자 텅 빈 것을 보고, 어쩐지 실망스러운 느낌이 들어서 낮게 한숨을 쉴 무렵이었다. 갑자기 불쑥, 뒤에서 장미꽃 다발이 내밀어졌다. 넋을 놓고 있다가 천천히 뒤를 돌자마자 낯선 남자의 품에 안겼다.

"늦었네."

아니, 낯선 남자가 아니었다. 익숙한 품은 한새의 것이었다. 또한 오늘 들었던 차가운 목소리와는 달리 늘 저에게 들려주었던 부드러운 목소리였다. 부드럽고, 한없이 달콤하게 느껴지던 그 목소리.

"여기서, 너와 그날 헤어지면서 말했었지만…… 네 이름이라도 물어볼 것을 후회했어. 그래도 과라도 알았으니까, 과를 뒤져서라도 너를 찾아내고 싶은 마음이 불쑥 들었었고."

"……."

"동아리 신입생 면접 보러 네가 왔을 때, 얼마나 놀랐는지 알아?"

"……저도 거기서 오빠를 보고 놀랐어요."

품에서 채아를 놔준 한새는 그녀에게 다시 꽃다발을 내밀었다. 100송이까지는 아니고 50송이로 보이는 꽃다발을 품에 안은 채아는 희미하게 웃었다. 그녀의 웃음에, 머리를 쓰다듬던 한새가 그녀의 옆에 나란히 서서 어느 한 지점을 바라보았다. 처음에는 어딜 바라보나 싶었지만 기억을 더듬어 따라가 보면 제가 마지막으로 인사를 하고 사라졌던 곳이라는 걸 알 수 있었다. 정확히 그곳이었다.

"일주일 동안, 많은 고민을 했었어."

그의 목소리는 작았다. 분명히 작은 목소리임에도 불구하고 선명하게 귓가에 박혔다.

"경영이라 했으니까 당장 경영대 과사라도 가서 너를 찾아볼까? 그런데 네가 곤란해하면 어쩌지? 부담스러워하면 어쩌지? 하지만 찾고 싶어. 못 찾으면 아버지 힘이라도 빌려서 찾아볼까?"

"……."

"이것저것, 참 많이 고민을 했었어."

그런 고민을 했을 줄은 몰랐다. 덕분에 얼굴이 붉어지는 기분에 채아는 한 손으로 제 뺨을 만지작거렸다. 한새는 기분 좋게 웃으며 여전히 그 지점을 바라본 채로 다시 입을 열었다. 바람에 흩어지는 것 같은 그의 목소리는 참 듣기 좋았다. 여전히 가슴을 두드리고 있었다.

"아무래도 안 되겠어. 찾아야겠어. 고민에 대한 답이 내려진 순간, 네가 문을 열고 들어왔어. 그때, 기억나? 남자들 시선이 죄다 너한테 몰린 거."

"아…… 그건 잘 모르겠어요."

"그때, 나는 난생처음으로 질투를 느꼈어."

"……거짓말."

"진짜야. 어느 누구에게도 이런 감정을 느껴 본 적 없어. 흔히들 말하던 질투가 바로 이런 거구나, 하고 느꼈었어."

부끄러워진 채아의 고개가 점점 수그러졌다. 소리를 내서 웃던 한새가 그녀의 머리를 다시 쓰다듬으며 입을 열었다. 손을 내린 한새는 그녀의 손을 깍지 낀 채로 잡았다.

"사실 마니또 뽑을 때, 만약 너를 내 손으로 못 뽑았더라면 너를 뽑은 애하고 바꾸려고 했었어. 그런데 딱 네가 뽑혀서 얼마나 좋았는지, 넌 모를 거야."

"……"

"네 작은 행동 하나가 전부 눈에 들어왔어. 그래서 다가가고 싶었고, 좀 더 잘해 주고 싶었어. 선배가 아닌 남자로……."

"……"

"난생처음 가진 감정에, 충실하고 싶었어. 그런데 집에서 약혼녀 이야기를 꺼내는 거야. 섣불리 너와 만나서는 안 되겠구나, 해서 내 마음을 꺼내지는 않았어. 다만 네가 다른 사람의 곁으로 가는 것을 볼 순 없기에 네가 나만 생각할 수 있게, 매일같이 붙어 다녔어."

잠깐 굳은 채아가 고개를 들었다. 그렇게까지 저를 생각하고 있을 줄은 몰랐기 때문이다. 이제야 눈을 마주한 한새가 짧게 웃으며 다시 말을 이었다.

"이기적이지? 처음 가진 감정에 나는 그렇게밖에 할 수 없었던 거야."

"……."

"그래서 아버지랑 내기를 했어. 들었겠지만."

"……."

"5년 동안, 너는 내 안에서 점점 더 크기를 더했고, 처음에는 마냥 네가 내 곁에 있었으면 했지만 점점 그것만으로는 만족을 못 하고 은채아, 그 자체를 원하게 됐어."

한새가 부드럽게 웃으며 안쪽 주머니에서 무언가를 꺼냈다. 이내 그녀의 손가락에 꺼낸 케이스에서 반지를 꺼내 끼워 주었다. 그 순간, 그걸 본 채아의 눈동자가 흔들렸다.

"사실…… 이런 식으로 전해 주려던 게 아니었어. 그런데 회사에서 난 소문에, 너를 다치게 하고 너를 안 좋게 하는 말에, 견딜 수가 없어졌어."

"난…… 오빠가 화난 줄 알고……."

"프러포즈는 진작 생각하고 있었어. 언제 하지? 매번 이런 생각에. 네가 부담스러워하지 않도록 해 주려고 했었어. 그런데 회사에 난 소문을 네가 알게 되어서 어쩔 수가 없었어."

반지를 낀 그녀의 손등을 들어 입을 맞춘 한새는 그 어느 때보다도 환하게 웃었다.

"그러니까, 나와…… 부디 함께해 주었으면 좋겠어."

"……오빠."

"난생처음으로 누군가와 평생을 함께하고 싶어졌어. 그러니 나
와…… 평생을 함께해 줄래, 채아야?"

그의 프러포즈에, 채아는 습관처럼 입술을 깨물다 그대로 그의
허리를 안았다. 하루 종일 그가 화가 났을 거라 생각했던 마음은
눈이 녹듯이 사라졌다. 방 안에 틀어박혀서 있었던 것은 오로지 이
프러포즈를 생각하느라 그랬을 것이다.

주변에서 갑자기 박수 소리가 들렸다. 하긴, 캠퍼스 안인데 지나가
던 사람들이 구경했을 것이다. 평소 같으면 민망할 법한 장면인데도
채아는 기쁜 나머지 더 많은 축복을 받았으면 좋겠다고 생각했다.

"네……."

그저 손만 잡기를 꿈꿨었는데, 평생 옆자리라니.

"함께, 해요. 평생……."

울고 있는 그녀의 눈물을 닦아 준 한새는 두 뺨을 조심스럽게
잡고서 그녀의 입술에 입을 맞췄다. 주변에서는 환호성과 박수가
끊이지를 않았다.

"난…… 인정 못 해."

영은에게 말을 하려 했지만 이미 시운에게서 들었는지 영은은
한동안 침울해 있었다. 겨우 2주하고도 4일의 시간이 흐르고 나서
야 본래의 박영은으로 돌아와서 꺼낸 말이 이것이었다. 피식 웃은
채아는 그제야 영은의 손에 청첩장을 쥐여 주었다.

"이까짓 거!"

"으아아! 왜 던져, 왜! 청첩장에 화풀이하지 마!"

"너, 너……! 말도 안 돼. 왜, 왜 나보다 더 일찍 하는 건데?"

아, 그것 때문에 침울했던 거니? 채아는 영은을 가만히 바라보다 결국 웃어 버렸다. 사실 아직까지도 저는 믿기지 않았다. 결혼이라니. 결혼은 아무나 하는 게 아니라던데. 그래도 그와 매일 아침을 함께 맞이하고 잠도 같이 들고, 그런 생활을 하고 싶었다. 비록 자신이 꿈꾸는 생활이 현실과 다를지라도, 그렇게 함께하고 싶었다.

채아는 영은의 어깨를 토닥여 주다 일어나 방으로 들어갔다. 이내 가방에서 집에 오기 전에 약국에서 산 것을 꺼냈다. 잠시 어두운 표정으로 바라보다 몰래 숨겨서 화장실로 향했다. 생리가 시작되어야 할 날짜로부터 2주가 흘렀는데도 불구하고 소식이 없었다. 원래 조금 불규칙했지만 불안했기에 민망함을 무릅쓰고서 약국에서 더듬거리는 목소리로 사 온 것이었다.

"……아니겠지?"

물론 임신을 해도 상관은 없지만, 오히려 혼수로 가져가야 했지만 막연한 두려움은 여전히 있었다. 결혼이라는 것도 아직은 믿기지 않은데, 거기다 임신이라니.

제 배를 내려다보던 채아는 임신 테스트기를 들고서 테스트를 해 보았고, 그대로 세면대에 툭, 떨어뜨렸다.

"……맙소사."

정확히 두 줄이었다.

"아, 잠깐만. 내가, 아니, 뭘 잘못 본 걸 수도 있어."

영은은 시운과 불타는 연애를 3개월 동안 했었다고 말을 했다. 채아도 한 번 한새와 사랑을 나눈 후, 불타는 사랑을 나눴다. 뒤늦게

통한 마음과 더불어 뒤늦게 달콤한 사랑에 빠졌으니까.

그래도 그렇지.

"……하긴."

그러나 채아는 이내 납득을 하며 고개까지 끄덕였다.

"가끔은, 뭐…… 그래. 그랬으니까. 그래도 임신이라니……."

덜덜 떨리는 손으로 임신 테스트기를 들고서 채아는 두 줄을 멍하니 바라보았다. 그러다 벌컥 문이 열리자, 손에 힘이 풀려 그대로 바닥에 떨어뜨렸다.

"아, 변비냐고!"

영은이 문을 연 것이다. 채아는 그대로 발로 차서 영은이 보지 못하게 자연스럽게 변기통 뒤로 숨기려 했다. 그러나 바닥에 떨어지는 소리와 동시에 영은이 고개를 숙여 버렸다. 미간을 찌푸리던 영은은, 제 앞을 막아서는 채아를 밀치고서 바닥에 떨어진 것을 주워서 이리저리 바라보다 머리를 짚었다.

"진짜…… 결혼에, 이번에는 속도위반?"

어색하게 웃는 제 친구의 모습이 밉지가 않아서 문제다. 그래. 그것이 문제였다.

"진짜, 맙소사다."

"아, 아하하……."

"넌 이게 웃기니?"

"아니, 뭐…… 기쁘지."

아이를 가졌다고 해서 지우라고 하기보다는 오히려 더 기뻐할 한새를 알기에 영은은 결국 낮게 한숨을 쉬다가 피식 웃으며 그녀의 어깨를 두드려 주었다.

"축하한다, 속도위반."

외박한 년에서 속도위반으로 채아의 별명이 바뀌었다.

임신을 하긴 했지만 아직 얼마 안 되었는지라 배는 티가 나지 않았다. 그래도 다행이라고 해야 할까. 배가 완전히 볼록 튀어나오기 전에 결혼 날짜가 잡혔다며 영은이 그런 소리를 했었다. 참 다행이라는 생각을 하며 채아는 오늘 하루, 어떻게 한새에게 말을 할까, 라는 생각으로 가득 차서 들뜬 마음으로 출근을 했다.

아침에 차를 타자마자 모닝 키스는 필수였다. 어느새 그렇게 되었다.

"오늘따라 기분 좋아 보이는데?"

"그런가요?"

"응. 나도 좀 알고 싶은데."

"음…… 이따가 말할게요."

병원에 안 가면 영은이 당장이라도 달려들 것 같았기에 이따 혼자 남을 때, 일단 근처 산부인과에 예약을 하기로 했다. 혼자 가기는 무섭지만 제 손을 잡아 주는 한새와 함께라면 괜찮을 거라는 생각이 들었다. 아니, 같이 가야만 한다.

채아가 손을 꽉 잡아 오자 한새가 어느새 입이 풀어져서 피식 웃었다. 채아가 기분이 좋으니 저도 덩달아 기분이 좋아지는 듯했다.

회사에 도착하자마자 어느 정도 일을 하다가 외근을 나가게 되었다. 일을 보고 난 후에 가도 될 것 같아 마칠 때쯤으로 몰래 산부인과 예약을 하고 한새와 이동했다. 일은 간단했다. 거래처에서 계약서를 검토하고, 작성하고, 몇 마디 대화를 나눈 것이 끝이었다.

다시 차에 올라타려고 했을 때, 자연스럽게 운전석에 올라타려는 한새의 어깨를 채아가 쿡쿡 찔렀다.

"응, 채아야. 왜?"

"제가 운전할게요."

"뭐?"

"오빠랑 꼭 가고 싶은 곳이 있는데 비밀이라……. 제가 운전할게요."

그러다 사고가 나면 어쩌려고, 라고 하려던 말은 끝내 삼켰다. 꼭 가고 싶은 곳인데 비밀이라니. 궁금했지만 그녀가 안내해 주는 것도 색다르겠다 싶어 한새는 얌전히 조수석에 올라탔다.

오랜만에 하는 운전이라 잘할 수 있는지 모르겠지만 채아는 일단 운전대를 잡았다. 오랜만에 한 것치고 꽤나 부드럽게 차가 출발했다. 한새는 어디로 가나 두근거리는 마음을 안고서 그녀가 가는 길을 연신 둘러보았다. 그러다가 어느 한 곳에 멈추자마자 그대로 표정이 굳었다.

"여긴……."

채아가 밝게 웃으며 내린 한새의 손을 잡고서 이끌었다. 한새의 눈에는 산부인과라는 큰 글씨가 들어왔다.

"자, 얼른요."

"채아야, 여긴 왜……."

"아이, 참. 왜 산부인과에 왔겠어요?"

"……설마."

"싫어요……?"

"시, 싫기는."

정신을 차린 한새는 굳은 표정은 언제 지었냐는 듯이 표정을 풀고서 그녀를 이끌었다. 예약 확인을 한 후, 의자에 앉아서 기다리는 동안 채아는 두 손을 잡은 한새의 얼굴을 바라보다 피식 웃었다.

오히려 임신을 한 저보다 더 긴장을 한 표정이었다.

"오빠."

"……으, 응?"

"긴장돼요?"

"사실은…… 조금."

어색하게 웃던 한새는 결국 피식 웃어 버렸다. 이내 아직은 평평한 채아의 배를 부드럽게 쓰다듬다 다시 피식 웃었다. 저절로 웃음이 새어 나오는 모양이다.

"안 믿겨."

"저도 사실 그래요."

"응. 그래도 좋네."

채아의 이마에 한새가 입을 맞췄다. 쪽 소리와 동시에 사람들이 많은 곳이라는 걸 깨닫고서 채아의 얼굴이 살짝 붉어졌다. 그때, 채아의 이름이 들렸고 한새가 그녀를 조심스럽게 일으키고선 안으로 들어갔다.

이것저것 검사를 한 후, 의사의 앞에 서자 채아도 긴장이 되었다. 의사가 밝게 웃으며 두 사람을 번갈아 보다 말을 해 주었다.

"축하드려요! 임신 4주입니다."

정말로 임신이었다. 그 순간, 한새의 눈가에 눈물이 차오르더니 주르륵 흐르기 시작했다. 채아는 이미 예상했던 거라서 그런지 긴장만 했을 뿐 무덤덤했는데 오히려 한새가 울어 버렸다. 저도 울 줄 몰랐는지 당황한 한새로 인해 의사가 밝게 웃으며 한새에게 말을 꺼냈다.

"남편분이 너무 기쁘신가 봐요."

"아, 아하하."

난생처음 눈물을 보이는 한새로 인해 채아는 임신이라는 소식보다

더 놀라서 그의 등을 토닥이며 진정시키기에 이르렀다. 그가 좀 진정
이 된 후, 임산부가 조심해야 할 것과 더불어 남편이 아내에게 해 주
어야 할 것들 등, 기타 등등을 자세히 귀에 새겨 가며 듣고 나왔다.

밖으로 나오자마자 한새는 저도 모르게 채아를 꼭 안았다.

"아……!"

"진짜…… 너무 기쁜 거 알아?"

"……알아요. 그래서 울었잖아요."

쿡쿡거리며 웃는 그녀가 얄밉지 않았다. 오히려 사랑스러워서
아직도 병원 안임에도 불구하고 입을 맞췄다.

"진짜……! 공공장소에는 자제하면 안 돼요?"

"응. 안 돼."

"……."

"근데, 채아야."

"네?"

밝게 웃으며 그녀를 조심스럽게 데리고 가며 한새가 입을 열었
다. 그의 목소리에는 즐거움이 한껏 가득 담겨 있었다.

"진짜 혼수로 아이 만들었네."

"……어라. 그러게요."

채아의 말이 끝나자마자 두 사람은 동시에 기뻐할 우현의 모습
이 그려졌다.

뭐…… 아무려면 어떠하리. 두 사람은 그 어느 때보다도 행복했
다. 서로를 마주 볼 때마다 행복한 웃음이 피어났다.

Chapter 22

"반가워요."

채아는 현재 한새의 어머니인 정 여사를 만나고 있었다. 먼저 연락을 해 온 것은 정 여사였다. 처음에는 낯선 번호에, 받지 않으려고 했었다. 그러나 핸드폰 끝 번호를 어디서 많이 본 것 같아 결국 받게 되었고, 지금 이 상황에 이르렀다.

갑작스럽게 만나자고 했기에 마음의 준비도 못 했다. 허겁지겁 약속 시간에 늦지 않으려고 준비를 해서 나온 것 외에는 마땅히 준비한 것이 없어서 민망했다. 그럼에도 불구하고 정 여사는 인자한 미소를 지어 주었다. 하지만 그 미소야 언제든지 꾸밀 수 있는 미소였으므로 채아는 긴장의 끈을 놓지 않았다.

"갑자기 연락해서 놀랐죠?"

"아, 아닙니다. 괜찮습니다."

대체 무슨 말을 하기 위해서 저를 부른 것인가? 궁금하기도 하고, 덜컥 겁도 나서 차라리 속 시원하게 랩처럼 속사포로 쏟아부어도 괜찮을 것도 같았다. 그래서 테이블 아래, 허벅지 위에 올린 두 주먹에 힘을 꽉 주었다. 무슨 말을 들어도 상처받지 않으리라. 한새의 아버지이자 회장님인 우현이 인정을 해 주었더라도 한새의 어머니는 별개였다. 그렇기에 채아는 정 여사의 대답을 기다렸다.

정 여사는 어느 정도 커피를 마시다 잔을 내려놓았다. 이내 고개를 슥 들어 채아를 바라보았다. 우현은 채아를 관찰하는 시선이었다면, 정 여사는 그저 친근한 사람들을 바라보는, 벗을 바라보는 것 같은…… 그런 눈빛이었다. 그 의중을 알 수 없기에 가시방석에 앉은 기분도 들었다.

'정말…… 무슨 말을 하려고 하는 것일까?'

괜히 긴장이 다시 되어서 고개를 살짝 숙이고 제 배를 쓰다듬던 채아는 정 여사의 목소리에 고개를 들었다.

"음, 뭐라 부르면 좋을까."

무엇이? 궁금했지만 되묻지는 않았다. 잠깐 고민을 하던 정 여사가 바로 대답을 이었기 때문이다.

"음…… 내가 시어머니니까……."

시어머니라는 단어에 움찔거린 채아는 잔을 들고 있다간 덜덜 떠는 모습을 보여 줄 것 같아 재빨리 놓고선 허벅지 위에 손을 가지런히 올려놓았다. 다시 고민에 빠졌던 정 여사가 인자한 미소를 지으며 고개를 끄덕여 보였다.

"그냥 이름을 부르고 싶군요."

"아…… 말 편히 하셔도 되세요."

"음. 그럼 그럴까?"

뭔가 우현이 떠올랐다. 부부는 일심동체라는 말이 있는데, 지금 두 사람을 보니 딱 그런 것 같았다. 그런 두 사람 아래에서 한새가 컸다는 생각이 들어 괜히 미소가 지어졌다. 다정하고 부드러운 한 새가 갑자기 문득 보고 싶어졌다.

"아가, 채아야."

"아, 네."

"너도 어서 나를 불러 보렴."

불러 달라니, 뭐라고? 그러나 짐작이 가는 것은 하나뿐이었다. 결국 헛기침을 하던 채아는 붉어진 얼굴로 입을 열었다.

"어, 어머님."

더듬거리며 말을 하다 문득 고개를 들었다. 그녀는 화사하게 미소를 짓고 있었다.

"이상하게도, 나는 한새를 낳고 나서 한새의 동생을 만들어 줄 수가 없었어."

"⋯⋯."

"딸이 하나 가지고 싶었는데 말이야."

그녀의 슬픔에 잠긴 목소리에 채아는 아무런 말도 하지 않았다. 그녀가 딸이 가지고 싶다 했으니 저를 딸과 같은 존재로 보는 것일 터였다. 시댁에서 그런 존재로 보이는 것은, 어쩌면 행운일지도 모르겠다. 결혼이라는 막연한 단어 앞에서 채아는 안도의 한숨을 쉬었다. 적어도, 흔히들 말하던 시월드는 걱정하지 않아도 될 것 같았다.

사랑받는 존재가 되자. 그것 외에는 바라는 것이 없었는데. 오히려 반대로 사랑을 해 주려고 하니, 분에 넘치는 것도 같았다.

"아가. 하나만 물어봐도 되겠니?"

"아⋯⋯ 네."

어느새 우현과 같은 호칭으로 저를 부르는 정 여사로 인해 눈을 깜빡이던 채아가 볼에 홍조를 띠며 입을 열었다. 그러자 덩달아 정 여사도 웃었다.

아무리 생각해도 제 아들이 최고였는데, 곧 채아가 최고가 될 것 같은 기분이 들었다.

"우리 아들과는 같은 학교를 다녔다고 들었는데……."

"……아아, 네. 같은 과 같은 동아리였어요."

"그런데 내가, 우리 아들 대학교 다닐 때에 여자 친구가 있었다는 소리는 못 들었었거든. 혹시 다른 남자와 만났었니?"

처음부터 장황하게 설명을 해야 하는데, 그것이 난감한 채아는 어색하게 웃다가 고개를 가로로 저었다. 그럼? 하고 되묻는 눈빛에 입을 열었다.

"음, 그 당시로 보면, 저 혼자 오빠를 짝사랑했었거든요."

"그 당시로 보면?"

"아, 그러니까 이게……."

채아는 머뭇거리다 민망하지만 설명을 하기 시작했다. 대학 때 자신의 마음부터 시작해서 다시 만난 것, 그리고 한새의 입장까지. 설명을 하고 나니 민망해서 얼굴을 들 수가 없었다. 어쩐지 그랬다. 처음 만난 사람에게, 그것도 사랑하는 사람의 어머니에게 과거사를 낱낱이 말을 한 셈이니까. 그럼에도 불구하고 정 여사는 한결같이 미소를 짓다가 고개를 끄덕였다.

"그랬구나."

괜히 얼굴이 화끈거려서 제 뺨을 만지작거리던 채아는, 정 여사가 핸드백에서 무언가를 꺼내는 모습을 잠시 가만히 바라보았다. 이윽고 정 여사가 꺼낸 것을 확실히 보자마자 그대로 기겁을 했다. 금색 테두리가 보이자마자 이미 익숙한 모습이 생각나서 설마 했지만 설마가 사람 잡는다더니, 지금이 그 꼴이다. 그것은 다름이 아니라 청첩장이었다.

"아가, 채아야. 혹시 너와 합의를 본 것이니?"

"······아니요."

절대 아니죠. 그저 어색하게 웃어 보였다. 그러자 조금은 호탕하게 웃던 정 여사가 중얼거렸다. 그러나 채아는 분명이 그 중얼거림을 똑바로 들었다.

"우리 아들, 추진력 하나는 좋구나."

아, 그걸 추진력이 좋다고 해야 하는구나. 그렇구나. 멍한 표정이 되었던 채아는 결국 웃어 버렸다. 이러니저러니 해도 저에게 해가 될 것은 없었기 때문이다.

그러나 웃고 있던 채아의 표정이 단숨에 굳어지는 목소리가 연달아 들려왔다.

"그럼 어쩐담."

"······."

"이거, 사돈댁에 보냈는데."

"······네?"

"아, 혼잣말이었는데. 들었나 보구나."

들으라고 한 말이 틀림없는데요. 채아는 그렇게는 말을 하지 않았다. 다만, 그저 어색하게 웃으며 부들부들 떠는 손으로 핸드폰을 꺼내 들었다. 무음이라서 몰랐는데, 부재중 전화가 수두룩하게 찍혀 있었다. 엄마와 아빠가 번갈아 가며 전화를 했나 보다. 그리고 문자도 가득했다.

그중 하나가 바로 영은에게서 온 것이었는데, 바로 이러했다.

[야, 긴급이다. 너, 너네 집으로 귀환해야 할 것 같다. 아니, 강제 소환인가?]

아니, 강제 귀환이다. 이걸 어쩌면 좋을까 생각을 하던 채아는 무슨 말이든 영은에게 하려고 했다. 그러나 문자를 치던 중에 전화가 왔기에 저도 모르게 받아 버렸다. 그리고 수화기 건너편에서 아주 우렁찬 목소리가 들려왔다.

— 은채아, 네 이년!

채아는 재빨리 통화음을 줄이고서 정 여사에게 양해를 구하며 일어나 화장실 쪽으로 향했다. 정말, 왜 이 타이밍에 또 전화를 해서 이 모양인지 모르겠다.

"어, 엄마. 나 지금 어머님하고 같이 있단 말이야."

— 뭐? 어머님? 너, 이 청첩장……! 너……! 이 불효녀! 당장 돌아와!

"어떻게 당장 돌아가?"

— 월차라도 내!

"갑작스럽게는 안 돼. 나, 이사님 개인 비서라……."

— 시끄러워! 오늘 안 오면 너는 당장 호적에서 파일 준비 해!

뚝. 그렇게 끊겨 버린 통화로 인해 멍하니 핸드폰을 바라보던 채아는 낮게 한숨을 쉬었다. 당장 귀환 명령이라니. 너무 갑작스러웠지만 호적에서 파일 준비를 하라던 그 불호령은 쉽게 무시할 것이 못 되었다. 그렇기에 채아는 낮게 한숨을 쉬다가 어머니 연수에게 문자 하나를 보냈다. 오늘은 무리니 내일 아침 일찍 가겠다고. 그러나 연수에게서는 답장이 오지 않았다. 화가 나도 단단히 난 모양이다.

다시 짧게 한숨을 쉰 채아는 애써 밝게 표정을 지으며 정 여사에게로 갔다. 정 여사는 일어날 준비를 하고 있었다.

"오늘 바쁠 것 같으니 이만 일어나는 게 좋을 것 같구나."

"아…… 죄송합니다."

"네가 죄송할 게 뭐가 있니. 추진력이 빠른 우리 아들 잘못이지."

"아, 아하하."

그저 어색하게 웃던 채아는 그녀와 함께 호텔 입구에서 헤어졌다. 연신 허리를 숙이며 인사를 하던 채아가 뒤를 돌아서 핸드폰을 꺼냈다. 여전히 어머니에게서 온 문자는 없었다. 한숨이 나오려고 했지만 제 배 속에 있는 아이를 생각하며 애써 웃었다.

채아는 배를 문지르다 한새의 번호를 누르기 시작했다. 하지만 이미 익숙한 그 열한 자리 번호의 마지막 자리를 누르려다 핸드폰을 다시 집어넣었다.

직접 찾아가서 놀라게 해 주고 싶었다. 이어서 기뻐할 모습도 보고 싶었다.

일단 채아는 근처 터미널에 가서 어머니와 아버지가 계실 시골로 가는 차 티켓을 하나 끊었다. 다행히도 내일 아침 일찍, 6시 30분에 첫차가 남아 있었다. 잃어버리지 않게 핸드백 깊은 곳에 집어넣고서 그 앞에서 바로 택시에 올라탔다. 한새의 오피스텔이 보이자 어쩐지 가슴이 떨려 왔다. 처음 가는 것도 아닌데 말이다.

"감사합니다."

거스름돈을 받으며 인사를 한 채아는 문을 닫고서 오피스텔을 올려다보았다. 그 근처를 지나가던 경비 아저씨에게도 인사를 했다. 자주 왔다 갔다 하다 보니 어느새 친해져 인사를 나누는 사이까지 되었다.

"아가. 괜찮을 거야."

태명을 아직 짓지 못했다. 오늘 한새와 함께 지어야겠다는 생각이 들었다.

배를 쓰다듬던 채아는 엘리베이터가 도착하자마자 안으로 들어가 익숙한 층수를 눌렀다. 숫자가 커질수록 채아의 심장 소리도 점점 더 커졌다. 띵, 소리가 들리자마자 심호흡을 한 채아는 한 발짝씩 조심스럽게 걸었다. 이내 벨을 누른 후, 일부러 사람이 보이지 않게 숨었다. 그러자 조금의 시간이 흐르고 안에서 그의 목소리가 들려왔다. 역시나, 집에 있었다.

"누구세요."

딱딱한 목소리. 장난이라 생각해서 그럴지도 모르겠다. 낮게 웃던 채아가 목소리를 변조해서 입을 열었다.

"안녕하세요."

조금 더 콧소리가 많아졌다. 그러나 한새에게서 아무런 반응도 돌아오지 않았다. 장난은 사절이라는 것도, 혹은 다시 한번 누구냐고 묻는 말도. 그저 정적만이 흐를 뿐이다. 좀 아쉬워진 채아는 장난을 더 해 보고 싶었지만 한새는 통하지 않을 사람이라는 것을 느끼고서 그만하기로 했다.

벨에 들어왔던 빨간 불이 꺼지자마자 다시 손을 뻗어 누르려고 하던 찰나였다. 갑자기 문이 벌컥 열리고 한새가 허겁지겁 뛰어나온 것이 그대로 보였다.

"채아야."

그가 환하게 웃으며 두 팔을 벌리자 가슴이 뭉클거렸다. 한새는 마치 저와 같이 사는 둘만의 집에서 자신이 오기만을 기다린 것처럼 채아를 환영해 주었다. 채아는 그의 품으로 달려가 그를 꽉 안았다.

흠칫 놀란 한새가 살짝 채아를 떨어뜨려 놓고서 등을 부드럽게 쓰다듬었다.

"배 속에 우리 아이가 있잖아. 조심해야지."

"……그래도 너무 반가워서 그만."

"응. 앞으로 조심하면 되는 거야. 그런데 연락 없이 어쩐 일이야?"

"연락해야지만 올 수 있어요?"

"맛있는 거라도 준비하려고 했지. 지금 점심시간이잖아?"

시간을 확인한 한새가 다시 채아에게로 고개를 끄덕였다. 그의 대답에 만족한 채아가 빙긋 웃으며 그의 손을 잡고 거실로 향했다. 그는 말 잘 듣는 동물처럼 유순하게 그녀의 뒤를 따라갔다.

거실 바닥에 앉은 채아는 자신의 배를 내려다보다 조용히 웃다가 그에게 물었다.

"우리 아이 태명, 생각해 본 적 있어요?"

"음……."

아차 싶은 얼굴로 그녀를 바라보는 한새는 미안하다는 표정이었다. 그러나 곧 표정을 바꾸며 말을 이었다.

"태명은 필요 없어. 그냥 무조건 아이 이름으로 부를 거야."

"딸인지 아들인지도 아직 모르는데……."

"휘."

"남자…… 같아요."

"괜찮아. 빛난다는 뜻이니까."

아직 그렇게 티가 나지 않은 채아의 배를 쓰다듬으며 한새는 어느새 저도 모르게 흐뭇한 미소를 짓고 있었다. 그 모습에 덩달아 웃은 채아는 그의 어깨를 툭툭 건드렸다.

"저, 월차 써도 되나요?"

그러자 갑작스러운 월차 얘기에 놀란 한새가 채아의 어깨를 양쪽 손으로 붙잡으며 걱정스러운 표정을 지어 보였다.

"왜 그래? 무슨 일…… 있어?"

자신의 말 한마디에도 심각하게 받아들이는 한새에게 한편으로는 미안한 마음이 들었다. 저렇게까지 반응을 하지 않아도 되는데 말이다. 낮게 웃던 채아는 고개를 가로로 저으며 손을 뻗어서 그의 한쪽 뺨을 부드럽게 매만졌다. 그럼에도 불구하고 한새는 여전히 채아를 향해 걱정하는 표정을 짓고 있었다.

"오늘, 오빠 어머님을 뵈었어요."

"……어머니를?"

"네. 굉장히 좋으신 분이셨어요."

"말도 없이……."

"저에게 모진 말 하나도 하지 않으셨어요. 오히려 오빠랑 저랑 이야기 들으면서 소녀처럼 눈을 빛내기도 하셨어요."

잠깐 아까 전 일을 떠올리며 웃은 채아는 다시 말을 이었다.

"그런데 청첩장, 오빠랑 합의하에 날짜 정한 거냐고…… 물으시기에 아니라 했더니, 저희 집에 청첩장을 보냈다고 하시는 거예요."

"하아."

"오빠도 몰랐죠?"

"응……. 뭐라고 해야 하지."

잠깐 생각을 하던 한새는 손을 뻗어 그녀의 머리를 부드럽게 쓰다듬다가 입술에 입을 쪽 소리 나게 맞추며 빙긋 웃었다.

"어머니도 처음에는 아버지와 같은 생각이셨어."

"무슨……."

"약혼녀, 맞선. 그런 건 당연하다고 생각하셨거든, 당신들이."

채아는 아무런 말도 하지 않고 그저 고개를 끄덕였다. 그러자 한새가 바닥에 앉은 채아를 바라보다 일으켜 소파에 앉히고서 저도 그 옆에 앉아 제 어깨에 채아를 기대게 했다. 처음에는 익숙하지 않은 포즈라 민망하기도 했고 부끄러웠지만 편안해서 그대로 그의 이야기를 들었다. 그가 입을 열어 말을 할 때마다 어깨에서 울림이 느껴졌다. 왜인지는 모르겠지만 그것이 마음을 편안하게 만들어 주었다.

"그런데 내가 아버지랑 내기를 하고서 선전 포고를 한 후로 어머니는 은근슬쩍 너에 대해 물었어. 이름이라든지 생김새라든지, 성격이라든지."

"혹시 집안 같은 건……."

"결코 묻지 않으셨어. 어머니가 바라는 것은 그저 내 행복이셨거든."

채아는 고개를 작게 끄덕이다 다시 그의 어깨에 먼저 기대었다. 낮게 그가 웃는 소리가 느껴졌다.

"그렇게나 독하게 마음먹고서 이를 악물고 일을 하게 만든 여자가 누구인지 궁금하셨나 봐. 그래서 결혼은 할 거냐 하기에 당연히 그럴 거라고 했지. 그래서 내심 청첩장이 나오기를 기다렸던 모양이야."

그런 말을 하던 한새는 채아의 왼쪽 손가락에 끼워진 반지를 보고 낮게 웃었다. 프러포즈를 하며 주었던 반지였다. 채아는 한시라도 그 반지를 뺀 적이 없었다.

손을 들어서 입을 맞추고서 손을 잡았다. 깍지를 낀 서로의 손가락에 반지가 하나씩 빛나고 있었다.

"그래서 경사라 느끼셨는지 그러신 모양이다. 내가 대신 미안하네."

"아니에요. 다만 우리 엄마와 아빠는 놀라셨을 뿐이에요. 갑자기 결혼이라니까. 그리고 지금은…… 저 혼자가 아니잖아요."

한새와 맞잡은 손으로 배를 어루만졌다.

"괜찮아. 우리 휘는 내가 지킬게. 같이 갈까?"

"괜찮아요. 혼자 갔다 올 수 있어요. 아니, 혼자 가야 할 것 같아요. 오빠가 곁에 있으면…… 오빠에게 뭐든 기대려고 할 거예요."

잠시 그 말에 멍하니 있던 한새는 조용히, 소리 없이 웃었다. 그리고 자리에서 일어나 그녀를 마주 보았다. 두 눈이 마주치자마자 두 사람은 동시에 웃었고, 서로 뭐라고 할 것도 없이 입을 맞추었다.

그리고 그날, 두 사람은 손만 잡고 잠이 들었다. 함께 있어도 서로로 인해 가득 찬 느낌이 들었다.

채아는 집 앞에서부터 저를 노려보는 어머니 연수와 아버지 채성으로 인해 그저 어색하게 웃고만 있었다. 마치 마을을 지키는 정승처럼 괴기스럽고 무서웠다. 어쩔 줄 몰라 채아는 그저 힘들게 땀을 흘리며 웃고 있다가 머뭇거리며 입을 열었다.

"엄마, 아빠아."

"불효녀."

삐친 듯이 팩, 뒤를 돌아서며 말을 한 채성이 집 안으로 성큼 들어갔다. 그런 반면, 연수는 채아의 앞으로 다가와 방금 밭일을 하다 와서 흙이 잔뜩 묻은 손으로 채아의 두 뺨을 꽉 눌렀다.

"어, 엄마! 손에 흙! 흙!"

"흙 팩도 하는 마당에 흙, 흙은 무슨. 닥치고 따라와!"

꽉 눌렀던 뺨이 풀리자 얼얼한 느낌이 들었다. 채아는 잔뜩 얼굴을 털다가 그러고도 덜 닦인 기분에 손수건을 꺼내서 물만 대강 묻혀 닦았다. 세수를 하고 싶지만 당장 들어오라고 했으니, 들어가지 않았다간 당장이라도 쫓겨나거나 어머니가 인연을 끊을 것처럼 소리를 지를 것만 같았다.

귀농을 하신 두 분은 집도 옛날 초가집에서 살고 있었다. 완전한 시골 마을이어서 도둑이 들 일은 없다고 하시지만 그래도 걱정이 된 채아는 몇 번이고 저와 함께 살자 했다. 그러나 부모님은 도시도 싫고 소음도 싫고 매연도 싫고, 뭐든 도시의 것이 싫다 하셨고, 결국 이런 구석에 있는 시골에서 밭일을 하시며 하루하루 살아가고 계셨다.

다행인 것은, 서울에서 살 때보다 훨씬 얼굴이 보기 좋아졌다는 것이다. 그렇기에 채아도 더 이상은 두 분에게 권유를 할 수가 없었다.

"무릎 안 꿇어?"

"엄마. 나, 곧 서른 살인데……."

"시끄러. 잘못했으면 잘못했다 빌어야지, 어딜 말대꾸야?"

"윽."

맞는 말이기에 결국 한발 물러난 채아는 잘못했다 빌며 무릎을 꿇었다. 다 큰 처녀가 어린 시절처럼 그대로 혼나다니. 역시 한새를 데리고 오지 않기를 잘했다는 생각이 들었다.

"얘, 누구야."

금빛 테두리가 보이자 낮게 한숨이 흘러나왔다. 오랜만에 부모님을 뵙는 것은 좋았지만 저 금빛 테두리를 가진 청첩장은 전혀 반갑지 않았다. 어색하게 웃던 채아는 한새의 이름을 가리키는 채성을 바라보다 대답을 했다.

"그…… 아빠. 기억 안 나? 내가 예전부터 막, 나랑 친한 선배 있었다고 자랑했었잖아. 친절하고, 마음씨도 착하고, 나랑 제일 친하다 했던……."

"그놈이야?"

"어…… 아, 응. 그래도 오빠는……."

채아는 점점 제 배 속에 있는 아이에 대해서 말을 할 수 없는 기분이 들었다. 아이까지 가졌다고 말을 한 순간, 당장이라도 어릴 적

416

그대로 몽둥이에 회초리에, 종아리가 남아나지 않을 것 같았다. 이 나이에 종아리를 맞다니. 끔찍한 상상에 고개를 절레절레 저었다.

그때였다. 슥, 연수가 말없이 일어났다. 이내 밖으로 나갔다 오더니 미리 준비해 놓았는지 밥상을 한 아름 가득 채워서 들고 왔다. 멍하니 그걸 바라보던 채아는 결국 슬쩍 웃었다. 그래도 자식이 온다고 해서 그런지 상다리가 휘어질 정도로 준비를 해 놓았다.

"다 처먹어."

"에이, 엄마도 참. 처먹어가 뭐야."

"그리고 다음엔 그놈하고 같이 내려와."

"오빠하고? 응, 알았어."

맛있어 보이는 젓갈과 김치, 그리고 기타 채아가 좋아하는 반찬들로 가득했다. 눈물이 날 것 같은 기분에 채아는 애써 웃고서 숟가락을 들었다.

그때였다. 갑자기 속이 울렁거리는 것이 느껴졌다. 채아는 오랜 시간 고속버스를 타고 와서 그런다는 생각에 꾹 참고 입 속에 숟가락을 넣었다. 그렇게 세 숟가락 정도 넣었을 때, 채아가 급하게 숟가락을 내려놓았다.

"우욱."

입을 급하게 막고선 밖으로 나갔다. 채아는 급히 마당 한구석에 있는 수돗가로 가서 물을 틀었다. 속이 울렁거렸지만 아무것도 나오지 않았다. 몇 번 그렇게 욱욱거리다 영 나오는 게 없어 물로 입 안을 헹궜다. 그런데 등 뒤에서 그림자가 드리워지며 등골이 서늘한 느낌이 들었다. 천천히 뒤를 돌자 무섭게 굳은 표정을 짓고 있는 연수가 보였다.

"너······."

"……."

"임신했냐?"

"어…… 어어…… 아, 아니, 그……."

"거짓말하면 호적 판다."

툭하면 호적 판대! 소리를 지르려던 채아는 멈추고서 얼른 고개를 끄덕였다. 그러자 연수가 표정을 굳히고 그대로 시선을 내렸다. 연수의 시선이 닿은 곳은 채아의 배였다. 얼핏 봐서는 모르겠지만 방금 전 제 딸이 보인 것은 엄연한 입덧이었다.

"……아주 가지가지하네."

원래 연수는 말씨가 고왔지만 시골에서 살면서 말투가 할머니처럼 변했다. 그리고 지금은 정말로 할머니가 되어 버렸다.

"날 일찍 할머니 만들다니."

"어, 엄마……."

"닥치고 들어와."

그러면서 채아를 질질 끌고 안으로 들어갔다. 방 안에서 채아는 수도승처럼 눈을 감고 있던 아버지를 마주할 수가 있었다. 아버지를 바라보던 채아는 침을 삼키다 뭐라고 말을 하려고 했다. 그러나 뒤에서 어머니가 먼저 선수를 쳤다.

"애 가진 게 맞다 하네."

그러자 무섭게도 번쩍 눈을 뜨는 채성이었다. 흠칫 놀란 채아는 소리쳤다.

"애 떨어질 뻔했잖아!"

"뭐? 그러면 안 되지!"

"……응?"

"아주 우리 딸, 다 컸네, 컸어. 어? 그래, 그놈, 아니…… 이젠 조 서방이라 불러야지. 조 서방은 언제 데리고 올 건가? 어?"

채아가 어릴 적, 채성은 흔히들 말하는 딸 바보였다. 딸만 보면 그저 넙죽 가다가도 절을 할 기세였다. 그런 게 딸이 다 컸다고 해서 달라질 리는 없었다. 채성의 모습에 연수의 미간이 일그러졌지만 채아의 얼굴은 활짝 펴졌다.

"아빠아! 우리 아이, 태명이 뭔지 알아? 휘래, 휘."

"휘? 남자애냐? 응?"

"아니, 몰라. 안 물어봤어. 근데 남자, 여자가 뭐가 중요해. 나랑 오빠의 아이가 중요하지."

"그럼, 그렇고말고."

아주 둘이서 짝짜꿍 잘 맞네, 맞아. 혀를 차던 연수는 괜히 혼내야 마땅한 딸에게 잘해 주는 제 남편이 얄미워서 남편의 어깨를 찰싹 때린 뒤 흥, 코웃음을 치고서 밥을 다시 먹기 시작했다. 그러나 채성와 채아는 이산가족 상봉을 한 것처럼 서로의 손을 붙잡고 놓지 않은 채, 그동안 하지 못했던 말을 계속해서 했다. 결국 배가 고프지 않던 연수까지 합세해서 이야기를 줄줄 늘어놓았다.

자기 전에 누워서 한새와 약 두 시간가량 통화를 하다 뜨끈해진 핸드폰을 느끼고서 통화를 끊었다. 두근거리는 심장으로 인해 잠이 오지 않았다. 천장에 한새의 얼굴이 그려지는 것 같아 피식 웃으며 눈을 감았던 채아는 아무래도 안 되겠다 싶어 벌떡 일어났다. 곧장 핸드폰을 켜고 새벽에 첫차가 몇 시인지 살펴보았다.

올 때는 6시 30분 차였는데 갈 때는 5시 30분으로 한 시간 더 빠른 첫차가 있었다. 채아는 남은 좌석을 살펴보다 일찍 가기로 했다. 한새가 보고 싶어서 참을 수가 없었다.

짧게 잠을 자고 난 후, 채아는 아직 잠이 든 어머니와 아버지의 방으로 왔다. 곤히 잠이 든 두 사람을 바라보던 채아는 두 사람의 머리맡에 맛있는 거라도 사 드시라는 뜻으로 봉투를 놓고 살그머니 나왔다. 그때, 아버지의 음성이 들려왔다.

"조 서방한테 가는 거냐?"

흠칫 놀랐던 채아가 희미하게 웃으며 뒤를 돌아 고개를 끄덕였다. 어느새 채성은 조심스럽게 일어나 앉아 있었다.

"이건 가져가서 조 서방이랑 써."

"에이. 아빠, 그거 거절하면 실망이야. 딸 마음도 모르고."

"크흠. 그런가."

딸 바보는 어디 가지 않았다. 결국 채성은 돈 봉투를 채아가 둔 자리에 그대로 놓고서 손짓을 했다. 그 앞으로 가까이 다가간 채아는 아버지의 두 손을 잡았다. 농사를 짓느라 손이 잔뜩 구겨져서 주름도 많이 졌지만, 그래도 어릴 적에 저를 잡아 주던 두 손 그대로였다.

"결혼식 날, 올라가마."

"네. 꼭 오셔야 해요."

"그럼, 가야지. 단 하나뿐인 딸 결혼식인데. 그리고 채아야."

"네?"

"어제 네 엄마가 툴툴댄 건, 딸 시집보내기가 싫어서 그런 거야. 알지?"

"그럼요. 우리 엄마가 얼마나 새침떼기인데."

두 사람은 조용히 서로 말을 하다 연수를 살폈다. 이내 연수가 여전히 곤히 잠이 든 것을 확인하고서 씩 웃었다. 아버지와 진하게 포옹을 한 채아는 어머니의 볼에 입을 맞추고서 나왔다. 부녀는 끝내 연수의 눈물을 보지 못했다. 고이 키워 온 딸을 남에게 보내기가 아쉬운 그녀의 마음이었다.

채아는 곧바로 터미널로 향했다. 버스표를 끊은 후, 곧 도착한 버스에 올라탔다. 당장 가자마자 보고 싶었다고 말을 하고서 안아 주고 싶었다. 혼자서 짝사랑을 할 당시에는 몰랐지만, 그때 보고 싶다는 마음을 견딘 자신이 도인이나 마찬가지라는 생각이 들었다. 혹은, 해탈을 했다든가.

몇 시간을 달리고 달려 서울에 도착했다. 도착하자마자 피곤함은 여전했지만 채아는 당장 택시를 타고 한새의 오피스텔로 향했다. 택시에서 내리자마자 채아가 급하게 그의 집 앞으로 달렸다. 이번에는 우아하게 벨을 누르지 않았다. 급한 마음을 표현하듯이 문을 주먹으로 쾅쾅 두들겼다.

얼마 후, 문이 열리고 한새가 나오자마자 그대로 그의 허리를 꽉 안았다.

"이게 꿈인가."

그를 마주 보며 싱긋 웃은 채아는 까치발을 들어 그의 입술에 입을 맞추었다. 막 자고 일어났는지 입술이 까칠했다.

"회사는요?"

"네가 없잖아. 그래서 나도 월차."

"에이."

"왜, 싫어?"

그녀의 이마, 눈두덩이, 콧등, 뺨, 턱에 차례대로 입을 맞추며 뒤로 이동을 하던 한새가 능글맞게 웃었다. 그러자 채아는 먼저 그의 목에 팔을 둘러 한새의 고개를 확 숙이게 만들었다. 그러고선 바로 입을 맞추지 않고 입술과 입술이 살짝 닿게 만들며 입을 열었다. 그녀의 숨결이 제 입술에 닿자 한새는 견딜 수 없이 아래로 확 피가 몰리는 것이 느껴졌다.

"아뇨, 보고 싶었던 찰나에 잘된 것 같아요."

어느새 이렇게 제 감정을 솔직하게 표현하게 된 채아가 있었다. 그런 그녀가 싫지 않았다. 아니, 오히려 좋았다.

한새는 그대로 채아를 확 끌어안아서 입을 맞추었다. 그의 하체가 닿아 오자, 흥분한 그의 것이 느껴졌지만 흠칫 놀랄 뿐이지 그를 밀어 내지는 않았다. 보고 싶었던 만큼 그는 거칠게 그녀의 입술을 맞춰 왔다. 그럼에도 불구하고 달콤함이 느껴졌다.

"사랑해요."

"응, 채아야. 나도 많이 사랑해."

"난 많이 안 넣었는데."

"해 줘."

그녀를 자연스럽게 침대로 밀치며 한새가 입을 열었다. 자연스럽게 그녀의 위에 올라탄 한새는 제 입술을 핥으며 입을 열었다. 섹시한 그 모습에 눈을 깜빡이던 채아는 그가 제 얼굴 앞에 다가오도록 했다.

"저도 많이 사랑해요."

그리고 그녀의 말을 마지막으로, 그와 그녀의 달콤한 시간이 시작되었다.

두 사람의 사랑은 어느새 무르익어 잘 익었지만 여전히 달게만 느껴졌다. 그리고 계속 달콤하고, 또 달콤할 것이다.

그렇게 Mellow, Mellow, 끝.

Epilogue

한새와 채아의 결혼식 날.

소중한 친구의 결혼식이라 채아를 따라 덩달아 일찍 일어난 영은은 나름대로 준비를 해서 채아의 옆을 따라다녔다. 처음에는 그저 맹한 친구라 생각해서 도움이 필요할 줄 알고 새벽부터 그녀를 따라나섰는데, 의외로 그녀는 차분하게 행동을 했다. 그 전날에는 떨려서 심장이 멎어 버릴 것 같다는 무서운 소리를 꺼냈었는데, 지금 보니 전혀 그렇지 않았다. 순수했던 친구도, 맹한 친구도 전부 사라지고 그저 결혼을 앞둔 행복한 신부가 있었다.

'역시, 사람은 알고 봐야 해.'

대학교 때 만났기 때문에 채아의 그 전 생활은 모르겠다. 그렇기에 영은이 보는 기준은 대학생 때 만난 채아였다.

처음 만났을 때, 채아는 갓 대학생이 되어서 풋풋한 것도 있었지만 무엇보다도 여전히 고등학생 같았다. 외모는 아니지만 마음이나 생각하는 것이 그랬다. 그녀는 한 발짝 늦게 깨닫는 경향이 있었다. 한마디로 그녀는 고등학생 때에 머물러 있었다.

그녀의 말로는 처음으로 누군가를 좋아하는 것이라 그랬다. 그렇기에 서툴렀다. 좋아하면서도 다가가지 못했다. 그래도 다른 사람에 비해서는 비교적 짝사랑의 괴로움에 몸을 비틀지 않았다. 무의식적으로 한새가 주는 사랑을 알아차렸기 때문일지도 모르겠다.

"행복해?"

"응. 무지."

"예쁘네, 은채아."

막 신부 화장을 끝내고 채아가 한새와 둘이 보러 다녔던 웨딩드레스를 입고 나왔다. 옷이 날개인 것도 있지만, 무엇보다도 채아와 참 잘 어울렸다. 드레스는 채아가 단 한 번에 골랐는데, 고른 것이 딱 채아와 어울려서 한새도 고개를 끄덕였다고 했다.

그날의 이야기를 하자면 이렇다. 산부인과에 가서 임신 소식을 들은 한새가 눈물을 뚝 흘렸다 했는데, 그건 웨딩드레스를 보러 가서도 마찬가지였다. 가장 아름답고 행복한 신부로 만들어 주고 싶다고 했었다. 그건 회장님이자 시아버지인 우현도 마찬가지라며 가격에 대해서는 절대로 신경을 쓰지 말고 그저 드레스를 고르라고 했었다.

그래서 고른 드레스가 어울리는지 입고 나온 순간, 뒤를 돌아 한새와 눈이 마주치자마자 그가 조용히 눈물을 뚝 흘렸다고 했다. 그걸 들으며 영은은 배를 잡고 웃었지만, 채아는 행복한 미소를 짓고 있었다. 그래서 더 이상 놀릴 수가 없었다.

"너도 결혼해야지, 영은아."

"난 늦게 결혼할 건데."

"에이. 아이를 생각해서라도 일찍 결혼해야. 안 그러면 너만 힘들어져."

"얼씨구. 아주 아줌마 다 되었어?"

"아, 아줌마라니!"

"일단 결혼하고 나면 다 아줌마야."

키득거리던 영은이 창가에 비스듬히 기대어서 팔짱을 낀 채 그녀를 바라보다 제대로 서서 채아의 앞으로 다가왔다. 저를 올려다보며 여전히 웃는 채아와 눈이 마주치자 영은도 결국 저도 모르게 피식 웃었다.

"아이 이름은 정했어?"

"응. 아버님이, 나와 오빠가 하고 싶은 걸로 하라 하시기에 그냥…… 태명을 그대로 사용하기로 했어."

"태명? 휘?"

"응. 근데 조휘, 하면 웃기니까 조한휘. 나라이름 한에 밝을 휘."

"뜻 좋네."

아이의 이야기를 하는 그녀의 모습은 영락없는 한 아이의 어머니 모습을 하고 있었다. 이런 모습을 처음 보았을 때, 영은은 속으로 내심 놀랐다. 채아가 순식간에 여자가 되더니 성숙해져서 이제는 저런 모습까지 보였으니까.

사랑을 하고 사랑을 받고. 그래서 그녀는 성숙해진 모양이다. 이제는 어른답게 보였다.

사실 이런 생각도 해 보았다. 그녀가 여전히 대학생 시절에 마음을 그대로 둔 것은, 어쩌면 5년 동안 연락 두절이 되었던 한새를 기다리느라 그랬던 것이 아닐까, 하고. 그래서 누구보다도 빠른 속도로 결혼까지 오게 된 것일지도 모르겠다. 단 3개월 동안 불타는 사랑을 했던 저와는 다르게.

잠깐 시운을 떠올리던 영은은 피식 웃었다. 문득 그가 보고 싶어졌다.

"영은아. 시운 선배 어머님은 어때?"

"뭐……."

어깨를 으쓱이던 영은은 씩 웃었다.

"잠잠해."

"좋네. 행복해 보여서 다행이야."

"오히려 아버지 쪽은 나를 두 팔 벌려 환영하는데, 어머니 쪽이 문제였어. 집안이 사 자 돌림 직업을 가진 것에 대해 의외로 큰 자부심을 가지고 있어."

남의 결혼식 날 이런 이야기를 주절대는 것은 제 취향이 아니건만, 제 행복을 걱정하는 친구가 기특해 보여서 결국 주절주절 이야기를 꺼내고 있었다.

"왜, 그런 거 있잖아? 부잣집 도련님들보다 사모님들 쪽이 프라이드가 더 높은 거. 어머니가 그랬던 거야. 자부심에, 자존심에. 아무튼 가질 걸 다 가져서 며느리들은 꼭 좋은 집안 며느리로 맞이하리라, 이런 거지."

"시운 선배…… 형은?"

"다행히도 그쪽 며느리는 부잣집에 서로 사랑하고 마음씨도 착해서 어머님 입장에는 딱 안성맞춤이었지. 그래서 오빠도 그렇게 하리라 마음을 먹었던 거야. 그런데 갑자기 내가 떡하니 나타났으니까."

예전 같으면 이런 이야기를 하면 가슴 한구석이 욱신거렸을 텐데, 지금은 그렇지 않았다. 다시 시운과 만나고, 서로 사랑을 하고, 그래서 어느 정도 마무리가 된 모양이다. 상처가 아물어 가고 있었다. 그래서 다행이란 생각도 들었다. 아마 그대로 계속해서 살았다간 점차 상처가 벌어져서 어느 날은 재기 불능 상태가 되었을지도 모르겠다.

영은은 어제와는 달리 차분하게 결혼식을 기다리는 채아를 바라보다 결국 호탕하게 웃어 버렸다. 정말, 대단해.

"왜 웃어?"

"……아니, 아니야. 아무것도."

저보다는 상황이 훨씬 좋았지만, 무엇보다도 자신의 사랑을 위해 용기를 낸 제 친구의 모습이 참 대단하게 느껴졌다. 저는 그저 맞서 싸울 생각도 하지 않고 피했었는데.

그래도 뒤늦게라도 용기를 냈기에, 저는 다시 사랑을 잡았다.

영은은 신부 대기실에서 나와서 한새가 있는 곳으로 향했다. 그곳에서 한새는 아버지 우현과 함께 손님을 맞이하고 있었다. 며느리 바보인 시아버지 우현은 채아를 며느리로 맞이한 것이 어찌나 기쁜지 자랑이란 자랑은 다 하고서 주위에 청첩장을 잔뜩 돌렸다. 그래서 그 전날, 심장이 멈출 것 같다고 채아가 그렇게 말을 했던 것이었다.

한새가 영은을 발견하자마자 알은척을 해 왔다.

"영은아."

"안녕하세요. 채아 친구 박영은이라 합니다."

먼저 누구냐 묻는 우현에게 인사를 한 영은은 한새를 바라보다 피식 웃었다.

"선배, 결혼 축하해요."

"그래. 너도 얼른 해야지."

"뭐…… 누구랑 같은 소리 하시네요."

"그 누구가 누굴까?"

"알면서 묻기는."

그의 어깨를 툭 치는데 멀리서 시운이 걸어오는 것이 보였다. 영은은 멍하니 그를 바라보다가 조용히 웃었다.

"안녕하세요. 결혼 축하한다."

시운도 차례대로 우현에게 인사를 하고서 한새에게 인사를 했다. 한새는 연신 악수를 하고 인사를 하면서도 지친 기색을 보이지 않았다.

"지호는 결혼식 시작하기 전에 아슬아슬하게 올 것 같다더라."

"왜?"

"알잖아. 띠동갑 스토커."

영은의 물음에 시운이 대답을 해 주었다. 그러자 영은은 즐겁다는 듯이 웃다가 고개를 끄덕였다. 문득 시운의 팔이 보였다. 늘 손을 잡거나 팔짱을 낀 것은 시운이었다. 오늘만큼은 친한 친구인 채아의 결혼식이니 제가 먼저 껴도 되겠다 싶어서 그에게 팔짱을 먼저 꼈다. 그러자 놀란 얼굴을 하는 시운이 보였다.

"놀라기는."

"아니…… 어…… 그게……."

"당황하지도 마."

"아, 으, 웅. 알았어. 그런데 오늘 무슨 날인가."

"은채아 결혼식."

"그거 말고."

아니, 아무것도. 마저 대답을 해 주고서 식장 안으로 들어갔다. 자리에 앉아 있는 동안, 두 사람은 각자 다른 곳을 바라보고 있었다. 그렇게 얼마나 시간이 지났을까, 곧 결혼식이 시작된다는 말에 두 사람은 서로를 향해 시선을 돌렸다. 시선이 마주치자마자 피식 웃고선 두 사람은 각자 뭐라고 하기도 전에 서로의 손을 맞잡았다. 처음에는 그냥 손을 붙잡았지만, 점점 깍지를 끼게 되었다.

"남의 결혼식에서 닭살은."

뒤에서 낮은 목소리가 들리자 두 사람은 동시에 뒤를 돌았다.

그러나 손은 놓지 않은 채였다.

"여어, 왔어?"

"그래. 이 김지호 님이 납셨다."

"스토커는?"

"아…… 정말, 말도 마."

"왜요?"

영은이 되묻자 지호는 절레절레 고개를 저으며 질렸다는 표정을 지었다.

그리고 기다리던 식이 시작되었다. 영은은 의외로 채아보다 더 떨고 있는 한새를 바라보았다. 천하의 조한새도 긴장을 하는 것을 보니, 문득 저답지 않은 생각이 들었다. 역시 사랑은 위대하다, 라는 생각을.

채아가 처음으로 웨딩드레스를 입은 모습을 보고 한새는 울었다고 했다. 그 전에, 임신 소식에도. 그렇다면 시운은 어떨까? 문득 제 옆에서 진지한 얼굴로 결혼식을 바라보는 시운을 바라보았다. 제 시선에 시운이 고개를 돌리며 그 진중한 얼굴에 미소를 그려 보였다.

'……아.'

왠지 한새보다 더 반응이 심해질 것 같은 생각이 들었다. 그만큼 그는 저를 사랑함을, 저 자신은 알고 있었다. 그것이 좋았고, 그래서 헤어진 이후에도 내내 마음을 가지고 있었다.

"오빠."

"응? 왜?"

"결혼하고 싶다는 표정이다?"

괜히 비꼬아 보았다. 사랑해, 좋아해, 같은 낯부끄러운 대사들은 쉽게 내뱉을 줄 몰랐다. 그렇기에 괜히 심통을 부린 것이다. 그러나 저를 속속들이 잘 알고 있는 시운은 그저 웃으며 대답을 돌려주었다.

"결혼도 좋지. 그런데 네가 고생할까 싶어서 결혼은 아직 생각이 안 든다."

한마디로 흔히들 말하는 지옥의 시월드가 열릴 것이라는 것을 시운도 알고 있었다. 지금 시운의 어머니는 그녀를 인정까지는 아직 하지 않았기에 결혼 이야기를 꺼냈다간 잘됐다며 환호성을 지를지도 모르겠다.

너무나도 그다운 대답에 피식 웃은 영은이 고개를 끄덕였다. 아무리 맞서 싸우기로 했어도 지옥의 시월드는 사양이다.

"아주 닭살 지랄을 떨어요."

쯧쯧 혀까지 차며 말을 하는 지호의 목소리가 들렸다. 그때, 지호의 핸드폰이 미세하게 울리는 것이 느껴졌다. 그가 무심하게 핸드폰 액정을 바라보다 갑자기 질린 표정이 되어서 본체와 배터리를 허겁지겁 분리를 시켰다.

"이 꼬맹이가 미쳤나!"

아무래도 띠동갑 연하라는 스토커인 모양이다.

"선배. 걔는 어때요?"

"설마…… 이 꼬맹이를 묻는 건 아니겠지?"

"선배. 스무 살이 가장 아름답고 무서워요. 조심하세요."

"아, 그러니까 미칠 것 같다고!"

괜히 그 꼬맹이에게 걸려서! 투덜거리던 지호는 팔짱을 끼며 핸드폰을 외면했다. 그런 지호를 보며 영은은 웃음이 나왔지만 한편으로는 걱정이 되었다. 풋풋한 대학생은 뭐든 두렵지 않아서 물불 안 가리고 달려들려고 할 텐데. 나중에 날 잡아서 지호가 말을 하는 그 꼬맹이의 이야기를 들어 보고 싶어졌다.

결혼식은 차차 진행이 되었고, 어느새 축가의 단계까지 와 있었다.

내내 한새가 울먹였고 채아는 오히려 담담하게 그를 도닥였지만 그러면서도 맞잡은 두 손은 놓지 않고 있었다. 그래도 그 모습은 부럽지 않았다. 제 옆에서 손을 잡아 주고 있는 시운이 있기에.

"잘 다녀오고."

"응, 응."

채아가 운 것은 결혼식이 끝나고, 신혼여행의 길에 나설 때였다. 발갛게 상기된 얼굴로 또 눈을 비비다 말갛게 웃어 보였다.

두 사람을 배웅하고서 뒤를 돈 영은에게, 문득 옆에 있던 소라가 물었다.

"너도 하고 싶어 하는 표정이다?"

이 말은 아까 제가 시운에게 했던 말이 아닌가. 눈을 깜빡이던 영은은 결국 호탕하게 웃었다. 제 여자의 웃음에 시운이 옆으로 다가와 무슨 일이냐 묻기에 그저 고개를 저었다. 결국은 사랑하는 사람과 평생 함께 곁에서 지낼 수 있는 결혼이라는 것이 부러웠던 모양이다.

"자, 그럼 뒤풀이나 가 볼까!"

여전히 핸드폰을 본체와 배터리로 분리시킨 채로 지호가 외쳤다. 그의 뒤를 시운과 함께 따르다 고개를 돌려 올려다보니 눈이 마주쳤다. 어쩔 수 없다는 듯이 웃은 영은은 그의 팔에 팔짱을 껴 보았다. 시운은 행복하다는 미소를 짓고 있었다. 앞으로는 자주 해 줘야지. 그런 생각을 해 보았다.

그렇게 두 사람의 이야기도 시작되고 있었다.